ハヤカワ・ミステリ

ERIN FLANAGAN

鹿狩りの季節

DEER SEASON

エリン・フラナガン
矢島真理訳

TOKYO HAYAKAWA BOOKS

A HAYAKAWA POCKET MYSTERY BOOK

装幀／水戸部 功

ジュディとケン・フラナガンに

謝辞

いつも変わらない支援をしてくれるオハイオ・アーツカウンシル、わたしを仲間として受け入れてくれたアンティオック・ライターズワークショップ、そして仕事の場と素晴らしい同僚と、教えることを誇りに思う愉快で聡明な教え子たちを与えてくれるライト州立大学に感謝申し上げる。

一九八〇年代の制度を理解するうえでさまざまな助言をくれたウェイン郡保安官事務所の方々、ネブラスカ州自然動物保護委員会の方々に謝意を捧げたい。ネブラスカと狩猟に関する専門知識を教えてくれたマイケル・ドゥネカッケと、〈ニンテンドー〉のゲームについて教えてくれたクリス・ガーランドに感謝する。図書館司書のカイラ・ヘニスとホリー・ジャクソンには、調べ物に協力してくれたことを感謝する（特にホリーは本書を読んで細かい指摘をいただき、大いに助かった）。もしも本書に不正確な点や誤りがあれば、その責任はすべてわたしにある。

ネブラスカ大学出版のすべてのスタッフには、わたしの執筆活動を絶えず支えてくれたことを深く感謝する。特に、本書についての助言をしてくれたエリザベス・グラッチとコートニー・オクスナーには、声を大にしてお礼を言いたい。

作家仲間のシャロン・ショート、クリスティーナ・コンソリノ、フォックスプリント・エディトリアルのティファニー・イエーツ・マーティンには、初期および最終段階の原稿に対する賢明なアドバイスを感謝する。キャロル・ロレンジャー、オンラインと対面での定期的な打ち合わせをありがとう。二十年来の作家活動のパートナーであり個人的な〝オプラ〟であるシャルロット・ホグに感謝する。

家族のダグ・ハンセン、アンドリュー・ハンセン、アリシア・ウォービトン、ナット・ヘンリー、ケイティ・スミス、そしてミリガン一族のジーン、リンダ、メリンダ・シーにお礼を言う。わたしの両親、ジュディとケン・フラナガン、そして姉のケリー・ハンセンには、農場で過ごした冒険にあふれた子供時代と、当時のことを細かく覚えていてくれたことに心から感謝したい（そう、歯磨きのときトイレに吐きだすことを強要した姉のケリーにも。たった一回だけだと言い張っているけれど）。

わたしの知るかぎり問題解決にかけては世界一のバリー・ミリガン、本当にありがとう。

そして最後に、わたしの子供たち、エレン・ミリガン、ニール・ミリガン、コーラ・ドゥネカッケには、泣きたくなるくらい感謝している。あなたたちのことを、狂おしいほど、馬鹿みたいに愛してる。

鹿狩りの季節

登場人物

ペギー・アハーン……………………失踪した高校生
マイロ・アハーン……………………ペギーの弟。小学生
ジョー・アハーン……………………ペギーとマイロの父
リンダ・アハーン……………………ペギーとマイロの母
ランダル・アハーン…………………ジョーの弟
サリー・アハーン……………………ランダルの妻
ジョージ・アハーン…………………ランダルとサリーの息子
アルマ・コスタガン…………………スクールバスの運転手
クライル・コスタガン………………アルマの夫
ハル・ブラード………………………コスタガン農場で働く青年
マルタ・ブラード……………………ハルの母
ローラ…………………………………ペギーの親友
ケリー…………………………………ペギーの元彼でローラの今彼
スコット………………………………マイロの親友
ラリー・バーク………………………修理工。鹿狩り旅行の仲間
シェリル・バーク……………………ラリーの妻
サム・ゲイリー………………………鹿狩り旅行の仲間
ロニー・マギー………………………修理工。ラリーの雇い主
ダイアン・マギー……………………ロニーの妻。銀行の副支店長
ペック・ランドルフ…………………保安官
リー・アール…………………………ジョーの雇った私立探偵

1

アルマは生後四週の子豚を左腰に抱えあげて動かないように肘《ひじ》で押さえこみ、右手で子豚の耳を引っぱって目を覆《おお》った。クライルが注射器を子豚の首に垂直に当てて抗生物質を注射すると、子豚はキーキー鳴いて逃れようともがいた。彼は子豚のうしろ肢《あし》をつかむと空中に放り上げ、〈ペイントスティック〉で背中に緑色のマーカーをつけてから手を離した。下に落ちた子豚はコンクリートの床の上で肢をバタバタさせてから、狭い囲いを横切ってきょうだいたちのもとへと走っていった。

アルマとしては、こんなことをして土曜日の午後を過ごすのは不本意だった。誰だってこんなふうに土曜の午後を過ごしたくはないだろう。でも、鹿狩りの季節が始まって初めての週末、ハルは仲間の田舎者たちと金曜日から狩りに出かけてしまった。彼女がもう一匹子豚を膝の上で押さえこむと、クライルは注射を打ち、〈ペイントスティック〉でマーカーをつけて床の上に逃がした。奥の板壁の近くに、まだマーカーのついていない子豚が二匹いた。クライルは豚を追うときに使うベニヤ板をつかみ、左右に動かした。逃げ場を失った一匹の子豚のうしろ肢を、彼は身をかがめてつかみあげた。

クライルがこんなことを毎週やっているなんて、アルマには信じられなかった。肉体的に重労働であるだけでなく、おもしろみのない単純作業、そしてこの騒音。ただ、夫のほうがよほど自分より人間として優れていて忍耐強いと、かなりむかしからアルマは認めていた。一年ほど前から、アルマは更年期障害に悩まされている。かかりつけ医からは、十年も続く場合があると言われた。「大変だよね」とでも言うかのように、医者は平然とした顔でにやりと笑った。母の更年期がどのくらい続いたのか彼女は覚えていなかったが、一年もしないうちから彼女とクライルは試練に直面していた。結婚してまだ間もないころ、彼からこんなことを言われたことがあった――生まれつきの気質もあるのかもしれないけど、きみは自分の不機嫌さとうまく付き合えないタイプだよね、と。

クライルは次の豚をアルマに渡した。七キロ以上はありそうな大きな豚だ。彼女は豚が動かないように押さえこんでから目を耳で覆い、少しでも落ち着かせようと鼻の先をなでた。もっとひどい仕事だってあるんだから、と自分に言い聞かせた。やらないといけないのは四週ごとの注射だけでなく、去勢という仕事もある。ハルを雇ってから、もう二度とあの作業はやらないと彼女は自分に誓っていた。

ハルが農場で働きはじめてからもう十年近くになるが、鹿狩りの許可証を取得したのは今年が初めてだった。彼が友人たちと狩りに出かけるのが、アルマは心配でしかたがなかった。狩りに誘われたことをハルから聞いた木曜日から、彼女の心配は始まった。そもそもラリー・バークとサム・ゲイリーがなんでヴァレンタインでの鹿狩りにハルを誘ったのか、不思議だった。アルマ自身はハルと一緒に過ごす時間がもちろん好きだが、彼女は二十八歳でもないし、銃と男性ホルモンのせいで興奮状態になることもない。木曜の夜にラリーの妻に電話して、ようやく真相がわかった。ラリーのいとこが急に町の外に用事ができ、せっかくの鹿狩りシーズン最初の週末だというのに自分の狩猟用の小屋を使うことができなくなった。そこで、ラリーに声がかかったのだそうだ。「向こうに行ったら、ハルと歩調を合わせるようにダンナたちに伝えておいて」とアルマは言った。この話をネタに、後日シェリルとラリーが大笑いしている様子が目に浮かんだ――アルマ・コスタガンが、アホを見張ってろと電話してきた、と。たしかに自分は、人の悪いところにばかり目が向いてしまう。クライルは額の汗を拭《ぬぐ》った。

クライルの言うとおりだ。「あと一匹だ」まるで彼女には豚も数えられないかのように彼は言った。

「準備はいいか？」

「だからこうしてここに立ってるんじゃない！」アルマはきつい口調で怒鳴った。豚の鳴き声や、餌箱《えさばこ》を鼻先でつついている大きな豚たちがたてる金属と金属がぶつかる音で、大声を出さないと聞こえなかった。シカゴからここネブラスカ州に移ってきた当初、あまりの静けさに耳が痛くなるかと思った。でも今、囲いの中で鳴きわめく家畜の真ん中にいると、そう思ったことすら思い出せなかった。

アルマは、最後に残った印のない子豚をすくい上げて耳を押さえた。クライルは固い皮膚に針を刺し、注射器を最後まで押した。子豚は、身の毛もよだつような鳴き声をあげた。彼が豚の背中に緑色のマーカーをつけおえると、アルマはもがきまわる子豚を地面におろした。子豚は小さな体で二回跳ねてから、きょうだいたちのいる群れの中に飛びこんでいった。彼女は痛む両腕を振った。明日の朝には体じゅうが痣《あざ》だらけになっているだろう。

クライルは〈カーハート〉の上着のポケットに〈ペイントスティック〉を押しこみ、空《から》になった注射器を集めはじめた。「月曜にハルが戻ってくるのが、待ち遠しいんじゃないのか？」

アルマは鼻を鳴らして言った。「たっぷり説教してやらないと」ハルが狩りに出発する前、彼女は最後に念を押した。「毎日必ずコレクトコールで電話しなさいよ、ハル。わかった？　電話代なんか気にしなくていいのよ」ここの電話番号を書いた紙を無理やり彼の手に握らせた。どうせ覚えていないんだから。ところが土曜の今になっても、一度も電話はかかってきていない。当然ヴァレンタインの近くにも公衆電話はあるだろうに。なんでかけてこない？

「忙しくてそれどころじゃないんじゃないのか？」アルマが自分自身にした今の質問が、あたかも聞こえていたかのようにクライルは言った。「昨日の夜は夜遅くまで飲んで、今朝は早くから狩猟小屋に行ったんだろ」

たしかに彼の言うとおりかもしれないとアルマは思ったが、それでもなにか引っかかるものがあった。

彼女は囲いの中を見まわし、豚の背中に塗られた緑色のマーカーを数えて注射がすんだことを二重にチェックした。子豚たちはかわいらしさをすでに卒業しつつある――顎《あご》の下の肉が垂れはじめて鼻の穴も大きくなり、ティーカップにもはいりそうだった子豚の愛らしさは、四週目にしてすでに消えはじめていた。週の初めごろ、二匹の尻尾《しっぽ》をハルは切り取った。ほかの豚に嚙《か》みちぎられそうになっていたからだ。成長すればするほど醜《みにく》くなる。その分もっと賢く、もっと意地悪になる。

クライルが身をかがめて一匹の耳のうしろを搔《か》いてやると、ほかの豚たちも駆け寄ってきて彼の手に鼻先を押しつけた。かわいがってもらいたい犬の群れのようだった。

「まだかわいいな」と彼は言った。同じものを見ても、人によってこれほど見方がちがうものだろうか。

「まあね」とアルマもしぶしぶ認めた。「でも、そんなこと言ってられるのも今のうちよ」

2

マイロ・アハーンが階段をおりていくと、母が食品庫の下のほうの棚からロースト用の鍋を引きずりだすいつもの音が、家じゅうに響きわたるのが聞こえた。母は、日曜の朝にはきまってローストビーフを焼く。教会から帰ってきてから、布ナプキンを並べたダイニングのテーブルを囲んでみんなで食べるのがきまりになっていた。マイロはローストビーフも付け合わせのジャガイモとニンジンも嫌いだった。それに、いつもゴミ箱の中に捨ててあるタマネギの皮も――食事が終わってから父がゴミ箱の中身を捨てにいくまで、家じゅうにタマネギのにおいが充満する。もしかしたら、嫌いなのはローストビーフそのものではなく、それが象徴するものなのかもしれない。毎週のように繰り返されるその日の牧師の説教のおさらい、テーブルを囲む家族の同じ顔ぶれ、毎週まったく同じメニューの夕食。あのことわざはなんだっけ――そう、〝慣れすぎると侮《あなど》りが生まれる〟だ。先週国語の先生から、そのことわざが最初に書かれたのはイソップで、マーク・トウェインが〝そして子供も〟と付け加えたと教わった。いいこと言うな、と思った。授業では今、『トム・ソーヤーの冒険』を読んでいる。マイロはすでに『ハックルベリー・フィンの冒険』を読みおえていて、ハックルベリーのほうがおもしろいと思った。でも、授業の中で黒人の話をしなければならなくなったら、トーナー先生は心臓発作を起こしてしまうかもしれない。

キッチンにはいると、ブラウスとスカートの上からエプロンをした母がまな板の前に立ち、サリーおばさんはキッチンテーブルの椅子に座っていた。「おはよう、マイロ」とおばさんは言い、コーヒーのはいったカップで乾杯するふりをした。「もうコーヒーは飲めるようになった?」

「まだ」と彼は言い、おばさんはうなずいた。

「ジョージは半年くらい前から飲みはじめたのよ。すっかり大人になったつもりみたい。でも、お父さんと同じようにブラックで飲もうとしたけど、どうしても無理で、だからお砂糖を三杯入れてあげたの。クリームだとお父さんにばれちゃうでしょ?」いとこで十四歳のジョージは、ほんとにめんどくさいやつだ。昨夜は同じ部屋で寝なければならなかった。しかも自分のベッドをジョージに取られ、マイロは引き出し式の低いベッドに寝るはめになった。ジョージは上のベッドの縁から身を乗りだし、マイロのおでこのちょうど上で、口にためた唾《つば》を下に落ちる寸前まで少しずつ垂らしていった。ぎりぎりまで垂らしてからすすり上げるつもりだったらしいが、一度は失敗してマイロの耳の穴に唾が落ちた。おかげで、マイロはひと晩じゅう蜘《く》蛛《も》の夢にうなされた。

サリーおばさんたちは、ルーテル教会でおこなわれるマイロの堅信礼——生涯にわたってキリストへの忠誠を誓う儀式——に参列するためにガンスラムの町まで車でやってきた。マイロが教理問答《カテキズム》のクラスに通いはじめたころ、親友のスコットがこんなことを言った。「ぼくは、生涯にわたる忠誠なんて誰にも誓わない。特に男になんて」と。放課後のクラスには、十歳のときから通いはじめた。そして十二歳になった今、ついに大舞台に立つ日がやってきた。教理問答のクラスは、コミュニティの中で立派なキリスト教徒としてやっていけるように手助けをしてくれるためのものだったが、実際にそこで学んだのは、学校と同じくらい教会でもずるく立ちまわれる、ということだった。少なくとも、スコットはそう思ったようだ。でも、マイロ自身はこっそり勉強していた。恥ずかしくてスコットには言えなかったけれど。

マイロの最大の秘密――勉強が好きで、規則に従うのが好きだということ――は、姉の秘密に比べればかわいいものだ。昨夜、ペギーの窓がゆっくりと開く音が聞こえた。それから、雨どいがこすれるお馴染《なじ》みの音も。今年の夏、野球帽をおでこの上まで押し上げた父が家の外に立ち、いったいなにが起きたのだろうと不思議がっていた。「ほら、きれいにペンキがこそげ落ちてるだろ?」木の壁板から雨どいを引きはがしながら、父は言った。この近所に、野放しの熊がいるとでも思っているのだろうか。鹿にも人間と同じような指が生えて、雨どいを登れるようになったと思っているのだろうか。その週末、マイロは父の言いつけで、梯子《はしご》に登って雨どいのうしろにペンキを塗らされた。トム・ソーヤーが嫌いなのはそのせいかもしれない。

バーンズ牧師の話では、今日の堅信礼は幼児の洗礼式とほとんど変わらないらしい――陰気くさい洗礼盤を使い、聖水を頭にかける滴礼の儀式。ただ、質問には自分で答えることができるそうだ。両親が答えるのではなく。同級生のリサ・ラスムーセンは、母親と兄と一緒に四十五分かけてアイオワ州のスー・シティまで車で行き、YMCAのホーリーローラー教会で洗礼を受けた。そこは、プールで水着を着て洗礼式をするらしい。昨夜、マイロは蜘蛛の夢のほかに堅信礼の夢を見た。予定どおりにルーテル教会に行くのだが、水着を持っていかなかったため裸で儀式をさせられ、出席者全員に笑われた。なんで神さまのことでこんなストレスを感じなければいけないのだろう。

「マイロ?」サリーおばさんがもう一度訊いた。

「あ、ごめんなさい。なに?」

「今日のこと、楽しみ?」

答える前に――そもそもどう答える? 裸にならなくてすむから〝はい〟?――ドアが開き、ランダルおじさんとジョージを連れて父がはいってきた。新鮮できりっとした雪のにおいも一緒にはいりこんできた。吹雪《ふぶき》が始まったのは昨日の夜の十時ごろからだった。十一月になって間もないこの時期にしてはめずらしいことだ。

「外は寒いぞ」と父は言い、身をかがめて母の頰《ほお》にキスをした。ただの見せかけのキスだということをマイロは知っていた。おばさんとおじさんが町にいるとき、両親はいつもより親密さをアピールする。まだ彼が小さかったころ、母とランダルおじさんはむかし付き合っていたとペギーから聞かされた。マイロは長いあいだ、わけがわからずに悩んだ——親戚同士でデートするって、どういうこと? でも八歳になって家族というものについていろいろわかってくると、ようやく納得がいった。両親はずっと、まともなキスをしたことがなかった。『女刑事キャグニー&レイシー』を見ながらリクライニングチェアで寝てしまった父が目を覚まし、ちゃんと寝るために寝室に行く前に義務的な感じで母にチュッとするのがせいぜいだった。父が好きなのは、柔らかそうなふわふわしたパステルカラーのセーターを着てテレビ番組に出ているブロンドの女の人だ。

「豚に餌をやりにいくっていうのに、ランダルは上着も持ってこなかったんだ」と父は言った。「だから古いウィンドブレーカーを着るしかなかった」マイロの母は、豚舎用の服を洗うために専用の洗濯機を持っている。古くなった洗濯機を、新しい〈ワールプール〉に去年買い換えたばかりだった。マイロの父ジョーはコーヒーをカップに注いでひとくち飲むと、もうひとつのカップにもコーヒーを入れて弟に渡した。

「あなたのコートを貸してあげればよかったのに」ロースト用鍋に入れた肉の上でペッパーミルを挽《ひ》きながら、マイロの母は言った。

「それほど寒くなかったよ」とランダルは言ったが、見るからに手がかじかんでいた。皮膚も真っ赤で、指関節の部分だけが白い。彼は温かいコーヒーカップを持つ手をゆるめた。

「死んでる豚がいたんだよ」とジョージは話に割りこみ、腹を膨《ふく》らませて見せた。「お腹《なか》んとこが膨らんじゃってた」

「もう、いいかげんにしなさい」とサリーおばさんは言った。

「すごかったよ」かまわずにジョージは続けた。「だから、肢をつかんで木の上に放り投げてやった。そうすりゃ鳥とかがつつきにくるだろうと思ってさ」

「手を洗ってきなさい」とサリーおばさんは言ったが、ジョージはただそこに突っ立っていた。もしもマイロが母の言うとおりにしなかったら——どんなことになるのか想像もできなかった。反抗するのはいつもペギーで、彼ではない。すでにマイロが一階におりてきているのがその証拠だ。シャワーを浴びたので髪は濡れ、コーデュロイのズボンの中に着心地の悪いオックスフォードシャツを押しこんでいた。それに比べ、ペギーはまだベッドから起きてきてもいない。

サリーは砂糖入りコーヒーのカップをジョージに渡すと、コーヒーポットを持ち上げてランダルとジョーのカップに注ぎ足した。「さあ、ふたりとも早く支度して。マイロの大事な日に遅刻したくはないでしょ？」

マイロの家にはバスルームが三つあった——マイロとペギーがいつも使うバスルームは二階に、もうひとつは両親の寝室に、最後のひとつは農場の仕事のあとに父がシャワーを浴びる地下室に——でも水圧の関係で、一度にシャワーを浴びられるのは一箇所だけだった。

マイロの父は自分が地下室のバスルームを使うと言い、ジョージには二階の、ランダルには主寝室のものを使うように言った。「カーペットを汚さないように気をつけてくれよ、ランダル」と父は言った。「泥だらけの長靴には慣れてないだろうからな」ランダルはすでに玄関ポーチで長靴を脱いでいた——兄から借りたその長靴は、サイズがひとまわり以上大きかった。それを知ったうえであえて言ったらしい。

「きついジョークはいつものことだな、ジョー」とランダルは言った。

ジョーは笑った。「それが兄貴の役目ってもんだろ？」

マイロの母はまな板の前に立ってニンジンの皮をむいていた。全部むきおえると、今度はさいの目に切りはじめた。「マイロ」と母が言った。「ペギーが起きてるか、二階を見てきてくれる？」

「起きてないよ」

母はピーラーをマイロに向けて言った。「なら、起こしてきて」特別な日だというのに、あんまりだ。キリストと契約を結ぶだけじゃ不充分なの？　そのうえ、姉まで起こさないといけないの？

「それにジョージ」とサリーおばさんは息子を指差して言った。「くさい！」

マイロはジョージのあとについて二階に上がった。マイロの部屋にはいるなりジョージはシャツを頭の上までめくった。十四歳になった彼の背中は分厚くなりはじめていて、一年前に比べると八センチ近く背が伸びていた。マイロのほうは九歳のときから変わらず薄い胸のままで、腕だけがひょろ長くなっていた。ペギーのドアをノックしようとしたところで思い直した。驚かせようと——できれば怒らせようと——突然ドアを開けて押し入った。

「起きろ！」と叫ぶつもりで口を開けたが、ベッドはもぬけの殻だった。いつものようにベッドメイクも雑で、しわだらけのキルトの下からシーツが二十センチもはみ出していたし、ベッドのヘッドボードに押しつけられた枕はぺちゃんこにつぶれていた。「ペギー？」しばらく返事を待ってから、バスルームを見にいった。旅行用の収納ポーチを持ったジョージがマイロの部屋から出てきた。黒い革のポーチの真ん中のジッパーは、金色に輝いていた。

「ペギー見なかった？」とマイロは訊いた。

ひげ剃《そ》りを出しながらジョージは首を振った。明らかにポーチを見せびらかしていた。「なんで？」

「べつになんでもない」収納ポーチをうらやましく思いたくはなかったが、実際にはうらやましかった。マイロは、物事がきちんと体系だって整理されているのが好きだ。ルームサービスのあるホテルとか夏のミュージック・キャンプとか、どこかそういうところに出かけるのを楽しみにしていた。昨日の夜、ペギーの部屋の窓が軋《きし》みながら開き、雨どいをおりていくまぎれもない音が聞こえた。きっと姉はこっそりと家を抜けだしてローラに会いにいき、そのあとに雪が積もったので足跡も消えてしまったのだろう。お客さんが来ているのに抜けだすなんて、大胆すぎる。サリーおばさんとランダルおじさんが寝ている居間のソファベッドは雨どいのすぐ近くにあるし、ランダルおじさんが背中のせいで熟睡できないのはみんなが知っていることだ。午後になったら、きっとペギーは気まずそうな顔をして帰ってくるだろう。女の子っぽい馬鹿みたいな靴のせいで靴ずれでも作って。でも、今日の主役はマイロだ――信仰を告白し、敬虔《けいけん》なしもべとしての人生をスタートするのだから。人の不幸を喜ぶようないやなやつにはなりたくなかったが、ペギーが大目玉を食らうのは確実だった。

階段をおりていくと、母はまだキッチンにいた。

「ちょっと話があるんだけど」サリーおばさんの前では言わないほうがいいような気がした。おばさんはまだキッチンテーブルの椅子に座り、ハサミを手に〈グッド・ハウスキーピング〉誌を見ていた。

「なに、マイロ？　今忙しいの」と母は言って濡れた両手を持ち上げて見せた。片方の手にジャガイモ、もう片方に包丁を持っていた。

「話したいことがあって」

「ここでは言えないこと？」

「ペギーのことだよ。いないんだ」

サリーおばさんは雑誌から目を上げ、母は少し間をおいてから言った。「いない、ってどういうこと？」

「部屋にいないんだよ。昨日はベッドで寝てないみたい」

サリーおばさんは首を振りながら雑誌のページをめくった。「よく言うじゃない、女の子は最初は育てやすいけどあとで大変になる、って」と言って雑誌を指差した。「何号か前の記事で読んだばかりよ」

マイロの母は、ジャガイモを持った手の甲で自分の頭を叩いて言った。「やだわ、わたしったら。そういえば、昨日はローラの家に泊まるって言われてたんだった。あのふたり、いつも一緒なのよ」母はジャガイモをおき、エプロンで手を拭《ふ》いた。「ローラのお母さんに電話してみるわ」キッチンの壁にも電話が掛かっていたが、母は廊下に出て寝室に向かった。

たしかにそうかも、とマイロは思った。きっとローラのうちで寝てしまって帰りそびれたのだろう。それとも、親戚が家にいれば母もおおっぴらに怒れないのを見越して、最初からペギーが仕組んだことなのかもしれない。マイロも姉も、どうやら不眠症らしい。図書館に行ったとき、〈メイヨー・クリニック〉が出版している『A―Z健康ガイドブック』という本を読んで知った。ペギーは親に頼みこんで、平日の夜は深夜にレターマンのトークショーを見ていた。週末の夜は、少なくとも午前二時まで家の中をうろうろ歩きまわったり、冷蔵庫の光に照らされながら手を腰に当てて中をのぞきこんだりしていた。「なに探してんの？」ある晩マイロがうしろから呼びかけると、ペギーは飛び上がって驚いた。彼の頭を叩き、人をびっくりさせるなんて気味悪いチビめ、と言った。

ふたりともどうしても眠れないそういう夜には、〈ウノ〉や〈ジン・ラミー〉などのトランプ遊びをした。〈ウノ〉もそろそろ終盤に近づき、ワイルド・ドロー4を出して勝利宣言をするその少し手前くらいで、マイロとペギーは本音で語り合うことがあった。十二歳のオタクと十六歳のバレーボール選手兼チアリーダーは、まわりが思う以上に話が合った。彼らの主な話題は、退屈な日々を過ごした田舎町ガンスラムを出て、大学に行くときの話だった。階段をおりる途中、マイロは手すりをきつく握りしめて立ち止まった。

　まさか、出ていったんじゃないよね？　ぼくを置き去りにして。

　最後にまともに話したのは、二週間前、火曜日の午前一時過ぎにペギーがこっそり帰ってきたときだ。そのとき服はしわくちゃで、息からはウィスキーのにおいがした。姉はマイロの部屋のドアから顔をのぞかせ、まだ起きているか訊いた。「あんな大きな音で帰ってこられたら、寝てられるわけないじゃないか」

　ペギーはマイロのベッドの角にちょこんと座り――いつもとちがう！――学校はどんな調子か訊いた。

「いったいなんの話？」と彼は訊いた。夜中の一時に学校についての質問？　相当酔っ払っているらしい。鎖骨のあたりに赤紫のあとがあった。「ねえ、それってキスマーク？」

　ペギーは口を手で覆い、クスクス笑った。「かもね」

「やらしい！　愛という名のもとの内出血かよ」

「愛だなんてひとことも言ってないけど」と言って弟の足の裏をくすぐった。「でも、そうじゃないとも言ってない」歌うような口調で続けた。

　マイロはクローゼットからローファーを引っぱりだすと、ベッドに座って履いた。〈ウノ〉をしながら、ペギーはネブラスカ大学リンカーン校にはいってからの計画を話した。女子学生社交クラブ《ソロリティ》に入会して、男子学生社交クラブ《フラタニティ》の会員と知り合う。その彼は、本物の都会に住むことを考えている。そこには、ショッピングモールやシーフードレストランや、ペギーにはさっぱりわからない芸術を展示する美術館のような文化施設がある。一方マイロは、まっすぐに西海岸か東海岸のトップクラスのリベラルアーツ・カレッジに行き、そこで外国語を学んで片眼鏡をかけたいと話した。それじゃ腹話術人形のチャーリー・マッカーシーそっくり、と馬鹿にされた。でも、ペギーにとってのイケてるファッションといえばネオン色の羽根のイヤリングだから、あまり真《ま》に受けないことにした。ふたりの意見が一致したのは、両親みたいには絶対になりたくないということだった。ただ、若い親のなかにはかっこいい人たちもいる、とペギーは言った。「ものすごくかっこいいってわけじゃないけど。なんていうか、大人なのよね。わたしがなりたいのはそれ。大人になりたい」

わたしがリンカーンに引っ越したら、すぐに週末に遊びにきてもいいよ、と言ってくれた。キャンパス内の本屋に連れていき、映画館では特大バケツサイズのポップコーンを買ってあげると言った。男子学生社交クラブ《フラタニティ》のパーティにも連れていくと約束した。パーティのあいだずっとトイレに隠れてないといけないかもしれないけど、と。マイロは頭を左右に振った。絶対にちがう。なにも言わずにぼくを置き去りにするはずがない。

母の靴音が階段をのぼってペギーの部屋まで行き、そのあと父がシャワーを浴びている地下室まで行くのが聞こえた。マイロは急いで母を追った。いつものように盗み聞きをするためだ。ほとんどの週末、ペギーは友だちを家に呼んでいた。いつも、ものすごくくだらない話しかしていなかったが、どんなに馬鹿みたいな話でも、マイロはひとことも聞きもらしたくなかった。ドアにガラスのコップを当てて、コップの底に耳をあてて聞く？　そんなことをしても全然聞こえない。あらゆる情報は、ドアの隙間から流れだしてくるのだ。

　両親はささやき声で話していたので最初は聞き取れなかったが、集中しているうちに、歌の中のひとつずつの音符のようにことばが分解されてきた。「ベッドにはいったのはわかってるんだけど」と母は言った。「それは何時ごろだ？」

「九時半？　十時？」マイロはあきれて目をぐるりとまわした。ペギーが十二時前に本気でベッドにはいるわけがない。「ジョージを避けてるからなのかなと思ったの」そこから母の声はさらに低くなり、マイロにも聞こえなくなった。

「まあ、とにかくもう行く時間だ」母の言ったことに答えるかのように父は言った。「マイロの大事な堅信礼の日だからな」

　ほどなくして母のヒールがコンクリートの床を横切る音が聞こえ、マイロはあわてて自分の部屋へネクタイを取りにいった。ジョージはバスルームで腰にタオルを巻きつけ、ぶ厚い裸の胸を見せびらかしていた。こってりとシェイビングフォームで覆われた頰と首を剃るたび、発達しはじめた上腕二頭筋が盛り上がった。洗面所のカウンターの隅におかれたジュエリー掛けの上に、濡れたタオルが無造作におかれていた。木の形をしたジュエリー掛けの枝には、ペギーのブレスレットやネックレスやイヤリングがゆらゆらと揺れていた。いちばん上の枝には、フットボールとヘルメットと靴のスパイクのチャームのついた銀のブレスレットが掛かっていた。チアリーディングのときにはいつも着けているブレスレットだ。

「なに見てんだよ」とジョージは言った。泡の下からにやにや笑いが見えた。

「べつに」マイロはいとこのぶよぶよの腹をわざとらしく一瞥《いちべつ》してから、仕返しされる前に急いで自分の部屋にはいった。

二十分後、ふたつの家族は車のドアの縁で靴についた雪を払い落としてからそれぞれの車に乗りこみ、町に向かった――マイロは父が運転する母のビュイック・ルセイバーに乗り、ランダルおじさんたちは新車のキャデラックに乗って。前の晩、おじさんたちがぴかぴかの白い車でやってきたとき、父はビール片手に玄関を飛びだし、「どうやったらそんな車が買えるんだ？」といきなり言った。まだ挨拶《あいさつ》もしていないのに。

私道の突き当たりに子豚の死骸があるのをマイロは見つけた。おそらく生後八週間は経っていないだろう。死後硬直で口がかたまっていた。もう一台の車の窓から、ジョージが興奮気味に死骸を指差しているのが見えた。

教会まで運転するあいだ、父はいつものように手首でハンドルを操作した。ネブラスカ・ハイウェイ57で数少ない対向車とすれちがうたび、人差し指を立てて挨拶した。「あいつ、どこであんな金を稼いだんだ？」そう言って母のほうに顔を向けた。「小便する便所もないほど貧乏だったのに」

「まあ、でも今はキャデラックに乗ってるわ」マイロの母は淡々とした口調で言った。それってつまり、今はキャデラックでおしっこできると言いたいのだろうか、とマイロは思った。

教会のロビーでバーンズ牧師からペギーのことを訊かれた母は、頭痛がひどくて家で休んでいると嘘をついた。サリーおばさんとランダルおじさんはすでに信者席に座っていた。「またですか」とバーンズ牧師は言って首を振った。「かわいそうに」

でも、マイロには〝頭痛〟の正体がわかっていた。二日酔いだ。ペギーが優れた嘘つきなのか、それとも両親がただ馬鹿なのかはわからないが、なぜかいつも姉の言うことを鵜呑《うの》みにする。この摩訶《まか》不思議な頭痛がまた起きたら、オマハのクラークソン病院までヘリで救急搬送してもらわないといけないわ、と母は言った。これはペギーがついている嘘じゃない、とマイロは自分に言い聞かせた。両親がついている嘘だと思うと、なんだかおもしろかった。

マイロは母とジョージのあいだに座った。三列前に座っているスコットが、何度も振り向いては耳を上下するという馬鹿な得意芸を披露《ひろう》してきた。マイロも鏡の前で百回以上練習したが、どんなに集中しても思いどおりに動かすことができなかった。マイロがにやりと笑うと、スコットは舌を突きだし、隣に座っている女の人の耳の近くまでゆっくりと舌を伸ばしていった。緑と紺の格子柄のジャンパースカートを着た真面目そうなその女の人が、突然手を伸ばしてスコットの舌を握った。スコットは驚いて吐きそうになり、右隣に座っているスコットの母親に気づかれてしまった。マイロは急いで手で口をふさいだが鼻が鳴った。声を出して笑わないように必死で耐えていると、射すくめるような視線で母ににらまれた。今日はお行儀よくしないといけない朝でしょ、と言っているような目つきだった。たしかに、アハーン一族に注目を集めてはいけない朝だ。

女の人がスコットの舌から手を離した。ようやく自由の身になったスコットは肩越しにマイロのほうを向き、「今の、信じられるか？」と言おうとしたようだ。しかしそのときマイロはまっすぐに正面を見ていたので、スコットは視界の端にぼんやりと見えているだけだった。母がふたたびマイロのほうを見たとき、彼の視線は退屈な話をしているバーンズ牧師に向けられていた。母はマイロの手をぽんぽんと叩いてから、その上に自分の手を重ねた。この状況は恥ずかしいと思うべきなのかな、とマイロは思った。しかし今は、自分が両親の愛情をひとり占めにして、いちばん大事な子供にやっとなれたという思いに集中していた。だからそれ以外のことを考えている暇はなかった。

バーンズ牧師はお得意の長い間《ま》を作り、その沈黙をフル活用して居眠りしていた人たちからも注目を引き戻した。「それでは」と彼は言った。「教理問答《カテキズム》の一九八五年クラスの皆さん、立ってください」マイロとスコットは同時に立ち上がり、教会の中にいるほかの十二歳の子供たちもぱらぱらと立ち上がった。「では皆さん、私のところまで進んでください」とバーンズ牧師は言った。マイロは横歩きで両親やおばさん、おじさん、そしてジョージの膝の前をすり抜けて通路に出た。ペギーがいたら、まちがいなく腕の内側の柔らかいところを思いきりつねられただろう。その燃えるような痛みがないのは、少し寂しかった。

バーンズ牧師は水をすくってマイロの頭にかけた。そのひと筋がマイロの口に向かって流れ、彼はとっさに口を閉じた。これで洗礼は台なしになってしまっただろうか。イエスさまを拒否したことになるのだろうか。実際のところどうなのかはわからなかったが、これはなにかの策略なのではないか、とマイロは思った。とっさに自分の両手を見たが、聖痕《せいこん》は現われていない。そんなことを期待した自分が恥ずかしかったが、そこにあったのは爪の噛みすぎで深爪になっている手だけで、ほかの人の手となにも変わらなかった。

二十分後、参加者たちはぞろぞろとロビーに出た。父はマイロの背中をぽんと叩き、母は彼の頬にキスをした。あちこちから、緊張気味の親たちのささやき声が聞こえてきた――このままコーヒーとケーキをパスして帰ってもかまわないだろうか、そんなことをすると目立ってしまうだろうか、と。マイロは、堅信礼がすんだら気持ちに変化が生まれるのかと思っていた。心がもっと清らかに、もっと軽くなるのかと思っていた。でも、頭のうしろが湿っている以外、以前とまったく変わらない。両親は、今ここにいないペギーのほうが心配のようだった。

「なにも言わずに抜けだすわけにはいかないわ、ジョー」と母は小声で言った。そこにトーニャ・ゲイリーがやってきて、マイロをハグして祝福した。彼女は、新しいレシピ——レモンのアイシングをかけたブルーベリー・ケーキ——を「絶対に食べてみて」と言って母を誘った。ミセス・ゲイリーは両親の友人のひとりだったが、小さな町にはよくあるように、年齢的には両親よりかなり若かった。ここでは、人々は年齢ではなく、共通の趣味でグループを作っている——主に、酒が好きな人たちと、飲まない人たちにグループ分けされている。母はそれほど飲まないが、父はお酒が大好きだ。金曜と土曜の夜はたいてい誰かの家の地下室に集まり、親たちが飲んでいるあいだ、子供たちはテレビの前にかたまっている。昨夜は、サリーおばさんとランダルおじさんが来ていたのでいつもの集まりには参加しなかったが、父とランダルおじさんだけ〈OK〉というバーに飲みにいった。

「ひとくちだけ食べてくるわね」と母は言った。「ちょっとだけだぞ」と父は念を押したが、母はもう厨房《ちゆうぼう》のほうに歩いていた。

マイロは、ペギーの友人のローラのところに行った。彼女は、少なく見積もってもふたつ目のドーナッツを食べていた。

「ねえ、あんたのお母さんが電話してきた本当の理由は？」口をいっぱいにしてローラは言った。堅信礼のあとで母に直接訊いてみたときには、ペギーの教会用の靴がどうのとか言われたらしい。

「ペギーが帰ってこなかった」

ローラは目を見開いた。ドーナッツのかけらが口の端についていた。「ほんと？　いったん戻ってまた出ていったってことは？」

「たぶんないと思う」

「クソやばいね」とローラは小声で言った。おばあさん——ものすごく歳をとった——が、お化けのような目でふたりをにらんだ。

「昨日は一緒じゃなかったの？」とマイロが訊くと、ローラは「わたしのこと、なんだと思ってるの？」という目でにらんできた。「誰にも言わないよ」と彼は言った。「ただ訊いてるだけ。信じてよ。言いつけるつもりなら、もうとっくに言いつけてるよ」

「うん、たしかに一緒にいた。ちょっとだけ〈キャッスル・ファーム〉で」〈キャッスル・ファーム〉とは町の北部にある廃業した農場で、廃墟になった母屋《おもや》のことをみんなはそう呼んでいた。「名前と矛盾《むじゅん》してるのよね」とペギーがマイロに言ったことがあった。べつに〝矛盾〟という用語の説明なんて求めてもいないのに。そのときマイロは、図書館に頼んでウェイン州立大学から取り寄せてもらった文学用語の本を読んでいた。司書のおばさんはその本をドスンとカウンターにおくと、マイロのほうに押しやりながら言った。

「さ、どうぞ、ガリ勉くん。一週間後に小テストするからね」でも彼女は笑っただけで、本を借りにくる大学生にいつも冗談で要求している宣誓書への血の署名は、マイロに求めなかった。

「ペギー、大丈夫かな」このとき初めて不安がよぎった。朝のうちはペギーが大目玉を食らうと思うと愉快でたまらなかったが、そのあとは置き去りにされたかもしれないとだんだん腹が立ってきた。そして、今は？

「もちろんだよ。わたしが保証する」そう言いながら、ローラは彼の皿からドーナッツを取った。「あの子なら、ちゃんと自分の面倒は見られるから」たしかにそのとおりだ、とマイロは思った。以前、〈ベン・フランクリン〉の店舗でリップクリームを万引きしたときも逃げおおせたし、酔っ払って帰ってきてから父親と一緒にポテトチップスを食べたのに飲酒がばれなかった。一度、マイロを車に乗せているときに信号を無視したことがあった。でもそのときも、なんとか言いくるめて違反切符を切られずにすんだ。保安官が父の知り合いだったということもあるが、だとしてもだ。

マイロは本気で考えた。今回、ペギーはどんなトラブルに巻きこまれたのだろう。

「それに」とローラは続けた。「もうとっくに帰ってるかもよ。きっと自分の部屋にもぐりこんで、ずっとここにいたよ、なんて言ってお母さんをまるめこもうとするんじゃない？　こんなに痩《や》せてるから、ベッドカバーの下にいるのがわからなかったんじゃないの、とかなんとか言って」

「土曜日の夜、最後にペギーを見たのは何時ごろ？」

ドラマ『ヒルストリート・ブルース』のフリロ署長のように聞こえたかな、とマイロは思った。ミック・ベルカー刑事ならもっといいけど。聞き取りしたことを書き留められるように、手帳を持ってくればよかった。

「昨日の夜？」ローラは、ホット・チョコレートを混ぜるためのスティックを下唇にぽんぽんと当てた。「ペギーの友人たちの中でローラがいちばん好きなのは、こういうところだ——公衆の面前でも、気にせずに十二歳の子供と話してくれる。「たぶん、十二時ちょっと前くらいかな。わたしはケリーと先に帰ったから。ケリーったら、前の週末にわたしを遅くまで連れまわしてうちの親からにらまれてるから、なんか気にしてるんだよね。わたしたちが帰ったとき、ペギーは気にしてないみたいだったけど」

ケリーとペギーは一年前に付き合っていたが、いつものことながらペギーのほうから男をふった。ローラが、どうしようもなくケリー（流行《はや》りの髪型をしたガンスラム高校のアメリカンフットボール・チームのクォーターバック兼、野球チームのセンターで先発選手）のことが好きだと姉に話していたのを、マイロは盗み聞きしていて知っていた。ペギーは、ローラとケリーのことを応援すると言っていた。たった二十三人しかいないクラスの中では、くっついたり離れたり、カップルの組み合わせが変わるのはあたりまえのことらしい。

「誰か、送ってくれる人がいたのかな」

ローラは前髪を息で吹きあげ、肩をマイロの肩にぶつけた。「彼女、大丈夫だって言ったんだってば。少なくともフットボール選手のふたりは、次の朝に筋トレがあるからってぐでんぐでんにはなってなかったから、送ってくれる人はいたと思うよ」彼女は目を細めてマイロを見た。「ねえ、先に帰っちゃったこと、責めてる?」

「ちがうって。帰ってこなかったのは心配だけど、ペギーが悪いんだから」

ローラは笑った。「ってことはつまり、ものすごい土産話《みやげばなし》を持って帰ってくる、ってことじゃない?」

部屋の反対側で母が手を上げ、五本の指を広げるのが見えた。あと五分でここを出るという合図だ。「コートを取りにいかなくちゃ」とマイロはローラに言った。そこにジョージがのんびり歩いてきて、胸板を強調するように胸を張ってローラをいやらしい目で見た。

「ありえないから」とローラに言われ、ジョージは一気にしぼんだ。彼女は、行こうとするマイロの腕をつかんで言った。「ペギーに電話するように言ってね」

「うん。こってり絞られたあとになると思うけど」いつもの父の怒鳴《どな》り声なら、盗み聞きをするまでもないだろう。

教会の玄関で、父が日曜日に着る黒いコートを見つけた。重いウールのコートは、ほかの父親たちのコートとほとんど見分けがつかないものだったが、マイロの子供っぽいカーコートと同じフックに掛かっていたのですぐにわかった。マイロのコートは小学五年生のときから着ているもので、袖が三センチ近く短かった。いつもの母の〝五分前の警告〟なら、少なくともあと十五分は余裕がある。ドーナッツやクランベリージュースを取りにいき、両親が人混みから出てくるまでビュイックの後部座席でゆっくりと本を読むことができる。でも、マイロがコートを着てロビーにいる父にコートを届けにいくと、母はすでにコートをはおって肩にバッグを掛けていた。

「さ、行きましょ」と母はマイロに言い、隣の女の人に聞こえるような声で続けた。「早く帰って、ペギーの具合を見ないとね」

「かわいそうに」とその人は言い、母は笑顔を返した。

サリーおばさんたちを見つけてそばまで行くと、ランダルおじさんはバーンズ牧師と話していた。同級生のふたりは、幼稚園から高校までずっと学校が一緒だった。バーンズ牧師は、マイロたちに使徒信条について教えてくれたり、品行方正なキリスト教徒の結婚について鳥とかハチとかを例にして、恥ずかしくなるような話を男子だけにしてくれる。そんな牧師が、普通の人と同じように高校に行ったと思うとなんか変な気がした。でもそれを言うなら父が高校生だったというのも変だし、父より四歳若いランダルおじさんがこの町に、うちの農場に住んでいたというのも変な感じだった。バーンズ牧師はおじさんの肩を叩き、会えてうれしいよと言った。

「おれもうれしいよ、ハリー」とランダルおじさんは言った。牧師のことをファーストネームで呼ぶ人がいるなんて信じられなかった。牧師より年上の両親でさえ、町の中での役割に慣れているせいか、バーンズ牧師と呼んでいた。

外に出ると、湿った大粒の雪が降っていた。ハイヒールを履いている母とサリーおばさんは、小さな歩幅で走ってそれぞれの車の助手席に乗りこんだ。母は、頭が濡れないように堅信礼の式次第を傘がわりにした。裏に印刷されているマイロやルーテル教会のほかの子たちの名前のインクが、雪で濡れて流れだしていた。ペギーの堅信礼の式次第は、額に入れられて今も廊下に飾ってある。

マイロは家に帰ったときのことがはっきりと想像できた。父は母のビュイックを車庫の〝母側〟に駐車する。田舎道に不慣れになってしまったランダルおじさんは数キロ遅れていて、まだ到着していない。先に到着したマイロたち三人は、勢いよく車のドアを閉める。寒さのせいで、車庫の扉がいつもより大きな音をたてて閉まる。マイロが先頭に立って玄関のドアを開けると、オーブンの中からちょうど焼けたばかりのローストビーフの香ばしいにおいが漂ってくる。おいしそうなにおいに、思わず唾が出る。でもそこで、マイロははっと思い出す——もうローストビーフは好きじゃないし、ぱさぱさの牛肉にはうんざりしていることを。

母は、「ペギー？」と二階に向かって大声で呼びかける……そんなことを想像しながらこうして教会の駐車場にいる今も、ペギーが返事をするかどうかが心配で、マイロはのどが詰まって息ができなかった。

3

わだちのできた雪の私道をハルのピックアップトラックがガタガタ走ってくるのを見て、クライルは腕時計に目をやった。もうすぐ八時半だ。ハルが朝の八時を過ぎてやってきた回数は、思い出しただけでも両手で足りる。たいていは八時になる十五分前には来ていた。スクールバスの運転を終えて帰宅したアルマが、次の作業に取りかかる前にハムエッグを作ってくれるのではないかと期待してのことだ。ほとんどの場合、彼の願いはかなう。

「今朝はなんか問題があったのか？」クライルは、運転席から飛びおりたハルに訊いた。

「ごめんなさい。目覚ましをかけるの忘れちゃった」

ハルはいつもの月曜日の朝と同じような顔をしていた――腫《は》れぼったい目に青白い顔。二、三日の深酒を物語っていた。ラリーとサムと一緒に二日間も狩猟小屋にいたんだからしかたない、とクライルは思った。しこたま飲んだのだろう。

「狩りはどうだった？」

ハルの顔に得意げな笑みが広がったが、クライルと目を合わそうとしなかった。「鹿を仕留めたよ。雌鹿《めじか》。でも、すごく大きいやつ」

クライルは驚きを隠すのに必死だった。ハルに射撃を教えはじめてから九カ月になるが、実際にライフルを撃ってなにかに命中させることができたのは驚きだった。まだそんな段階には至っていないと思っていた。

「よかったじゃないか」

「ものすごく大きかったよ。ほとんど雄の鹿くらい」

ハルはうしろに手を伸ばし、トラックの運転台からスリッパを取りだした。あとで、キッチンマットの上にクライルのスリッパと並べておくつもりだろう。

アルマのフォード・ベガが砂利道を曲がって私道にはいり、ついさっきハルのトラックが通った場所をがたごと走ってきた。彼女はエンジンを切って車から降りると、手袋をした手でハルを指差して言った。「ちょっと言いたいことがあるからね」

ハルは胸に手を当てた。「おれ？」

「そう。あんた。向こうに行ったら、無事に着いたことを必ず電話で知らせるように言ったでしょ？　なんで電話してこなかったの？　一度も」

ハルは顎を高く上げ、反抗的な態度でアルマに言った。「いちいち報告する必要ないでしょ？　もう子供じゃないんだから」

「ええ、そのとおり」と彼女も認めた。「あんたはもう大人よ。でも大人なら大人らしく、人との約束を守る義務があるの。それはわかるわよね、ハル？」彼女の声音は、クライルが言うところの〝スクールバス運転手の声〟だった。騒ぐ子供たちを黙らせて行儀よくさせたり、ほぼ大人に近い男子生徒をちゃんと着席させたりするような、有無を言わさぬ声。ときどき、彼女はその声を夫に対しても使った——なんでまだゴミを捨てにいってないの、クライル・コスタガン？　わたしのこと、メイドだと思ってる？——まったく気に入らないが、それでも必ず彼女の言うとおりに従ってしまう。

「とりあえず中にはいって朝食にしよう」とクライルは言った。

アルマはこくんとうなずいた。「わかった。でも、わたしがお腹すいてるから、ってだけよ」彼女はハルのほうを見て言った。「スクランブル？　それとも目玉焼き？」

「いらない。腹減ってない」

「もう、そんなにへそ曲げることないじゃないの。こっちは、週末にしか雪が降らないから休校にならなかったって文句たらたらの子供たちを送ってきたばかりなんだから。あんたまでぶつくさ言うの、やめてほしいわ、ハル・ブラード」ハルは口をとがらせた。「ならいいわよ。勝手にしなさい」とアルマは言い、家の中にはいっていった。彼女のうしろで網戸がピシャリと閉まった。

家にはいると、クライルはパンをふた切れトースターの中に入れ、戸棚からバターとピーナッツバターを取り出した。自分のカップとハルのカップにコーヒーを注ぎ、ハルのカップにはクリームと砂糖をたっぷり入れた。それぞれの席につき、クライルは朝の養豚情報を聞くためにAMラジオをつけた。「鹿狩り旅行のことを聞かせてくれ」とクライルは言った。「楽しかったか？」ことばには出さなくても、アルマがこの週末ずっと心配していたのを彼は知っていた。彼女の様子を見ているだけですぐわかった——いらいらしながらかぎ針編みを何度も失敗してはほどいてやり直したり、レミントン・スティールもたいがいにしないとローラ・ホルトがかわいそうだ、とドラマの主人公相手に怒りをぶつけたり。そういうときだけアルマは饒舌《じょうぜつ》になる。

「おれがあんなに大きな雌鹿を仕留めたなんて、きっと誰も信じないよ。でも本当なんだ」ハルはライフルをかまえるまねをして片目を細めた。

「おれは信じるよ」と言ったものの、クライルはまだ疑問に思っていた。「だけどおまえがもらったのは、たしか雄鹿《おじか》だけの許可証じゃなかったか？」

「ううん」とハルは言った。「どんな鹿でもいい許可証だよ」みるみるうちに目に涙があふれた。ハルがここで働きはじめてもう十年になるが、クライルにはどうしても馴染めないことがある――ハルがすぐ涙ぐむことだ。はたから見るかぎり、ハルになにか普通とはちがうところがあるようには思えない。二歳のとき、彼は水難事故にあった――だからほかの知的障害者と同じように見えないのかもしれない。低酸素症。一般的な基準からすると、彼はハンサムだ。百八十センチ以上の身長、広い肩幅、日焼けした健康的な肌、赤褐《せっかっ》色《しょく》の豊かな髪。ハリウッドならめずらしくもない美男子かもしれないが、こういう田舎町だったら女の目を惹《ひ》きつけるには充分すぎるほどだ。ただ、それも女たちが彼に話しかけるまでのことだが。

用事をすませるためにハルを連れていくつかの町をまわったとき、クライルは何度かそういう場面に遭遇《そうぐう》した。昼食のために小さな食堂にはいったときや、アルマに頼まれた荷物を送るために郵便局に立ち寄ったときのことだ。カウンターの向こうの女たちは、ハルとおしゃべりをしようと胸を突きだしたり彼の腕に手をおいたりする。ところがそこで、ハルはなにかピントはずれなことを言う。テレビ番組のことを夢中で話すとか、彼女の言ったことに大笑いするとか。しかも大人の男のように笑うのではなく、幼い少年のように上の歯茎《はぐき》をむき出しにしてゲラゲラ笑う。女の胸を盗み見しているのを気づかれないように注意しながら。

そのとたん、女たちの態度は一変する。目をぱちくりさせながら後ずさりし、思っていたのとは少しちがうことに気づく。

そういうとき、クライルはどうしようもない無力感に襲われた。ハルが彼女たちに興味を持っているのは明らかだった。クライルは、なるべくハルにそういうことを話してあげるように心がけた。きれいな女の子を見たときに男の体はどう反応するのか、女の子とデートするというのはどんな感じなのか。そればかりか、そういう肉体的なこわばりを和《やわ》らげるにはどうしたらいいかも教えた。シーツが汚れないようにシャワーを浴びているときにしたほうがいいことも。まるで、来る日も来る日も十二歳の少年を育てているようだった——永遠に成長することのない、大人の男の欲求を抱えた少年を。

「おれの勘ちがいだったかもしれないね」とクライルは言ったが、そうでないことは確信していた。ハルの許可証が雄鹿にかぎられていたのはまちがいなかったが、今それを追及しても意味がない。殺してしまったものはどうしようもないし。クライルはトーストにバターを塗ってからその上にピーナッツバターのかたまりを塗り、ペーパータオルの上に載せてハルの前においた。そして自分用に同じ手順を繰り返した。テーブルの向かい側でハルは鼻をすすっていた。「話を聞かせてくれるか？」まちがって雌鹿を撃ってしまったことを気にしているのかもしれないと思った。検査所でこってり絞られ、そのうえ罰金も払わされたのだろう。許可範囲を超えた狩猟をしたとして、すでに面倒なことになっているのかもしれない。

「あいつら、おれには絶対に無理だと思ってた」ハルは消え入りそうな声で言った。

アルマはバスルームから戻ってくると冷蔵庫からた

まごのパックを取りだし、コンロの上にフライパンを載せた。「誰が、絶対に無理だと思ったたって、ハル？」

「ラリーとサム。おれには鹿なんて撃てないと思ってた。だからおれの分まで撃つつもりだったんだ」

クライルは、そんなふうにハルを利用した男たちに腹が立った。だが今の話を聞いて、彼らがハルを鹿狩りに誘った理由がはっきりした。彼らは善意だけで行動する若者ではない。何年か前、町のバー〈ＯＫ〉からハルが電話してきたことがあった。呂律《ろれつ》のまわらない声で、友だちに置き去りにされたと言った。

夜中の一時に、クライルはハルを迎えにいく羽目になった。クライルが車で乗りつけると、ハルは道路の角に座っていた。膝のあいだに頭をはさんでうなだれ、足元の吐物に届くくらい長いよだれを垂らしていた。片方の目には黒い痣ができていた。その日は、ハルたちが高校を卒業してから五周年を祝う同窓会の日だった。誰ひとりとして高校時代から成長していないのに、同窓会を開くなど馬鹿げた話だ。この夜の出来事がそれを証明しているようなものだった。寄ってたかってハルに酒を飲ませてカーニバルの余興のように泥酔させたあげく、帰る手段のないハルを置き去りにしたのだ。あとでわかったことだが、ハルをけしかけて元チアリーダーの子――心理学の学位を取って今は結婚している――にキスをさせようとしたらしい。悲鳴をあげながら逃げまわる彼女のあとを、フランケンシュタインの怪物のように腕を前に伸ばしてハルが追いかけるのを見て、みんなは大笑いした。このストリートダンスのあとに彼女の夫が現われ、ハルに一発食らわして倒した。保安官のペック・ランドルフがやってきたとき、ハルを擁護《ようご》する者はひとりもいなかった。

その同窓会は、ハルが泥酔した最初の日でも最後の日でもなかった。彼はビールやストレートのウィスキーよりも、甘い酒――〈サザンカンフォート〉やウォッカのオレンジジュース割り――が好きで、小さな子供のようにがぶ飲みする。まるで、そのおいしさに気づいた誰かに横取りされまいとするかのように。

同窓会のその夜、ハルはクライルの家のソファで寝た。翌朝、立ち上がると同時に吐き気に襲われ、手で口を覆ってバスルームに走っていったが、途中までしかもたなかった。アルマはこっぴどく彼を叱《しか》りつけたが、そのあとは四つん這いになって後始末をした。それ以来、月に一度くらいハルは彼らの家に泊まるようになった。バーに行って酔いつぶれたときや、家でクライルと一緒に飲みすぎたとき、夕食のあとテレビ映画を見て疲れてしまったときなど。いつからか、二階にある客間のことを〝ハルの部屋〟と呼ぶようになった。まるでこの家で育った息子のように。クライルもアルマも、鹿狩り旅行に行かせたのを後悔していた。しかし実際問題として、ハルはもう大人だ。年がら年じゅう彼らのような年寄りと一緒にいるわけにはいかない。ハルだって、ほかの二十八歳の若者たちと同じように、友だちと過ごしてストレスを発散する必要がある。

アルマはフライパンにたまごを割り入れた。

「おれ、あいつらを置き去りにした」とハルは言った。

アルマは振り返り、ジーンズのウエストにはさんだタオルで両手を拭いた。「誰をどこに置き去りにしたって？」

「ラリーとサム」

「ヴァレンタインに？」とクライルは訊いた。

ハルはうなずき、クライルはコーヒーマグで笑みを隠した。「あんまりうれしくはなかっただろうな」

「ほんとだよね！」とハルも同意した。「でも、土曜日に起きたとき、あいつらもういなかったんだ。書き置きもなにもなかった。で、お昼に帰ってきて、アルマが作ってくれたハムサンドを一緒に食べた」――ハルは引きつった笑顔で、ちょこんとアルマに頭を下げた——「サンドイッチありがとう。おれは一緒に行けない、ってあいつらに言われた。危ないからって。あいつら、一頭ずつ鹿を撃ったって言ってた。ものすごくでかいやつ」彼の目が輝いた。「その夜も、一緒に狩りに行けないって言われたから、そのままあいつらをおいて帰ってきた」

「土曜日の夜には家に帰ったってこと？」とアルマは訊いた。続けざまにクライルが訊いた。「じゃあ、いつ雌鹿を仕留めたんだ、ハル？」

「小屋からちょっと行ったとこに鹿がいたんだ。だからライフルをかまえて撃った」彼は心臓のあたりに手を当てた。「ここを」

「小屋のすぐそば？」とクライルは訊いた。辻褄《つじつま》が合わない。鹿は豚ほど賢くはないが、だからといって馬鹿でもなく、覚えもいい。鹿狩りのシーズンに、人間のいる小屋にそれほど近づくとは考えにくい。たとえ鹿の数が増えているとしても。

「すぐそばじゃないよ。ちょっと離れたところだったかも。血が見つかるほど小屋の近くじゃない」

クライルはアルマを見てからまたハルに視線を戻した。「血が見つからないって？」それも辻褄が合わない。

「そうじゃなくて、小屋のすぐそばには血はなかったってこと」

「つまり、小屋からかなり離れたところで撃ったんだね？」

「うん、そう」

「そのあと検査所に行って、許可証とはちがう鹿を撃ったから罰金を払ったんだろ？」

ハルは目をそらした。「検査所は閉まってた」

クライルはまたアルマを見て、もう一度ハルに視線を戻した。こういう事態になるのを彼は恐れていた。ハルはこう言っていた——ラリーはいとこの土地で狩りをする許可証を得ていて、それはまちがいないことだと。しかし、検査所が閉まっているなんてことはありえない。おそらくハルの許可証は、検査でなにか引っかかった場合の予防策だったのだろう。なにか問題が起きたら、全部ハルに責任を押しつけるつもりだったのかもしれない。

クライルは深くため息をついた。「違法な狩りはしちゃいけないんだ、ハル。規則を破るために射撃を教えてやったんじゃない」

「規則なんか破ってない！　おれは正々堂々と雌鹿を撃って、トラックの荷台に載せたんだ。家に帰ってから自分で切ろうと思ったけど、すごいことになっちゃって、だからそのままにして〈OK〉に行った」

クライルにもようやく状況が見えてきた。ハルはひとりで鹿をさばこうとしたのだ。

「その作業はどこでやったんだ、ハル？」クライルはそう言いながら、ゆっくりとナプキンをたたんだ。

「キッチンだよ。肉を食べるんだから、そこがいちばんいいと思って」

クライルはこめかみの脈動に指を当て、悲惨な状況を思い浮かべた。どこもかしこも血まみれだろう。たとえ今が初冬で二日間雪が降りつづいているとしても、キッチンはにおいはじめているにちがいない。

「鹿の死骸は今どこにある？」

ハルはすがるような目でクライルを見た。「肉を無駄にしちゃいけないってクライルに教わったし、おれたちが食べるために鹿は命をくれるんだって教わった。でも、ひとくちも食べてないんだ。ひとくちも」

許可証の問題はあとでなんとかするしかない。ネブラスカの狩猟事務所に友人がいるので、事態収拾のために電話をかけてみるつもりだ。ただ、数百ドルの出費は覚悟しておいたほうがいいだろう。ハルも微罪に問われるかもしれない。「一度、おまえの家に戻ったほうがよさそうだ。一緒にキッチンを片付けよう」

「もう片付けたよ」とハルは言ったが、どんな状態になっているかは想像できた。すでに日常化している手順やよく理解している仕事なら、ハルはひとりでもちゃんとできる――夕食のあとの皿洗いやベッドメイキング、ズボンの中にシャツを入れる、など――しかし新しいことは手取り足取り指導しないといけなかった。ちょうど一年くらい前、射撃を教えはじめたときのことを思い出した。ハルはおそろしくゆっくりと念入りに銃口から弾薬を込めていた。なにか手順どおりではないことが起きたりハルが感情的になったりすると、それまで積み上げてきたものがすべて無駄になった。クライルは、そういった場面を多く目撃していた――計画が変更になって動揺したり、自分の限界を思い知ったりしたときに。

アルマは目玉焼きを三枚の皿に盛り、そのうちの二枚をテーブルにおいた。そして流し台の下から漂白剤の大きなボトルを取り出した。「ほら、これ」と彼女は言った。「わたしも行きたいところなんだけど、午後までにバスを整備してもらわないといけないから。それに、町に用事があるし」

「自分でできるよ」とハルは言い、目玉焼きを頬張った。ついさっきまで食べたくないと言い張っていたくせに。

「おれが掃除を手伝ってやる」とクライルは言った。

「注射は？　今日するんじゃなかった？」

「あとまわしにするしかないだろ」

「でも――」とハルは言いかけたのをクライルは手を上げてさえぎった。「大丈夫だ」ハルは膝の上のナプキンを取り、口を拭いた。

それぞれ皿を流しにおくと、クライルとアルマはハルのあとに続き、金網製の飼料貯蔵庫の横に停めてあったピックアップトラックまで行った。十四年前、初めてアルマを連れてこの私道を通ったとき、あの金網の中で家畜を飼っているのかと彼女に訊かれたことを思い出した。クライルがトラックの荷台をのぞきこむと、運転台からハッチまで、血を引きずったような十五センチほどの幅のあとが残っていた。不安がよぎった。最後に同じような光景を見たのは、ハルが高校のときに別の学校の高校生を病院送りにしたときだった。そのときも、クライルのトラックの運転台に同じような血のあとが残った。

「あら、大変」とアルマは言い、漂白剤をクライルに渡した。「せいぜい楽しんできて。わたしは町に行くから」

彼女は家のほうに歩いていった。クライルはトラックの荷台を指差して言った。「きれいに洗わないとだめだ、ハル」

「わかってる」ふてくされた顔でハルは言った。「やろうと思ってたんだ。ほんとだよ」

クライルはため息をついた。ときどき、本当にハルはひとりでちゃんとやっていけているのか、心配になった。鹿を玄関からキッチンまで引きずっていくなんて、いったいなにを考えていたのだろう。リノリウムの床材が敷き詰めてあって本当に助かった。ハルが借りている小さな家は、クライルたちの農場から数キロ北に行ったところにある。家賃は月に百二十五ドルで、賃貸契約をしたときの保証人はクライルだった。ひとり暮らしをするまで、ハルは母親と一緒にアパートメントを転々として暮らしていた。今は、家の裏でピーナッツバターとジャムと名付けた二匹の羊を飼っている。今年の夏、二十八歳の誕生日にアルマとクライルがプレゼントしたものだ。クライルはハルと一緒に、羊たちのための小さな小屋を作った。あれはちょうどハルがペギー・アハーンに熱を上げているころで、彼女が子羊を好きらしいとハルが聞きつけた直後のことだった。

昨日、鹿の死骸を引きずってきたときには相当な達成感を味わったのだろう。ところがいざナイフを持って鹿を前にしたとたん、どこから始めたらいいのか途方に暮れたにちがいない。まずは胸骨を切り開いて心臓を最初に取り出さないといけないことは知っていたのだろうか。それともいきなり頭を切り取ったのか？　考えるだけでクライルはどっと疲れた。ハルのことは大好きだ。それは本当だ。でも、もし選択権が自分にあったなら、普通の高校生を週末だけ雇っていただろう。それで充分だったはずだ。

ハルが古いダッジの運転席に乗りこんでいるとき、クライルは漂白剤の巨大なボトルをトラックの荷台に載せた。今のこの季節が、クライルはいちばん好きだ——晴れていて寒くて、雪が積もっていて。少しのあいだ、この気持ちよさを味わった。これから訪れる日々の中で、この瞬間を彼は思い出すことになる。死骸を片付けると思うと頭が痛かったし、それが終わってからやらなくてはならない仕事が山のようにたまっていた。そのうえ、違法な狩猟について電話もしなくてはならなかった。それでも、このときのまっさらで素直な気持ちを、彼は思い出すことになる。クライルが助手席のドアを開けると、金属が軋むような甲高《かんだか》い音がした。ドアのフレームが曲がっていた。

「ハル？」とクライルは言いながらトラックの正面までまわった。大きなへこみの周囲は赤いペンキが剝《は》がれ、右側のヘッドライトが粉々に割れていた。「これ、どうしたんだ？」

「べつになんでもない」

「事故にあったのか？」

ハルは、真っ青な凍《い》てつく空を見上げた。「わかんない」

「なにかにぶつかったのか？」

「なんにも」

「ハル、それは——」

「なに？」

クライルはこすれたあとを注意深く見た。トラックの前面は最近洗ったばかりのように——ひょっとしたら今朝――へこんでいるところのペンキが不自然に光っていた。「フロントグリルを洗ったのか？　だから今朝は遅刻したのか？」

「おれはただ――」

「また車庫にぶつかったのか？　そうなのか？」

「たぶん。土曜の夜。〈ＯＫ〉から帰ってきたとき」

クライルとアルマは、あのバーにはもう行かないようにとハルに言いつづけてきたが、彼のお気に入りの場所だった――〈サザンカンフォート〉が一ドルで飲めるし、食べ放題のポップコーン・マシーンもある。毎月ツケにしてくれるので、いちいち勘定を覚えておく必要もなく、クライルから給料をもらってからまとめて払うことができた。ハルがまたあのバーに行ったことも、また飲酒運転したことも、クライルは不満だった。ハルの家の車庫は、一九二〇年代に建てられた一台だけしかはいらない狭い造りのものだった。アルマのベガのような小型車なら問題ないが、ハルのダッジだと横幅がぎりぎりで、酔っ払っているときはなおさらむずかしい。すでに十回以上はぶつけていたが、こんなに早く白状したのは初めてだった。嘘をつくのはハルの常套《じょうとう》手段で、彼の障害の一部と言ってもいいかもしれない。

「そうか、わかった」クライルは少しためらいながらも譲歩した。「でも、もっと気をつけないとだめだ。飲んだときには車庫に無理に入れなくたっていいんだから」

「オッケー」

「よし」クライルは助手席に乗りこんで勢いよくドアを閉め、念のためにロックした。

家に着くと、予想どおり床にはぞっとするようなピンク色の染みがついていた。クライルは両手を腰に当てて言った。「で、どこだ？」

「なにが？」

「鹿だよ」

ハルは下唇を噛んだ。「ゴミ捨て場に持っていったんだ」道路を隔てた地主の農場にあるゴミ用の穴のことだ。あとでミック・ラングドンから電話がかかってくるだろう。まだかけてきていないのが不思議なくらいだ。あの男は、誰かが自分の家の近くを通りかかるとさえ思うくらいだ。ほとんど寝ていないのではないか絶対に見逃さない。ほとんど寝ていないのではないかとさえ思うくらいだ。たぶんハルがゴミ捨て場に行ったのは、ミックが教会に行って留守にしていたときだろう。そういうときくらいしか、あの男は自分の敷地の砂利道から目を離さない。一時間にせいぜい二台くらいしか通らないというのに。もし彼が町なかに住んでいたら、ノイローゼになるだろう。

「どうやって運んだんだ?」

「手押し車」

クライルはため息をついた。「じゃあ、それも洗わないとな」

「もう洗ったよ」

「ああ、そうだろうな」とクライルは言い、漂白剤のボトルを上げて見せた。「でも、もう一度洗わないとだめだ」

時間があっという間に過ぎていく。雪かきも注射もやらないといけない。昨夜からすでに三匹の豚を下痢のために隔離してあるが、今ごろはどのくらい増えているかわからない。こうなったら、キッチンだけ漂白剤で簡単に掃除すれば充分かもしれない。第一、手押し車をきれいに洗う人間なんているのだろうか。クライルがまだ小さかったころ、父がこんなことを言っていた。「農業っていうのは、最高の仕事で、最悪の仕事だ。農業に終わりはない。自分がどう思うか次第だ」と。

「ほれ」クライルはそう言ってハルに漂白剤を渡した。「まずはバケツに水をくんでこい。やることはいっぱいだ」

4

アルマは〈ガンスラム・フーズ〉の裏の駐車場に車を入れた。小さな町のいいところは、目的の場所十メートル以内に車を停められるところだ。店の中にはいると、店長の机のそばの囲いからカートを取り、食品売り場に向かった。細長い棚に一般的な野菜しか並んでいない――トマト（悲惨な状態なのはこの季節だとしかたがない）、ニンジン、タマネギ、ジャガイモ、たまにラディッシュ。シカゴにいたころには長ネギやカブも買えた。一度、ディナー・パーティのときに天ぷらを作ったことがあった。でも今は、一時間かけてスー・シティまで行かないとそういったものは手にはいらない。

レタスと〈ドロシーリンチ〉のドレッシングをカートに入れ、棚のあいだを通りながら鶏ガラスープの缶やハンバーガーのバンズ、箱入りのスパゲッティなどもカートに投げこんでいった。グリーンピースの缶詰がおいてある棚まで行く途中に、〈オレオ〉・クッキー――ハルの大好物――の陳列コーナーを通った。どんなに手作りクッキーを焼こうが、どんなに新しいレシピを試そうが、ハルは〈オレオ〉しか食べようとしない。まったく、ハルはときどき頑固で困る。まあ、男なんてみんなそうなのかもしれない。鹿のことでしょげていることを考えて、〈オレオ〉のパックをひとつカートに入れた。午後になったら甘いコーヒーと一緒に、皿に四枚載せて出してあげよう。いつものように目を輝かせて喜んでくれるだろう。「なんでわたしが焼いたオートミールのチョコチップクッキーよりこんなもののほうが好きなのか、さっぱり理解できないけど、とにかくどうぞ」と言えば、きっとハグしようと彼女の腕をつかんでくるだろう。それを彼女は振り払うふりをする。いつものパターンだった。

肉売り場のカウンターにふたりの女が見えた。ひとりはラリーの妻のシェリルだった。ハルが鹿狩り旅行に行く前に、アルマが電話で話した相手だ。シカゴに住もうがここに住もうが、どこも馬鹿であふれていた。自分のカートを彼女のカートにぶつけないようにするだけでもがまんが必要だった。でも、農場に住みはじめてから十四年、必要なときには舌を嚙んでも言いたいことをがまんしなければならないことをアルマは覚えた。シェリルとラリーの子供が大きくなれば、スクールバスに乗せることになる。ラリーの母親とも図書館委員会で知り合いだった。アルマはいまだによそ者、クライルが都会から連れてきた嫁として見られていた。

シェリルはちらっとアルマのほうを見たが、一緒にいる友人は半狂乱の小鳥のように両手をばたつかせながらしゃべりつづけていた。「教会では、家にいるってリンダは言ってたけど、ちがうと思うのよね。ジョーがペックに電話したそうよ。土曜の夜以来、誰も彼女を見かけてないんだって」女は顔に手を当てて続けた。「もう月曜の午後よ。ハッティがそんなに長く行方不明になったら、あんたどうする？」

シェリルはアルマから友人に視線を戻して言った。

「え、ハッティがなに？」

「わたしが言ってたのは、あんたも母親でしょ、ってこと。自分の娘がそんなに長いあいだいなくなったときのこと想像してみてよ」

「ハッティはまだ二歳よ。話が全然ちがうでしょ」

「そんなこと言ってられるのは今のうちよ」女は言い張った。

鳥のような手の動きの女が振り返った。トーニャ・ゲイリーだった。ハルを狩りに連れだしたもうひとりの田舎者の妻だ。アルマはひとことものを申そうと、肉売り場の前にいるふたりのカートのすぐそばまで自分のカートを押していった。「この週末、あんたたちのダンナが仕掛けたこと、聞いたわよ」

「仕掛けた、ってなんのこと?」シェリルは、欲深い、警戒しているような顔つきに変わった。目の下にくまができていた。ラリーの不始末に付き合わされて疲れているのだろう。

「わかってるでしょ? 障害者を信用させて彼の分まで狩りをしようっていう魂胆のことよ。そんな男たちと結婚してること、恥ずかしいと思ったほうがいいわ。ハルを屋根の下で寝かせてあげただけでも驚いたくらいよ」

「それはちがうと――」トーニャが話しはじめようとしたのをシェリルがさえぎった。

「置き去りにしたのはハルのほうよ。なのに、ハルがかわいそうだなんて言わないで」

アルマはそれをはねつけるように手を振った。「でかした、って褒《ほ》めてあげたいくらいよ」

シェリルは肉付きのいい腰に両手をおいて言った。「うちの人たち、ラリーのいとこの家まで八キロも歩かされたのよ。それ、知ってた? 途中で農家に寄ったけど、誰もいなかったからまた歩かないといけなかったって。日曜なのに、電話のあるところまで八キロも歩いたんだから。それで電話してきて、わたしが迎えにいったのよ」

「家まで歩かせればよかったのに」とアルマは言い捨て、カートを押してその場を離れようとした。

「なんなの」シェリルは地団駄《じだんだ》を踏みながら言った。「いっつも自分が正しいと、さぞかし気持ちいいんでしょうね。そんなに独りよがりで、楽しい?」

「ええ」とアルマは言った。レジに向かう途中でもうひと袋〈オレオ〉のパックをカートに入れた。ハルに持って帰らせるつもりだが、その日のうちに食べすぎるのはわかっていた。お腹をこわすからやめなさいと何度言ってもだめなのだ。

レジ係のラナ・ボスウェルは、商品を両手で持ち、笑ってしまうほど長い爪をカタカタいわせながらレジを打った。なんでお金を払ってまで自分を馬鹿みたいに見せ、わざわざ仕事をやりにくくするのか、アルマにはさっぱりわからなかった。「ねえ、聞いた？」ラナの場合、たいていの会話はこのことばで始まる。彼女は、ガンスラムで起きるすべての出来事を知り尽くしている人間のひとりだった。コンパスの中心の針のように、彼女のまわりで情報がくるくるまわっている。

「知らなくてもべつにいいわ」とアルマは言った。どうせハルがあの馬鹿どもを小屋に置き去りにして、ふたりは自力で帰ってこないといけなかったという話だろう。ああ、かわいそうに。ハルは三百キロ以上もひとりで運転して帰ってくるのに、何時間かかったのだろう。アルマは道順を地図にマーカーしておいてあげた。でもそれは、ラリーとサムがトラックに一緒に乗っていて、地図を読むのを手伝ってくれることが前提だった。

「土曜の夜から帰ってないんだって」レジをカタカタ打ちながらラナは言った。

アルマはドレッシングのボトルをコンベヤーの上で持ったまま少し動きをとめた。ラリーとサムのことを話しているのかと思って言った。「あいつらはもう帰ってきたのかと思ってたけど」

「あいつらって？」ラナは言った。新しい血のにおいを嗅《か》ぎつけた猟犬のようだった。

「誰の話をしてたの？」

「アハーンのとこの娘よ」ラナはカタカタ打つのを中断し、話しはじめた。驚いた、ペギー・アハーンが？アルマの自宅から道路を八百メートルほど行ったところに住んでいる子だ。家出だろうか。そういうことをする女の子はよくいる。もしかしたら夜のうちに誰かに連れ去られたのかもしれないという噂《うわさ》もたっているらしい――寝ているところを変質者にさらわれた、と。

トルーマン・カポーティの『冷血』が出版された年、アルマはその本を読んだ。クライルの母親が悪性リンパ腫《しゅ》の診断を受けてどうすべきかいろいろな選択肢を天秤《てんびん》にかけていたときで、その本の内容が頭の隅からどうしても離れなかった。それもあって、彼の生まれ育った農場に一時的に戻ることを決めた。一時的に、のはずだった。

「日曜日、リンダは教会でこう言ってたの。ペギーはインフルエンザにかかって家で寝てるって。でも、どうせ二日酔いだとみんなは思ってた。ところが、実際は全然ちがってたのよ。シェリルは土曜の夜、ペギーが〈キャッスル・ファーム〉でぐでんぐでんに酔っ払ってるのを見たんだそうよ。でもそのあとどうなったのか、誰も知らないんだって」

アルマが十七歳のとき、友だちの父親のウィスキーを飲んで、酔っ払って家に帰ったことがあった。まだ両親は起きていて、しらふのふりをして無理やり冷たいスープを飲んだ。スプーンを口に持っていくことさえできなかったのに。最悪だったのは、うまくごまかせたと確信していたのに、朝になって障害物競走のように大変な家事をさせられたことだった。それは、母親のお仕置きだった。兄がソファに寝そべりながらテレビのスポーツ番組を見ているとき、彼女はカーペットに掃除機をかけていた。ハルが高校の同窓会で泥酔してアルマの家のソファで一夜を過ごし、翌朝彼が汚したあとを掃除したときのことを思い出した。アルマはきっとそういう母親になっていただろう。実の母のような冷血な母親ではなく。

アルマは首を振った。「ティーンエージャーでしょ。そのうち気が変わって帰ってくるわよ」

「どうかしらね」ラナは〈オレオ〉の値段をカタカタとレジに打ちこんだ。「家出するような子なの？」

「ティーンエージャーってそんなもんじゃない？」と

アルマは言った。「ホルモンとか、いろいろあるのよ」ソーシャルワーカーとして働いていた経験から、人は――特にティーンエージャーは――あとさき考えずに馬鹿なことをするのをアルマは知っていた。招く結果が大きければ大きいほど、楽しくてたまらないのだ。

「あそこのダンナもかなり飲むからね」ラナは、アルマが差しだしたクーポンを受け取った。「そういえば、ハルも〈キャッスル・ファーム〉にいたそうね。いつもの土曜のように酔っ払って。シェリルの話じゃ、まともに話もできなかったそうよ」

アルマはきつい目でラナを見て言った。「ハルがなにか関係があるって言いたいわけ？」

「べつに。ただ、鹿狩りに行ったのに予想外に早く帰ってきたんでしょ？　それに、アハーンの娘に気があるのはみんな知ってることだし」

アルマは唇をきつく結んだ。あのいまいましい、夏のピクニック。「気があるってだけで罪になるなら、ここに来る男に誰彼かまわず色目を使うあんたは、二回分の終身刑を食らうわね」ラナは大笑いした。しかしアルマの頭には、今朝ピックアップトラックの荷台で見た血のあとが浮かび上がった。

「とにかく」とラナは続けた。「わたしは、ただ事実の断片を話してるだけ。日曜の午後、教会のあとにジョー・アハーンがペックに捜査してほしいって電話したそうよ。それで今、ペックが捜査してるってわけ。今朝もここに来て、なにか知らないかって訊かれたわ」ラナは、まるでペギーではなく自分のことのように、もったいぶった言い方をした。彼女はレジを打ちおえて言った。「十四ドル八十五セント」

アルマは財布の中からぴったりの小銭をほじくり出した。「ぼったくりね」

「需要と供給」ラナはアルマの手から金を取った。馬鹿げた長い爪で手のひらを引っ掻かれ、アルマの背中に虫唾《むしず》が走った。

アルマが駐車場の車まで行くと、食料品が詰まった袋ふたつを左右の手それぞれに抱えたトーニャに呼びとめられた。「さっきはごめんなさい」そう言って彼女は〈ガンスラム・フーズ〉を顎で示した。「迎えにいかなくちゃならなかったこと、シェリルはまだ根に持ってるの。サムの話だと、彼女が迎えにきたときは相当な剣幕だったらしいわ。ラリーたちと同じ車で帰らなくてすむように、わたしに電話して迎えにこさせようと思ったくらいだったそうよ。それくらい怒ってたみたい」

アルマが無表情のまま見つめていると、トーニャは首を振りながら左手に持っていた袋を膝で持ち上げた。「いいの、気にしないで。さっきはいやな思いをさせちゃってごめんなさい。あの人たちが、あんな理由でハルを誘ったとは知らなかったの。ただの親切心からなのかと思ってた」

「少しも疑問に思わなかったの？」

トーニャはアルマを見つめた。素直で正直な、ドーナッツのような顔だった。「どういう意味？」

「なんでもない」アルマは運転席を足で前方に押し、買いこんだ食料品を後部座席においた。「とにかく、もうこれ以上ハルには近づくなってダンナに言っておいて」

トーニャは笑った。「こんな小さな町で？　できればいいけど」

アルマは車を学校に停め、ガソリンスタンドまで数ブロック歩いていった。そこに預けてあったスクールバスを引き取って、午後のルートに向かう。シカゴからここに移ってきたとき、社会福祉の仕事は辞めてきた。でも、ホスピスにはいるまで義母の面倒を見たことは、福祉の仕事を続けているのと同じようなものだった。唯一のちがいは、給料をもらっているかいないかだけ。本格的に農場に引っ越してきてから間もなく、彼女はスクールバスの運転手の仕事に就いた。クライルが農場経営のお金の流れに慣れるまで、家計の足しにするのが目的だった。それを今でも続けているのは、働いていないと心が満たされない気がするからだ。校長のアーヴ・ジョンストンは、アルマのことをあまりよく思っていない。それを隠そうともせず、すぐにでも解雇したいようだった。たしかに、子供たちを行儀よくさせることには長《た》けている。しかしハルを雇うなんて妙なことをするのはなぜだ？　校長はみんなにそう問いかけていたが、実はアルマを毛嫌いする別の理由があった。アルマがまだ酒を飲んでいたころ、彼の友人たちの前で恥をかかせたことがあった——校長を見せかけのベビーシッターだの、ボケ役だのと呼んで。それ以来、彼はアルマのことを目の敵《かたき》にしている。誰に彼を責められる？　そんなちっぽけな度胸があるだけでも尊敬に値《あたい》する、とアルマは思っていた。

ガソリンスタンドに着いたときも、ラナがハルのことを口にしたのが気に入らず、アルマはまだぶつぶつ文句を言っていた。これがガンスラムだ、と彼女は思った。誰もがちょっとしたことを第三次世界大戦に仕立て上げようとする。シカゴに住んでいたころ、左に住む隣人とは手を振ったり、ふたりの息子の様子を尋ねたりするほど親しかったが、近所で名前がわかるのはその家族だけだった。ここでは、誰もが彼女の社会保障番号もブラのサイズも知っているのではないだろうか。それにしても、ハルをペギーのことと結びつけるなんて。苛《いら》つくどころの話ではない。自分でも認めざるをえないが、心配でしかたがなかった。

彼女が初めてハルに会ったのは、スクールバスの中だった。彼は、行動はともかくとして、心根のやさしい子だった。いつもはほかの子たちと同じようにすぐに仲間の大騒ぎに巻きこまれていたが、週に一度だけ、普通の子供たちが降りたあと、ハルはもうひとり聾唖《ろうあ》の男の子と一緒に隣町の特別学校に通っていた。ほかの子供たちは、これを〝へっぽこバス〟と呼んでいた。ハルはよく彼女にプレゼントをくれた――たいていは手作りのもので、近所の犬の絵やマカロニで作ったネックレスなどだった。一度、五ドル札をくれようとしたことがあった。お金を人にあげるのはよくないことだと説明すると、「だって、おばさんが好きだから」と彼は言った。「わたしたちは友だちよ」彼女は礼を言って紙幣を折りたたみ、財布の中にしまった。今もそのまま財布に入れてある。

ガソリンスタンドにはいると、プリムス・ホライゾンの車体の下から長靴が突き出ているのが見えた。

「ロニー？」

ずいぶんむかし、彼女たちの歓迎パーティで、ロニー・マギーに言い寄られたことがあった。腕を下から上まで小指でなでられ、驚いたアルマはブラウスの前面に飲み物をこぼしてしまった。大きなお尻と化粧っ気のない顔が好みの男にとって、アルマは魅力的だったのかもしれない。だとしても、夫のクライルは数歩と離れていないところにいたし、高校時代からの古い友人同士だ。これは彼女にもだんだんとわかってきたことだが、ガンスラムのような小さな町では、ほかにすることがないからなのか、いけない相手にちょっかいを出すことを暇つぶし程度にしか思わない人が多い。ただ、そのパーティのときにはアルマはまだ町に来たばかりで、ナプキンでブラウスの染みを取ろうと必死だった。するとロニーが身を寄せてきて、手伝おうかと言ってきた。彼女がその手を払いのけようと叩くと、あろうことか彼は笑いだした。おそらく、手当たり次第釣り糸を水に投げこんでいるので、いちいち気にしてはいられないのだろう。ただ、アルマがクライルに忠実だという噂はすぐに広まり、誘われることはなくなった。ひょっとすると、男たちがアルマのことをよく知るようになり、その気が失せただけなのかもしれない。

　そのパーティの日の午前中、アルマはわざわざスー・シティまで車で行き、チーズフォンデュ用のグリュイエールチーズとエメンタールチーズを買ってきた。三本のバケットも二・五センチ角にきれいに切りそろえた。パーティが始まると、ひとりの女――そのときはまだ名前は知らなかった――がフォンデュ鍋を当惑した顔でのぞきこんだ。「この中に浸《つ》けるの？　このチーズの中に？」と彼女は尋ねた。アルマはそうよと言って串を渡した。女はひとくち食べると、顔をゆがめて言った。「これ、チェダーじゃないわね」

　ロニーは車の下からすべりでて立ち上がると、油まみれのぼろきれを作業用オーバーオールのうしろポケットにねじこんだ。挨拶がわりに片手を上げ、誠実そうな笑顔を見せた。あのパーティは十四年も前のことで、もう過ぎてしまったことだ。レジのうしろの壁に掛かっている無数のキーの中から目的のキーを見つけ、彼女に手渡した。「八千キロ走ったらまた来てくれ」そう言うと、学校への請求用チェックシートがはさまったクリップボードに手を伸ばした。そして、ピンクと黄色の転写紙にもちゃんと字がうつるようにしっかりと書きこんだ。ワッシャー液：チェック、ブレーキ・オイル：チェック。

「助手はどこ？」と彼女は訊いた。ラリー・バークのことだ。彼はロニーに雇われてガソリンスタンドと修理工場で働いていた。金曜日に予約したときにオイル交換を今日にしたのは、鹿狩り旅行から帰ってきたラリーに会いにきたかったからだ。会ったときにお礼を言うのか、それとも怒るのかは、帰ってきたときのハルの様子で決めるつもりだった。彼女が最初から怒るほうに傾いていたのは、今となっては正しい判断だったと言える。

「病欠の電話があった。歩きすぎて脚が痛いんだと。あいつとサムは近くの農家まで十キロ近く歩かないといけなかったそうだ」

「八キロよ」と彼女は訂正した。「歩いたのは八キロ」

「十キロ近く、って言ったんだよ」

「まあ、それは話の半分だけね。ハルを連れていったのは、あの子の分の鹿まで撃ちたかったからなのよ。知ってた？ 旅行のあいだ、馬鹿みたいにずっと小屋で過ごさせるつもりだったのよ」

ロニーは首を振った。「どうなんだろうな。土曜の夜に〈OK〉でハルを見かけたときは、かなりご満悦のようだったけどな。初めて鹿を仕留めたって」アルマは唇をぎゅっと結んだ。「べつに根に持ってないようだったぜ。少なくとも、おれにはそう見えた」

「ハルにだってお祝いする権利くらいあるでしょ」とアルマは言った。「人並みに」

「ああ、相当祝杯をあげてたみたいだった」ミシン目に沿ってチェックシートを切り取り、ピンク色の紙をアルマに渡した。「おれが帰るとき、ハルはトラックの中で目をつぶってた。でかいいびきをかいてたよ」

「手を貸してあげようとは思わなかったわけ？」

「帰るようには言ったよ」とロニーは言った。「まっすぐ家に帰るんだ、ハル。聞こえたか、ってね」

「で、彼はなんて？」

「約束する、だってさ。で、おれはそのままトラックで家に帰った」ただ、アルマは知っていた。ハルが家には帰らなかったことを。少なくともすぐには。いったい〈キャッスル・ファーム〉でなにをしていたのだろう。

「そういえば、ペギー・アハーンのことは聞いたか？」とロニーは言い、アルマはラナから聞いたことを話した。しょせん、彼女もほかのみんなと大差ない。彼女自身、そう自覚した。

「まあ、そんなに心配することはないだろ。今のところは」とロニーは言った。「ペギーみたいな子は、馬鹿なことをするものさ」

「〝ペギーみたいな子〟ってどういう意味よ」

「べつに。そのくらいの歳の子、っていう意味だ。娘っ子一般。まあいわゆる、ヒステリックな性別、ってことさ」

「まったく、冗談じゃないわ」

ロニーは笑った。「まあ、心配するようなことだったら、ペックが大捜索を指揮するだろ」彼はチェックシートを指差して言った。「ついでにスノータイヤに交換しておいた。先週末のことを考えると、早めに必要になると思ってさ」

アルマは紙を折りたたんで財布の中にしまった。

「豚が逃げたあとに納屋《なや》の扉を閉めるようなもんじゃない？　そう思わない？」

「あんたがそう言うなら、アルマ」そう言ってロニーはウィンクした。「美人さんと議論したいやつなんて、どこにもいないからね」

5

マイロは、自分と同じようにさえないほかの子たちと一緒に学校の前に立っていた。スクールバスに乗るのは大嫌いだった。いつもなら、体育館の観覧席に座って本を読みながら、ペギーがバスケットボールかバレーボールの練習を終えるのを待ち、車に乗せてもらう。でも、今日はその選択肢がなかった。わざわざ親が迎えにきてくれるとも思えなかった。スコットは半袖のシャツを着て隣に立っていた。腕に鳥肌が立っているのが見える。冬用のコートを、腰からぶら下げた本にかぶさるように持っていた。

「コート着ればいいのに」とマイロは言った。

スコットは首を振った。「ぜんぜん余裕」

マイロには、こういうふうに見栄を張る意味がわからなかった。寒かったらコートを着る、いたって単純な話だ。でも、スコットはちがうらしい。天候などには左右されない大人の男に見られたがっているのだ。十八時間も雪が降りつづいた週末のほうが、今よりずっと暖かかった。日曜の午後、ランドルフ保安官が両親と居間で話しているあいだ、マイロはずっと廊下で盗み聞きをしていた。そのあいだも雪は降りつづいていた。行方不明になった姉のことを思いながら雪を見ていたそのときのことを、一生思い出すのかなと彼は思った。

ミセス・コスタガンの黄色いバスが角を曲がってきて、停車すると同時にドアが開いた。子供たちは列を作ってバスに乗りこんだ。出荷される豚のように。三歳のときから農場の手伝いをしていたマイロにとっては、見慣れた光景だ。そのころは、手伝いといっても庭でできたキュウリやトマトを摘《つ》みとるだけだったが。十歳になると、本格的に農場の仕事の手伝いが始まった――豚がちゃんと囲いの中を進むように誘導し、トレーラーに積みこみおえたら後部ドアを閉めて鍵をかけ、そのあといつも父がするように二回ドアを叩く。

バスの最初の高いステップを上がると、運転席のミセス・コスタガンが眉を上げて「マイロ」と言った。彼もちょこんと頭を下げた。

「こんにちは、ミセス・コスタガン」彼女はいつも苗字で呼ばれていた。ほかの人はミス・ディーディーとかミスター・マイクとか呼ばれているのに。去年マイロは、ガンスラム図書館で『嵐が丘』を借りた。司書のおばさんからは、この本の登場人物はみんな頭がおかしくて、いつまでも根に持つタイプの人ばかりだと保証された。貸出期限カードに書かれていた唯一の名前が、きれいな筆記体の字で書かれた〝アルマ・コスタガン〟だったのを見て、マイロはびっくりした。母は彼女のことを変わった人だと言うが、マイロは彼女が好きだった。少なくともマイロが知っているかぎりでは。なんといっても、ミセス・コスタガンはシカゴに住んでいたのだから。

テレビで見るように、女の人は本当にビジネススーツに〈リーボック〉のスニーカーを合わせるのかとか、シカゴの高級な店がたちならぶマグニフィセントでは大金を使う人ばかりなのかとか、本当に五センチもの厚さのピザを食べるのかとか、いつも訊いてみたいと思っていた。大人になったら、マイロは口ひげを生やしてみたかった。ブリーフケースを手に、都会の真ん中を歩いて出勤してみたかった。ネブラスカでの日々をバックミラーの中に閉じこめて。カクテル・パーティで、むかし農場に住んでたことがあってね、とみんなに話す。するとタキシードやスパンコールがちりばめられたドレスに身を包んだみんなは目を見開き、キャビアを食べながら大笑いする。あなたが？ 農場に？ それ、本当なの？ 信じられないわ！ なんて感じで。

スコットが隣の席にどかっと座りこんできて、マイロが窓に頭をぶつけるようにわざと押してきた。「おまえ、まるで有名人だな」と言うスコットに、マイロはあきれて目をぐるりとまわした。「いや、本当だよ。さっきもリサ・ラスムーセンがおまえのことを見つめてた。今日だけでも、あれで八度目だ」スコットは自分の心臓をつかむような仕草をした。「リサ・ラスムーセンに見つめられるためなら、ぼくはなんだってする」

「だろうね」とマイロは言った。「まあ、たしかにかわいいけど」スコットがそう思っているのはよく知っていた。なにしろ一万回くらいは聞かされたのだから。ただし、〝かわいい〟よりはずっと下品な表現をスコットは使う。たしかに彼女はかわいい。でも、そんなことを今話す必要ある？ スコットは〈アタリ〉のゲームをしによく泊まりにくる。そんな夜の半分の時間は、ペギーが丈の短い寝間着で下におりてこないかどうかとしつこいくらい話していた。一度だけそんなことがあったのを、スコットは忘れられないでいるのだ。スコットの家の犬そっくりだ。あるとき、マイロとスコットはスコットの両親の寝室で映画を見ていた。そのとき、スコットの犬がポップコーンを見つけた。それからというもの、その部屋にはいるたび、犬は父親側のベッドに一目散《いちもくさん》で走っていくようになった。

マイロもべつに女子が嫌いというわけではない。ただ、ほかにも話すことはあるでしょ、というだけの話だ。「おまえがもう少し馬鹿じゃなければ」とマイロはスコットに言った。「女子からも好かれるのにね」

感謝でもするかのようにスコットはうなずいた。

「クールに見せてるんだからしょうがない」ふたりともそれがちがうことはわかっていた。ここ一年、女子たちはみんなスコットに興味を寄せていた。夏のあいだに背が伸び――三カ月で五センチも――自宅の農場でずっと働いていたので、大人のような筋肉が盛り上がりはじめていた。以前の服が着られなくなったため、母親に連れられてスー・シティの〈サザンヒルズ・モール〉まで行った。だから彼のクローゼットの中は、ほとんどがダイアー・ストレイツとかグレン・フライとかのTシャツと、テレビの中で男の人たちがはいているようなぴったりとしたジーンズばかりになった。女子たちがスコットよりもマイロのほうに興味を示しているのは、今までとは全然ちがう状況だ。でもそれは、姉がいなくなったからにすぎない。

そのうち、もとどおりになるだろう。両親は何事もなかったかのように振る舞っているが、それは町の人たちに知られたくないからだ。ランドルフ保安官に電話することを両親が約束したあと、サリーおばさんとランダルおじさんは帰っていった。

「本当にこのままいちゃだめ？」とサリーおばさんは訊いた。

マイロの母は、大丈夫、きっとなんでもないから、と言った。「夜には全部解決していると思うわ。そのときは電話するから」

「そう？　とにかく、ペギーが帰ってきたら縛りつけておかないとだめよ」とサリーおばさんは言い、母の頬にキスをした。「そうでもしないとわかってくれないわよ」ジョージを育てた人に、親としての助言ができるとは。教会から帰ってきてから、ジョージはずっとマイロのベッドに寝ころんで丸めた靴下を空中に投げていた。サリーおばさんがジョージの荷物をダッフルバッグに詰めたり、シャンプーのボトルをタオルで拭いて収納ポーチに入れたり、その横に歯ブラシを入れたりしているすぐ横で。スニーカーが見つからないとジョージが言うと、「もう、ジョージったら。自分のものは自分で管理しなくちゃだめじゃない」とおばさんは言った。でも、ジョージをベッドに寝かせたまま、スニーカーを探しにいってしまった。サリーおばさんは、明日すべて解決したらサンドイッチにできるようにと、ローストビーフをまるごとアルミホイルで包んでくれた。その数分後、腹が減ったと文句を言いながらジョージがやってくると、おばさんはローストビーフを少し切ってフォークで切り離し、〈ミラクルホイップ〉をたっぷり塗ったパンにはさんでジョージに渡した。これでがまんしなさい、と言いながら。マイロは、うちのお母さんは日曜の朝からなにも食べてないんじゃないかな、と思った。

「ここに残ったっていいのよ」とサリーおばさんは玄関で言った。荷物は全部キャデラックのトランクの中に積みこまれていた。「明日一日くらい、ジョージを休ませてもかまわないんだし。数学の先生がなんと言おうが」

「いいの、いいの」と母は言った。マイロには、母のがんばりが限界に達しようとしているのがわかった。マイロと母は似ている。できることなら、人と話すより足を高くして本を読んでいたい。

「ペギーのことを祈っておくよ」とランダルは言い、マイロの父は鼻を鳴らした。

「まだ祈りの輪は必要ないだろ。夜には帰ってくるんだから」

なんで両親がそんなに平然としていられるのか、マイロには理解できなかった。今まで、こんなに長い時間ペギーがいなくなったことはなかった。たしかに、親に言うのを忘れてローラの家に泊まったことはある。一度など、吹雪のせいでフリーモントのドライブインから帰れなくなったこともあった。でもどんなときでも、家に電話して無事だというのは知らせてくれた。姉のことを心配するより世間体《せけんてい》を気にするなんて、マイロにはとても信じられなかった。

「そういう意味じゃ――」とランダルは言いかけた。

ジョーは腰をおろし、日曜日の新聞を開いた。「わかってるさ」

ランダルは手に野球帽を握ったまましばらく玄関ドアの前に立っていたが、やがてうなずくとマイロの母にハグをして別れを告げた。

「なにかわかったらすぐ知らせるから」母はランダルおじさんの耳元でささやいた。

マイロ自身は、いつものようにすべての注目を浴びているペギーに対する怒りと、心臓が破裂しそうで息ができないくらいの恐怖とのあいだを行ったり来たりしていた。本当にペギーの身になにかあったのだとしたらどうしよう。一時間が過ぎるたび、ただのいたずらだとは思えなくなり、姉に腹を立てていた自分に吐き気がした。

スコットに肩を叩かれ、マイロはまたバスの窓にぶつかった。「じゃあな、マイロ」

バスの中でこんなにしゃべらずにスコットの家に着いたことは今までなかった。スコットはいい友だちだ。思い悩んで黙りこんでいるただのかたまりの隣なんかに座らずに、バスのうしろのほうの席でリサにちょっかいを出すことだってできたのに。

「またね」とマイロは言ったが、スコットはすでにステップをおりはじめていた。バスが出発すると、スコットは左手で作ったピースサインのあいだから舌を突きだしてにょろにょろ動かした。まったくもう。男子でいるのが恥ずかしくなるときがたまにあるが、マイロは大笑いした。スコットがいつもどおりにしてくれていたことがありがたかった。

何度か停車したあと、ラスムーセン農場に着いた。通路を進んできたリサが、マイロの膝の上に紙切れを落としていった。何キロか行ってから、マイロはたたまれていた紙切れを開いた。彼女の手書きの文字は丸っこくてかわいかった。お姉さんが無事だと祈ってる、と書かれていたが、つづりがまちがっていた。ただそれだけで理不尽な怒りが湧き上がり、マイロは紙切れを手の中で握りつぶした。ペギーは今どこかにいて、母が知りたいかどうかにかかわらず、もしかしたらトラブルに巻きこまれているのかもしれない。警察もののドラマは飽きるほど見ていたから、四十八時間を超えると捜査が一気にむずかしくなることをマイロは知っていた。でも、まだ四十時間しか経っていない、と自分に言い聞かせた。それに、家出の可能性もまだ残っていた。ただ、それならお気に入りの服を持っていったはずだし、少なくとも〈ウォークマン〉とカセットテープはおいていかなかったはずだ。日曜の朝は、置き去りにされたと思って腹を立てていたが、今はそうであってほしいと願っていた。どうしても最悪のシナリオに引きずられそうになる自分を、マイロは歯を食いしばって引き戻していた。

バスのドアが開き、吸いこむような音をたててまた閉まった。バスの中にいるのは、マイロとミセス・コスタガンだけだった。バックミラー越しに目が合った。

「もっと前のほうに来てくれる？　そのほうがバスの

バランスが取れるから」

マイロはバックパックを持って前のほうに移動した。

「そうなの？」

「うそ」彼女はローギアに入れた。「冗談を言っただけ」ラングドン家の子供たち――ジルとシェリー――が六十センチくらい間隔をあけて横に並び、家のほうに歩いていた。それをよけるため、ミセス・コスタガンは砂利道の真ん中まで寄せてバスを走らせた。「大丈夫？」とマイロに訊いた。それだけで充分に内容は伝わった。ラングドンのおばさんが寒そうにカーディガンを体に巻きつけ、玄関で娘たちを迎え入れているのが見えた。

「まあね」

「なんか、大変なことになったわね」とミセス・コスタガンは言った。マイロの目に涙があふれた。

「ぼく、怖いんだ。なにか悪いことが起きたんじゃないか、って」

「怖くて当然よ」マイロは彼女をハグしたかった。昨夜、母は上《うわ》の空でキッチンカウンターをスポンジで掃除していた。夕食を作ることさえ忘れて。そんな母に、もうペギーは戻ってこないのかな、とマイロは訊いた。

母はさっと振り向いた。その勢いで髪の毛のひと筋が口にかかっていた。「そんなこと言っちゃだめ！」母はマイロの両肩をつかんだ。片方の肩に四角く石けんの泡がついた。「お姉ちゃんは絶対に帰ってくるんだから」肩をつかまれ、マイロは倒れそうになった。もしも夕飯を食べていたら、吐いていたかもしれない。あんなことを訊いたのは、母に笑い飛ばしてほしかったからだった。それなのに思いきり否定され、ますます心配になった。

「ぼく、お祈りしたんだ」バックミラーの中のミセス・コスタガンの目を見ながらマイロは言った。祈ったのは本当だった。昨夜も、今日は学校にいるあいだも。パニックになりそうだった――無事でありますように、無事でありますように——その祈りをひとまとめにして神さまに送った。ああ神さま、お姉ちゃんが無事でありますように。こういう直接のお願いが聞き入れてもらえるのかはわからなかったが、やってみる価値はあると思った。「何万回もお祈りしたんだ」

「それで心が救われる人はいっぱいいるからね」アルマの中立的な言い方に、マイロは不意を突かれた。彼のまわりには、お祈りをするのがいちばんだと言う人しかいない。

そのあとバスが何キロか走るあいだ、ふたりは無言だった。でもその沈黙は、今マイロの家に垂れこめている沈黙とは全然ちがった。少しでも音をたてればなにもかもが崩れてしまいそうで、マイロはキッチンの中もすり足で歩く。でもバスの中は、ギアの唸《うな》る音、年季のはいったバスがたてる気むずかしいおじいさんのような軋み音、AMラジオを聞くためにミセス・コスタガンがマジックテープでダッシュボードにくっつけている乾電池式ラジオの音などであふれ、家の中の沈黙とはほど遠かった。

バスはコスタガン農場を通りすぎた。マイロの家が近づいてくるとバスの速度を落とし、ミセス・コスタガンはいつもならけっしてしないことをした。マイロの家の私道までバスではいっていったのだ。ミセス・コスタガンは普通、各家の前の道路でバスを停め、子供たちを歩かせる。そんなミセス・コスタガン——上級生のひとりがバスの中で煙草を持っていたとき、没収してその子に食べさせたこともあった——に、こんなふうに甘やかされると、そのやさしさがうれしい反面、なにかとどめを刺されたような気もした。

白いパトロールカーが家の前に停まっていた。回転灯もついていなかったしサイレンも鳴っていなかったが、マイロをパニック状態にさせるには充分だった。小さいころから、保安官に対しては自然に敬意を払うように育てられてきた。運転席のドアに描かれている金色と茶色の星を見るだけで、なにもやっていないのになぜかうしろめたい気持ちになってしまうほどだ。

「むかしね、スクールバスに乗ってきた女の子が、ものすごくおしっこくさかったことがあったの」ミセス・コスタガンはマイロの家の前にバスを停めた。「どうしたのか訊いたら、バスを待っているときに飼ってる犬が脚におしっこをかけちゃったんだって。でも、どうしたらいいのかわからなくて、そのままバスに乗ったんだそうよ」彼女はバスのドアを開けた。「なにが言いたいのか、わかる？」

マイロは首を振った。「ちっともわかんない」

彼女はうなずいた。「まあ、そうかもね。つまり、バスに乗ることとくらいしかできないときだってある、ってこと」

マイロは、バスのステップの最後の段から両足をそろえて飛びおりた。去年のオリンピックで、忘れることのできない完璧な着地を決めたメアリー・ルー・レットンをまねて。「送ってくれてありがとう、ミセス・コスタガン」

「これがわたしの仕事だから」マイロは、バスのドアが閉まるときの吸いこむような音を待った。なかなか聞こえてこないので振り向くと、ミセス・コスタガンがドアの取っ手を握りながらマイロを見つめていた。

「元気出して」と彼女は言い、ドアを閉めた。

家の中にはいると、居間に両親とランドルフ保安官が座っていて、それぞれの前にコースターに載ったコーヒーカップがおかれていた。「あの朝、ほかに教会に行かなかった子は？」と保安官が訊いた。「ここ数週間で、いつもとはちがう行動はなかったか？　学校でなにか問題は？」

保安官は、マイロの母が去年オークションで買った揺り椅子に座っていた。座面はテカテカのビニールで覆われていて、張り替えるつもりがずっとできないままになっていた。両親に質問をしようと保安官が前に身を乗りだすと、座面がおならのような音を出した。マイロは笑いをこらえるために唇を嚙んだ。頭のおかしい人みたいだと自分で思った。制御の利かなくなった飛行機みたいに、気分が急上昇したり急降下したりする。ほんの数カ月前の午後、マイロとスコットは、〈マウンテンデュー〉を飲みながら揺り椅子に座ってこの〝おなら音〟を出して遊んでいた。そこにペギーがやってきて、ガキみたいなことはやめなさいと怒った。そのときスコットがおなら史上最大かつ最高の音を出して、みんなで笑いころげた——必死にこらえていたペギーですら、がまんできずにふきだした。

ランドルフ保安官は、帽子を左右の手に持ち替えるだけでなにも言わなかった。言えるわけがない。まさか「おれのおならじゃない」とも言えないし。

父は立ち上がると窓のそばまで行き、マイロからするとバスケットボールのコーチのような姿勢で立った——マイロたちのちびっ子リーグのコーチをしていたころと同じ、足を肩幅に広げ、分厚い胸の前で腕を組む姿勢で。「うちの娘は、簡単に家出をするような子じゃない」きっぱりと言った。マイロは疑問に思った。マイロとペギーがどんなにガンスラムのことが嫌いなのか、父はわかっているのだろうか。本当に生身の子供たちを見ているのか、それとも母がピカピカに磨き上げて父の前に出す見せかけの子供たちしか見ていないのか、マイロはときどきわからなくなる。

「それはわかってるよ、ジョー」保安官の声は冷静だった。「でも、いなくなってからもう二日だ。昨日電話をもらったときは、大がかりな捜索は必要ないと言われた。これはただの勘ちがいで、おれに電話しているのも形式上だ、と。でも、もうそういう段階は過ぎたと思わないか？」

「偉そうなことを言わないでくれ、ペック」父はそう言うと、部屋を飛びだしていった。保安官はマイロの母に質問を続けた——土曜の夜のペギーの服装は？

一緒だったのは誰？——なにもわからないことを母は認めた。

母は身を乗りだした。「ジョーがどう思っているかは別として、週末にペギーが家を抜けだすのは、そんなにめずらしいことでもなかったの。ティーンエージャーって、そういうものでしょ？」マイロは啞然《あぜん》とした。母は知っていたのだ。

ランドルフ保安官は、ペギーが訪ねていきそうな親戚がいないか訊いた。母は、いちばん親しい親戚はマイロの堅信礼のためにここにいたし、父方の祖母もサウス・カロライナの老人ホームにいると説明した。

「まだ祖母には知らせてないの。怒らせたくないから」

「ランダルとサリーは今どこに？」と保安官は訊き、昨日の午後に帰ったばかりだと母は答えた。「彼らになにか変わったところは？」

「どういう意味？」

「いや、ペギーがいなくなったのに帰ったのは変だと思っただけだ。こっちで助けが必要なんじゃないかと思ってね」

母は廊下のほうに親指を向けた。「ジョーだって本当は助けになってもらいたいのよ。でも素直になれないの、わかるでしょ？　それに」母は声を落とした。「ジョーと弟はむかしからちょっと言い合いが多かったし」

「言い合いって、どんな？」

母は手を振った。「大したことじゃないのよ、ペック。男兄弟ってそんなものでしょ？」

「まあ、いいだろう」と彼は言った。「質問するのがおれの仕事なんでね」マイロの母の声と合わせるように声を和らげた。「ペギーは本当に誰とも付き合ってなかったんだね？」この質問は、父がいるときにすでに訊いたものではないかとマイロは思った。

母は、父が消えていった廊下をちらっと見てから言った。「付き合っていたとしても、誰なのかはわからない。でも、ペギーは……付き合っている人がいないようなタイプじゃないから」

　マイロはバックパックを肩に掛けたまま、居間の入り口に寄りかかった。それが母の目にとまった。「マイロ」母は顔を向けながら言った。その声はいつもの明るい声に戻っていた。「いつ帰ったの？」

「何分か前」

「じゃあ、おやつをあげるわね」この一年、いつもおやつは自分で用意していた――〈オレオ〉のクッキー四枚と一杯の牛乳。マイロは、昼間も母が家にいるのがうれしかった。でも、そう思ったことが裏切り行為のように思え、骨を砕《くだ》くような罪悪感がまた呼び起こされた。

　ランドルフ保安官は立ち上がり、なにか新しい情報がわかれば電話すると言った。彼は自分のコーヒーカップを持って母のあとについてキッチンに行き、カップを流しの中においた。マイロは保安官と一緒にパトロールカーまで行った。コートを着なさいと言う母を無視して。

「ランドルフ保安官？」保安官は車のドアに手をかけたまま立ち止まって振り向き、どうした？　と言うように眉を上げた。「お姉ちゃんは無事だと思う？」

「わからない。でもマイロ、できることはなんだってする。どこにいるか捜すのに、なにかヒントになりそうなことはあるかい？」

　マイロは、姉が彼のベッドの上にあぐらをかいて座り、〈ウノ〉のカードを出すたびにガンスラムで一生を終えるなんて絶対にいやだと言いつづけていたことを思い出した。「ううん」

「なにか思い出したらいつでもいいから電話してくれ。お母さんが番号を知ってるから」そう言ってから少し間をあけて続けた。「もしお母さんに知られたくなかったら、番号は電話帳に載ってるからね、いいかい？」

マイロは眉にしわを寄せ、どういう意味か訊こうとしたが、もう自分でもわかっていることに気づき、うなずいた。

「よし。それじゃ」と保安官は言い、パトロールカーに乗りこむ前に帽子を軽く持ち上げて挨拶した。

6

アルマは、両側に十五センチずつ隙間をあけてバスを車庫に駐車した。コートの前を閉めて寒さをしのぎ、自分の車に向かった。マイロを家に送ったあと、夕食はテイクアウトにすることに決めた。どうしても料理をする気になれないとき、たまにとる手段だ。〈ピザ・ランチ〉が高速道路沿いに開店したのは三年前のことで、オーナーはカトリック教徒だが大繁盛《だいはんじょう》していた。外食できない人たちがサンデー・ターキー・ディナーをテイクアウトできる〈スタンダード〉を除いて、この町では唯一の選択肢だった。

大通りに曲がる前にアルマはウィンカーを出した。ガンスラムでは誰もやらないことだ。誰がどの方向に行くのか、ここの人たちはみんな知っているつもりになっているが、アルマは規則に従った。どんなことにも注意を怠らないでいたかった。

ペギー・アハーンのことが頭から離れない。今年の夏、町の百周年を祝うピクニックに、アルマは無理やり連れていかれた――町のイベントに百年に一回くらい妻を連れていくのは、夫の権利だとクライルが言い張ったのだ。そのピクニックで、ハルの着ていたシャツをペギーが褒めた。彼女はハルの腕に手をおき、自分の髪をうしろにはらった。まるでいななく馬のたてがみのように。

アルマは自分の年収を賭《か》けてもいいとさえ思った（大したギャンブルにはならないが）――あの娘《こ》は性に対して積極的で、おまけにトラブルメーカーだ。手を伸ばしてハルの襟《えり》に触れたのを見ても明らかだ。おそらく、シャツが気に入ったと言うのと同時に襟に触れたのだろう。そのお返しに、ハルは彼女のタンクトップのストラップに触れた。そのときにはすでにペギーの友人たちが集まってきていて、どうかしたのかと彼女に訊いた。ペギーはなにか非難めいたことを言い、ジョー・アハーンが飛んできた。酔った声を荒らげながら、ハルがなにをしたのかを問いただした。ピクニックの場は一瞬にして凍りついた。ペック・ランドルフはグリルの上でへらを持ったまま動きをとめ、ほかの者もボッチボールや蹄鉄《ていてつ》投げのゲームをする手をとめた。男女関係という大海原《おおうなばら》をうまく航海していくことが、ハルにとっていかにむずかしいことなのか、アルマには想像もできなかった。彼女の知るかぎり、カップルの多くはどこかの時点でお互い同時にエンジンをふかす傾向にあるような気がした。

ハルは褒めてもらったそのシャツを二週間ずっと着つづけた。学校の校庭の外をうろつき、ペギーがバレーボール・チームの仲間たちとランニングをするのを、サルのように腕を伸ばして金網のフェンスにぶら下がりながら見ていた。そのうちペギーの父親からアルマに電話があり、ハルにつきまとわれて迷惑なのでなんとかしてもらえないかと言われた。その日の午後、アルマはハルに話をした――ペギーにはハルと恋愛をする気がないこと、歳がちがいすぎていること。ただ、あらゆる点でペギーのほうがハルより〝年長者〟だったが。さいわいにも、それほどおおごとにはならずにすんだ。ハルは三十分ほど大泣きしたあと、やがて泣きやみ、立ち直った。キッチンのテーブルの上に、使用ずみの〈クリネックス〉の山を残して。

それ以来ジョー・アハーンからは音沙汰《おとさた》がなかったが、二、三週間後に銀行でばったりと出くわした。

「あのときは助かったよ。ありがとう。薄気味悪くてまいった」

「なにが？」と彼女は訊いたが、そのとき窓口のベヴ・バーンズが笑顔で「ジョー、どうぞ」と呼びかけ、そのときはそれで終わった。

ハルが誰かに恋をしたのはそれが初めてではなかった。高校時代には何人かの女の子に恋をしたし、ある夏は隣町の〈デイリー・ドリーム〉でバイトをしていた帰省中の大学生に熱を上げた。そのほかにもときどき、〈OK〉で初めて会った女の子たちにも好意を寄せた。でもアルマは、娘たちの行動パターンをよく知っていた。彼女たちも最初のうちは、彼がちょっと頭の悪い部類にはいっていたとしても、そんなに気にするほどではないかもしれないと考える。ところがハルの場合、知能の問題だけではなく、まるで小さな少年のように振る舞うのだ――注目を集めようと、腋《わき》の下に手をはさんでニワトリの羽のようにばたつかせておならのような音を出したり、女の子のブラジャーを引っぱったり。

アルマは車を停め、〈ピザ・ランチ〉のドアを開けた。ペパロニとオリーブオイルのにおいが充満していた。認めるのはしゃくだが、ここのカトリック教徒がる。

作るピザは絶品だ。厚みのあるシカゴ風ピザのことがアルマはどうしても好きになれなかった。でもクライルは、ガンスラム出身にもかかわらず分厚いピザが大好きで、シカゴに住んでいたころ、機会があればいつも注文していた。だから彼女は、けっして〝譲歩しない人間〟というわけではない。

　店の人がスウィングドアを通って厨房から出てきて、笑顔を作った。妊娠中の大きなお腹が、茶色い〈ピザ・ランチ〉トレーナーの中で窮屈そうだった。「いらっしゃい、アルマ・コスタガン」

　アルマはＬサイズのデラックスピザをソーセージ増量で注文した。できあがるまでに十分かかるそうだ。

「待ってるあいだ、ソーダはどう？」

「いいえ、結構よ」この店はどこまでも強欲だ――五十セントも取るくせに持ち帰り用のカップもない。

「あ、そう」ダーラはそう言うと、スウィングドアの向こうに消えた。「あの女がソーダを買う日は――」と言う彼女の声が聞こえたが、おそらく腑《ふ》抜けの亭主に言ったのだろう。カトリック教徒が声をひそめようともしないのは、神にはなにもかもが筒抜けだからだろうか。ダーラが自己満足げに大きくなったお腹をなでている様子が目に浮かんだ。家にはすでに三人の子供が待っているというのに。

　初めての妊娠がわかったとき、アルマとクライルはイリノイ大学シカゴ校を卒業して一年目で、まだシカゴに住んでいた。アルマは更生訓練施設で働き、クライルは大学適性試験を受けたあとＩＢＭに雇われて以来ずっとそこで働いていた。あのときは、赤ちゃんのことでふたりともどんなにやきもきしたことか！　妊娠がわかったその日、夜遅くまでいつものようにシャンパンでお祝いした。わたしたち、親になる準備がちゃんとできているといいんだけど、とそのとき彼女は言った。彼は準備できていると思っていたのだろうか。しかし、そんなことを決める権利が自分たちにあると思うとは、なんて自信過剰だったのだろう。決める権利が誰にあったにせよ、まだ準備はできていないという判断が下された。初めての赤ちゃんのときも、そのあとの四人の赤ちゃんのときも。結局、五人の赤ちゃんが失われた。

アルマはいちばん前のほうの席に座ってピザを待った。うしろのほうでは、ふたりの少年が〈ミズ・パックマン〉の台を取り囲んでいた。ひとりがゲーム機に思いきり腰を当て、もうひとりが大笑いした。「おまえ、全然だめじゃないか!」と笑っている子が言った。「もう、全部ぶち壊しだよ!」スクールバスでは見かけたことのない子たちだった。町に住んでいるのかもしれない。

「じゃあ、おまえならもっとうまくできるのか、見せてくれよ」最初にゲームをしていた子が、ふざけてお辞儀をしてもうひとりの子に場所を譲った。

入り口のドアが開き、ティーンエージャーの少女がはいってきた。目のまわりには黒いアイシャドウが塗られ、ジーンズをはいたすらりとした体はナイフの刃のようだった。アルマは、この子のことは知っていた。父親は町から五キロほど離れたところにある廃品投棄場を営み、母親は〝アルコール休暇〟で有名だった——毎回一週間ほど出かけては、アルコールを断って帰宅する。少年たちは彼女をちらっと見ると、注意を惹こうと騒ぎだした。馬鹿みたいに大笑いすれば、振り向いてもらえるのではないかと期待しているらしい。十代の少年というのは、動物園のサルと同じだ。

少女は形のいいお尻を突きだしてカウンターに寄りかかった。グレイトフル・デッドのTシャツの下からのぞいていた肌が、二センチ幅から十センチまで広がった。明らかに彼女も少年たちを意識していた。

「テリー」少年のひとりが大声で呼んだ。「おい、テリー」

少女は肘の下に頭をつっこみ、彼らを逆さから見た。

あと二センチTシャツが上がれば、ブラジャーのアンダー部分がまる見えになる——ブラジャーを着けていればだけれど。ブラジャーを着けずに人前に出るなど、アルマには信じられないことだった。ナイトガウンを着て朝のコーヒーを淹《い》れるときですら気になる。コーヒーの粉をスプーンですくってドリップ式のコーヒーメーカーに入れるときにも、もう片方の手で胸を押さえずにはいられなかった。

ドアが開き、疲れきった様子のペック・ランドルフがはいってきた。「やあ、ダーラ。ペックだ」厨房に向かって大声で言った。「ピザを取りに来た」

ダーラが大きな箱をお腹の上に載せて店の奥から出てきた。箱の底にはすでに油が染みでていた。「はい、これ」と彼女は言い、ペックは二十ドル札を渡した。それをレジに打ちこみ、おつりを渡しながら彼女は言った。「パイナップルが載ったピザなんてよく食べられるわね」

「人は好き好きだ」おつりの紙幣は財布に入れ、小銭はレジ横の瓶《びん》に入れた。

「神のご加護あれ」とダーラは言い、アルマは目をぐるりとまわした。ティーンエージャーの少女は店のうしろのほうに移動していた。彼女は〈ミズ・パックマン〉の台の上に身を乗り出し、その手にはチーズピザのひと切れが垂れ下がっている。少女は首をよじってそのピザの先端を口に入れた。チーズが糸を引いた。

「こんばんは、アルマ」ペックはピザの箱を持ち、腰をカウンターに当てて寄りかかっていた。アルマは、ペックのことは好きでもあり、嫌いでもあった。彼はアルマとクライルより一、二歳若く、飲み会に参加することはほとんどなかった。ここに引っ越してきたころ、彼女とクライルは飲み仲間の集団に加わっていたが、八年前から参加するのをやめた。アルマはいつも、ペックが彼ら——酒好きの人々——のことを〝判定〟しているような気がしてならなかった。でもそう思ったのは、彼女自身も同じことをしていたからだ。彼女とクライルは今でも家でビールを飲むし、クライルは毎晩カナディアン・ウィスキーの〈ロード・カルヴァート〉を〈スプライト〉で割って飲む。しかし〝酒飲み〟たちは毎週末——金曜と土曜の夜——に誰かの家に集まり、反対側の壁も見えないほど煙草の煙が充満する地下室で酒を飲む。

「忙しそうね」とアルマは言った。

「ああ、ひどい一日だった」彼はカーキ色の制服のズボンのうしろポケットに財布を入れた。「そういえば、アハーンの近所に住んでいるんだったな」彼女はそうだと答えた。「なにか見なかったか？　クライルは？」

「見なかった」

ペックはうなずいた。彼はピザの箱を開け、すぐに閉めた。「ハルが初めて鹿を仕留めたそうじゃないか」

アルマは悲しげな笑みを浮かべ、シェリルに電話するために歩いているラリーとサムの姿を思い浮かべた。

「そうよ」

「じゃあ、なんで今日の夕飯は鹿肉じゃなくてピザなんだ？」と彼は訊いた。彼女は、いろいろ手ちがいがあって鹿の死骸はゴミ置き場に捨てることになったと話した。なんだか落ち着かなかった。狩猟許可証のことを訊きたいのだろうか。それとも、別のこと？

ペックはうなずいた。「家の中はひどい汚れようだったんだろうな。トラックも」

「そうね」とアルマは言い、付け加えた。「クライルも手伝って掃除したのよ。ぴかぴかに」夏のピクニックのとき、へらを持って立ちつくしていたペックを思い出した。それから、ウェイン市の高校生をハルが殴ってしまったときに、病院にいたペックを。「鹿の死骸を確認したいなら、ミック・ラングドンのとこのゴミ捨て場にあるから」本当にあるのよね？

「ハルが帰ってきたのは土曜なのか？　日曜じゃなく？」

「そう。でも月曜日までハルには会わなかったけど」

ふたりは目と目を合わせた。居心地が悪くなるほど長いようにアルマには思えた。ペックはピザの箱でカウンターを二回叩くと、ドアに向かった。「なにか思い出したら」

出ていく途中で三人のティーンエージャーたちのそばを通り、なにか言ったようだった。少年たちは思わず背筋を伸ばし、少女はみっともない前かがみの姿勢は直さなかったが、少なくともピザを食べるのは中断した。ペックは手の上にピザをバランスよく載せたままドアを開けると、アルマにうなずいて挨拶をしてから出ていった。

二日。少女がいなくなってから二日も行方がわからないのは長すぎる。ゲーム機のコーナーにいる少年のひとりがペックのものまねをした——ピザの箱を持っているふりでバランスを取りながら、ズボンを引き上げた。今までペックがズボンを引き上げるのを見たことはないが、ニキビ顔のもうひとりの少年が笑ったところを見ると、たぶんペックのことだったのだろう。

少女は彼らのピザをもうひと切れ取ると言った。「じゃあね」ありがとうのひとこともなかった。彼女がピザの先端をくわえたままうしろ向きになってお尻でドアを開けるのを、少年たちは見ていた。いったいあの娘《こ》はなんでここに来たのだろう。自分ではなにも注文せずに、他人のピザを食べただけだ。アルマは、ペギーのことを考えていた。ハルの襟を触っていた彼女の手。ペギーはあっという間にハルを魅了した。

アルマが驚いているのは、ひとりの少女が行方不明になったことではなかった。むしろ、毎日もっと多くの少女がいなくなっていないことのほうが不思議だった。

うとした。彼がまだ十代だったころ、父親の自転車のうしろに乗っていた小さな女の子が車輪のスポークのあいだに指を入れ、指の先端がきれいに切り取られたことがあった。それから、一学年下の少年が野球をしているときに蜂《はち》に刺されて死んだこともあった。少年の顔は泥まみれの風船のように膨れあがっていた。あのとき、クライルもその公園にいた。だから今でも熟しすぎたメロンの柔らかな皮を見ると、その子の顔を思い出してしまう。

アルマはキッチンにいて、平鍋に敷き詰められたシナモンロールにアイシングをかけていた。コンロの上のラザニアはもう冷ましてあり、アルミホイルでふたをしてあった。彼女は振り向くと、手を腰に当てて言った。「気が進まない」

「誰だってそうだよ」とクライルは同意した。「でも、これは正しいおこないだ」

「なにが正しいか、わたしに指図しないで」アルマは

7

火曜の朝になってもペギーが帰っていないことがわかると、町の奥さんたちのなかには、アハーン夫婦が娘の捜索に集中できるようにと、食事や家事や農場の仕事の分担スケジュールを決めて協力する者も出てきた。

クライルは自分の農場の仕事を終えると、農場のあいだで汚染が広がらないように長靴をホースで洗い、それから家にはいってシャワーを浴びた。スリッパを履いてキッチンのテーブルについたクライルが言った。「まったく、ひどいことになった」この二十四時間、自動運転のようにその台詞《せりふ》を繰り返している。ガンスラムでほかにどんなひどいことが起きたか、思い出そ

ぶつぶつ言いながら、シナモンロールを覆うアルミホイルを箱から引っぱりだして切り取った。

シャワーを浴びてさっぱりしたハルがやってきた。洗濯したてのクライルのシャツの裾を、作業用ズボンの中に押しこんでいた。彼の目は真っ赤だった。クライルは、ハルにペギーのことを話す役目を引き受けた。クライル自身がその噂を聞いたのは、アルマがピザの箱を持って帰宅した月曜の夜だった。アルマがこの町の住人の噂好きを嫌っているのは知っていたが、これほど早く話が広まったことは彼にも驚きだった。それまで今回の件が耳に届かなかったのは、一日じゅう農場で働いて外の世界から切り離されていたからだろう。

ハルがペギーに好意を持っているのは、クライルも知っていた。今年の夏、百周年を祝うピクニックから帰ってきたハルから、恋に落ちた話をさんざん聞かされた。次の日の午後、豚をトレーラーに載せていると、自分もいつか結婚できるだろうかとハルに訊かれた。


「ほら、普通の男みたいにさ」

クライルの予想どおり、ミック・ラングドン――ハルの家の大家――から少し前に電話があった。「ゴミ捨て場に鹿が捨ててあった」

クライルは心底ほっとした。「悪かったな。驚いただろ」ペギーのことを聞いて以来、本当に鹿なんて存在したのだろうかと自分がどんなに心配していたのか、そのとき彼は初めて気づいた。ペギーの失踪を聞いたとき、ピックアップトラックに残っていた血のことが真っ先に頭に浮かんだ。それを自分でも認めたくなかった。

「たぶん、ハルはおれが教会に行ってるあいだに捨てたんだろうな。そうじゃなきゃ、おれが聞き逃すわけがない」鹿の死骸を取りにいこうかとクライルは申し出たが、どっちのゴミ捨て場で腐っても同じことだとミックは言った。「一応知らせておいたほうがいいと思っただけだ」

「さっさと行ってさっさと逃げだしましょ」とアルマは言った。「早く行けば、それだけ早く帰れるわ」彼らは車に乗りこみ、キャセロール鍋を膝においたアルマは助手席に、もうひとつの鍋を持ったハルはふたりの息子のように後部座席に座った。

アハーンの家では、訪問客の車やトラックが砂利道の片側にきれいに並んで駐車されていた。芝生には車輪ひとつかかっていなかった。多くはいつも金曜と土曜に停まっている車と同じだったが、週末にこれほどきれいに並んでいるのは見たことがなかった。「あらまあ」とアルマは言った。「これじゃあ、お客さんをもてなすのにかえって大変よ。いっぺんに来ないようにスケジュールをたてるんじゃなかったのかしらね、まったく」

ポーチでは、食料品の詰まった紙袋を抱えたラリー・バークと妻のシェリルが、ロニー・マギーとその妻ダイアンと立ち話をしていた。コスタガン夫妻とハルがやってきて車を停めるのを見て、彼らは会話を中断した。ふた組の夫婦はアハーンの飲み仲間で、二十八歳のシェリルとラリーがいちばん若手のメンバーだった。ノースイースト・コミュニティ・カレッジで自動車整備の資格を取ったラリーは、数年前からロニーに雇われて自動車修理工場で働いていた。飲み仲間のほとんどは、ラリーがフットボールの試合で数々のタッチダウンを決め、高校のフットボール・チーム〈ブルドッグス〉をリーグの優勝戦に導いたときに歓喜して応援した人々だった。ラリーは、ガンスラムで生まれ育った多くの町民たちと同じように、半ズボンをはいていたころから彼のことを知っている人々に囲まれて成長した。クライルだけは例外だった――町を離れて別の人生を送り、そしてまた戻ってきた。しかしそんなクライルも、本当に望んでいたのはガンスラムで暮らすことだった。

「中にはいったほうがいいのか、それとも持ってきたものをポーチにおいて帰ったほうがいいのか、わからなくて」クライルたちが歩いていくと、ダイアンが小声で言った。髪を濃い茶色に染めたようだった。少し老《ふ》けて見える、とクライルは思った。

「ひどいことになったな」とロニーが言った。「本当にひどいことだ」

「おれも、一日じゅう同じ台詞を繰り返してるよ」とクライルも言った。

シェリルはラリーの腕に手をおいて言った。「本当は今夜、ラリーはボウリングの試合があったの。でも、ここに来るために行くのはやめたわ。力になれるならなんでもしよう、って」

「さすが、ヒーローね」とアルマがつぶやくと、シェリルは彼女をにらみつけた。

「やあ、ラリー」とハルは言った。ラリーはハルのほうを見ようともせずに小声で「やあ」と返した。ラリーとサムが鹿狩りのときの苦労話――ヴァレンタインの近くでハルに置き去りにされ、次の日の朝シェリルに迎えにきてもらわないといけなかった――を手当たり次第に言いふらしているのを、クライルは町に出かけたアルマから聞いて知っていた。そんな彼らも、少女が行方不明になっている今、長時間歩かされたという馬鹿な話で同情を買おうとしていた自分たちを恥ずかしく感じているのだろう。当然だ、とクライルは思った。

「この料理、ここにおいてそのまま帰ってもかまわないわよね？」ダイアンは誰にともなく訊いた。アルマはためらわずに呼び鈴を鳴らした。

「そうくると思った」とシェリルはつぶやいた。ドアが開くまで、気まずい沈黙が流れた。

まるでろうそくのように蒼白《そうはく》な顔のリンダ・アハーンがドアを開けた。「どうぞ」と言って中に手招きした。「ポーチになんか立ってないで」母のうしろに隠れるように、心配そうな顔をしたマイロがたたずんでいた。

シェリルが一歩前に出て言った。「邪魔したくなくて」

「大丈夫よ」とリンダは言った。クライルは、ハルとふたりで農場の仕事の手伝いをしに来たことを伝え、作業用のブーツを履いているからポーチで失礼するよと言った。

「どんな作業が必要なのか、きっとわかってるのよね?」とリンダは言った。

「ああ、わかってる」とクライルは答えた。農場で必要な作業については、ランダルから電話があった。

「養豚家の仕事はどこも同じだからね」彼がハルと一緒に納屋に向かうのを、アルマは階段をのぼりながら肩越しに見ていた。クライルは、社会的な集団の中にハルをひとりおいておくことが心配なのだが、それと同じくらいアルマのことも心配だった。特にダイアンがそこにいるときは。ただ、もしなにか言いたいことがあるなら、アルマはとっくに言っていたはずだ。アルマは思ったことをすぐ口にする。しかし、この町のほとんどの女たちにはそれが理解できない。彼女たちは、自分の夫や社会通念を敬《うやま》うように育てられてきた。アルマはそのどちらも屁《へ》とも思っていない。それが、クライルが彼女に惹かれた理由でもあった――初めのうちは。

アハーンの納屋にはいると、餌やり用のスイッチがあった。コスタガン農場の小屋にはこのような電気設備はなかったが、使い方はよく知っていた。スイッチを入れると機械が大きな音をたてて起動した。クライルとハルは横に並んで立ち、蛇《へび》のとぐろのようにコイルが巻きついているビニール製のパイプから、両側の豚房に自動的に餌が注ぎこまれていく様子を見守った。コスタガン農場では、餌があふれて無駄にならずに適切な深さになるように、クランクハンドルで調節していた。

基本的な道具類は壁に掛かっていた。ほとんどの農家が家の中、工具保管庫、納屋の三箇所においているようなものだ——ペンチ、ドライバー、ハンマー。他人の納屋の中にいると、妙な親密さを覚えた。麦わらの積み方や壁のフックに道具が掛かっている様子を見るだけで、ジョー・アハーンが努力は報われると信じている几帳面《きちょうめん》な男だということがわかった。強い意志さえ持っていれば、自分も自分の家族も守れると思っているようだ。ハルは豚房の仕切りに寄りかかり、給《きゅう》餌《じ》装置のパイプから餌が注がれていくのをずっと見ていた。すべての餌箱に同じ量の餌が同じ方法で入れられていく。この単純さが農業の楽しみのひとつだ、とクライルはつくづく思った。赤ん坊を寝かしつけるのと同じ、単純な動作の繰り返し。

クライルはずっと農場が大好きだった。まだほんの子供だったころから父の手伝いを始め、八歳のときにはトラクターも運転するようになっていた。一日の終わりの筋肉痛も、夏の日焼けも、冬のあかぎれも大好きだった。しかし、彼は大学に行くために農場を離れた——彼自身の可能性を見いだしてほしいというのが両親の強い希望だったからだ。三年生のとき、ヴィクトリア朝文学のクラスできれいな女の子の隣の席に座った。彼女は彼のほうに身を乗りだし、ヴィクトリア朝の人たちがテーブルの脚にもカバーをつけるほど性に対して潔癖だったのは本当かしら、と訊いてきた。彼女はおがくずのにおいがした。小豆《あずき》色のカーディガンをはおり、膝丈のスカートをはいていた。それが、アルマとの出会いだった。

「ここにいるの、なんか変な感じだね」給餌装置の音がするなか、ハルが言った。なにも怖がる必要はないさ、とクライルは返した。蜂に刺された少年のことが頭に浮かんだ。少年の顔はあっという間に腫れあがった。まるで風船が膨らんでいくのを見ているようだった。彼とアルマがその授業で出会ってから少なくとも一カ月経ったころ、図書館で彼女は身を乗りだして彼にキスをした。彼女の唇は濡れていて、チェリー味ののど飴《あめ》〈スクレット〉のような味がした。恥ずかしながら、女の子にキスをしたのは彼女で四人目だった。もしあのときアルマのほうからキスしていなければ、ふたりで図書館の書棚近くの長い木のテーブルに座ったまま、クライルは手を握るべきかどうか逡巡《しゅんじゅん》していたかもしれない。

自動給餌装置が餌を注入しつづけるなか、クライルとハルは納屋の中に並ぶ豚房のあいだの通路を歩いた。そのあと、離れ家になっている三つの大きな豚舎も見てまわった。ジョーの農場は、郡の中でも一、二を争う大規模な農場だった。彼らは各豚舎の自動給餌装置を起動し、豚に異常がないかを確認した。三番目の豚舎で二匹の子豚に下痢の症状が見られた。ハルもクライルも、豚の肛門を見るだけで下痢をしている個体が識別できる。それぞれ一匹ずつうしろ肢をつかみ、空《あ》いている豚房の中に入れて隔離した。クライルは、彼らのあとに作業を引き継ぐ誰かのためにメモを残しておくことにした。三番目の豚舎の中には小さな冷蔵庫があった。きれいに整頓《せいとん》されたガラスの瓶が中の棚に並び、冷蔵庫の上には注射器がおいてある。クライルは注射器二本にペニシリンを入れてから青い〈ペイントスティック〉――アハーン農場では青色が注射ずみの色――をつかみ、子豚たちに抗生物質を打った。そのあいだ、ハルが子豚たちをフットボールのように抱えていた。

ガタガタという大きな音をたてて給餌装置がとまった。ハルがスイッチを切り、ふたりは離れ家の豚舎の中を通りながら餌ときれいな水が満たされていることを確認した。そして、最初の納屋に戻った。この農場の中ではいちばん古い建物のようだった。納屋の壁が羽目板で、床がでこぼこのコンクリートなのに対し、ほかの新しい豚舎は波形鋼板の壁になめらかな床――

ビー玉を転がしたらまっすぐ転がりそうな——だった。アハーンが景気がいいのは疑う余地がなさそうだ。

納屋の中で、ハルが屋根裏の干し草置き場を見上げて言った。「ペギー、あの上にいるのかも」声がこだました。「隠れてるのかも」

「隠れてはいないよ」クライルはそっけなく言った。「そうかな。わかんないよ。おれも、三日間くらい干し草置き場に隠れてたことがあったし」それはまだハルが高校生で、週末だけクライルのところで働くようになったころの話だ。当時、ハルは母親と住んでいて、隠れていたのはせいぜいその日の午後だけだった。学校の友人たちと一緒にマリファナを吸っているところを母親に見つかり、隠れるためにコスタガンの農場にやってきたのだ。髪を干し草だらけにしたハルが、お腹がすいて死にそうだと言いながら玄関に現われるまで、クライルとアルマはまったく気づいていなかった。ハルを見つけたことをハルの母マルタに電話すると、彼女はため息をついて言った。「うちの馬鹿息子に、すぐに帰ってくるように言って」

「見てきたほうがいいかも」とハルは言い、大きく見開いた目でクライルを見た。「おれが彼女を見つけたら、ヒーローになれる!」

「誰もヒーローになんかなれないよ」とクライルは言った。そして、本心ではないことを付け加えた。「絶対にペギーは無事でいるさ」

キッチンの中で、アルマはシナモンロールをひとつ切り分けて紙皿に載せ、すでに五、六個同じような紙皿が並んでいるテーブルの上においた。ジョー・アハーンはほとんどの訪問客と一緒に地下室にいたが、リンダはコーヒーのはいったカップを前におき、キッチンのテーブルについていた。「本当に助かるわ。ありがとう」

「このくらいしかできないから」とアルマは繰り返し、

クライルに目配せした――そろそろ帰りましょう、と。彼も同じ気持ちだったが、リンダに引き留められた。こんなときだからといって遠慮しないで、長靴を脱いで中にはいってなにか食べていって、と。今の状況のリンダにそう言われてしまったら、断われるはずもない。今まで、靴下のまま他人のキッチンにはいった記憶はなかった。自宅にいるときでさえ、夜中にバスルームに行くにもスリッパを履く。歳のせいか、夜間のトイレが近くなった。

ダイアンはアルマの邪魔にならないように、夫ロニーの近くに行った。クライルは、むかしロニーがアルマに言い寄ったことは知っていた。その夜家まで車で帰る途中、アルマから聞かされた。彼女は激怒していたが、同時に笑ってもいた。彼はロニーと目を合わせたが、ダイアンとは目を合わすことができなかった。

マイロも、〈ルービックキューブ〉を持ってテーブルについていた。もちろん知ってはいたが、それはなんだい、とクライルは訊いた。マイロは簡単に説明してから、〈ルービックキューブ〉をクライルに渡した。クライルの手の中で、立方体の面が気持ちのいい音をたてながら回転した。

「完成できたか？」とクライルは訊いた。

少年はできないことを認めた。「パズルはあんまり得意じゃないんだ」

「おれは得意だよ」とハルは言い、クライルの手から〈ルービックキューブ〉を取った。いろいろ回していたが、マイロに返しながら言った。「だめだ。できない」

「むずかしいよね」とマイロは言った。「ぼくも全然できない」

「トイレ行ってこようかな」とハルが言い、マイロは廊下の先を指差した。

ラリーがなにかを妻に小声で言い、彼女は首を振った。「今はやめといたほうがいいわ」と小声で返した。

「やめといたほうがいい、ってなにを？」とマイロは訊いた。

「なんでもないのよ、マイロ」とシェリルは言った。

「今話さなくちゃいけないようなことじゃないから」

「ハルに謝りたいんだ」ラリーは咳払いをしてからクライルに言った。「一緒に連れていったのに狩りをさせないなんて、フェアじゃなかった」

アルマは手に持っていたふきんを投げ捨てた。「まったくよ」

「だから謝ってるんじゃないか、アルマ」とラリーが言うのを聞いて、火に油を注ぐようなことをして、とクライルは思った――かつて自分の運転するスクールバスに乗っていた人間から、ファーストネームで呼ばれることをアルマは嫌っていた。「でも、土曜の夜に小屋に帰ったとき、ハルがいなくて心配したんだ。どこに行ったんだろうって思った。おれたちは、いとこの家まで歩いていって、シェリルに迎えにきてもらわないといけなかった」

「どういうこと？」とリンダ・アハーンがぼうっとした様子で尋ねた。クライルは、納屋にきれいに並んで掛けられていた道具のことを思い出した。あれを見たとき、どこか希望を感じた。

「土曜の夜のことよ」とシェリルは言った。「ハルはラリーとサムをヴァレンタインの近くに置き去りにして、自分だけ早く帰ったの。土曜の夜、ハルは町にいたのよ。〈ＯＫ〉で見かけたわ」

「土曜の夜？」とリンダは言った。「よくわからないわ」

シェリルがなにかを言おうと口を開いたとき、アルマが割ってはいった。「なにも心配しないで」とアルマはリンダに言った。「片付けはやっておくから」

「ほんと？」

「なにをどこにしまえばいいのかはちゃんと覚えてるから。ほら、もう行って」そう言うとアルマは水切りかごからオーブンの天板を取り、カウンター下の所定の場所にしまった。リンダがキッチンから出ていくと、アルマはシェリルのほうを向いた。「なんであんなことを言ったの？　あんたのダンナが何キロ歩いたかなんて、今リンダに言って同情してもらうようなことじゃないでしょ」

シェリルは腕を組んだ。「わたしはただ、ハルが土曜の夜には町に帰ってきてた、って言っただけよ。ペギーがいなくなった夜――」

ラリーは妻の腕に手をおいて最後まで言わせなかった。そのかわり身をかがめて肘を膝におき、ほとんど聞こえないような声で言った。「シェリルもいたんだ。あの夜、〈キャッスル・ファーム〉に。ペギーより先に帰ったけど、彼女を見たそうだ」クライルはシェリルに目をやったが、彼女は下を向いていた。クライルがちらっとダイアンを見ると、彼女は目に涙を浮かべていた。むかしから涙もろかった。

「ペギーはどんな様子だった、シェリル？」とラリーは訊き、シェリルは顔をしかめた。

「酔ってた」

「実は」とラリーは言った。「そこでハルも見かけて――」

アルマは両手でカウンターを叩いた。「やめて。そんなこと聞きたくもない」ラリーはシェリルをちらっと見た。「それに、〝ミセス・コスタガン〟だから。わかった？」

そのとき、二階から大声が聞こえた――ハル、そしてリンダの声だ。

「やだ！」とハルが叫んだ。

クライルは立ち上がるとキッチンを飛びだし、一段飛ばしで階段を駆けあがった。マイロやほかの人たちも彼のあとに続いた。

「もとに戻しなさい」とリンダは言った。

ハルは二階のバスルームに行ったようで、握りしめた手を高く上げて廊下に立っていた。「別に取ろうとしたんじゃないよ」と泣きながら言った。「ちょっと見たかっただけだよ」リンダは飛び上がってハルが手に握っているなにかを取ろうとしていたが、肘くらいまでしか届かなかった。ハルはクライルを見て言った。

「ペギーがこれを着けてるのを見たことがあるんだ。ここにはペギーのものがいっぱいあるのに」と彼は言い、銀のブレスレットを見せた――小さな銀の飾りが鎖からいくつもぶら下がっていた。クライルは、フットボールのヘルメットのような飾りも見えたように思った。リンダはブレスレットをハルの手からもぎ取った。

「ハルがこれをポケットに入れているところを見たの」とリンダは言った。「ハルの様子を見に二階に来て――いなくなってから時間が経っていたから――そしたら、ちょうどこれをポケットに入れてるとこだった」

「まったく、ハル」とアルマは言った。「なにやってるの？　人のものは取っちゃだめでしょ？　そんなこと、わかってるでしょ？」

マイロが前に出て、母の手からブレスレットを取った。「戻しておくね」

「これは何事だ？」階段をのぼりながらジョー・アハーンが険しい声で言った。

「ちょっと誤解があっただけなのよ」とアルマは言った。

ジョーはアルマと妻を交互に見た。

「本当になんでもないの」とリンダは言った。「ハルがちょっと混乱しただけ」

「おれは混乱なんかしてないよ」とハルは言った。

「なんでもないんだ」とクライルは言った。「悪気はなかったんだ。ハルはただ、その……」〝知的障害〟という無言のことばが宙を漂っていた。本人の前では言いたくないことばだったが、事実なのもたしかだ。

クライルの頭の中に、シェリルがほのめかした「ハルは土曜の夜には町に帰ってきていた」ということと、トラックに残っていた血のあとのことが同時に浮かんだ。なんでもない、と彼は自分に言い聞かせた。結論に飛びつきたくはなかった。しかし、この町の連中はそうはいかないだろう。今夜のことだけでなく、あのいまいましいピクニックのこともあるのだから。

ジョーはハルを指差して言った。「今は、こういう面倒はごめんだ。わかったか？」ジョーの息は酒くさかった。「今抱えてる問題だけで充分なんだ」

「ちょっと誤解があっただけなのよ」諭《さと》すようにリンダは言った。「ほら、もう地下室に戻って。ハルは農場の手伝いをしにきてくれただけなんだから」

「そろそろ失礼するよ」とクライルは言った。「長居しても悪いからね」階段のいちばん下に、愕然《がくぜん》とした顔のシェリルとラリーが手を握り合って立っていた――――またハル・ブラードがひと騒動起こして、というような表情だった。クライルは、これから彼らがコートを着て車に乗りこみ、〈OK〉の入り口までたどり着くのにどのくらいかかるか計算した。九分くらいか。つまり、九分後にはガンスラムに住む全員が、ペギーの失踪にハルが関与していたと思いこむことになる。

家まで車で帰るあいだ、アルマはハルのほうを向いて言った。「ブレスレットは取るべきじゃなかった」

「わかんなかったんだ。そんなことしちゃいけないなんて、わかんなかった」

アルマはハルを指差した。「ハル・ブラード、それは真っ赤な嘘よ。あんたは、ほかの誰とも同じくらい、良いことと悪いことのちがいはわかってる。ただそれを認めたくないだけ」

クライルは、アハーンの家と自宅のあいだの八百メートルを運転した。家に着くなり、ハルは車から降りて、じゃあまた明日、と言って自分のトラックに向かった。クライルたちは、ハルがトラックに乗りこむのを見ていた。キーは挿したままだった。

ハルがトラックをバックさせて向きを変え、私道を走っていくのを、アルマは手を振りながら見送った。

「時間の問題ね。ジョーがハルのことでペックに電話するのは、わたしたちが今こうして立っているのと同じくらい確実よ。ペギーがいなくなったことにハルが関わってる、ってペックに言うわ」

「でも、証拠なんてどこにもないよ」とクライルは言った。実際、証拠なんてどこにある？

アルマは唇をぎゅっと結んだ。額に汗がにじみ出ていた。気温は二度だったが、彼女はコートのジッパーを下げた。またホットフラッシュか、とクライルは訊いた。

「ご名答」と彼女は言い、さっさと家の中にはいっていった。

8

マイロは、姉のことだけを考えるべきだというのはわかっていた。でも今まで、こんなに夜遅くまで起きているのを許してもらったことがなかった。家に集まっていた人たちも夜中の十二時にはいなくなり、そのあとすぐに両親もマイロが寝ているかどうか確認もせずに自分たちの寝室に引っこんだ。気がつくと夜中の二時で、今はもう三時になろうとしていた。こんなに夜遅くまで起きていると思うと頭がくらくらしたが、姉のことを考えるとそんな思いもかすんでしまった。彼の気持ちは揺らいでいた。ペギーはもうどこにもいないのではないかという思いと、今ごろはネブラスカ州リンカーンにいて、間抜けな誰かの寮で今この瞬間にもダイキリをストローで飲んでいるのではないかという思いとのあいだを、行ったり来たりしていた。

マイロはペギーのベッドで横になった。部屋の中にはいったことがばれたらすごい剣幕で怒られるとわかっていながら。枕はヘアスプレーと女の子の汗のにおいがして、彼は深く息を吸いこんだ。月は出ていなかったが、農場の明かりが雪に反射して部屋の中にはいりこみ、バレーボールのトロフィーをキラキラと輝かせていた。ペギーはチームでいちばん背が低いにもかかわらず、去年はブロックの成功本数がいちばん多かった。それでもらったトロフィーだった。

マイロは一階におり、父の濃紺のリクライニングチェアに座った。その大きさに包みこまれながら、なめらかな肌触りのベロアを手でなでた。いつも父がロックのウィスキーをおいているコースターの上に、冷蔵庫から出してきた〈ペプシ〉をおいた。キッチンでは、がらくたのはいった引き出しの中を漁《あさ》った。古い鍵や洗濯ばさみ、それから七面鳥を焼くときに使う長い串もはいっていた——きっと今月末になったら母はこれを探しまわるだろう。引き出しの奥に食べかけの〈ライフセイバー・キャンディ〉のパックを見つけ、いちばん上にあった黄色い飴をどけてその次の赤い飴を口に放りこんだ。噛むとべたべたして柔らかく、上下の歯がくっついて離れなくなった。一瞬、このまま口が開かなくなるのではないかとパニックになりかけた。

以前にも一度だけ、真夜中に一階におりてきたことがあった。気分が悪くなって母を起こしにきたときだった。そのときはふとんの上から母の肩に軽く手をおいただけなのに、母はすぐに彼のほうを向いて「どうしたの、マイロ?」と言った。母はマイロを彼のベッドまで連れていって寝かせると、吐きたくなるといけないからと言って大きなボウルを床におき、おでこに冷たいタオル——温かいタオルだったかもしれない——を当ててくれた。翌朝、学校を休むことになってうれしかったが、急にお腹がむかむかしてきて吐いてしまった。でも、一度吐いてしまうと気持ち悪さは一瞬で消え、まるで魔法の杖を振ったように吐き気もなくなった。こんなに気分がよくなるのを味わえるなら、吐き気も悪くないかもしれないと思ったほどだった。

この二日間、まるで日常と非日常のはざまの中で過ごしてきたような気がした。毎日学校には行ったが、先生たちは妙にやさしかった。昨夜は大勢の人が両親を訪ねてきた。火曜日なのにまるで週末のようだった。人間というのは、このような地獄とも天国ともつかないところにどのくらい居つづけなければならないのだろう——食べずに、眠らずに。実のところ、マイロはお腹がぺこぺこだった。怖くて心配でしかたなかったが、お腹はすいていた。

キッチンに戻り、ミセス・コスタガンのシナモンロールにかかっていたアルミホイルを剝がした。一列分が残っていた。こんな状況になっている今、ひとつくらい食べても気づく人はいないだろうと思ったが、でもわからない。母は食べ残しのブラウニーを定規で測っている、そう確信していた時期がむかしあった。ある日、ペギーがこっそりキッチンにやってきて、ブラウニーの皿の上におきっぱなしになっていたバターナイフで、切り口に沿って五ミリだけ切り取ってブラウニーを食べた。それを何度も何度も繰り返して、ひと切れ分食べてしまうと、今度は長いほうの切り口で同じことを繰り返した。夕食のあとのデザートとしてブラウニーを出そうとした母はアルミホイルを剝がし、「あらまあ、誰がこんなにブラウニーを食べちゃったの?」と言った。でも、ペギーは絶対に白状しなかった。なぜかというと、食べたのはちゃんとしたブラウニーではなく、誰にも気づかれないほど薄い切れはしだと思っていたから。

マイロにとっては、それが姉のむかつくところだった——どんなことも正当化してしまうのだ。でも、マイロはこのことに一縷《いちる》の望みを託していた。自由を味わいたくて少しのあいだ家出をしただけだ、きっと真夜中に家を抜けだすくらい大したことではないと自分に思いこませたのだろう、いつ帰ってきても大丈夫だ、と。もしも玄関からはいった瞬間に両親に怒られたら、困惑したような顔を作って言うだろう。「なに大騒ぎしてるの? ちょっと息抜きしたかっただけよ。出かける、って言ってあったでしょ?」と。そして、悪いのはペギーではなくみんなのほうだとまんまと思いこませる。マイロは今ほど、自分のせいにしてほしいと思ったことはなかった。

シナモンロールをひとつ、べたつくバターナイフで切り取り、ねばねばするアイシングにかぶりついた。いつもベッドにはいる時間からすでに六時間経っている今、とても疲れていて、なにをどうすればいいのかわからなかった。目をつぶるたび、体は濡《ぬ》れた砂のように重いのに、また目がぱっと開いてしまう。母の許しをもらって、午後五時を過ぎてから〈コカ・コーラ〉を飲んだときと似ていた。お祈りしようかとも考えた。夜になってすぐ、ベッドの前にひざまずいてみた。毎晩お風呂にはいるときのように心は落ち着いた。日常を取り戻せたような気がした。でも、そんなことを求めていたわけではなかった。

マイロはなるべく音をたてないように牛乳をグラスに注ぎ、大きなボトルを冷蔵庫に戻した。家族の中で牛乳をよく飲むのはペギーだった。これからは小さいボトルを買うようになるのだろうか。牛乳の側面に、行方不明者として姉の写真が載るのだろうか。マイロはこういうふうに自分を苦しめるのが大好きだった――最悪の最悪を想像して。そのうち大学のパンフレットが届くようになるだろう――ペギーはまだ高校二年生だが、オールAの優等生だ。ある日、私道の端にある郵便受けにそんなパンフレットがはいっていたら、どう思うのだろう。パステルカラーのお悔《く》やみ状が混じっていたら、いっそうドラマチックだろう。

締めつけるような、気持ち悪くなるような痛みが襲ってくるのを待った。でも、無理やりに感じることはできず、諦《あきら》めた。今はただ眠りたいだけだった。映画を見ているときの感覚と似ているような気がした——音楽の高まりとともに感極まらないといけないはずなのに、物語の盛り上がりに疲れ果ててしまって、なにも感じることができないあの感覚。あまりにも疲れていると、起きていることが現実とは思えなくなる。あるいは、他人に起きていること、両親だけに起きていることのように感じられる。今のマイロは、疲れている以外、もはやなにも感じることができなかった。それを認めるのがとてもいやだった。

両親の寝室のドアが開く音が聞こえた。マイロは、シナモンロールがのどにつかえて窒息しそうになった。たしかに両親は寝ていたはずなのに。もしかしたら寝ていたのかもしれないが、今はふたりとも起きていた。声は廊下から聞こえ、そのあとバスルームのドアが静かに閉まる音が聞こえた。父が突然大声を出し、マイロはそれを心臓で感じた。ドラマ『Dr.トラッパー／サンフランシスコ病院物語』の中で除細動器を使ったときのように。

「あいつはなにをしようとしてたんだ?」と父は訊いた。お酒のせいで呂律がまわらなかった昨夜と同じように、はっきりとは聞こえない話し方だった。父がかなりの酒飲みだということをマイロが知ったのは、ほんの数年前だった。父が廊下でよろめいて両方の壁に手をついているのを見て、お父さん大丈夫なのかな、とペギーに訊いた。『A—Z健康ガイドブック』に載っていた脳卒中の前兆かもしれないと思ったからだ。でもペギーは「ばーか、酔っ払ってるだけだよ」と言った。マイロはそれも本で調べた。そのうち、饐《す》えたにおいや充血してうつろな目から、自分でも判別できるようになった。

バスルームの中から母のくぐもった声が聞こえたが、父はそのまま続けた。「あいつは、娘にちょっかいを出していたのと同じ男だ。ただの偶然とは思えない。こんなときにうちに来て、なにを嗅ぎまわってたんだ？　少しは敬意を示せってんだ」

トイレを流す音がしてドアが開き、母がキッチンに向かって廊下を歩いてきた。父がそのあとに続いた。

「ジョー、まだ朝の四時よ」父は脚の付け根のところが伸びてしまった白いブリーフをはき、同じような白いTシャツを着ていた。マイロが恐怖におののいていなければ、結構笑える光景だったかもしれない。シナモンロールを口の中に押しこみながら、マイロはダイニングルームに逃げた。とっくに寝ている時間に甘い物を食べているところを見つかったら、どうなるのだろう。

「何時だろうが、そんなのクソ食らえだ」と父は言った。マイロは父の汚い言葉遣いを聞いてみぞおちに一発食らったような気分だった。

父は受話器を取るとダイヤルをまわしはじめた。ダイヤルがまわるカチカチという音が別の部屋にいても聞こえてきた。

「ジョー？」と母は言ったが、返事はなかった。

「ペックか？　ジョー・アハーンだ……ああ、わかってる。でも待てなかった。ハル・ブラードのことだ」

父の話し声は続いていたが、マイロは聞いていなかった。え？　ハル？

ペギーが十六歳になった夏の終わりごろ、昼過ぎにバレーボールの練習に行く姉の車に乗せてもらい、マイロは町の公営プールまで連れていってもらうことがよくあった。ペギーのチームが体育館での練習のあとに校庭のトラックでダッシュ練習をするあいだ、マイロは片方の目でずっと時計を見ながら一時間ほど泳いだ。少しでも遅れるとペギーが怒るからだ。泳いだあとはTシャツを着て、持ってきたおやつを食べるために学校の裏に向かった。そこにはいつもハルがいて、金網のフェンスに顔を密着させておでこに赤い格子のあとがつくのも気にせずに校庭で練習するペギーを見ていた。マイロは気の毒に思った――障害があるってきっと大変なんだろうな――それに、ペギーがハルのことを変なやつだと思っていることも知っていた。だから、馬鹿みたいにうろつかなくてもすむように、一緒にベンチでツナのサンドイッチを食べないかとハルを誘った。ハルはすぐにフェンスを離れ、観覧席のマイロの隣に座った。ほかになにがあるの？　とハルは言い、サンドイッチの袋の中をのぞきこんで〈オレオ〉を発見すると、目を輝かせた。マイロの母は二年前に看護師の仕事に復帰してから、〈プランターズ・チーズボール〉とか〈オレオ〉を買ってくれるようになった。いつも家にいてクッキーを焼いたりポテトサラダを作ったりする時間があったころには、こういうお菓子は絶対に買わなかった。

「これ、大好物なんだ」マイロの隣に座ったハルはお礼も言わずに〈オレオ〉を口につっこんだ。やっとお礼を言ったのは、二枚目で口がいっぱいになっているときだった。

マイロはペギーを指差した。「あれがぼくのお姉ちゃん」

「え？　じゃあ、毎日会えるの？　なんてラッキーなんだ」スケベな目でスコットが言うのとは全然ちがった。

「そうかな」マイロはぶつぶつ言った。「そんなに大したことないよ」

「うそだろ？　ダントツでいちばんきれいだ。それに、いちばんやさしい」

「ぼくにはやさしくないけどね」毎朝、バスルームの鏡の前にいると、ペギーに肘でどつかれて脇にどかされる。自分の顔を鏡で見ようと身を乗りだしただけで、ヘアアイロンを髪に当てているペギーにすごい顔でにらまれる。一度、熱くなったヘアアイロンをわざと首のうしろに落とされ、ヒルのようなピンク色の火傷《やけど》ができたことがあった。毎朝、歯磨きの泡を洗面台には吐かせてもらえず、トイレの中に吐かされる。毎朝、階段から一階に向かって叫ばないといけない――お母さん、ペギーがバスルームから出てこない！――でも、なんの効力もない。ペギーにとって、真夜中に弟と仲よくカードで遊ぶことと、前髪をカールしないといけない朝とでは、まったく別の話らしい。

「お姉さんも〈オレオ〉が好きなの？」とハルに訊かれ、ペギーは一列分ひとりで食べてしまうとマイロは文句を言った。一度に六枚ずつ牛乳に浸し、スプーンでかき混ぜてアイスクリームのようにして食べる。マイロの大好物だと知っているからあえてそうするのだ。本当に意地悪だ。「ぼくだって〈オレオ〉が大好きなのに」ハルは、ペギーが一所懸命に〝女の子の〟腕立て伏せをするのを見ていた――腕がぶるぶる震え、膝当てが芝生で緑色に染まっていた。「きみ、すごくラッキーだね」

歯磨きのとき、もう泡をトイレに吐きださなくてもいいのかもしれない、とマイロは初めて気がついた。胸に激しい痛みが走り、思わずダイニングルームの壁にもたれた。きっと心臓発作だ。マイロは胸をつかみながらキッチンにはいった。十二歳でも心臓発作を起こすことはあるのだろうか。マイロが肘に触れると、母は驚いた。父はまだ電話にがなりたてていた。「今すぐに捜査してくれ。朝まで待ってなんかいられるか、クソ」ペックがなにか言ったらしく間があいたが、父がすぐに割ってはいった。「家に人がいっぱいいたからだよ！　これでもできるだけ早くかけたんだ」酔っ払ってたから電話するのが遅くなっただけだよね、とマイロは思った。

母が振り向き、マイロは胸が痛いことを伝えようと顔をゆがめた。「どうしたの、マイロ？」と反射的に言ってから、「こんな時間になんで起きてるの?」と付け加えた。

「なんか具合が悪い」うまく呼吸ができず、ちゃんと話せなかった。バレーボールの練習からの帰り、車を運転するペギーの顔は真っ赤で、汗まみれの膝当てからは酸っぱいにおいがして、思わず車のウィンドウを開けたことを思い出した。

父はまだ電話で話していた。「おれ自身、あいつが〈OK〉にいるのを見たんだ。べろべろに酔っ払っていたよ」少し間があいた。「弟のランダルとだよ。よく聞け、ペック。とにかく、ハル・ブラードと話をしてくれ」

ぽかんとした楽しそうな顔をして肩幅の広いハルが、いったい誰の脅威になりうるのか。マイロは考えようとしたが、まったく想像できなかった。とはいえ、親友のスコットは、歩道に落ちている鳥のひなを見つけたとき、〈アディダス〉の靴で踏んづけたことがあった。骨が小枝のような音をたてて砕けた。人間というのは、マイロが信じられないようなことを毎日おこなっているのだ。

マイロは最悪なことに気づいた。父は、ペギーになにかが起きたと信じているのだ。事故でも勘違いでもなく、犯罪が起きたと思っている。この前、母がランドルフ保安官に言っていたことを思い出した。父が部屋から出ていったあと、ペギーが誰かと付き合っていたのかはわからない、と小声で言った。

母は、マイロの背中に当てていた手をおでこに持っていった。手のひらの冷たさが伝わってきた。なんだかとても……正常に戻ったような気持ちがして、肺の中に空気が戻り、胸が広がるのを感じた。「もうベッドに行きなさい。ひと晩じゅう起きてたの?」

「今日、学校に行かないとだめ?」

母は少し考えてから言った。「そうね。今日はお休みしてもいいわ。朝になったらアーヴに電話しておくから」アーヴ・ジョンストンは小学校の校長先生で、同じ薄い色の半袖のボタンダウンのシャツ五枚を、一週間のあいだローテーションを組んで着ている。マイロは人をふたつのグループに分類するのが好きだった——都会で暮らせるくらい洗練されている人と、そうではない人。自分とペギーは前者に分類されるとずっと思いこんでいたが、ペギーは弟のことをそうは見ていなかったのかもしれない。ガンスラムのほとんどの人と同じように、ジョンストン校長先生は明らかに後者だった。これからは世の中を別の方法で分類することになるのかも、とマイロは思った——なにかが起きる前と、起きたあと、で。

9

アルマはもう三キロくらい、ペックのパトロールカーのあとを走っていた。彼がハイウェイ57にはいったとき、自分たちの農場に向かっているのだろうと予想した。いつもなら、予想が当たると満足感を味わうのだが、いざ彼が農場の私道にはいる手前で速度を落とすと、いつもの満足感は一切感じなかった。彼女がバスの送迎に出かけたあと、〈ステヴァーツ〉の作業員たちが来て私道に砂利を敷いた。ペックのパトロールカーのサスペンションは彼女の車よりはるかにいいようで、道のでこぼこを吸収していた。私道に砂利を敷いたあとは、いつも変な感じがする——わずか数時間前とはあまりにも様変わりしていて、自分の家の私道を走っているようには思えなかった。アルマは自分の車をパトロールカーの横に停めた。ふたりは、車外に出るのもドアを閉めるのも、歩調を合わせたかのように同時だった。まだ午前八時半にもなっていなかった。

「ペック」とアルマは言い、ペックも彼女の名前で返した。「あなたがなんでここに来たのか、だいたいの見当はついてるわ。ジョー・アハーンが騒いでるんでしょ?」

「ちょっと話を聞きにきただけだ」

ペックに対してもっと腹を立てたかったが、彼のことを責められるはずもなかった。保安官としての仕事をしているだけだ。一方、ジョー・アハーンに対してはますます腹が立ってきた——二と二を足して八にしようだなんて、とても許せることではない。

「とにかく中にどうぞ。コーヒー淹れるわ。クライルも呼ぶから」

アルマは、クライルが子供のころからポーチに吊されている鋳鉄製《ちゅうてつせい》のディナー・ベルを鳴らした。ここに引っ越してきた当初、こんなものはただの陳腐なアンティークだと思っていた——農家の女がベルを鳴らして男たちを夕食に呼ぶなんて——が、農場のどこかにいるクライルを探すには、建物と建物のあいだを五百メートルも歩かなければならない。ほかにやらなければならないことがごまんとあるのに。彼女はコーヒーの準備をし、クラムケーキを冷凍庫から取りだした。ケーキに冷凍焼けの乾いたくぼみができているのが、ラップの上からもはっきりと見えた。八カ月前のイースターのときに作ったものだったが、食べものを無駄にしたくないので、残った半分は冷凍庫に入れてあった。

ペックは彼女がケーキを切るのを見ていた。「おかまいなく」と彼は言った。

「あなただけのためじゃないから」まったく、とアルマは自分に対して思った。どうして、失礼なことをあえて言ってしまうのだろう。

大きめに四枚スライスし、ペーパータオルをかぶせて電子レンジに入れた。アルマはこの電子レンジが大のお気に入りだ。一年くらい前にクライルが買ってきたときは、彼のことを馬鹿だと言ってさんざんこき下ろした——オーブンさえあれば用はすむのに、こんなに大きな機械を使う意味がわからない、と言って。それが今では、なんだかんだ理由をつけては毎日使っている。

アルマは、納屋から出てきたクライルが、手に持っていたぼろきれをズボンのうしろポケットに入れながら歩いてくるのを見ていた。雪は降っていなかったが、すでに冬の季節に突入しているのは明らかだった。それでも、彼はまだ長袖の下着とフランネルシャツしか着ていなかった。クライルのうしろからハルも歩いてきた。肘まで腕をズボンの中につっこんで、シャツを中に入れているところだった。本当にそんなことがあるのだろうか。彼女は首を振った。たしかに、ハルは過去に人を傷つけたことがある。でも、それは怒るように挑発されたからであって、しかも相手は男だけだ。すべての問題の原因は男にある、と彼女は信じていた。とはいえ、図書館委員会の打ち合わせに無理やり出席させられたときは、町の馬鹿な女たちをひっぱたきたくなるのを必死にがまんしたのも事実だったが。

クライルとハルは玄関ポーチで長靴を脱いだ。つま先でスリッパをまっすぐにそろえてから足をすべりこませ、キッチンにはいってきた。「ペック・ランドルフ」とクライルは言い、手を差しだした。「今日はどんな用向きで？」

「お隣さんの件でちょっと話をしに。まったくひどいことが起きたもんだ」ペックはアハーン農場のほうを親指で示した。

「ほんとにひどいことだ」クライルも言った。「本当に」

「ああ」

ハルはペックを見つめていた。「それ、おれの椅子。いつも座ってるとこ」アルマはたじろいだ。ハルは失礼なことや的《まと》はずれなことをときどき言うが、本人にその自覚はない。

「悪かったな、ハル」ペックは立ち上がって隣の椅子に座り直した。少女がいなくなったというのに椅子のことを気にするハルの異常さに対し、彼は気にする様子を一切見せなかった。「決まり事が好きなんだよな。とてもいいことだと思う。おれも、毎日同じ朝飯を食べる。ポーチドエッグふたつにトーストだ」

「つまり、こういうことなんだろ？」とクライルは言った。「ジョー・アハーンから電話があった」

「ああ、そのとおりだ」アルマが一杯目のコーヒーをペックの前におくと、彼は礼を言った。「昨夜は、みんなで彼の家に手伝いにいったそうだな。いい近所付き合いだ」

「それで？」とアルマは言った。

「で、ハル」そう言うとペックはハルのほうを向いた。アルマは、ペックのそういうところが好きだった。ほとんどの人はハル本人にではなく、彼女やクライルに向かって話す。「ミスター・アハーンの話では、きみはブレスレットを取ろうとしたそうだが？」

「うん。彼女のものがなにか欲しかったんだ。ペギーを愛してたから」

「実際には〝愛してた〟じゃないだろ？」とクライルは言った。

「ううん」ハルはまじめな顔で言った。「愛してた」

「今日話しにきたのは、そのペギーのことなんだ」ペックは、まずは鹿狩り旅行の話から質問を始めた――ヴァレンタインの近くにある小屋を何時に出たのか、誰を置き去りにしたのか、正確な住所、町に帰ってきた時間、〈OK〉に行った時間とそこに誰がいたか、そして〈OK〉を出たあとなにをしたのか、を逐一《ちくいち》訊いていった。

　ふたつ目の質問のときから、すでにハルは涙ぐんでいた。なぜ鹿狩りのことを訊かれているのか、混乱しているようだった。彼は保安官の制服を着た人間に対して不信感を持っていた――これも、同年代の男たちと変わらない点のひとつだ。隣町の〈パミダ〉での万引き事件がその発端だった。いつもならアルマはハルのすぐうしろにいて、彼が〈スニッカーズ〉を取って食べたとしても、会計のときにその分も払う。ところがその日は、店を出ていこうとしたハルの腕を店長がつかんで引き留めた。ハルは店長の手を振りほどき、食べかけの〈スニッカーズ〉を全部口の中に押しこんだ。そこから事態は一気に悪いほうに転がった。最終的に店側は告訴しなかったが、噂はあっという間に広がった。

　ペックは質問を続け、トラックに残っていた血のあとのことを訊いた。

「誰からそんな話を聞いたんだ？」とクライルが尋ねると、ペックはアルマを見て眉を上げた。「きみが話したのか？」

「月曜の夜、〈ピザ・ランチ〉で偶然会ったときにね。べつに、隠さなくちゃいけないことなんてないでしょ？」まったく、なんであんなこと話したんだろう。

「そんなことはわかってるよ」クライルはクラムケーキをひとくち食べた。「ハルは鹿の血だと言ってた」

「あれは鹿の血よ」とアルマは言い、クライルをにらんだ。

　クライルはその視線を無視し、鹿というのは撃たれた場所によってはかなり出血することを説明した。

「ああ、よく知ってる」とペックは言った。「おれも、若いころから狩りはずっとしてきたからね」アルマがケーキをペックの手帳の横におくと、彼は礼を言った。

「彼女から聞いたんだが、トラックを掃除したんだって？」

「ああ、ハルとふたりでね」とクライルは認めた。「ハルは自分で鹿をさばこうとして、うまくできなかったそうだ」

「その死骸はどうした？」

「月曜日に話したじゃない」とアルマは言った。「ハルがミック・ラングドンのゴミ捨て場に持っていったのよ」

「見て確認したのか？」

「いいえ、でも——」とアルマが言いかけた。ペックは落ち着いた声で言った。「ハルから話が聞きたい」

「アルマの言うとおりだよ」とハルは言った。「ゴミ捨て場にまだある。でも、なんでおれの鹿がそんなに見たいの？」

「撃ったのは雌鹿だったんだ」とクライルは言った。「でも、ハルが持っていたのは雄の鹿用の許可証だった。罰金はおれが払う」

「おれとしては、罰金の話は今のところ気にしてない」とペックは言い、手帳から目を上げた。「それに、どんな種類の狩猟許可証だったとしても、エルクホーン管轄のもので、サンドヒルズのものではないんじゃないのか？」ハルはパニックになって口を開けた。「でも、それも今はどうでもいい。おれはただ、その鹿をこの目で確かめたいだけだ。そんなことをしてもなんの証明にもならないけどな。ハル、トラックをきれいに掃除しないでほしかったよ。サンプルが採《と》れれば、はっきりできたのに」

「サンプルってどういう意味？」とハルは訊いた。

「なんのサンプル？」

「血液だよ」

ハルはクライルを見て、それからペックを見た。

「そんなに血はなかったよ。いや、あったけど、トラックにはそんなになかった」

「トラックにはなかった？」

「そう。でも、道路にはいっぱい血が流れてた」

「えっ、道路？」

「そうだよ。道路にいるとこを撃ったんだ」ハルは立ち上がった。動揺しているように見えた。ペックは、銃を向けられたときのように両手を上げた。「ハル、座ってくれ。誰もきみの言うことを疑ってなんかいない」彼はクラムケーキをひとくち食べ、味を褒めた。

嘘だ、とアルマは思った。冷凍焼けのせいで発泡スチロールみたいになっている。「じゃあ、ハル、もう一度、〈ＯＫ〉で誰を見かけたか教えてくれるか？　ジョー・アハーンとランダル・アハーンは見たか？」

「見たかも」

「イエスかノーで言うと？」ハルはしぶしぶ見たことを認めた。「ほかには？」とペックに訊かれ、ほかの日とごっちゃになってわからないよ、とうんざりした様子で答えた。「ラリー・バークとサム・ゲイリーは？」

「あいつらは、おれがひとりで帰ってきたからヴァレンタインにいた。でもシェリルはいたよ。ものすごく怒ってたけど」

「なにを怒ってたんだ？」

「ラリーが嘘をついたと思ってた。おれと一緒にいるはずなのに、おれは〈ＯＫ〉にいたから」

「その誤解は解けたのか？」

ハルは肩をすくめた。「たぶん」

ペックは手帳になにかを書き留めた。「〈ＯＫ〉を出たあとは？」

ハルは目の前の皿に視線を落としてケーキのかけらを指で触っていたが、それを口に入れてから言った。

「まっすぐ家に帰った」

「どこにも寄り道しないで？」

「うん、たぶん」

アルマは、昨夜ラリーの馬鹿が言っていたことを思い出していた。土曜の夜、シェリルがハルを〈キャッスル・ファーム〉で見たと彼は言っていなかったか？

彼女の神経にパニックが走った。

ペックは、空《から》になった皿の上にフォークをおいた。捜索隊が〈キャッスル・ファーム〉にはいり、しらみつぶしに調べているので、なにかあれば見つかるだろう、と彼は言った。「土曜の夜は、きみもそこにいたと聞いてるよ、ハル。それでまちがいないか？」

「土曜の夜じゃないよ」とハルは言った。アルマはぎくりとした。これはハルがいちばん好きなタイプの嘘だ——部分的に真実が含まれている。その裏になにがあるのか考えてみた。金曜日のはずはない——その日はヴァレンタインにいたのだから。では、日曜日と言いたかったのか？　それとも、土曜日の真夜中を過ぎていたということなのか？　まだ特別学校に通っていたころ、ハルはバスの運転席のうしろに座り、〝午前〟と〝午後〟という概念を理解しようとしていた。

「だっておかしいよ」と彼は何度も繰り返した。「なんで夜中の十二時一分が午前なの？　まだ夜じゃない」そこでアルマは、午後から午前への切り替わりについての説明を何度も繰り返した。「それ、絶対まちがってる」と彼は言い張り、帰りのバスの中でも同じ議論が繰り返された。

ペックはもう一度最初に戻り、旅行のこと、鹿を撃ったときのこと、ヴァレンタインから車を運転して帰ってきたときのこと、〈ＯＫ〉でのこと、〈キャッスル・ファーム〉でのこと、そしてどのくらい飲んだのかを訊いた。「九杯？　十杯？」

「そうかも」とハルは言った。何枚〈オレオ〉を食べたのかをハルがちゃんと把握《はあく》していることをアルマは知っていた。たとえひとつかみ全部をいっぺんに口に入れたとしても。それと同じくらい、何杯飲んだのかも把握しているはずだ。

「それにあのブレスレット。ペギーの。なんで欲しかったんだ？」

アルマは、胃がねじれたように痛くなった。ソーシャルワーカーとして働いていたころのことを思い出した——やんわりと質問しながら、すでにわかっている事実を相手に認めさせる。そういうことがよくあった。でも、今ここでの事実とは、いったいなんなのだろう。

「彼女のこと、忘れないように」

「どういう意味だ、忘れないようにって？　彼女はもういないのか？」

アルマは鼻を鳴らした。「もう充分でしょ。揚《あ》げ足を取るのはよして、ペック。一般的な意味で、忘れたくないって言っただけよ。たとえば、あなたがうちのキッチンで非難めいた台詞を言ってなかったときのことを、わたしが忘れたくないのと同じ」

「それはよくわかる」とペックは言った。「たしかに、自分たちの家におれがいなかったときのことを、忘れたくない人は多いだろうね。特にアハーンは。行方不明になった娘について、おれが根掘り葉掘り質問をしたときのことは、覚えていたくないだろう」やがてペックは立ち上がると自分の皿を流しまで持っていき、また連絡をすると言った。

こういう場合どうすればいいのかわからず、アルマたちはとりあえずペックと一緒にパトロールカーまで行った。ペックはキーを取りだし、ドアのロックを解除した。この町で、車をロックするのは彼だけだった。

「あれがきみのトラックだよな、ハル？」そう言って赤いダッジを顎で示した。「どこかにぶつけたのか？　右側が少しへこんでるようだし、ヘッドライトも割れてるみたいだな」

「車庫にぶつけたんだ」とクライルは言った。「ハルの家に行って確認するといい。車庫はボコボコだ。こんなにデカいトラックをあんなに小さな車庫に入れるのは、ストローの中にボウリングの玉を通そうとするようなもんだ」

「特に酔ってるときはなおさらだ」とペックは言い、ハルも力強くうなずいた。「これからきみの車庫を見にいこうかと思うんだが、かまわないよな、ハル？」

ハルはクライルのほうを見た。

「ああ、べつに問題ないよ」とクライルは言った。ペックは、ペギーの失踪に関しての町民集会が今夜開かれるとふたりに伝え、できれば出席してほしいと頼んだ。クライルができるだけのことはすると言うと、ペックはパトロールカーに乗りこんで走り去った。

ハルはクライルとアルマのほうに向きなおった。

「なんでおれの車庫が見たいんだろう」

「おまえのトラックのへこみと車庫の傷が合うのか、確かめるためだ」とクライルは言った。「もちろん合うよな、ハル？」

ハルは顔をしかめて「うん」と言うと、トイレに行ってくると言って家に向かった。

アルマも一緒に家にはいり、皿を洗った。ペックの訪問がいい結果にならなかったことは、馬鹿でもわかる。アルマは自分が馬鹿ではないことを自覚していた。

二階のトイレを流す音が聞こえ、続いてハルの部屋のドアが開き、閉まった。数年前、彼のためにキルトのベッドカバー——青い端切れで作ったログキャビン柄——と、おそろいのカーテンを作ってあげた。初めてそのキルトをハルに見せた夜、彼はキルトを体に巻いたまま一階まで引きずってきて、『爆発！デューク』を見ているあいだ一時間もずっとにやにや笑っていた。彼女は、そんなハルがかわいくてしかたがなかった。

最後のコーヒーカップを水切りかごにおいたところで、クライルがキッチンにはいってきた。「で？」と彼女は言った。返事をしないので振り返ると、彼は頭を下げてテーブルにもたれていた。朝からずっと毛糸の帽子をかぶっていたせいでボサボサになっている髪を見て、夫に対する愛《いと》おしさが一瞬こみ上げた。彼はペックからハルをかばってくれた。でも、ハルが言っていたことと事実がもしちがっていたら、どこまでかばいつづけてくれるのだろう。

「ハーブに電話したほうがいいかもしれないな」ハーブというのは土地関係の書類作成や公正証書が必要になったときに世話になっている弁護士で、クライルの母親が亡くなったときの法的手続きもやってくれた。

「こういうことについて彼が詳《くわ》しいとは思えないけど」

「たしかにそうかもしれないが、まずはそこから始めるのもいいかもしれない」

アルマはスポンジを絞り、水切りかごのカップの横においた。けちくさいかもしれないが、ペックのためにおいしいシュガークッキーを解凍しなくてよかったと思った。「ごめん。たしかに、そこから始めるのもいいかもしれないわね」めずらしく彼女が謝るとき、クライルはたいてい眉を上げるのだが、今日はそうしなかった。

「ハルはどうだと思う?」とアルマは訊いた。

「どう、って?」

「理解できてると思う?」

クライルはすぐに返事をしなかった。「どうだろうな、おれにもわからない。今の時点では、事件にすらなってないんだ。だから、誰も彼のことは責めてないよ、アルマ。それだけはたしかだ」

「そうね」とアルマは言ったが、今回のペックの訪問についてはしっくりこないことばかりだった。ハルは、明らかになにか嘘をついている。彼女にもそれがわかるということは、クライルもペックもわかっているということだ。でも、ハルは一度ついた嘘にしがみつくことがある。何年か前にアルマたちが留守をしていたとき、雪の積もった庭で車のドーナッツターンを繰り返し、芝生に十センチもの深さの円形のわだちを作ったことがあった。暴走族まがいのこの技は、ろくでもない友だちから金曜の夜にルーテル教会の駐車場で教わったものらしかった。トラックのタイヤが雪の下の芝生まで削ってしまうとは、ハルも思わなかったのだろう。彼は、引き起こされる結果についていつも理解できるわけではない。そのときも何度か否定を繰り返したあと、最後は涙を流しながら白状した。「やったことを責めてるんじゃないの」とアルマはやさしく彼に言った。「嘘をついたことがいけないの」アルマは今の自分の姿を、母――慈悲の心などひとかけらもなかった不運な女――に見せてやりたいと思うことがときどきあった。


彼女の心を読んだかのようにクライルは言った。

「土曜の夜じゃない、ってどういう意味なんだ?」

「そうなのよね。でも、それだけじゃなにも証明できない」

「酔ってて〈キャッスル・ファーム〉に行ったことも覚えてないというのも、あまりいい材料じゃないな」

ここでクライルは気を取り直したかのように言った。

「でも、まだなにかが起きたというわけじゃない。心配はいらないよ、アルマ。ペックの言ったことを聞いただろ? ハルは土曜の夜に酔っ払った、ブレスレットを取ろうとした。ただそれだけだ。そんなのはなんの証拠にもならない」


庭に目をやると、オポッサムが私道を横切っていた。ネズミのような顔をしたまっ白なアルビノだ。こんな日中になにをしているのだろう。夜行性動物の習性をよく理解しているアルマは、怪しい動きをしてるとすぐにわかる。ここに移り住んでから十四年、町は好きになれなかったが、農場は大好きになった。目的がはっきりしているところ、いつもなにかしらすることのあるところが好きだった――野菜の瓶詰め、草むしり、花の植え替え、クライルひとりでは手に負えない家畜用の囲いの修理。

シカゴの近くで仕事をしていたころ、問題に向き合う人たちを支えながら日々を過ごしていた。人からはよく、ソーシャルワーカーとして働くなんてさぞかし広い心を持っているんでしょうね、と言われた。そのたびにアルマはこう答えていた。「脳は大きいほうがいいけど、心は狭ければ狭いほうがいい」でも、最初の赤ちゃんを亡くし、そして二番目も三番目も失って初めて理解できた——担当していた人たちの顔に見えた絶望感を、そして、次になにをすべきか指示してくれる人のありがたさを。この農場では、しなくてはならないことのリストがいつもある。それを、アルマは毎晩ベッドで横になると頭の中でおさらいした。

「思うんだけど」とクライルは話を続けた。「ペギーが見つかるまで、ハルは〈OK〉から遠ざけたほうがいい。酒も飲ませないほうがいい」ドーナッツターンを誰から教わったのかハルが白状するまで、数日かかった。なんといってもハルは義理堅い。高校時代からそれにつけこんでいたのがラリー・バークだった。

「とにかく、ハーブに電話してみて」とアルマは言った。「彼の意見が聞きたい」

「母親は？」

「ハーブの？」

「誰のことかはわかってるだろ、アルマ」

　マルタ・ブラード。誰よりも役立たずのハルの母親。噂によれば、二歳のときにフリーモント湖で事故にあうまで、ハルは普通の子供だったらしい。泳ぎ方も知らない幼児は深いところにはまった。そのとき父親は刑務所に、母親はラムコークを手に岸辺にいた。緊急救命室の医師は、ハルが長い時間酸素欠乏の状態にあったとマルタに告げた——結局、かなりの長時間だったことが判明した。その事故のあと、彼女はアルコールを断ち、信仰に目覚め、再婚した。知的障害児になった息子のことは、神からの〝しるし〟だと考えた——子供というより、贖罪《しょくざい》だと思っていた。自分の罪を忘れないための存在として四六時中ハルを支配し、彼自身の人生を生きさせてあげようとはしなかった。コスタガン農場で働くことも、高校を卒業することも、ひとり暮らしをすることも、ことごとく反対した。彼女の思いどおりにさせていたら、自分が殉教者《じゅんきょうしゃ》になるためにそばにおきつづけていただろう。ハルが二十歳になって高校を卒業したとき、アルマは彼が初めてアパートメントを借りるのを手助けした。〈ピケット金物店〉の上にある家具付きワンルームの部屋で、電気コンロと鉢植えもついてきた。そのうちマルタは車で三時間ほど離れたカーニーに引っ越し、三人目の愚か者と結婚した。

「あの人には電話しない。まだ知らせない。ただでさえハルは大変なんだから」

「でも、知る権利はあるんじゃ——」

アルマは最後まで言わせなかった。「そんな権利、もう何年も前に放棄してるわよ」

「どう思う？　まさかハルが——」彼が言いおえる前からアルマは首を振っていた。「おれだってそう思ってるよ。ただ訊いただけだ」

10

砂利を敷いてくれた作業員は、なかなかいい仕事をしてくれた。クライルは〈ステヴァーツ砂礫《されき》〉の社長スティーヴ・ステヴァーツを高く買っている。二平方メートル以上の砂利が、道路と家を結ぶ私道に敷き詰められた。ハルがレーキで一度ならしただけで、縁の盛り上がりやわだちも平らになった。毎日のように重機が行き来するこの私道の維持は、農業における〝シーシュポスの岩〟——果てしない無駄な仕事——のひとつだった。認めたくはなかったが、農場の仕事にもっと人手が欲しいと最近痛感するようになった。

五十六歳になった今、ガンスラムに戻ってきた四十二歳のころと比べると元気がなくなっていた。だからといって、棺桶《かんおけ》に片足をつっこんでいるわけでもない。毎朝ベッドから起きるたびに膝の痛みを感じていたとしても。父親は五十八歳で他界した。生前、関節リウマチを患《わずら》い、足も手もねじ曲がっていた。よくこんなことを言っていた。「生きていくのはつらい。でも、死ぬよりははるかにいい」クライルはなにより、父が死ぬ前に孫を抱かせてあげたかった。しかし、その夢はかなわなかった。

蜂に刺された少年以外にガンスラムで起こった悲劇を思い出そうとして、昨夜はあまり眠れなかった。クライルが大学に行くために町を出ていったあと、土地取引のことで農民が別の農民を殺すという事件が起きた。クライルが三十代だったころ、妻と不倫した男を夫が撃ったと母から電話がかかってきたことがあった。その夫の名前にうっすらと聞き覚えがあった。ガンスラムでは、各世代に同じ苗字の人たちがいる。

「心臓を撃ち抜いたのよ」と母は淡々とした口調で言った。「やってることは、シカゴのギャングと同じ。田舎じゃあ刺激的なことなんてないだろうって思ってるかもしれないけど、こっちにもいろいろあるのよ。でもね、なにが最悪って、本当は脚を撃つつもりだったんだって。ふたりは、幼馴染みだったらしいよ。高校のときに同じ女の子を好きになって、最終的には犯人のほうが勝負に勝って結婚したわけ。で、警告として撃つつもりだったらしいのよ。でも、最後の瞬間に友だちの顔を見たら息が詰まって、銃が上を向いちゃったんだってさ」

「そんな細かいことまでわかるはずないじゃないか」とクライルは母に言ったが、小さな町ではありがちなことに、そんな憶測もすぐに事実になってしまう。ガンスラムで育ったクライルは、噂があっという間に広がったり、みんながお互いのことに干渉したりするのが嫌いだった。しかし大学のあるシカゴに来てみると、それを恋しく思っている自分に気づいて驚いた。一年生のときの生物学のクラスには百人近くの学生がいたが、名前を知っているのはそのうちのたった三人だった。あの四年間の中で、アルマだけが救いだった。彼女は、〝風の街〟とも呼ばれるシカゴで生き延びるすべを知り尽くしていた。アルマは、クライルが知っている女たちとは正反対だった——ずけずけとものを言い、向こう見ずで、誰にも敬意を示さない。レストランでは焼きすぎのステーキを突き返したり、シカゴ・カブスの試合チケットの値引き交渉をしたり、路上生活者のことで彼と討論したりする。そんな彼女が好きだった。アルマは、自立していて自分の意見を持っていた。それは、彼を育ててくれた母、愛してやまない母とはまるで逆だった。母が声を荒らげるのを聞いたことがなかった。でも、この三十年間の中のどこかで、すべてが逆さまになった。結局は、自分の母親のような女を求めていたのだ。それに、むかしはあんなによく話していたアルマも、いつの間にかほとんどしゃべらなくなった。

ハルが私道の砂利をならしているのを見ながら、クライルはキッチンの電話を取り上げ、ハーブ・ヴィサーに電話した。彼の電話番号は、電話帳の最初のページに蜘蛛が這ったようなクライルの文字で書かれている。ハーブの妻で秘書のジェレーンが電話に出た。ひととおりの挨拶のあと、土地とは関係ない件でハーブに用があると伝えた。「実は、うちで雇っている子がちょっと困ったことになって」

「どうしたの？」とジェレーンに訊かれ、ペギーが失踪している件を話した。

「本当にひどいことになったわね」とジェレーンは言った。「ニュースで聞いたわ。状況的にはあまりよくないみたいね。このあたりで、女の子が行方不明になったなんて話、聞いた覚えがないわ」

「前にもあったよ」

「スー・シティとかオマハみたいな大きな街に行けば、

女の子が行方不明になることもしょっちゅうあるんでしょうけど、ここではみんな子供たちから目を離さないように気をつけてるから」

「そうなのか?」

「みんながみんなそうだとはかぎらないけど。特にアハーン家は。わたしは娘たちがどこにいるかちゃんとわかってるけど」それは本当のことなのか、ジェレーンがそう信じたいだけなのか。「でも、その件とあなたになんの関係があるの?」クライルは、雇っている男が行方不明の女の子に好意を持っていたことや、それを誤解する者もいることを話した。聞いているあいだ、ジェレーンは電話の向こうで相づちを打っていた。

「そういうことね、わかった。ハーブに電話させるわ。今、弟と一緒に狩りに行ってるの。ネブラスカじゅうの銃を持ってる人のふたりにひとりと同じようにね。でも、今夜用件を伝えておくわね」

ジェレーンにさよならを言って電話を切ったところに、地下室で洗濯機をまわしていたアルマが階段をのぼってきた。「彼、なんて?」とアルマに訊かれ、ハーブへの伝言をジェレーンに頼んだことを話した。

「なるほどね。きっとわたしたちの百ドル札で葉巻に火をつけて、お金儲《もう》けのことを考えてるんでしょうよ」

「そんなに儲かってはいないと思うよ。少なくともおれたちからは」

アルマはわざとらしく咳払いをすると、冷蔵庫から挽肉《ひきにく》を取りだした。スロークッカーを使って夕食はメイドライト――挽肉のサンドイッチ――を作るつもりらしい。

「マルタのことなんだけど――」とクライルは言いかけたが、アルマにさえぎられた。

「あの女にはなんの借りもないわ」

「もちろんそうだよ。だとしても、ハルの母親だということは変わらない」

アルマはスロークッカーから木のスプーンを引きあげ、カウンターにもたれた。「ハルが初めて自分の部屋を借りようとしたときの話、したことあった？」もう百回くらい聞かされているが、アルマはその話をやめようとはしない。「マルタはオリヴァー・ピケットに電話して、ハルは信用できない、ひとりで生活するのは無理だ、って言ったのよ。自立できない理由をあれこれ掘り返して、しまいには七歳のときにまちがって猫の尻尾を切ったときの話まで持ちだしたんだから」クライルは、一語一句彼女と一緒に復唱することができる。そして、次に言うこともわかっていた。

「で、誰が賃貸契約書にサインしたの、クライル・コスタガン？　誰？」

「おれたちだ」

「そのとおり。だから、少しでもハルの助けになれるように現状を把握する必要があるとすれば、それはわたしたち以外にいないし、もうすでにそうしてる」彼女は机の上の壁に掛かっている時計に目をやった。二時四十分だった。車庫に停めてあるバスのところには三時までには行かないとならない。「急がないと。挽肉、炒《いた》めておいてくれる？」

アルマはダウンベストを着てから自分で編んだ帽子をかぶり、午後のおやつ——ピーナッツバターを塗ったトースト——を前にテーブルについているクライルのところまでやってきた。トーストをひょいとつまみ上げてひとくちかじると、その指をジーンズで拭いた。「どうして同じものを朝も晩も食べられるの。わたしにはまったく理解できないわ」

クライルは肩をすくめた。むかしは、どちらかが出かけるときには必ず〝行ってらっしゃい〟のキスをしたものだったが、アルマはそのままドアから出ていった。お互いに理解できないことのリストは、どんどん長くなっていく。

クライルはハルを助手席に乗せてガンスラムの北にある町まで行き、〈ヴァンダーシュート動物病院〉の駐車場に車を停めた。農場に戻ってきてからずっとこの動物病院を利用している――クライルの父の時代からの馴染みの病院だ。先代の院長が亡くなり、今はその息子のダン・ヴァンダーシュートが院長をしている。ダンは七〇年代にアイオワ州立大に行き、地元に戻ってくるのかいろいろと憶測を呼んだ。が、故郷から出ていこうとした多くの人と同じように、親が病気になって結局は戻ってきた。

まさにそれと同じことが、十四年前にクライルの身にも起こった。母の葬儀の参列者たちは口々にお悔やみのことばを述べ、人生というものは思いどおりにはいかないものだという陳腐な決まり文句を並べたてた。人々はクライルのことを、故郷を一度は捨てた放蕩《ほうとう》息子がシカゴを諦めてヒーローとして戻ってきたと賞賛した。そう思われるまま放っておいた。彼がもとどおりの農場の生活にどっぷり浸かるのに、それほど時間はかからなかった。朝の五時には起きて家畜に餌をやり、午後はさまざまな問題を解決するのに使う――花壇を荒らす鹿、トラクター用の円板鋤《すき》の錆《さび》、雨の予報。母の看病のために戻ってきた最初の週、彼はアルマを連れて〈OK〉に行った。七人もの人たちから名前で呼ばれ、母親の病状を訊かれた。母が亡くなると、父もすでに他界して農場を任せる人がいなかったため、収穫が終わるまでここに残らざるをえなかった。収穫のあとも、冬のあいだは春を迎える準備をした。そうこうしているうちに、本格的にここに引っ越してくるのにアルマも同意してくれた。ふたりにとっても、都会を離れるのはいいことだと思った。でも本当は、よかったのはクライルにとってだけだった。

クライルは動物病院のドアを開け、ハルに続いて待合室にはいった。この病院の専門はもともと家畜だったが、ダンの代になってからはペットの常連も増えた。

彼自身もクルーという名の黒いラブラドール・レトリーバーを飼っている。ドアのベルを鳴らしながらクライルとハルがはいっていくと、クルーが出迎えてくれた。

「やあ、クルー」と言ってハルはひざまずき、クルーの耳のうしろを掻いた。クルーもキス攻撃で応じた。

「よしよし、クルー」

病院では、助手や受付係の女性たちの入れ替わりが激しく、クライルには見分けがつかなかった。同じような黒っぽい髪のポニーテール、テニスシューズ、そしてみんな年齢は不詳。クライルは、受付カウンターに座っているふたり――初めて見たように思うがたしかなことはわからない――に笑いかけながら近づいていった。ひとりはファイリングの作業に戻ったが、カウンターに近いほうはハルに気づくと明るい笑顔を見せ、前髪をいじりはじめた。

「こんにちは！」と彼女はクライルに言った。「今日はどうしました？」

「クライル・コスタガンだ」

「スージーよ」と言ってすぐに頬を赤らめた。「ごめんなさい。カルテのために名前を言ってくれたのよね？　自己紹介じゃなくて。わたし、ここに来てまだ間もないの」

クライルは笑顔で言った。「初めまして、スージー」

「やだわ、もう」わざとらしく顔を両手で隠した。「恥ずかしいわ。ほんとに」

ハルがクルーと一緒にこちらへ来た。「やあ、スージー」

「こんにちは」彼女は頬をいっそう赤らめた。「あなたにも聞こえちゃった？　もう、わたしったら馬鹿ね」

「気にしすぎ」ともうひとりの女が言った。「名前を言っただけじゃない。ブラのサイズを教えたわけじゃないんだから」

スージーは、カウンターに身を乗りだして彼らに顔を近づけた。「わたし、嫌われてるみたいなの」と大きな声でささやいた。

「謝ってばかりいるのに聞き飽きただけよ」ともうひとりの女は説明した。

スージーは彼女を無視した。ある意味、彼女は犬に似ているとクライルは思った――聞きたいことだけしか聞こえない。まだクライルが小さかったころ、パッツィーという名前のスプリンガー・スパニエルを飼っていた。ドライタイプのドッグフードを器《うつわ》に入れると三百メートル近く離れたところからでもすぐに聞き分けることができるくせに、クライルが部屋にはいってきてソファからおりるように言ってもびくともしなかった。

「で、あなたは？」とスージーはハルに尋ねた。ハルが名前――名前と苗字――を教えると、もうひとりの女がファイルを持ったまま振り向いた。

「え！」名前を聞いてなにか思い当たったらしい。

クライルは驚いた――隣町だとしても、早すぎる。トラックの血とブレスレットのことが知れわたる前から、ハルとペギーを結びつけていた者がいるのだろうか、とそのとき初めて思った。

スージーより年上のもうひとりの女のことを、クライルはようやく思い出した。前回ここに来たとき、彼女もハルに色目を使い、夫婦でペットを飼っているのかとハルに訊いた。ハルは鼻を鳴らしながら大笑いし、「おれは結婚してないよ！」と叫んだ。彼女はそれに驚いてすぐにその場を離れ、クライルがもらいにきた抗生物質を忙しそうに準備するふりをした。彼女はそのときのことは忘れてしまったようだったが、ハルの名前ははっきりと認識しているようだ。この郡の全員がハルの噂話で持ちきりなのか？　ネブラスカ州の全員が？　彼女が女友だちと連れだってこの町バージョンの〈OK〉のような酒場に行き、飲みながらハルのことを話しているところがクライルには容易に想像できた。いかにハル・ブラードが彼女の頭のてっぺんからつま先まで、牛のバラ肉の値踏みをするかのように舐《な》めるように見ていたか、書き替えられてしまったその間違った記憶に身震いしながら話すのだろう。

「スージー」とその女は言った。「ちょっと奥に来てくれる？」

スージーは目をぐるりとまわし、ハルとクライルに向かって「すぐに戻ってくるから。座って待っててね」と言った。待合室には、彼ら以外にはいかにも農民という感じの年配の客がひとりだけいた。

スージーがもうひとりの女と一緒に奥に消えたのと同時に、ドアが開いてベルが鳴り、少年が自分と同じくらいの大きさの犬を連れてはいってきた。半分ラブラドール・レトリーバー、半分ハウンドという見た目の犬だった。その犬は、リードを持つ必要もないくらい元気がなかった。しばらくして、フランネルのシャツにジーンズという服装で化粧をしていない母親がはいってきた。「ラフと一緒に座ってて」と息子に言うと、カウンターに向かった。「こんにちは」と彼女は大きな声で言った。「誰かいます？」クルーは新しくはいってきた犬に向かってクンクン鳴いた。

「女の人がふたり」とハルが言った。「すぐ戻ってくるって言ってた。でも、もうずいぶん時間が経ったよ」

「座ってて」と彼女は息子に言った。クライルは彼女の邪魔にならないようにその場をどき、ハルは少年のところに行って隣に座った。些細《ささい》なことだが、これもハルには理解できない事柄のひとつだ——空《あ》きの待合室では、知らない人のすぐ隣には座らない。

「きみの犬、どこか悪いの？」とハルは訊いた。

少年は犬の背中をなでた。犬は頭を少年の膝に載せ、開きっぱなしの口からはよだれが床まで垂れていた。

「病気なんだ。何日か前にアライグマと喧嘩《けんか》して、今はほとんどなにも食べないの。車庫にある炭は食べるんだけど。今日は朝から動けなくなって、床でウンチしちゃった。ママは、もしかしたら狂犬病かもしれないって」

「それはよくないね」とハルは言った。「もし狂犬病だったら、殺さなくちゃいけない」

少年はべそをかいた。「ママもそう言ってる。そんなことになったら、ぼくがかわりに死にたい」

ハルは訳知り顔でうなずいた。「わかるよ。おれも、ピーナッツバターとジャムっていう羊を飼ってるんだ」

少年は笑顔になった。「いい名前だね。この子はラフ」

「吠える声みたいな？」

「そう」

ハルは笑った。「かっこいい名前だね」

少年の母親は、かかとが床から浮くぐらいにカウンターの上に身を乗りだしていた。「誰かいます？」と大きな声で言った。年配の農家の男は、静かな部屋にいるかのように新聞を読みつづけていた。

「ちょっと待っててください」とスージーではないほうの女が言った。そのあとすぐスージーが出てきた。顔が真っ青で、さっきまでそこにいた同じ娘とは思えないほどだった。彼女は少年の母親には目もくれず、まるで死の瀬戸際にいるかのように全神経をハルに集中していた。クライルは拳《こぶし》をきつく握った。いったい誰が噂を流しているのだろう、と思った。ジョー・アハーン？　ペック？　ラリー？　ロニー？　ペックだとは思いたくなかった。正直で偏見のない男だと信じていた。

「ねえ」と母親は言った。「全然よくならないの。お医者さんに診《み》てもらえない？」

スージーは息をのんだ。「ダン先生は奥にいるので、コリーンが呼びにいってます」

「急いでほしいの」と母親は言った。「たぶん狂犬病だと思う」

スージーはハルをちらっと見た。「できるかぎりのことをしてます」

「そうかしら」と母親は言った。「男の人に色目を使ってるようにしか見えないんだけど。うちの犬が死にそうだっていうのに」

「まさか！」とスージーは言って自分の胸を叩いた。

「そんなことしてません」

ハルは困ったように顔をしわくちゃにした。クライルは腹が立った。どうりで、彼にとってこの世界は謎だらけなわけだ。無理もない。この女は、ちょっと前までハルに色目を使っていたのに、今はすっかり怯《おび》えきっている。ハルがどう思うかなんておかまいなしだ。まるで気にかけていない。クライルも椅子のところまで行って少年の隣に座り——間隔はあけずに——立派な犬だね、と話しかけた。

「こんなによだれだらけじゃないときのラフを見てほしかったな」と少年は言った。「ぼくの枕に頭を載せて寝るんだよ」

ハルがラフの頭をなでようと手を伸ばすと、犬は痛がるように高い声で吠え、ハルの手に嚙みついた。かすった程度だったが。

「痛いっ！」とハルは言って隣の席に移った。「犬に嚙まれた！」

「そんなつもりじゃなかったんだ！」

「ちょっと、誰か来て！」と母親は叫んだ。

スージーがカウンターから出てきて、犬のリードを手首にしっかり巻いた。ラフは嚙みつくような仕草をした。「刺激したからよ」と彼女はハルに言った。ほかの動物たちが騒ぐのに慣れているクルーは、部屋の隅におとなしく座っていた。

「彼はそんなことしていない」とクライルは言った。

「おれはずっと見てた」

「手は大丈夫？」と母親は言い、ハルの手を取った。

「皮膚は傷ついてないようね。ごめんなさいね。犬は病気なの。わかってくれる？」

「わたしは見たわ」とスージーは言った。リードをきつくつかんでいる手は白くなっていた。「ほかの人に怪我《けが》がなくて、ほんとによかった」

ダン・ヴァンダーシュートが奥の部屋から出てきた。洗ったばかりのように手が濡れていた。クルーが寄っていって医師の腰に鼻先をこすりつけた。「どうしたのかな？」陽気な声で言った。

ハルが来ていることを、コリーン——年上のほう——がダンに伝えたのだろう。行方不明の少女と関連して噂の中心にいるハルが来ていると。火を見るより明らかだ。だからいっそう、いつものように接してくれるダンがありがたかった。彼の冷静な物腰は、人間にも動物にも同じように効く軟膏《なんこう》のようなものだ。いつだったか、ダンからこんなことを言われた。知っている畜産農家のなかで、クライルがいちばん人道的だと。たしかにほかの農家と同じように肉として売るために豚を育てているが、育てているあいだは少しでも快適に過ごせるようにしてやっている、と。クライルにとって、それは今までもらったなかでいちばんの褒めことばだった。

スージーと母親は、同時に話しはじめた。同じ話をまったく別の角度から。ひとりはハルが挑発したと言い、もうひとりは犬のせいではないと言った。ダン先生がハルのところまでやってきて手を見た。ラフは怯えて少年の足元に隠れていた。「きみみたいに頑丈な青年が？」と医師はハルに言った。「こんなの、ちっとも痛くなかったんじゃないのか？」

ハルは鼻をすすった。「ちょっと痛かった」

ダンはハルの肩をぽんと叩いた。「じゃあ、もう大丈夫だな？」ハルはうなずいた。「さてと」医師は少年のほうを見て言った。「じゃあ、ラフを診てみようか」

スージーがラフのリードをダンに渡すと同時に、母親はダンに言った。「生まれてから、今まで人を噛んだことなんてなかったのよ」彼女の視界の中に、ハルははいっていたのだろうか。彼女も、ハルが挑発したと思っているのだろうか。

ダンは肩越しに受付係に言った。「ミスター・コスタガンの注文を処理してくれ、スージー。なるべく急いで。うちの大事なお得意さんなんだから。クライル、ラフに噛まれた傷のことでなにか心配するようなことがあったら、あとで電話する。私の予想ではなんでもないと思うけどね。われわれ人間と同じように、きっとラフもよくないものを食べただけだろう」

スージーは奥の部屋にはいり、ガラスの瓶にはいったペニシリンを六本持って出てきた。袋の下のほうで注射器がカタカタと鳴っていた。「はい、どうぞ」と言いながら、袋を両手でつまんでカウンターの上をすべらせてクライルのほうに押してよこした。まるでクライルがばい菌を持っているかのように。

「ハル、受け取ってくれるか？」ハルが手を伸ばすと、彼女は息をのんだ。「犬が噛んだのは彼のせいじゃない。あんたにもよくわかってるはずだ」

彼女は身を乗りだして大きな声でクライルにささやいた。ハルがすぐそばにいるのも気にせずに。「なんで自由に歩きまわっているのか不思議でしょうがないわ。どうして警察はまだ彼を刑務所に入れないの？」

「誰のこと？」とハルは訊いた。

「あんたよ」と吐き捨てるように彼女は言った。

「そこまでだ」とクライルは言った。あとで電話してこの娘をクビにしてもらおう。ダンが人道的かどうかはそのときに考えよう。これが現状なのか？　こういうふうに、すでに陪審員だらけなのか？「あとで電話するとダンに言っておいてくれ。あんたの失礼な態度について」

スージーは驚いたような表情を見せたが、笑いながら言った。「いいわよ。電話してちょうだい」

家に帰るトラックの中で、スージーの言ったことについてハルは質問した。「ペギーのことなんでしょ？」

「ああ、そうだ」クライルはなるべくわかりやすく、人々がどういう結論に飛びついたのかを説明した。

「クライルも、おれが逮捕されるべきだと思う？」

「今話したのは、ほかの連中がどう思っているかだ。おまえが逮捕される理由なんてこれっぽっちもないよ」ハルはうなずいたが、本当に理解しているのかは疑問だった。「しばらくは、ひとりで町に行くのはよくないだろうな。食料品とか必要なものは、アルマに頼んで買ってきてもらうといい」

「でも、友だちは？〈ＯＫ〉に行って友だちに会いたい」

どうすればこの鈍い頭に理解させられるのだろう。

「その人たちは、もう友だちじゃないんだ、ハル。最初から友だちなんかじゃなかった」

「ほんとに？」

「ああ、ほんとだ」

その日の午後、クライルは広々とした農場の裏手を横切って物置小屋まで歩きながら、犬を飼ったほうがいいのか考えていた。子犬がついてまわったら、毎日の生活も変わるだろう——豚たちがゲートまで突進するときに吠えたり、井戸の縁のコンクリートの上で寝たり。井戸の上は日当たりがよく、春と秋はいちばん暖かい場所だ。そこがパッツィーのお気に入りの場所だった。パッツィーは茶色と白のブチのスプリンガー・スパニエルで、クライルがまだよちよち歩きのころから農場で飼われていた。そのパッツィーが、ある日いきなり近所の人に嚙みついた。

先代のヴァンダーシュート医師が下した診断は、突発性激怒症候群だった。なんだかとってつけたような病名だが、なんの前触れもなく犬が突如《とつじょ》として攻撃的になる病気で、犬自身も自分を制御できないし、そのときの記憶も残っていないらしい。実際、パッツィーも嚙みついた数分後にはその隣人の膝元に鼻先を押しつけておやつをねだっていた。クライルの父は、片方の手に弾をこめた銃を持ち、もう片方の手で犬の首輪をつかんで農場の裏手に歩いていった。クライルが母と一緒にキッチンにいると、銃声が聞こえた。そのとき母が肩をびくっとさせたのを今でも覚えている。

父はその十分後、片方の手に銃を持ち、もう片方にはなにも持たずに戻ってきた。それから何年も、クライルはパッツィーの夢を見た。彼がベッドで寝ているときにパッツィーが飛び乗ってきて、二回ぐるぐるまわってから足元に落ち着き、足首に顎を載せるときの感覚が、まるで現実のようによみがえった。知っている農家のなかではクライルがいちばん人道的だ、と言ったダン・ヴァンダーシュートのことばを思い出した。ダンの父親も同じことを父に言ったのだろうか。もし言ったとして、それは父がパッツィーにあんなことを〝したから〟なのか、それとも〝したにもかかわらず〟なのか。

もうすぐ五時になろうとしていた。ほとんど日も暮れていた。クライルは餌箱の修理に使っていた道具を壁に掛けると、糞《ふん》と泥で汚れた長靴をきれいに拭いてからポーチで脱いだ。「アルマ？」と呼びかけた。彼女の車は車庫の中にあるのに、返事はなかった。シャワーを浴びているのかもしれない。

道路を下ったところにあるアハーンの家では、彼らが見舞われている悲劇を示すようなものはなにも見て取れなかった。焼け焦げのような特別なしるしが見えるのではないかと思ったが、田舎道沿いのどこにでもある農家となにも変わらなかった。何回か、ジョー・

アハーンを町で見かけたことがあった。めったに行かない〈ＯＫ〉に出かけたときとかだ。ここに引っ越してきた当時、クライルとアルマが参加していた飲み仲間の集団の中にジョーはいた。クライルの古くからの友人であるロニーもそのメンバーだったが、ジョーは、明らかにその集団のリーダーだった。彼は今、四十代前半で、ハンサムで、広大な土地と金を持っている。リンダを裏切って不倫を繰り返していることはクライルも知っていた。

クライルがアルマと一緒にガンスラムに戻ってきたとき、子供のころには知らなかった風習がこの町にあるのを徐々に知った。もしかすると、彼が町を出る前の五〇年代前半には存在していなかった風習なのかもしれない。小さな町では、いろいろな相手と男女の関係になるのはよくあることだが、彼がここに戻ってきた七〇年代にはとても盛んだった。初めてクライルが〈ＯＫ〉の〝ボーイズナイト〟に参加したときのことだ。その夜アルマは、教会の女だけの会のくだらなさにまだ気づかず、それに参加していた。クライルは、ロニーやほかの男たち（そこにジョーがいたかは思い出せない）から、地元の女たちのあれやこれやをいやというほど聞かされた。たとえその半分がほら話だったとしても、とんでもない話ばかりだった。その夜アルマのもとに帰ってきた彼は、自分がいかに恵まれているかしみじみ思った。アルマのほうは、いかに女たちがくだらない噂話に花を咲かせていたかを延々と愚《ぐ》痴《ち》っていた。噂話の具をパンがわりの祈りではさんで、〝噂サンドイッチ〟をむさぼり食っていた、と。

「まったく、雌鶏《めんどり》の集まりだったわ」その夜遅く、ベッドの中で彼女は言った。「こっちをつついてはぺちゃくちゃ、あっちをつついてはぺちゃくちゃ」クライルが彼女の腰から太ももまでなでると、アルマはその手をつかんでマットレスの上に落とした。「だめ。わたしがこんな目にあってるのは、あなたのせいなんだからね、クライル・コスタガン」〈OK〉の男たちが言っていたことを思い出した。女はあふれるほどいる、と。こんなことを言う者もいた。まるでビュッフェみたいに食べ放題だと。それを聞いて、クライルは腹が立った。

もしかすると、ペギーの失踪はジョーの不倫と関連があるのかもしれない。でも、どうしてペギーが巻きこまれる？　もちろん不倫が自慢できるようなことではないのをクライルも知っているが、だからといって子供の誘拐《ゆうかい》には結びつかない。そんなことになれば、この町の半分の子供は行方不明になる。

流産のせいで落ちこんだアルマの気持ちが、ここに引っ越してくることで少しでも和らげば、とクライルは期待していた。当初はうまくいっているように思えた。ここでの初めての夏、彼女は庭造りの計画を立て、方眼紙に図面を描いて豆用の支柱の穴の位置まで決めた。中古の〈シンガー〉のミシンを買い、初めてナインパッチの初歩的なキルト作りに挑戦した。結果的には角の部分がうまく合わず、冬の防寒用に車のトランクにしまいこまれているが。一見すると幸せそうに見えた。しかし、生まれてこられなかった赤ん坊たちは、彼女にとっては自分自身の大失敗として記憶の中でいつまでも消えなかった。そんなときだった。ダイアンとの出来事があったのは。

最初から不倫をしようなどと思っていたわけではない。でも、それは誰も同じなのかもしれない。彼女はあまりにも……単純でわかりやすかった。複雑なところがひとつもなかった。家に帰ればいつもアルマに批判され、悲しい過去にさいなまれた。でもダイアンは、クライルがこの憂鬱《ゆううつ》な生活から救いだしてくれると信じているようだった。まるでシカゴに住んでいた彼の過去が、彼女にとっての心の癒やしになっているかのように。まずは、ダイアンが勤めている銀行でのおしゃべりから始まった。それから、ブリッジのテーブルをはさんで見つめ合った。そして誰かの家で開かれた飲み会のとき、ふたりは寝室の中で衝動的にキスをした。どちらから誘ったのかは覚えていなかった。そのキスのことが一週間ずっと頭から離れず、次の土曜日にまた会えることが待ち遠しかった。

やがて、彼らはこっそりと会うようになった。アルマのせいで傷ついたと思いこんでいた心を、憧れの目で見てくれるダイアンが癒やしてくれるような気がしていた。今から考えると、アルマに一切の非はなく、すべては自分の身勝手さが招いたことだった。

しばらくして、アルマは自分が豚の世話をしなくてすむように、農場の手伝いに少し知能に問題のある少年を雇ってもいいかと言いだした。もちろんいいよ、とクライルは言った。当時ハルは十七歳で、週末だけ働くようになった。どういうわけかハルとアルマは波長が合った。それはクライルも同じだった。週末の朝食のテーブルで、三つ目の椅子が埋まるというのはいいものだった。ハルは、クライルとアルマのあいだの緩衝材《かんしょうざい》となり、ふたりをつなぐ絆《きずな》となった。夏休みと週末にコスタガン農場で働くようになって三年、ハルが高校を卒業するのを機に、クライルはアルマに言った。「これからはフルタイムで雇いたいと思うんだけど、どうだろうか。せめて作付けと収穫の時期だけでも」

アルマはかぎ針で毛糸をすくった。膝の上には形になりつつあるかぎ針編みの膝かけが掛かっていた。

「わたしがする仕事じゃないのはたしかね」

ふたりは雇用形態をフルタイムに切り替えることをハルに話し、そのあと母親のマルタに話した。彼女は息子が農場で働くことをずっと反対していた。「あの子は馬鹿なのよ」と彼女は言った。「数学の教室から国語の教室まで移動するのに、どうやって行けばいいかすらわからないんだから。そんなんで農場の仕事ができるわけないじゃない。もっと手取り足取り指導してあげないとだめなのよ。もっとちゃんとした仕組みが必要なの」

「ご心配なく」とアルマは言った。「朝食、昼食、夕食。それにおやつのピーナッツバター・トースト。彼なら問題なくやっていけるわ」

どんなにマルタが反対しようが、板挟みになったハルがどんなに混乱しようが、成人の彼には自分の思うようになんでもする権利があった。結局マルタは一年後に引っ越していき、二十年間支配しつづけてきた息子は実質的に彼女の人生からいなくなった。去年は、クリスマスカードさえ送ってこなかった。

ただ、そうはいっても彼女はハルの母親だ。クライルはシカゴに住んでいたころ、日曜の午後には必ず母に電話をし、彼女がガンスラムの噂話をするのを半分上の空で聞いていた。アパートメントでだらだらと時間を過ごしたあと、それ以上引き延ばせなくなるとしかたなく電話をかけた。会話を楽しむためというより、義務で電話していたと言ったほうがいいかもしれない。でも、それは息子として当然のことだと思っていた。

彼は受話器を取ると番号案内に電話した。抑揚のない声のオペレーターが番号を教えてくれた。マルタはすぐ電話に出た。「クライルだ」と彼は言った。「コスタガン。ハルが面倒に巻きこまれたかもしれない」

11

午後の日差しに誘われ、マイロはペギーの部屋の前にいた。二年前、週末の朝に日光がはいってくるのはいやだと言って、ペギーとマイロは部屋を交換した。姉の言うことならなんでも聞く弱い弟だったということもあるが、もともとマイロは朝型だったので同意した。両手いっぱいに荷物を抱えながらふたりで部屋のあいだを行ったり来たりしているとき、彼女は腰で彼をつつきながら言った。「ありがとね、マイロ」今はマイロの寝室になっている部屋の壁には、ペギーがエッフェル塔のポスターを貼っていたあとが白く残り、クローゼットの前のカーペットには乾いたマニキュアの赤い染みがあった。部屋を交換した当初から、マイロは全然気にしていなかった。むしろ姉がいた痕跡、姉の気配がまだ部屋にあるようで気に入っていた。

姉の部屋は、以前となにも変わらないように見えた。明るい緑色のカーペットの上に、窓枠に切り取られた長方形の光が差しこんでいた。ベッドは日曜日の朝のままになっている。あの朝、ペギーが帰ってきていないとマイロが思ったのは、この雑なベッドメイクのせいだった。まだ小さかったころ、マイロは地元紙〈ガンスラム・パイオニア〉に掲載されていたミステリを解くのが大好きだった。「自宅の垂木《たるき》から男が首を吊って死んでいるのが発見された。彼の下には水たまりができていたが、近くには椅子も梯子もなかった。ドアと窓は施錠されていた」特にマイロが気に入っていたのは『首吊り事件の謎』と『失われた十セント硬貨』だった。そのうち、興味はレイモンド・チャンドラーやトニイ・ヒラーマンに移っていったが、話はより長く、より複雑になった。マイロは、半分も読まないうちに謎が解けてしまうような一ページもののミステリが大好きだった。男は氷のかたまりの上に立った。十セント硬貨は遠くからやってきたいとこが持ち去った。

姉の部屋の壁に掛かっているコルクボードには、今年の春の陸上競技大会でもらったふたつのメダルが吊されていた。母がペギーのスタジアム・ジャンパーに縫いつけることになっていたものだ。窓の横には、土曜の午後に姉が家の中で着ていたTシャツと灰色のスウェットパンツが脱ぎ捨てられたままおかれていた。近くまで行って見ると、スウェットパンツはナプキンのようによじれていて、中に薄いピンク色の下着が残されていた。股の部分に小さな茶色い染みがあった。

「マイロ?」と母の声がして、彼は思わず小さな悲鳴をあげた。「こんなところでなにをしてるの?」

「ちょっと見てただけ」

母の表情がゆるんだ。「びっくりさせてごめんね。ローラがペギーの宿題を持ってきてくれたの」母のうしろで、ルーズリーフのバインダーを胸に抱えたローラが小さく手を振った。

ローラは月曜も火曜もわざわざ十キロ以上も町から運転して、ペギーの宿題のはいったフォルダーを持ってきてくれた。放課後にチアの練習に行くとき、スクールバスに向かうマイロに渡したほうがはるかに簡単なのに。もしペギーが戻ってこなかったら? いつの時点でローラは来なくなるのだろう。これは、希望を持ちつづけるということの問題点だと思った。いつかは希望の火が消える。でもある意味それは、いつまでも不安な気持ちのまま待ちつづけるよりはましなのではないだろうかとも思った。去年、金曜日に受けた代数Iのテストで、考えたくもないほどの大ちょんぼをしたことがあった。その週末、マイロはずっと思っていた。たとえ成績がどんなに悪くても、それを知ってしまったほうがわからずにうじうじしているよりましだ、と。でも、月曜日にD+と書かれた答案用紙が返され、その考えを改めた。知らないより、知ったほうが悪いこともある。ペギーはどこにいるんだろうとか、なにがあったんだろうとか考えるのは、もしかしたら最悪のことを考えたくないからなのかもしれない。誘拐された? 家出した? もっと悪いことだってある。

「下で片付けをしてるわね」と言って母はいなくなった。

ローラは、鼻の下をこすった指をジーンズで拭いた。「汚いって言うんでしょ。でも、地球上の〈クリネックス〉は全部使い切った」

ペギーならきっと同じようなことを言うだろうな、とマイロは思った。ローラは部屋にはいると、ダブルベッドにおかれていた枕のひとつに触れた。彼女が何百という夜を過ごしたベッドだった。

「いつもとちがってるとこある?」とマイロは訊いた。クローゼットの近くにペギーがバレーボールのときに履いていたスニーカーが転がっていた。片方だけ横に倒れている。靴のかかとをもう一方の靴で踏んで脱ぎ、ソックスだけになった足でもう片方のかかとを踏んでいるペギーの姿が、マイロの頭に浮かんだ。女の子がくさくないと思いこんでいる人は、きっとバレーボール選手の姉がいないのだろう。窓下のベンチのクッションの上に、何冊ものペーパーバックが散らばっていた。たぶんスティーヴン・キングの本か、姉が中学時代から読んでいた『スイート・ヴァレー・ハイ』の学園シリーズものだろう――表紙はいかにもなブロンドの双子だ。スウェットパンツの中で丸まっている下着さえもが、なにかの手がかりのように思えた。

ローラは肩をすくめた。「わかんない。いつもとおんなじに見える気がする」彼女とペギーは、生まれてからほぼずっといちばんの親友同士だった。

「本当に行方不明になったんだと思う?」とマイロは訊いた。

戸惑っているような顔でローラは彼を見た。「マイロはそう思わないの？」

マイロは肩をすくめた。「なんか変な気がするんだ。誰かが突然いなくなるなんて。そんなこと、ガンスラムでは起きないよ。そう思わない？」彼はローラの顔をのぞきこんだ。「ガンスラムではなにも起きない。もしかしたら、それが問題なのかもしれないけど」

「つまり、ペギーはただ出ていった、ってこと？　行くとこなんてある？」

マイロはまた肩をすくめた。「わかんない。リンカーン？　パリ？　どこだって可能性はある」

マイロが話しおえる前にローラは首を振りはじめた。「黙ってそんなことするはずがない。わたしには話してくれたはず」

「ぼくにもなにも言わなかったけどね」

「そうかもしれないけど、あんたは弟だから。わたしは親友なの。ふたりのあいだに秘密なんてなかった」

疑い深い日でマイロはローラを見た。「ほんとにそう思う？」ペギーにはいっぱい秘密があった。夜中に〈ウノ〉をしながら姉とおしゃべりした内容は、この退屈な町から出ていく話ばかりではなかった。たとえば、ローラが自分より三キロも体重が軽いことがどうしてもがまんできず、ペギーは夕食のあと毎晩のように食べたものを吐いていたことがあった。でも、のどをひどく痛がる娘を心配した母に医者に連れていかれ、その努力は二週間で終わった。マイロは、誰よりもペギーのことを知っていた。ケリーがローラと付き合いはじめてからも、ペギーが彼とキスをしたのをマイロは知っていた。そのことをペギーは気にしていて、ローラには打ち明けられずにいた。いなくなる数週間前にも、ペギーはキスマークをつけていた。それもケリーにつけられたものだったのだろうか。

「あたりまえじゃない」とローラは言った。「わたしになにも言わずに出ていくなんてこと、絶対にない。

実は……」と言ってローラはドアを閉めた。毛足の長い緑色のカーペットにドアがこすったあとがついた。「秘密があるのはわたしのほうなの。あの夜のことで」どの夜のことなのかは訊くまでもなかった。そのときの話は、マイロの両親にも警察にも、彼女自身の両親にも、もう話していたことだった。

マイロは息をのんだ。「なに？」

「ケリーに家に送ってもらった話、この前したでしょ？」

「それが？」

「たしかに送ってもらったわよ。でも、そのあと彼は戻ったらしいの。一時まで家に帰る必要がないから、ドライブするって言ってた。フットボールの選手の何人かが、彼が〈キャッスル・ファーム〉にいるのを見かけたらしいの。年上の人たち――ハル・ブラードとかシェリル・バークとかトーニャ・ゲイリーとか――と飲んでたらしくて、ペギーもそこにいたんだって。ケリーがペギーのことをどう思ってたかは知ってるでしょ？」

「どうって？」

彼女は目をぐるりとまわした。「やめてよ、マイロ。知ってるくせに。みんな知ってることよ。彼はペギーに夢中だった」ローラがケリーと付き合うようになってから四ヵ月になるが、ペギーとケリーが付き合っていたのは今からちょうど一年前のことだった。ローラがケリーと付き合いはじめたとき、マイロはペギーからそれを聞いた。全然かまわないと姉は言っていた。「彼はローラにあげる。わたしからのプレゼント」ところがそれから一ヵ月もしないうちに、〈キャッスル・ファーム〉で酔っ払っているときにふたりはキスをしたらしい。どうしてその噂が広まらなかったのかマイロにはわからないが、ふたりはその秘密を守りとおした。そしてペギーは、その話をマイロにだけ打ち明けた。

三人のあいだの力関係を見ているのはおもしろかった——ペギーがケリーのことを邪険に扱い、それと同じことを今度はケリーがローラにしていた。ローラはケリーのことでよく泣いていた。デートに一時間も遅れてくるとか、フットボールの試合のあとにドライブに行こうと言っていたのに別の友だちと行ってしまったとか。父はそういうのをなんて言ってたっけ？　そう、クソは下へ下へと転がり落ちる、だ。

ローラの目に涙がみるみる溜まっていった。「別れよう、って言われたの。信じられる？　今回のペギーのことで、心がざわついたんだって。まだ彼女に恋をしてるんだって。そんなこと、わたしが知らないとでも思ってたの？　誰も知らないって彼は本気で思ってたの？」

「もしかしたらケリーのほうは好きだったかもしれないけど、お姉ちゃんは付き合わなかったと思うよ。ローラに対して、そんなまねは絶対にしない」たしかにペギーは困った姉だし、ちょっと羽目をはずしてケリーとキスしたかもしれないが、もともとは誠実な人間だ。毎朝の歯磨きのときに弟には洗面台を使わせず、トイレに吐きださせるような姉だけど。マイロがまだ小学二年生だったころ、学校の自転車置き場のラックに頭をつっこんで抜けなくなったことがあった。ほかの子供たちが集まってきてマイロのことを笑っていた。スクールバス係の人が用務員さんを探しにいっているあいだ、ペギーはずっとそばにいてくれて、からかう子たちを追い払ってくれた。どういうわけでそんなことになったのか覚えていなかった。そもそもラックなんかに頭をつっこんでなにをしようとしていたのかもわからないが、金属の棒のあいだにはさまれた首がどんどん腫れあがっていくあのときの閉塞感《へいそくかん》を、マイロは今でも覚えている。パニックになりそうな気持ちを落ち着けてくれていたのは、汗でびっしょりになった背中におかれた姉の手だった。

「そうなのかな」とローラは言った。「もしかして彼、ペギーになにかしたのかな。なにかしようとして、拒絶されたとか？　でも、これだけは言える。ペギーは誰かと付き合ってた。たぶん、それでケリーはパニックになったんだと思う」ローラはベッドの上に座り、枕をひとつ——母お手製の緑と黄色のグラニースクエアのかぎ針編みのカバー付き——を取って膝の上に載せた。

マイロは、母がペックに言っていたことを思い出した。ペギーは誰とも付き合わずにひとりでいるような子じゃない、と。でも、相手がケリーだとは思えなかった。彼のことは〝育ちすぎのよちよち坊や〟と呼び、「おむつ替えにはもう飽き飽き」と言っていた。マイロは胸が締めつけられた。眠れない夜中の時間を一緒に過ごし、まるで友だちのような近しい関係だと思っていたのに、姉にとって自分はなんでもない存在だったのかもしれない。もしかすると、ペギーはケリーのおむつ替えを続けていたのかもしれない。「でも、誰と？」

ローラは肩をすくめた。「教えてくれなかった」

「じゃあ、なんで誰かと付き合ってるのがわかったの？」

「すぐわかった。なんか、上の空だったんだよね。チアのときにポニーテールにしてこなかったりとか。わたしがケリーとデートしない週末に、ペギーは家にいたいって言ってたことがあったんだけど、誰がそんなことしたい？　もしかしたら、ケリーと会ってたのかも」たしかに、ペギーが家にいた週末もあった。土曜日に家の中でだらだらしているとき、ジーンズとセーターを着ていることがあった。いつも着ていたガンスラム高校のトレーナーではなく。気取っちゃって、と母はからかっていた。マイロは、洗練された将来のために練習をしているのだろうと思っていた——都会では、誰もトレーナーなんて着ないだろうから。でも、もしかするとマイロの知らないうちに、ペギーはこっそりと家を抜けだしていたのかもしれない。彼は、最初から手がかりを見逃していたのかもしれない。

「でも」とマイロは言った。「ペギーはケリーのことをふったんでしょ？　どうしてまた会いたいなんて思うかな」

「わたしが彼のこと好きだから？」ローラは枕を隅に戻した。マイロは、姉は見かけとはちがってそんなに馬鹿ではないと弁解した。「それに、相手がケリーなのかはわたしにもわからない。おとなの世界っていうのは複雑なのよ、マイロ。ペギーは絶対にわたしのことは傷つけない。だけど、傷つけるの。わかる？」

「わかんない」

「そりゃわからないわよ。だって、まだ十二歳なんだから」

それを言い訳にされるのがマイロは大嫌いだった。まるで、おまえはまだ小さな男の子だからとか、ネブラスカの田舎者だからと言われているような気がした。そうだとしても、だからなんだというのだ。「ケリーは、ランドルフ保安官に〈キャッスル・ファーム〉にいたことを話したの？」

「もちろん話したと思う——わたしも話したし——でも問題は、十二時過ぎまでいたことを話したのか、ってことなの」

「どうして直接訊かないの？」

「そんなこと訊けないよ」と少し不機嫌そうに彼女は言った。「もし彼が本当にペギーになにかしてたとしたら、わたしもなにかされるかもしれないじゃない」

マイロは恐ろしいことが頭に浮かんだが、それを口にはしなかった。もしケリーが姉になにかしていたとしたら、そのあと姉をどうしたのだ？　考えただけでめまいがして、震えるほど寒くなった。これはミステリ小説なんかじゃない。姉の話なんだ。

ローラは持ってきた宿題のファイルを、ペギーの机の上にあった月曜日と火曜日の宿題の上に重ねておいた。「もう行かないと」

「うん、わかった」とマイロが言うと、ローラは彼の鼻をぽんと叩き——ぼくのこと六歳かなんかだと思ってる？——夜の集会のときにまたね、と言った。ランドルフ保安官が全町民を集め、ペギーの失踪について集会を開くことになっていた。父が雇った探偵も出席する予定だ。

「自分のボーイフレンドのこと、よくそんなふうに考えられるね」とマイロが言うと、ローラは肩をすくめた。

「どうせ別れるつもりだったし」

12

寒さで顔を真っ赤にしたハルが玄関からはいってくると、アルマは縫っていたキルトを膝の上においた。

「今日の夜、集会があるんだよ」とハルは言った。「町のみんなが参加するんだって。なにか悪いことが起きたと思ってるみたい」ペックは〈ガンスラム・パイオニア〉の週刊版で、ペギーが水曜の夜までに見つからなかったら集会を開くことを告知していた。そのチラシは学校や〈ピケット金物店〉や〈ガンスラム・フーズ〉に貼られてあった。町に行けば、どこでも目にする。つまり、あれほど町には行かないようにと言ってあったのに、ハルは出かけていたということだ。

アルマはキルトの裏から針を刺しながら、ハルを見た。彼は顔をしわくちゃにして心配そうな表情を浮かべていたが、実際のところなにが心配なのだろう。集会？　ペギーになにがあったのかということ？　それとも、明らかになるかもしれない事実？　彼女はそんな考えを頭から追いだし、首を振った。「悪いことは、女の子が家出したってことだけ。それだけ」

「おれも一緒に乗せてってくれる？」

アルマは糸で玉結びを作り、歯で切った。「よしたほうがいいわ、ハル。今日は行かないで家にいなさい」

ハルは眉間《みけん》にしわを寄せた。「なんで？」

「それは……」ハルはソファに座っているアルマの隣に腰をおろし、彼女の肩に頭をあずけてきた。「とにかく、なにも気にする必要はないから。知らないうちに全部終わるわよ」

ハルがうなずいているのが肩に伝わってきた。彼は、アルマが縫っているキルトのブロック――クリスマス・カラーのアイリッシュ・チェーンに、ヒイラギのアップリケが縫いこまれている――を指差して言った。「きれいだね」

彼女は笑顔になり、身をかがめてハルの頭にキスをした。アプリコットのシャンプーと餌箱の埃《ほこり》のにおいがした。「クライルにあげるクリスマスプレゼント」

「クライルは本当にラッキーだね」とハルは言い、アルマは胸が締めつけられた。クライルはいつごろまで、彼女と結婚して幸せだと思っていたのだろう。


アルマとクライルがガンスラムに引っ越してきたとき、クライルが戻ってきたことをロニーや町のほかの人たちは両手を広げて歓迎した。でも、アルマは彼のおまけにしかすぎず、あまり歓迎されていないことに気づいていた。今ほどではないにしろ、当時から彼女は歯に衣着《きぬ》せず、馬鹿げたことに容赦なかった。

七〇年代の初期、ガンスラムの家々では地下室の補修が盛んにおこなわれていた。多くの人々は、ビリヤード台を解体して部品のひとつひとつを地下室の階段から運びこんで組み立てたり、カード遊び用のテーブルを設置したりしてパーティを開くようになった。〈OK〉に繰りだすより安上がりだというのが理由だったが、実際には、それぞれ子供ができて家においていけないからというのが本当のところだった。テレビのある居間は子供たちに占領されてもかまわなかった。自分たちが夜どおし飲みつづけられる場所があるかぎりは。子供たちは、車のトランクに入れっぱなしにしてある寝袋を居間に引っぱりだしてきて寝かせた。

シカゴにいたころ、アルマもクライルもそんなに飲むほうではなかった――まったくの下戸《げこ》でもなかったが、大学以来アルマが酔っ払ったことは両手で数えられるくらいしかなかった。でも、ここでは酒を飲むことくらいしか楽しみはなかった。毎週末のパーティは、ある時点まではいつも楽しかった――ブリッジや〈ホイスト〉などのカードゲーム、喫煙、おしゃべり。ときおり子供がひとりふたり地下室におりてきては、両親を探しながらいつ帰るのだとか、ポップコーンをもっと食べてもかまわないかとか訊き、それに対しては階段のいちばん近くに座っていていちばん酔っていない女が答える。「いいわよ、もっとポップコーン食べて」「帰らないから寝袋で寝なさい」どのくらい酔っているかにもよるが、アルマ自身も子供の質問に答えることがあった。本当にポップコーンを食べたりルートビアを飲んだり、『ディック・キャヴェット・ショー』を見たりしてもいいのかもわからなかったのに。

何年かしたある夜のことだった。みんなかなり酔っていて、かろうじて薄目を開けてブリッジのカードを見たり、ビリヤードの玉をコーナーポケットに落としたりしていた。アルマはウィスキーのコーラ割りを作りに上のキッチンに行った。キッチンカウンターの前にいた彼女のすぐうしろに、誰かがやってきて立った。

ウエストに手をまわし、そのまま脚のあいだに手を伸ばそうとした。最初はクライルなのかと思った。でも、彼はたとえふたりだけしかいない部屋の中でも、ほかの人のいる家ではこんなに大胆なことはしない。振り返ると、ランス・カーペンター——既婚者で子供がふたりいる——が身をかがめて油っぽい口を彼女の口に押しつけ、胸をまさぐろうとしていた。アルマは捕らわれた動物のような本能で、思いきり体をカウンターから離して彼の体を押しのけた。後頭部が彼の顎を強打した。

「おいおい」とランスは言い、口に手を当てた。「待ってくれよ」彼は倒れないようにカウンターにもたれた。

アルマは、なんと言っていいのかわからなかった。それまでにも、男から寝たいとほのめかされたり、あのロニーからも腕を触られたことがあった——ある意味、無邪気に。でも、このように不快なほどまさぐられるのは、一線を越えていて怖かった。彼女は階段を駆けおりていき、もう帰ろうとクライルに言った。

「これを飲みおわるまで待ってくれよ、アルマ」

「だめ、今すぐ」とアルマが言うと、クライルはカードをぴしゃりとテーブルにおき、カードゲームの途中で席を立った。そのときはアルマのためにそうしたのかと思ったが、もしかすると一悶着《ひともんちゃく》起きるのを防いだだけなのかもしれない。

帰り道、ピックアップトラックの助手席に座り、ヘッドライトの先に伸びるハイウェイ57の一台の車もいない二車線を見ながら、アルマは言った。「どうしてもあそこにはいられなかったの」

「気にするな」とクライルは言った。「きみが帰りたかったら、おれはいつでも帰る準備ができてるから」

膝の上においている彼女の手の上に彼は片方の手を重ね、酔っているにもかかわらずまっすぐトラックを走らせた。まだあのときの気持ち——知らない男に体を触られた衝撃――を話すことはできなかった。そのうち話せるだろうと思っていたが、結局はそのままいまだに打ち明けていない。

その週の後半、まだ少し苛ついた気分のまま、アルマは友人のフィリスの家で美容室用の椅子に座っていた――飲み仲間のひとりでもあるフィリスの夫が、土間を改装してサロンに作り替えた。濡れた髪は頭にべっとりと貼りつき、肩にはビニールのケープが巻かれていた。「ランスの家に怒鳴りこんで、ダンナがなにをしたか奥さんに言ってやりたいわ」

フィリスは櫛《くし》でアルマの肩を叩いて言った。「まあ、それはちょっと待ったほうがいいかな。誰かに指を差す前に、知っておいたほうがいいことがあるから」

そうやって彼女は知った――クライルとダイアンのことを。

夕食のとき、クライルはポテトグラタンをすくったフォークを持ちながら、マルタに電話したことをアルマに話した。

アルマは〈ドロシーリンチ〉のドレッシングをテーブルの上にどんとおいた。テーブルの上のグラスが振動した。「クライル・コスタガン。電話しないでって言ったはずよ」スクールバス運転手の声音で言った。

「それはわかってる」そう言って、クライルはフォークを下においた。

「なのに電話したわけ？」

「ああ、そうだ」クライルは〈ロード・カルヴァート〉のスプライト割りを下におき、ナプキンで口を拭いた。「このことについて、おれたちは意見がちがう。おれは、自分が正しいと思ったことをした。彼女はハルのたったひとりの肉親なんだ」

「じゃあ、わたしたちはなんなの？」とアルマは訊いた。「彼女が家族だって言うなら、わたしたちはなんなの？」

「おれたちだってまぎれもない家族だ」とクライルは説得しようとした。「マルタに電話したからって、それは変わらない」

アルマは立ち上がり、まだ食べかけのクライルの皿を彼の肘のあいだから取った。「で、彼女はなんて？」

「話を聞いて、心配してた」

「今年のベスト・マザー賞まちがいなしね」アルマはクライルの皿のサラダやポテトの食べ残しを豚用のバケツの中に落とした。そのバケツは五リットル近くはいるアイスクリームの古い容器で、いつも流しの下においてあった。アルマがそのバケツを持って豚舎にはいると、豚たちはいつも小屋の端に集まって大騒ぎをする。

「今週末にこっちに来るそうだ」

アルマは勢いよく振り向いた。「来る？　ここに？　いったいなんのため？」

「ハルには彼女の助けが必要なんだよ、アルマ。ありとあらゆる人の助けが必要だ」

アルマはポテトのこびりついた皿を洗いながら首を振った。「あの馬鹿女がここに来たって、ハルを苛つかせるだけ。しまいには自分ひとりでベッドにもはいれないとハルに思いこませるわよ、きっと。今回のことでなにかやったって信じこませるわ」クライルはまだ飲み物を手に持ったままテーブルについていた。アルマはそのグラスも取り上げたい気分だった。

「忘れるな。ハルはまだ容疑者でさえないんだ」

アルマは磁器製の流しに皿を叩きつけるようにおいた。粉々に割れなかったことが残念だった。「それは、まだ遺体が見つかってないからじゃない。もし見つかったら、どうなると思うの？」

「ハルがなにかの罪を犯したと思ってるのか？」

アルマは皿をクライルに向けて言った。「そんなこと、口が裂けても言わないで」ハルが高校生だったころのことを思い出した――意識を失うまでハルが高校生を殴ったときのこと、ハルの父が起こした殺人事件のこと。よくまあクライルはそんなことばを口にできたものだ。

「証拠が出てきさえすれば、ハルが無実だということは証明されるとおれは思ってる。きみはそうは思わないのか、アルマ?」

「わたしが思ってるのは、証拠がなにを指し示そうが、いちばんの心配はハル自身だってことよ」それは事実だった。クライルより、無実か有罪かより、ハルのことがいちばん大事。考えただけで胃が痛くなった。

「とにかく、彼女は来るから」とクライルは言った。

「土曜の昼食に」

「あの女の分までわたしに料理を作らせる気?」

「いや、ハルに作らせる。ひとりでも立派にやっていけてるところを見せるんだ」クライルは、学校にあるような壁掛け時計をちらっと見た。「六時半だ。そろそろ行かないと」

「わかった。このお皿を洗ったらすぐに。でも、わたしは怒ってるんだからね、クライル。怒ってないなんて思わないでよ」

「そんなふうに思うほど、もう馬鹿じゃないよ」

フィリスからクライルの不倫のことを聞かされたとき――濡れた髪で美容室用の椅子に座り、無防備な状態だった――そんな馬鹿げた話は嘘で、クライルにそんなことができるはずがないとアルマは反論した。しかし、髪の毛をきれいにセットしてもらって家に着くまでに、彼女は頭をフル回転させ、ここ数カ月のあいだにダイアンとクライルが公《おおやけ》の場で一緒にいるところを見かけたことがあるか思い出してみた。カードゲームでは同じテーブルには一緒に座らなかった。フットボールの試合でも隣には座らなかった。どのパーティでも、クライルとダイアンが会話を交わしているのを目にしたことは一度もなかった。ほかの奥さんたちとは、キッチンからビールを持ってくるのを手伝ったり、玄関の外のポーチで一緒に煙草を吸ったり、ブリッジの試合でパートナーになったりしていたのに。最後にクライルとダイアンが一緒にいるのを見かけたのは六カ月前、偶然に町で会ったときのことだ。

アルマが銀行に行った帰り、飼料店の駐車場でふたりを見かけた。それぞれの車の運転席に座り、車が反対方向を向いているので運転席の窓は隣り合っていた。無邪気にもアルマは近くまで車を寄せ、夫を思いがけずに町で見かけるのは不思議な気持ちだとふたりに話しかけた。そのときのことを思い出すと、恥ずかしくて顔が燃えるように熱くなった。そのあと、ふたりが自分を笑いの種にしたかと思うと。

美容室に行った次の週末、クライルはロニーとガソリンスタンドで話し、土曜日はアハーンの家に集まることになったとアルマに伝えた。彼女は、「今週は行きたくない」と夫に言った。

「どうした？　大丈夫か？」

「もちろんよ。なんで？」

クライルは両手を上げてあとずさりして部屋を出ていった。アルマが〝いいから放っておいて〟モードになるときのいつもの反応だった。彼がダイアンと仲よくなっても責めることはできない。ダイアンは、酔うといつも以上にみんなの冗談に笑い転げ、息子が所属しているわけでもないのにフットボール選手ひとりひとりを応援するピンバッジを付けるような人だ。

あの日、フィリスの美容室から帰ってきたアルマは、バスタブの蛇口の下に頭をつっこんでべとべとのヘアスプレーをきれいに洗い流した。この町の女たちはみんな、〈アクアネット〉のヘアスプレーを使って髪の毛をヘルメットのように固めていた。アルマは彼女たちに馴染もうと努力することに飽き飽きしていた。誰もちゃんと説明してくれない小さな町のゲームのルールに従うことに疲れ果てていた。彼女たちと同じレシピで料理し、彼女たちと同じ教会に行く。それでも、のけ者にされることは多かった。

金曜日や土曜日の夜に女同士で集まると、彼女たちはあきれたそぶりで、子供に振りまわされずにすむアルマがいかに幸せかを口々に話した。農業青年クラブ〈4H〉のための〝スープ&パイ〟の寄付集め、〈優等生協会〉の昼食会、五年生のクリスマス・ショー——こういう退屈なものに関わらなくていいアルマはラッキーだと言った。でもそのすぐあとに、ロバや賢者の衣装を着たわが子がいかにかわいかったかを語り合っていた。そんな女たちのなかでもダイアンはアルマにちょくちょく声をかけ、聖書の勉強会や仲間うちでのゴルフに誘った。ただ、アルマは聖書を信じておらず、ゴルフクラブを振ったこともなかった。だから、誘われてもどうすることもできなかった。

パーティの途中で急に帰宅した夜から数カ月、あの場にいた女たちと町で会うたびに、クライルと彼女がその後どうしていたのかを尋ねられた。ブリッジのゲームの途中で急に帰っちゃうから心配したわよ、と。

酔いがひどくて、とアルマは言った。胃がむかむかして、目のあいだにくさびが打たれたかのように頭が痛くて、朝になると全身の皮膚が体よりひとまわり縮んだような気がしたわ、と。でもみんなからすれば、ずっと思っていたこと——アルマは自分のほうが町の人たちより優れていると思っている——を裏付けただけだったのだろう。ひょっとして、本当の理由を知っているのだろうか。クライルがようやく目を覚まして人生にちょっとだけ甘い喜びを見いだしたのに、そのことを意地悪なアルマに気づかれてしまった、と思っているのだろうか。いずれにしろ、すべてアルマのせいだと彼らは思っているにきまっている。自分から飲み仲間の輪に首をつっこんでおきながら、今度はアルマのほうから輪を抜けだし、クライルまで道連れにした、と。

　その夜アルマたちが学校の体育館に着くと、会場はどこかぎこちない厳粛な空気に包まれ、すでに集まっていた人たちもよそよそしく挨拶を交わしていた。アハーン夫妻とペックはステージの上にいた。そこは、毎年高校生たちが調子っぱずれのミュージカル――当たり障りのない演目――を披露している場だった。ステージの上には、アルマの知らない男が立っていた。折り目のついたズボンのゆったりとしたスーツに、あろうことかTシャツを着ていた。ハルがこの場で見世物になっていないことにアルマはほっとした。バックパックを膝に載せたマイロが階段状の観覧席に座っていた。その隣に座っているのは彼の間抜けな相棒、スコットだった。この生意気な少年は、バスが動いているときにいつも通路を歩きまわる。だからアルマはバックミラーで少年をにらみつけながら、いつでも急ブレーキがかけられるように準備していた。転倒すれば思い知るだろう、と。マイロのもう一方の隣には別な間抜けが座っていて、その隣にはふたりの大人がいた。そのうちのひとりは、ジョー・アハーンによく似ていた。

　暑い体育館の席はほぼ埋まっていた。町の住人の八割は集まってきているのではないかとアルマは思った。ほとんどの顔は知っていたが、なかには初めて見る人もいた。どの教会にも属さない老女や、ガンスラムの住人と結婚して近隣の町からここに引っ越してきた若者たちなど。観覧席の少し上のほうに、ロニーとダイアンが座っていた。ダイアンは控えめに手を振り、アルマもうなずいて応じた。ほかにどうしろと？　彼女はクライルと一緒に体育館の奥のほうの席に向かい、ハルの大家でもあり隣人でもあるミック・ラングドンの前を通った。彼は最前列に座り、その二列うしろにラリー・バークとサム・ゲイリーがそれぞれの妻と一緒に座っていた。シェリル・バークは体をのけぞらせ、うしろの列に座っている彼女と似たり寄ったりの噂好きな女たちとおしゃべりをしていた。アルマはシェリルが嫌いだった。思わず軽蔑《けいべつ》の目でにらみつけた。あの夜アハーンの家で、ハルを鹿狩り旅行に誘ったことをラリーは謝罪したが、まったく気持ちがこもっていないことをアルマは知っていた。彼女の頭の中では、すべてがラリーとサムのせいだった――ペギーがいなくなったことではなく、ハルの関与が疑われていることについて。もし彼らと一緒に出かけていなければ、鹿を撃つこともなかったし、もし彼らがハルを普通の人間として扱っていれば、予定よりも早く帰宅して血のあとのついたトラックで〈OK〉に行くこともなかった。

アルマたちの二列下に、目を真っ赤に腫らしたケリー・サウンダースが座っていた。おばあさんがよくするように〈クリネックス〉を腕時計のベルトにはさみ、それを引き抜いては鼻をかんでいた。アルマが座っている場所からも、ティッシュが濡れているのがわかった。濡れているティッシュでは役に立たない。顔じゅう鼻水だらけだった。

アルマは腰をおろした。空気のよどんだ体育館の中で、またホットフラッシュに襲われた。首に巻いていたちくちくするスカーフを取り、まるでヒアリが付着しているかのようにコートを剝ぎ取った。それから、できるだけ下までシャツの襟元を開けた。

「またか？」とクライルが訊いた。

「相当ひどいやつ」バッグの中にはいっていた〈ガンスラム・フーズ〉のチラシを取りだして顔をあおいだ。涼しい風が当たり、肌に心地よかった。クライルは彼女のほうを向いて口をとがらすと、彼女の顔に息を直接吹きかけた。かすかにミントの香りがした。夕食のあと、歯を磨いたようだ。彼は息を吸いこみ、もう一度吹きかけた。喧嘩の真っ最中だというのに。だからこそ、アルマはクライルと結婚した。だからこそ、この町でずっと一緒にいる。彼は、知っているなかでいちばんやさしい男だ。でもそんな彼でさえ、あんなことをしてしまう。

ペックが演壇に近づいた。すでに静まりかえっていた町民たちの目が彼に集中した。「集まってくれたことに感謝する」マイクがキーンという音をたて、ペックは思わず頭をのけぞらせた。ハウリングが鳴りやむともとの姿勢に戻ったが、顔はマイクには近づけなかった。「できれば、もっといい状況で集まりたかった」彼は制服――茶色のシャツにカーキ色のズボン――に身を包み、両手をうしろで組んでいた。「みんなも知ってのとおり」から始まり、ペギーが行方不明になった話に持っていった――最後に目撃されたのは日曜の午前零時過ぎ、そのときの服装はジーンズにピンク色のセーター。「この数日、多くの人に協力してもらった。感謝している。ただ、この雪で思うように捜査は進んでいない。入り口に用紙をおいておいた。スキッドステアローダーやトラクターを持っている者は、溝や野原の捜索に協力してほしい」アルマは体が震えた。彼らは今、少女ではなく死体を捜索している。

右目の端に動きが見え、彼女は両開きのドアに目をやった。誰かが用紙を持って振っているのかと思った。しかし、そこに立っていたのはハルだった。笑顔を浮かべてラリーとサムに手を振っていた。アルマは、苦いものがこみ上げてくるのを感じた。「なんで？」彼女はクライルをそっとつつき、ドアのほうを示した。「ここには来ないはずだったのに」

「ちょっと行ってくる」と彼は小声で言って立ち上がった。ぐらぐらする観覧席に、ブーツの足音が空虚に響いた。

「やあ、クライル」体育館じゅうに響きわたるような声でハルが言った。アルマはステージのほうに向きなおった。ホットフラッシュのせいで顔が燃えるように熱かった。首はがちがちに固まっていた。ハルに腹を立てているような素振りは絶対に見せたくなかった。そんなことをすれば、みんなの思うつぼだ。人々の視線は、クライルとハルとアルマを行ったり来たりしている。笑いたければ笑えばいい。

ステージ上では、ジョー・アハーンが立ち上がってアルマの知らない男――スーツにTシャツだなんて、まったく――の横で膝をつき、ハルを指差しながらなにかを言っていた。

「それじゃあ」とペックはやや大きめの声でマイクに向かって言い、聴衆の注目を自分に集めた。「もうひとり、紹介したい人がいる」彼はスーツの男のほうを向いた。「リー・アール、オマハから来てくれた私立探偵だ。今回の件で手を貸してくれる」ジョー・アハーンが立ち上がり、演壇まで行った。

ジョーはマイクに向かってうなずき、ペックはうしろに下がった。「ペックは、できるかぎりのことをして力を尽くしてくれている。ただ、リンダと相談して、プロに依頼すれば捜査はもっと順調に進むんじゃないか、ってことになった。今日は水曜日だ。それなのに、うちの娘を捜しだすために開かれた正式な集会はこれが初めてだ。ここにいるリー・アールは、行方不明になった子供の捜索に仕事人生を懸《か》けてきた」――どう見たって三十歳以上には見えないけど、とアルマは思った――「だが、ペックには今までその経験がない」

ペックは一歩前に出ようとしたが、ジョーが手を上げて制止した。「悪く思わないでくれ、ペック。この町では、ほとんどなにも起きないのが普通だ。今は人にどう思われようがかまわない。おれは娘を取り戻したい。もし少しでも情報を知ってたり、なにか関わりがあったなら――」彼はそこでことばをとめ、唾をのんだ。「おまえに言ってるんだ、ハル・ブラード――どんな手を使ってでも、おれはその情報を聞きだしてやる」

　自分の名前を呼ばれてハルは笑顔を見せた。クライルは身をかがめてハルになにかを言うと、そのまま廊下に連れだした。

「ジョー、その件は話し合ったはずだ」とペックは冷静な声で言った。「今のところ、特定の方向を示すような証拠はあがってきてない。この時点であれこれ言うのは早急だ」ペックは聴衆に向かって言った。「みんなに言いたいのは、助けが必要だってことだ。あの土曜の夜と日曜の朝について、まだ話してないような情報があれば教えてほしい。その他、役に立ちそうな情報ならなんでもだ」ペックは制服のネクタイピンを整え、咳払いをした。「ジョーからのたっての願いで、ミスター・アールからひとことみんなに話してもらいたいそうだ。ということでよろしく、リー」ペックが振り向くと、リー・アールはゆっくりと立ち上がり、もったいぶった足取りで演壇まで行った。両手を演壇の外枠におき、指を添わせた。

「ありがとうございます、ランドルフ保安官、そしてガンスラムの皆さん。今夜はお集まりいただき、感謝します」ペックがうなずき、アルマは鼻を鳴らした。リー・アールのことは、すでに気に入らなかった。あまりにも落ち着いていて自信満々だ。彼女は、頭《こうべ》をたれて仕事をやりきる男が好きだった。クライルとハルは廊下でなにをしているのだろう。家に帰るようにハルを説得したのだろうか。それとも、クライルもハルと一緒に帰ってしまった？　彼女はあわててバッグの中を探し、クライルから車のキーを受け取ったかどうかたしかめようとした。が、そこでキーは車に挿したままなのを思い出した。ガンスラムじゅうの車と同じように。都会の習慣というものはなかなか抜けない。

　リー・アールはネブラスカにおける失踪者の割合——特に田舎の郡——について話していた。予想以上に高いことにアルマは驚いた。どうしてそんなに多くの子供たちが行方不明になっているのだろう。それに、なんで今までガンスラムではそういうことがなかったのだろう。もしかしたら、この町は運に恵まれていたのかもしれない。

リー・アールは、今回の事件の関係者に対する事情聴取についてランドルフ保安官がベストを尽くしたことを少し上から目線で述べたうえで、彼も直接ひとりひとりから話を聞く予定であると伝えて話を締めくくった。そのリストのいちばん上にいるのはわたしたちね、とアルマは思った。目を閉じてパニックを閉めだし、外にいたらどんなに気持ちがいいだろうかと想像した――肌に当たる冷たい空気、乾きはじめていたホットフラッシュの汗が凍りつくような寒さ。彼女は幼かったころのハルを想像した――フリーモント湖で遊んでいるハル、眠けと酔いで口を半開きにしているワンピース水着を着た彼の母親。なんでクライルはマルタなんかに電話をしたのだろう。母親というだけで、なんの関係があるというのだろう。アルマなら絶対にハルから目を離さなかった。そんなことは絶対にできない。

ペックが最後にまた演壇につき、お礼とともに集会のお開きを宣言した。その話が終わる前にアルマはコートを取り、出口に向かった。ほかの参加者たちも席の最前列から一列ごとにゆっくりと下におり、出口のほうにぞろぞろと歩いていった。誰とも話さなくてもいいように、アルマはまっすぐ前を見て歩いた。おそらく、みんなはもうハルについて結論を出しているのだろう。それが当たっているのかどうかは、彼らにとってはもはやどうでもいいことなのだ。廊下に出ると、クライルとハルを探した。ハルは背が高いので、いつもなら簡単に見つかる。

「ミセス・コスタガン?」と誰かの声が聞こえ、振り向くとマイロ・アハーンだった。「二階に行ったよ。ハルとミスター・コスタガン」

階段に向かったアルマは、マイロがついてきたことに驚いた。幅の広い階段を同じペースで一段ずつ上がっていった。二階には、中学と高校の教室がある。廊下の左右にはロッカーが並び、スポーツの競技会で獲得したわずかなトロフィーを飾っているケースもあった。ペギーが出場した去年のバレーボール地区大会のトロフィーが飾られていた。

いつもアルマが履いている実用的な靴がキュッキュッと鳴る音に、クライルが振り向いた。「帰る時間か?」

「そう」

クライルはマイロの肩に手をおいた。「大変なことになったね、マイロ」

マイロは肩をすくめた。「うん」

階段のほうからふたり分の足音が聞こえてアルマが振り向くと、リー・アールとジョー・アハーンが近寄ってきた。彼女はハルのそばに行って彼の腕をつかんだ。

「マイロ」とジョーは厳しい声で言った。「下に行って母さんの手伝いをしなさい」

「手伝う、ってなにを?」

ジョーは、人殺しでもしそうな目で息子を見た。「今、すぐにだ」

「わかった。行くよ」マイロはリー・アールの前で立ち止まった。「『マイアミ・バイス』に出てくる人みたいだね」あきれたことに、それを聞いてリー・アールは胸を張った。「すごくかっこいいよ」とマイロは続けた。「でも、ここはネブラスカだからね」マイロはくるりと向きを変えると階段を駆けおりていった。アルマは笑いをかみ殺した。

リー・アールは片手を上げて言った。「動揺してるんでしょう。よくわかりますよ。それより今は、こっちのほうと話がしたい」彼はハルを顎で示した。

「彼にはちゃんとした名前がある」とクライルは声を

こわばらせて言った。

「もちろんあるでしょうとも」リーは一歩ハルに近づいた。「名前はなんていうんだ、ぼうず？」

ハルは混乱したような表情を見せた。

「ちょっと」とアルマは言いかけたが、リーが手を上げてさえぎった。

「人によっては、手加減してもらえるんだろうが」と彼は続けた。「でも、この私には効かない。有罪は有罪だ。どんな障害を持っていようが関係ない。殺人は殺人だ」

クライルがハルの前に立ち、アルマの目は涙でいっぱいになった。いざというときにはハルを守ってくれる。その瞬間、彼女はそう確信した。

「まだ殺人――」とジョー・アハーンが言いかけたが、それに対してもリーは手で制した。

「今のところは。もちろん、そうじゃないと信じたいですよ。でもこの男の体格を見るかぎり、充分にその可能性はある。体重はどのくらいなんだ、ぼうず？九十キロか？ペギーみたいな小さい女の子に、おまえならなにをする？」

「そこまでだ」と言ってクライルはハルの腕を取った。「今日のところはこれで帰らせてもらう。もしも話を聞きたいなら、あんたのほうから家に来てくれ。とにかく、今夜ここではお断わりだ。ハルに暴言を吐く前に、なにか証拠を持ってくるんだな」アルマは、胸がいっぱいになった。クライルほど、譲れない一線を示すのがうまい人はほかにいない。これほど頼もしいことはないと思った。クライルと同じ側に立っているかぎりは。

家まで運転するあいだ、クライルは片手だけでハンドルを握っていた。ごくたまに反対車線を走る車とすれちがうと、彼はハンドルを握っている手の指を無意識に立てた――農家の挨拶だ。アルマは、暗い道でも指を立てる彼をかわいいと思った——対向車線からは見えるはずもないのに。クライルの根底にあるのはやさしさだ。だから不倫のことがこんなに気になるのかもしれない。ほかの男たちと同じように、彼もあんな冷酷な仕打ちができるとは思ってもいなかった。

アルマたちが飲み会に参加しはじめたころのアハーン夫妻は、ジョーもリンダも三十歳になるかならないかくらいで、ペギーは手のかかる三歳児、マイロはまだ生まれてもいなかった。ある晩、改装途中の誰かの家の地下室でペギーが階段の最後の数段から落ち、コンクリートの床に頭をぶつけた。ペギーは、大声で泣きわめいた。気が動転したリンダは、ペギーをすくい上げると両腕の中に抱え、娘の真っ赤な顔を自分の胸に押し当てた。そのまままるで重さのない空気を抱えるようにして夫のところまで連れていった。「ジョー。柔らかいのよ、こぶが。それってよくないサインなんじゃない？」

ジョーはペギーの頭をなでた。「大丈夫だよ、リンダ。子供はすぐに元気になるから」そのときのことを彼は後悔しているだろうか、とアルマは思った。それとも、そんなことはもう覚えていないのかもしれない。

初めての流産のとき、クライルはアルマを両手で抱きしめた。ふたりとも泣き腫らした顔で。医者の話では、妊娠四カ月目だった——それからの流産も、生理が一回飛ぶ〝ひょっとしたら〟の期間を越えてからだった。ベッドで寝ているアルマに、クライルは新鮮なオレンジジュースとクロスワードパズルの本を三冊も買ってきてくれた。IBMには病気だと言って休みをもらい、三日間ずっと手を握っていてくれた。でも、四回目の流産のときには、午後半休を取っただけで、翌日の朝には仕事に行った。彼女のほうからそうしてと言ったのに、本当に行ってしまうと腹が立った。

五回目の流産のことはクライルにも話していない——ガンスラムに引っ越してきてから二年目のことだっ

た。四回目の流産のときのことをまだ根に持っていたのかもしれない。その一年後の聖パトリックの祝日、ハルがバスのステップをのぼってきて、なにか緑色のものを着てると思うか、とアルマに訊いた。彼女が「着てない」と答えると「はずれ！」と言い、ジーンズの中から緑色の下着のゴムを十五センチも引っぱりだして笑った。その一、二年後、クライルは不倫した。

　集会から帰ってきたその夜、アルマはベッドに横たわりながら十年ほど前のパーティでランスに体を触られたときのことを思い出した。キッチンカウンターに押さえつけられ、アルコールがのどに逆流してきそうだった。彼の指は、カニのような動きで脚のあいだに迫ってきた。ペギーも同じようなパニックを味わったのだろうか。アルマは寝返りをうった。クライルはベッドの反対側でこちらを向き、口を半開きにして寝ていた。つっかえるような心地よいかすかないびきは、彼女にとって眠りへと導いてくれるBGMだった。アルマはずっと、ふたりの結婚のなかでいちばんつらい出来事は流産したことだと思っていた。でも、それはちがった。彼女はクライルの顔に触れた。彼の息はミントの香りではなく、酸っぱいにおいがした。

　クライルが目を開けた。「どうした？」

「なんでもない」と彼女が言うと、彼はすぐまた眠りに落ちた。

　アルマはシロップのような夢の中を泳いで上昇し、音の正体を探ろうとした。あれはコーヒーポット？　それともオーブンのタイマー？　電子レンジ？　そのいずれの音でもなかった。やがて拳で木のドアを叩く音が加わり、初めて呼び鈴だと気づいた。もう何年も呼び鈴が鳴ったことはなかった。

「なんだ、いったい――」クライルはびっくりしてベッドから飛び起きた。

　アルマは寝ぼけた頭でなにが起きているのかを考え

ようとした。部屋の時計は一時四十三分を指していた。

「玄関に誰かいる」

「それはわかってる」とクライルは言い、ベッドの支柱に掛けてあったフランネルシャツをつかんだ。アルマは、五〇年代後半に流行ったばかばかしい歌を思い出した――〝ベッドの支柱に貼りつけたガムは、夜のうちに味がなくなるかな？〟。当時の彼女にとって、この歌は音楽がくだらない方向に向かっているということの象徴のようなものだった。そしてもうひとつ、歳をとるにつれて自分が寛容さやユーモアを失っていくことの象徴にも思えた。彼女に寛容さとユーモアがあったことは、もう誰も知らないかもしれないが。

アルマも自分のフランネルシャツをつかみ、寝間着の上からはおった。この十年ずっと着ている薄汚れたシャツだった。ちょうど廊下の角を曲がったところでクライルが玄関のドアを開けた。ジョー・アハーンが戸口に立ち、クライルに指を突きつけた。「あいつ、いるか？」とジョーは訊いた。「あいつの家にはもう行った。でも留守だった」ジョーが押し入ってこなかったことにアルマはほっとした。ガンスラムではどの家も玄関に鍵をかけない。でも、それも変わるかもしれない。みんなが夜には鍵をかけるようになるのかもしれない。少なくともジョー自身は、歯を磨き、暖房を消し、ドアに鍵がかかっているかを確認することになるのだろう。

「コーヒーでも淹れるわ」とアルマは言った。

「いるか、そんなもん」ジョーは、血走った目をますます細めた。

「まあいいから、ここに座って」と言ってクライルは椅子まで連れていった。「アルマ、おれにもコーヒーを頼む」

ジョーは椅子の背にもたれた。数分後、アルマがコーヒーのカップを彼の前に置くと、うなずいて礼を言い、熱い液体をひとくちすすった。「ペギーがまだ小さかったころ、どうしても羊が飼いたいと駄々をこねた。うちは養豚農家だ、羊は飼わない、と言ってもだめだった。どうしても羊が欲しいと。しかたなく、週末まるまるつぶして納屋から離れた豚小屋のひとつを改装して、羊が飼えるようにしてやった。で、どうなったと思う？　二週間もしないうちに、飽きちゃった、だと」彼は無理やり笑おうとした。「なのに、そろそろ羊を処分する時期だと話したときは、はたから見たら、まるで弟を殺されそうになっているかのように大騒ぎしたよ」ジョーは、アルマを見てからクライルを見た。「そんなことばかりだった。いいこともあったし、大変なこともあった。でも、あの子羊は失敗だったな」彼は自分の顔を手で上から下になでた。下唇が伸びて口の中の青い血管が見えた。「飲みすぎたみたいだ」

「飲んで当然だ」とクライルは言った。

「家まで送っていく？」とアルマが訊くと、ジョーは首を振った。

彼はコーヒーカップの中を見つめた。「絶対にハルだ。リー・アールは、個人的な動機しかありえないと言っていた。それしか考えられないと」

「それも考えられないんじゃないの」とアルマは言い、ジョーは鼻を鳴らした。

「あとひとことでもくだらないことを言ったら、なにかを殴るかもしれんぞ」

「ハルはなにもしてない」とアルマは言った。「ペックはなんの証拠も見つけてないのよ、ジョー」

「今のところは、な。〈オマハ・ワールド・ヘラルド〉に電話して、新聞記者の女に全部話した。なのに、ちょっとした記事すら出ない」

「ハルのことも話したの？」とアルマは訊いた。不安が膨れあがっていった。

「もちろんだ」

ペギーがハルに色目を使ったあのピクニック。七月中旬だった。今年の夏、アルマはジーンズで通すのを諦めた。毎年のように同じ努力を繰り返していたが、いつも同じ結果だった。クローゼットの前に立ち、静脈瘤《じょうみゃくりゅう》がなんだっていうのよ、と思いながら奥のほうからショートパンツを引っぱりだした。去年のものがまだはけますようにと祈りながら。毎年、体重は一、二キロずつ積み重なっていき、今ではクライルと結婚したときよりも十五キロ近く増えていた。がんばってショートパンツをはき、お腹を引っこめてボタンを留めた。その格好で炎天下に立つと、胸の谷間や髪の毛の生え際《は》から汗が流れ、肩はピンク色に日焼けした。その日は特別に暑い日だった。休憩場所の近くに子供たちがスプリンクラーをおき、水着を着ていない子たちも水の中を走りまわっていた。高校生の少女たちのはいているショートパンツは、水着と大差ないほど短かった。ガンスラムじゅうの人間が、ペギーとハルのひと騒動を見ていた。ペギーがハルを拒絶し、彼女の友だちがハルを笑い、ハルが泣きながらその場から去っていくのを。

今、フランネルシャツの前を重ねてキッチンに立っていると、そんなに暖かい日があったことが信じられなかった。

ピクニックの日の午後、ペギーと話をする前に、ハルはタッチ・フットボールの試合に出た——三十八度の気温の中でフットボールだなんて！　相手チームの選手のひとりを倒し、ハルは笑っていた。その子——ガンスラム高校チームの現役選手——が立ち上がろうとしたとき、ハルが手を差し伸べると彼はそれを払いのけた。それでもハルは笑っていた。相手が本気で怒っていることがハルには理解できなかった。頭の足りないやつに倒されたことを怒っていたのか、それともハルのプレーが荒すぎたからなのか、アルマにはわからない。わかっているのは、ハルには相手の気持ちを読めないときがよくあるということだ。ペギーのことも同じだった。あの娘《こ》がすれちがう男たちの気を惹こうとしているのをアルマは見ていた――ハルも、彼の同級生のサム・ゲイリーとラリー・バークも、ある意味クライルまでも。アルマの目の前でクライルと話しているとき、ペギーは気のある素振りで頭を四十五度に傾けていた。まるで、わたしにはこれだけの価値があるの、これだけのものをあなたに与えられるの、とでも言わんばかりに。

彼女より少し年上の雌鶏たち――シェリル・バークやトーニャ・ゲイリー――が、ペギーやその仲間の女子高校生たちには良識がないんだから、と文句を言っているのが聞こえた。アルマは腹の中で笑った。二十代後半の彼女たちは、もはや若い女の子たちには勝てないことに腹を立てているだけだ。彼女たちは、大事なのは外見だけでそれ以外はどうでもいいと教えられてきた世代の美人たちだった。わたしは美人に生まれなくてよかった、とアルマは思った。それに、働かなくてはならなかったので、女を磨くかわりに個性を育てることができた。だからなんだ、と思っている人も多いが。

ドアを叩く音がして、ランダル・アハーンがキッチンに顔をのぞかせた。「ジョー?」ランダルはうなずいて挨拶をした。「アルマ、クライル」ランダルがここから車で二時間ほど離れたグランドアイランドに住み、飼料店を営んでいることをアルマは知っていた。〈ジョン・ディア〉の農機ディーラー店が倒産したあとに始めた商売だった。人から聞いた話では、窮地《きゅうち》に陥った彼を兄のジョーが救ったらしいが、今ではその彼がキャデラックを乗りまわしている。世の中、なにが起きるかわかったものではない。彼はアルマたちの隣の農場で育ったが、両親が引退して南カリフォルニアに移ると、長男のジョーが農場も土地も相続した。

今でも毎年、作付けと収穫の時期には兄の手伝いにやってくる。自分のものにはならない農場の仕事をするのは、さぞかしつらいことだろうとアルマは思う。

あのピクニックについては、ほかにもなにかあったような気がする――なんだったっけ？

ジョーはキッチンでコーヒーカップを見つめ、ランダルはドアロに立っている――あと少しで思い出せそうだったが、記憶はすぐにまた遠ざかっていってしまった。

「悪かったね」とランダルはクライルたちに謝った。「家に連れて帰ろうとしたんだが、ここに連れてこないなら歩いて帰ると言われて」ランダルは酔っていることを隠そうと、無理やりはっきり発音しようとしていた。「大変な夜だった」

「そうだろうな」とクライルは言った。「コーヒーでもどうだ？」

「いや、余計眠れなくなるから」

「じゃあ」と言ってクライルは立ち上がった。「車まで送っていこう」

「さあ」とランダルは言って兄の腕に手をおいたが、ジョーはそれを払いのけた。ランダルは銃を向けられたときのように両手を上げた。一瞬苛ついた顔になったが、すぐに表情が変わって笑みを見せた。「ひと晩じゅうこんな感じだ。まったく困ったもんだよ」

「おれの娘が」とジョーは言った。「行方不明になってるんだ。誰もおまえの悩みなんか聞きたくないよ」

「いつだってそうだけどね」ランダルはアルマとクライルにうなずいて挨拶すると、兄を残してドアまで歩いていった。エンジンがかかる音が聞こえ、車の向きを変えるに従ってヘッドライトがキッチンを照らし、キャデラックはそのまま走り去った。

「送っていかないとだめね」とアルマは手を振ってジョーを示した。彼は焦点の合わないうつろな目で、ほぼ満杯のコーヒーカップを見つめていた。

「歩いていける」ジョーはよろよろしながら立ち上がった。

「ああ、そうだろうけど」とクライルは言った。「でも、送っていかせてくれ。おれがそうしたいんだ」クライルはドアの前で振り返った。「すぐ戻ってくる」

「気をつけて」とアルマは言い、トラックはそのあとすぐに出発した。彼女はテーブルの上のカップを取り、残っていた中身を捨ててから流しにおいた。時計を見ると二時十六分だった。すっかり目が覚めてしまった。どうせベッドに戻っても眠れない。まだ酒を飲んでいた三十代後半から四十代のころ、遅くまでパーティで飲んで帰ってくるとベッドに倒れこみ、枕に頭が到達する前にもう寝ていた。そしてまるで時計仕掛けのように、二時に目が覚めて四時まで眠れなかった。疲れていて新聞さえ読む気になれなかった。読みたくない本を脇におくのと同じくらい簡単に、飲酒はやめられた。たまにビールを一、二杯は飲むこともあるが。誰にでもそれぞれ弱いところがある。

ハルがペギーに恋をした夏のピクニックのとき、アルマは酔っていない数少ない者のひとりだった。とても暑かったあの日、人々は水のようにビールを飲んでいた。アルミ缶の表面に付着したクラッシュアイスが解けないうちに、ひと缶をたったふたくちで飲み干すくらいの勢いだった。酒を飲むのをやめたアルマは、酔っている人々の様子を見てショックを受けた。あれほどなめらかだと思っていたダンスも、あれほどおもしろいと思っていたジョークも、酔っていない目で見ると恥ずかしくてとても見ていられなかった。

百周年記念のピクニックに向かう前、ハルの家に彼を迎えにいった。またいっぱい飲むのだろうと思った。アルマは、ハルの飲酒が心配でならなかった。酒のペースが上がると歯止めが利かない。これ以上は飲まないほうがいいという基準が彼の中にはなく、どこで状態が一気に悪化するのかわかっていなかった。アルコールを飲むと気分がよくなるところは理解しているようだったが、そのあとどんなにひどい状態になるのかまでは関連付けられないのだ。行動とその結果を結びつけることができない。ハルの脳がどのように壊れているのか、どのシナプスがつながらないのか、アルマはときどき不思議に思った。あらゆることについても、きっと同じなのだろう。彼はペギーと同じ町にずっと住んできた。でもあのとき、ショートパンツにタンクトップ姿のペギーに襟元を触られ、ハルにとっては生まれて初めて彼女に会ったのと同じだったのかもしれない。

あのピクニックの日、ペギーに色目を使われたハルを見ていると、コマ送りのように恋の花が咲いていくのが手に取るようにわかった。アルマは以前から口を酸っぱくして、いかに女の子というものが愚かで意地悪な生き物なのかをハルに教えこもうとしてきた。スクールバスを運転していると、いやでもそのことがわかってしまう。そのうえ、友だちだと信じていたダイアンに夫を寝盗《ねと》られてからは、同性に対して寛容ではいられなくなっていた。

あのときアルマは、ペギーとハルをある種冷淡な気持ちで興味深く見ていた。親心などではけっしてなく、ペギーがお高くとまった笑顔を見せてハルを置き去りにするのを待っていた。その瞬間を待ちながら、自分の中に残酷な花が咲きはじめているのを感じていた。

ところがハルは、自分が襟を触られたのと同じようにペギーのタンクトップのストラップを触った。

ペギーは急に体をまわした。「さわんないで!」

すぐにジョー・アハーンが駆けつけてきた。ほかのみんなと同じように酔っ払っていた。「どうした? なにがあった?」

アルマもすぐに駆け寄った。「なんでもないのよ。本当に」

「なんでもないようには見えないけどな」酔った声をサイレンのように響かせながらジョーは言った。ボッチボールをしていたロニーとダイアンは動きをとめた。

家に帰るまでの道のり、ハルはずっとペギーの話をしていた。コスタガン農場の私道にはいるために車が曲がると、彼は頭をまわしてアハーンの家を見つめた。どこがペギーの部屋なのか考えていたのだろう。たしかにハルは彼女に傷つけられたが、それでも彼女の髪はとても長く、ショートパンツはとても短かった。その晩、ハルは夕食も食べていった――アルマはラザニアを作り、アルコールを全部吸ってくれることを期待してフランスパンを出した。食事のあいだ、ハルはノンストップでペギーのことを話した。ものすごくきれいだったとか、とってもやさしかったとか、ボーイフレンドはいるのかなあ、とか。アルマはずっと言いたいことをがまんしていたが、たまらなくなって言った。

「ハル、あの子があんたのガールフレンドになることはないの。本当はわかってるんでしょ？　あんたをからかってるだけなの」

「アルマ」とクライルはとめようとしたが、彼女はかシェリルとトーニャは蹄鉄を手に持ったまま立ち止まった。

ラリー・バークが持っていたビールの缶をピクニックテーブルにおいて走ってきた。「おまえ、いったいどういうつもりだ、ハル？　手を出しちゃだめじゃないか」

「ハル、行きましょ」とアルマは言い、クライルに手を振った――今すぐ帰るわよ、と。

「でも――」ハルは一歩ペギーに近づいた。それをラリーが車のほうへと押しやった。

「行けよ」とラリーは言った。「今すぐ」

ハルは困惑したような顔でうしろを見ていた。シェリルの投げた蹄鉄がくいに当たって回転し、静けさの中で金属音が鳴り響いた。

車のところまで行くと、むかしほどは飲まなくなったクライルもさすがにアルマに向かって運転席を指差し、自分は助手席に倒れこむようにして座った。

まわず続けた。

「あの子、今日のピクニックで少なくとも十人の男の子をその気にさせたでしょうね。ハル、あんたもそのうちのひとりなの。だけど、十人のリストの中で、たぶんあんたはいちばん下ね」

ハルは傷ついた顔で彼女を見た。「なんでそんなに意地悪なことを言うの?」

彼女はラザニアの鍋をテーブルの上に音をたてておいた。「誰かが本当のことを言わないといけないから」

今、ポーチに立ってクライルの車のヘッドライトを目で追いながら、アルマは寒さをしのぐために肘を曲げた二の腕を両手でさすっていた。どうして?　と彼女は自分に訊いた。どうして意地悪なことを言わないといけないの?　自分を愛しているはずのたったひとりの男に裏切られたから?　彼女が年老いた女で、ペギーが若い女の子だから?　かつては活気に満ちあふれていた体が自分を裏切ったから?　流産を招いたから?

それとも、こうなることが運命だったから?　母親そっくりの心の狭い意地悪な女に?

13

町民集会の会場を出るころには、マイロの父の怒りは頂点に達していた。『マイアミ・バイス』のドン・ジョンソン気取りの男に、すぐにコスタガンの家に行ってあの間抜けのことを話してこいと命じ、自分はランダルと一緒に〈OK〉に出かけた。しかたなく、マイロはサリーおばさんの車の後部座席にジョージと並んで座って帰った。乳首が紫色になるまでつねられるのを覚悟しなければならなかった。その夜の十一時、まだ胸にミミズ腫れができていたが、少なくとも誰からも寝なさいとは言われていなかった。ジョージも起きていた。彼は〈ドクター・ペッパー〉を飲んですっかりハイになり、おなら音の出るロッキングチェアに座って〈シアーズ〉のカタログから女性下着のページだけを切り取っていた。

突然サリーおばさんがそのカタログを取りあげた。

「いいかげんにしなさい、ジョージ。もう寝る時間よ」

明日は学校がないとジョージは抗議したが、もう一度だめと言われる前に夜中の十二時になった。ジョージのパジャマや歯ブラシを出すために息子と一緒に二階に上がる前、サリーおばさんは母に言った。「マイロはまだベッドに行かなくて大丈夫なの？」母は答えた。「大丈夫よ。そのときになったら自分で上に行くから」母がそんなふうに言うのを聞いたのは初めてだった。ぼくのことを心配していないからではなく、きっとサリーおばさんの言うとおりにしたくなかったからなのだろう、とマイロは思った。サリーおばさんがいなくなると、調子に乗るんじゃないわよとでも言うように母は眉毛を上げた。でも、すぐにマイロのことは忘れたようで、彼は自由の身になった。

　マイロは知らないうちにソファの端で眠ってしまったらしく、大きな声がして午前二時ごろに目が覚めた。父とランダルおじさんは〈ＯＫ〉に行ったからか酔っていて、サリーおばさんは大きなソファのもう一方の端に座っていた。「なんでもおまえの思いどおりになると思うな」と父は言った。「余計なことはしないでくれ、ランダル」

「少しでも助けになればと思って来たんだ」

「勘弁してくれよ。いつおまえの助けが欲しいと言った？　助けが必要なのはいつもおまえのほうだったじゃないか」そう言って指を折って数えはじめた。「ディーラー契約のときのローンも、それがポシャったときのローンも。子供のころは、おれがいないと喧嘩もできなかったくせに」

　ランダルは拳をきつく握りしめた。「兄貴だってひとりで一人前になったんじゃない。この農場は親父たちから譲り受けたもんだ。与えられたものじゃないか」

「親父たちを責められるか？　おまえが相続してたら、今ごろどんなことになってたと思う？　借金が膨らむごとに土地を切り売りして、不作に次ぐ不作だ」

「おれは今順調にやってる」とランダルは言い、私道を指差した。「あの車が見えるか？　おれの車だ」

「どんな手を使ったんだ？　クソ飼料店の中間管理職から始めて、今はキャデラックを乗りまわしてるだと？」ジョーは頭を左右に振った。「どうなんだろうな、ランダル」

「がまんできないだけなんだろ？　おれのほうが稼いでるのが。いつまでも兄貴風を吹かせたいだけだ」ランダルは顔を真っ赤にしていた。それはマイロの父も同じだった――ふたりとも鼻の毛細血管が真っ赤になって瓜ふたつだった。「家出したんじゃないのか？　兄貴から逃げだしたくて」

「なんだと、このクソ――」ジョーが飛びかかろうとしたところで、サリーおばさんがあいだにはいりこみ、ふたりの胸に手をおいて近づかないようにとめた。

「はい、そこまで。さあ、もうベッドに行って」とおばさんは言った。「いいかげんにしてちょうだい」

「ランダル、おまえが行くのはベッドじゃない」とジョーは言った。「おれの居間のおれのソファで寝ろ」

マイロの母はここにはいなかった。もう寝ていて今の騒ぎが聞こえなかったならいいんだけど、とマイロは思ったが、たぶんまだ眠れずに自分の部屋から全部聞いているのだろう。

「そうか。少しでも力になれればと思ってきたが、そこまで言うならおれたちは帰る。サリー、ジョージを起こしてきてくれ」

「今から帰るのは――」とサリーが言いかけたところでマイロの父が割ってはいった。「いやだめだ。おれの目の届くところにいてもらわないと困る」

ダッフルバッグに自分のものを詰めこんでいたランダルは振り向いた。「それはどういう意味だ、ジョー？」彼の声は低く、まるで脅《おど》しているような口調だった。マイロは舌を嚙んだ――痛みを別の痛みで気をまぎらわす方法で、病院で注射を打たれるときに身につけた技だった。

マイロの父は弟の顔をしばし見つめたあと、疲れきった手で鼻に浮かび上がった赤い毛細血管をなでた。

「いや、なんでもない。ちょっと飲みすぎたみたいだ」

「まったくだ」とランダルは言った。

「さあ」とジョーは言った。「もうベッドに行ってくれ」そして部屋を見まわした。「マイロ？ なんでこんな時間まで起きてるんだ？」

「べつに」とぼそぼそ言うと、マイロはそそくさと居間から出た。もうすぐ二時半だった。新記録でもなんでもなかった。

翌朝、ジョージはスープ用の大きなスプーンを〈スキッピー〉のピーナッツバターの瓶につっこんですぐに引き抜き、今度はそれをチョコレート・チップの袋につっこんだ。同じことを五、六回繰り返しているのをマイロは見ていた。毎回、ピーナッツバターの舐めのこりと唾がついたままのスプーンを、〈スキッピー〉の瓶に入れていた。時間は七時十五分、マイロはもう起きていた――また眠れない夜を過ごした。サリーおばさんは、ランダルおじさんの手伝いをさせるために六時にジョージを起こした。手伝いを一時間ほどして帰ってくると、ジョージは腹が減って死にそうだと訴えた。

「ジョージ」とサリーおばさんは言った。「やめなさいって何回言えばわかるの？　そのチョコレート・チップはクッキー用なの」

「三回？」とジョージは言った。「四回？」

「まったく。とにかくもうやめてちょうだい」そう言ってチョコレート・チップの袋を彼から取りあげた。

マイロはこれまでも数えきれないくらい、ジョージが行儀の悪いことをしたり口答えをしたりして刃向かうところを見てきたが、そのたびにサリーおばさんは「男の子っていうのは、いつまでたっても変わらないんだから」と言っていた。でも、マイロも男の子だ。だけどジョージのような馬鹿なことはしない。

母がキッチンにはいってきてマイロの背中をやさしくさすった。「ちゃんと眠れた？」と訊かれ、マイロは肩をすくめた。

「あんまり」

「そうみたいね」と言って母は受話器を取った。「学校に電話するわね」耳でふさがれた受話器から、くぐもった呼び出し音が漏れてきた。まだ煙草を吸っていたころ、母は今と同じように流しにもたれて立ち、横においた灰皿の上で煙草をくゆらせながら、その日のうちにしなくてはいけない家事のリストを書いていた。そのころは仕事をしていなかったが、それでもすることはいっぱいあった——家の中の掃除、家の外の作業、食料品の買い出し、洗濯。きっと書いてあったのはそんなとこだろうとマイロは思った。

母がまた仕事をするようになったとき、父にこんなことを言っていた。「今やってることのほかに、週四十時間も働けるのかしら」と。でも、母はなんとか仕事と家事を両立させた。毎日の夕食は手作りで、たいていは肉のかたまりと緑の野菜とベイクドポテト——母はポテト抜き——だった。ただ、週末以外の朝はいつもシリアルだったし、マイロは学校で昼食を買っていた。家の階段はそれまで週に二回掃いていたのが一回になったが、それ以外のことはほとんど変わらなかった。母が仕事に復帰する前の家族会議のとき、ペギーは「お母さんがまた仕事に戻りたいからって、わたしたちのすることが増えるのは納得いかない」と言った。それに対して母は、みんなには負担をかけないようにするからと約束した。そのときはマイロも姉に同調した。お母さんがしたいことをするために、なんで自分たちのすることを増やさないといけないのか、と。でも今は、そのことを思うと顔が熱くなった。二週間前の土曜の朝も、テレビでアニメを見ているときに母が掃除機をかけにきて、足を持ち上げられて思いきり母のことをにらみつけた。たった二週間前のことなのに、一生分の長さのように思えた。最後に二時間以上熟睡できたのがいつだったのか、思い出すこともできなかった。

受話器からくぐもった大人の声が聞こえ、母が姿勢を正したように見えた。

「ジョンストン校長先生ですか？　リンダ・アハーンです」

もう二度と学校に行かなくてもいい、なんてことにならないだろうか。何年か前にスー・シティのトイレで会った、学校には行かずに自宅で勉強をしていると言った少年のように。あのときは母が復職する直前で、その埋め合わせとしてマイロとペギーをスー・シティに連れていってくれた。その少年は、母親から理科と数学をキッチンのテーブルで教わっていて、毎日ちゃんとしたズボンとボタンダウンのシャツを着せられていると言っていた。

「ご心配おかけしています」少し間があいた。「明日の試合？　ええ、いいですよ、どうぞ。まあ、そのときにはペギーも家に帰ってきていると思いますけどね。勘ちがいのせいでこんなに大騒ぎになってしまって、恥ずかしがってると思います」なんで母はまだそんなことを言うのだろう、とマイロは不思議だった。いなくなってからもう四日も経っている。母の口元が震えた。「ええ、必要ならかわりのチアリーダーを二軍から選んでくださいね。あ、ジョンストン校長先生、これで失礼します。オーブンでパンを焼いているところなんです」母は電話を切った。さようならも言わずに！

「今のなんだったの？」とサリーおばさんは訊いたが、自分と同じくらいおばさんも知っているだろうとマイロは思った。明日の夜に、毎年恒例のバスケットボールの試合がある。父親チームと高校の現役選手のチームが対戦するもので、後援会が開催する年三回の大規模な募金集めのイベントのひとつだ。現役選手と対戦するのは、たいていが体形も崩れて恥ずかしい状態の父親たちだが、ひとりだけ補強メンバーを選ぶことができる。選ばれるのは、少しでも有利に試合ができるように、ふた桁《けた》得点を期待できる町内の若い男の人だ。そのメンバーとしてラリー・バークが選出されたのは、今年で三年連続だった。ガンスラムのほとんどの住民が試合を観戦する——生徒やその親、金曜の夜にほかにすることもないお年寄りたち。少なくとも数百ドルは集まるだろう。マイロの父は、同じようなことをバレーボールでもやらないのを残念がっていた。そうすれば自分もコートに立てるのに、と。そして当てつけがましく、運動とは無縁の息子を見るのだった。「ただの募金集めの試合」と母は言った。「中止したほうがいいか、って訊かれたの」

「くだらない」とサリーおばさんは言い、チョコレート・チップの袋の口を輪ゴムで縛った。「明日までに帰ってくるわよ、大丈夫」と言ってマイロの母に目をやった。「アリスおばあちゃんに大目玉を食らうでしょうけどね」マイロの祖母が明日の昼にこちらに来ることになっていた。

日曜日以来、ペギーの失踪のことをみんなは〝勘ちがい〟と呼んでいた。月曜日は、そうなのかもしれないなという気がした。火曜日も。でも木曜の朝になって、マイロにとってもそれは単にごまかしているだけにしか聞こえず、吐き気がした。明日の試合には行ったほうがいいのか、行かないほうがいいのか。町のみんなが観戦するのに行かないのは、なにかちがうような気がした。でも、行ってみんなに会うのはいやだった。昨日の午後、集会の前に母に連れられて〈ガンスラム・フーズ〉に行った。買い物があると母は言っていたが、集会までの一時間をつぶすために行っただけだと気づいた。そのとき、知らないおばあさんふたりが別々のところから近寄ってきて、それぞれがマイロを胸の中に抱き寄せた。そして、大丈夫、と訊かれた。大丈夫なわけないだろ、馬鹿なおばあさんたち、とマイロは思ったが、笑顔を見せて大丈夫だよ、と言った。それが期待されている反応だったから。

試合を観にいって、みんなの哀れみと悲しみで窒息したくなかった。本当なら、観覧席の下に隠れて、スコットと一緒にピーナッツ入り〈M&Mˢ〉と唇が腫れるほど塩辛いポップコーンを食べながら観戦したかった。それに、ハーフタイムの下手くそな吹奏楽の演奏も聴きたかった——来年中学生になったら、トランペットの首席奏者になれるだろうか。でもいちばんしたかったのは、チアリーダーとして高校チームを応援しているペギーを見ることだった。でも、そのいずれの望みももはやかなわない。マイロの今の人生も、夢見ていた将来も、指のあいだからすり抜けていっているような気がした。

サリーおばさんはオーブンの扉を開けて、チョコレート・チップのクッキーが載った天板を中に入れた。おばさんが母のオーブンミットとエプロンを着けているのを見るのはなんか妙な感じだった。二年前に母が仕事に復帰してから、マイロがいちばんおいしかったと思ったおやつは、買ってきたブラウニーと、クリスマスの交換会でもらってきたクッキーだった。交換会に母はなにも持っていかなかったけど。「あの人たち、わたしがどんなに忙しいか、全然わかってないのよ」と言いながら、母はテーブルの上にクッキーをほうった。そのとき、いちばん上に載っていたサンタのシュガークッキーがウエストのところでふたつに割れてしまった。「あの人たちみたいに、八分ごとにオーブンのタイマーが鳴るのをただ突っ立って待ってなんかいられないの」

マイロはちらっと時計を見た。今日は一日なにをして過ごそう。学校を休んで家にいようなんて思ったのは、まちがいだったのかもしれない。いつかはまた学校に行かないといけないが、そのとき、人はどう思うのだろう。もう希望は捨てたのかと思うのだろうか。今でも町の人たちは、食べものを持ってきたり、農場の夜の仕事を手伝いにきたりしていた。でも、毎晩のように手伝いにきていたミスター・マギーでさえ、修理工場で背中を痛めたという理由で来なくなった。奥さんがスロークッカーで作ったハンバーガー・スープを持って、そう伝えにきた。みんながみんな、失踪はただの勘ちがいにすぎず、ペギーは今にでも玄関を開けて帰ってくる——多少の擦《す》り傷や痣はできていたとしても――と信じていたときには、あたりまえのように手伝いにきてくれていた。でも、今は？　マイロはしゃっくりが出て、吐き気がこみ上げてくるのを感じた。のどから、今にも吐きそうな音が出た。

「ぼく、行きたい」とマイロは唐突に言った。母が驚いて彼を見た。「試合を観にいきたい」そういう日常的な明日が必要だった。よりどころになるなにかが欲しかった。

「でもマイロ、おばあちゃんが来るのよ。家にいたほうがいいんじゃない？」

「今、お母さんは言ったじゃない、ペギーが明日までには帰ってくるって。だったら行ってもいいでしょ？　だめなの？」

「マイロにとってもそのほうがいいかもしれないわ」クッキーの種を丸めてシートの上に並べながら、サリーおばさんは言った。「アリスおばあちゃんが来たら、大人だけで話すいいチャンスにもなるし」サリーおばさんもマイロの母も、バスケットボールにはあまり興味がない。

「そうね」と母は言った。「もし本当に行きたいなら。行ってもいいわよ」

窓の外で、なにかが動くのが見えた。ミセス・コスタガンの黄色いベガが、雪煙をあげながら私道を走っているのが見えた。もうすぐ八時だった。もうとっくにスクールバスの時間なのに。

14

その十分前、アルマは寝ぐせがついたままのボサボサの髪に、ボタンもまだ留めていないフランネルシャツというひどい格好で、キッチンに怒鳴りこんだ。コーヒーのはいったカップと朝食のピーナッツバター・トーストを前にテーブルについていたクライルは、驚いた顔をした。「クライル・コスタガン、なんで起こしてくれなかったの?」

「もうとっくに出かけたのかと思ってた」

「車庫にわたしの車があるのが見えなかったの? わたしのバッグとコートがまだ壁に掛かっているのに、おかしいと思わなかったの?」

「アルマ、悪かったよ」クライルは首を横に振り、新聞に目を戻した。

彼女は、夜中に淹れた飲みかけのコーヒーのカップをつかみ、一気に飲み干した。「クソ、クソ、クソ」とぶつぶつ言った。「あのアハーン兄弟のせいで全然眠れなかった」そうは言ったものの、眠れなかったのはいつもの夜と変わらない。今日は、更年期障害とハル以外の、誰かのせいにしたかった。

ひったくるようにコートをコート掛けから取り、袖に無理やり腕を通そうと悪戦苦闘した。「この寒さの中で、子供たちは外に立って待ってる。十四年間、遅れたことなんてなかったのに」

「行って――」クライルはアルマのあとについて玄関まで行ったが、〝らっしゃい〟を言うより先にバタンという大きな音をたててドアが閉まった。

町まで行く途中で、青いシボレー・カプリスとすれちがった。リー・アールがわがもの顔でハンドルを握っていた。うちに行くところだろうが、今はそんなことにかまっていられなかった。スクールバスの隣の駐車スペースに車を停めたところで、始業ベルが鳴った。子供たちは続々と学校に流れこんできている。母親と一緒に来ている子もいたが、たいていは自分たちで自宅から歩いてきたり、年上のきょうだいたちと一緒に来たりしていた。

アルマが廊下を走っていると、いつもバスに乗ってくる生意気な少年が片手を上げ、彼女は無意識にハイタッチをして応じた。ジルとシェリーの母親のバーディ・ラングドンが、子供たちを三年生と五年生の教室に押しこみながらアルマをにらみつけた。頭の片側の髪はぺしゃんこにつぶれ、もう片方は鳥の巣のようにボサボサだった。バーディが鳥《バード》の巣頭か。アルマは思わずにやっと笑ったが、バーディの機嫌は改善しなかった。「無事だったみたいでほっとしたわ」小馬鹿にしたような口調で言った。「今朝、バスが来なかったから心配してたのよ」

「寝過ごしたの」とアルマは釈明した。

「そんなにぐっすり眠れてうらやましいわ。わたしなんか、もう十一年はそんなに寝たことないから」バーディはそう言ってジルのほうを見た。おそらく十一歳くらいだろうとアルマは思った。

「ええ」とアルマは言った。「もう、石みたいにぐっすり」そんなことを言うべきではないのはわかっていたが、いやみを言われたままがまんするのは無理だった。

アーヴ・ジョンストン校長のオフィスでは、丁重に謝罪するつもりだった。アルマにとって簡単なことではなかったが、そうしないわけにはいかない。アーヴは窓のそばに立ち、電話をしていた。アルマがはいってきたのを見ると、机の反対側におかれた二脚の布張り椅子の一方を鋭く指差した。妻と息子の新しい写真がこちら側に向けられていた。高校生になったブルースは、すべてがサイズちがいに見えるような年齢だった——足も手も大きすぎて、首は細すぎた。アルマは彼にある種の愛おしさを感じた。そして、そんな写真を飾っているアーヴもかわいらしいとさえ思った。ただ、男子トイレの天井に濡れたペーパータオルを投げつけた罰で校長室に呼び出された友人たちが、説教されるあいだずっと自分の写真を見ているのはブルースだっていやだろうと気の毒になった。

「申し訳ない、フィリス——」とアーヴは言い、言いおえる前に少し間《ま》をおいた。「ミセス・シュローダー、二度とこんなことにならないようにします」また間があいた。「わかってます。もちろんです。午前中は欠席扱いにはしませんので。お昼休みまでに来られるようなら」再び、間があく。「ええ、それで結構です。では、ハイディにはまた明日学校で」彼は電話を切ると顔を手でなでおろし、椅子にどかっと座った。「きみのおかげでとんでもない目にあわされてるよ、アルマ」

「ごめんなさい、アーヴ。なんでこんなことになったのか、自分でもさっぱりわからないのよ。目覚まし時計はちゃんとセットしてあったのに。クライルが無意識のうちにオフにしちゃったんだわ」

「まあ、それはけっこうだが」とアーヴは言った。「でも、一時間目から五時間目まで授業に出られない子が大勢いる。しかたなく一日休むことになった子もね。なにかしないと親に申し開きができない」

アルマは鼻を鳴らした。「あきれた。開拓時代の西部じゃないんだから。たった一日学校を休むだけじゃない。ここでどれほどのことを教えてるのか、親は過大評価しすぎなのよ」

「これは笑いごとじゃない」

「ごめんなさい。そうよね。今日はたまたま一日で大学進学適性試験《SAT》の内容を全部詰めこむ日だったのね」

「アルマ、ふざけないでくれ。これは真剣な話だ」

アルマにもそれはよくわかっていた。でもわかればわかるほど、真面目な態度ではいられなかった。アーヴは半袖のボタンダウンのシャツにネクタイを締め、間抜けな息子の写真を机の上に飾り、この世界の出来事を心臓発作のごとく真剣に受けとめている。「ごめんなさい」彼女はしぶしぶ言った。「本当に悪かったわ。でも、この十四年間バスを運転してきて、一度も遅れたことはなかった。それは評価に値すると思うわ」

「ああ、たしかにそうだ――でも、だからといってどうなるものでも」

アルマは口をあんぐり開けた。「本気で言ってるの？」はるかむかし、どこかのパーティでアーヴのことをベビーシッターにたとえてからかったときのことを思い出した。そのときにもひどいことを言ってしまったという意識はあったが、ビールを四杯も飲んでいたし、彼女の冗談でみんなが笑うんだからいいじゃない、と思っていた。

アーヴは親指と人差し指でネクタイをつまんで整え、先端をまっすぐ下に垂らした。「今回の件は教育委員会にかけないとならない。一時間近く寒い外で待たされた子もいるんだ。フィリス・シュローダーは、ハイディが凍傷になったかもしれないとまで言ってる」フィリスは、そのむかしクライルの不倫についてアルマに話した張本人だ。ハイディは歳をとってから授かった子だった。

「普通、寒かったら家にはいるでしょ。そんなこともわからないような馬鹿な子にフィリスが育てたからって、わたしの責任じゃないわ」

「そういう言い方はないだろ」

「バスが来るのを一時間も外にずっと立って待ってる子なんている？」アルマは目を見開き、誰もいない道路を左右に頭を振ってのぞく真似をした。「馬鹿みたい」

　アーヴは前かがみになった。ネクタイが揺れていた。

「アルマ、この一週間というもの、この町は大変な思いをしてきたんだ——ペギーがいなくなって、昨日もあの集会だ」少し間をあけて続けた。「ハルのことも、ジョー・アハーンとのこともある」

　アルマはいぶかしそうに目を細めた。「ジョーとのことって？」

「アルマ、きみもジョーの言ったことを聞いただろ？　彼は、ペギーがいなくなったことにハルが関係してると思ってる」アーヴは、まるで銃を突きつけられてでもいるように両手を上げた。「そんな目で見ないでくれ、アルマ。町のみんなも同じように思ってる。きみもわかってるだろ？　ハルはいかれてるんだ」

「ペギーがいなくなったこととハルは無関係よ。ペックの言ったことを聞いたでしょ？　なんの証拠も見つかってないの」

「トラックの血のあとは？」

「あれは鹿の血よ！　だいたい、誰からそんな話を聞いたの？」

「アルマ。きみだってこの町がどんなふうにまわってるのかは知ってるだろ？　これだけ長く住んでるんだから」

「少なくとも、根も葉もないことに同調したり言いふらしたりするほど長く住んでいないのはたしかね」彼女は隣の椅子の上においてあったバッグをひったくるように取ると、アーヴの家族写真を手ではらった。唇を嚙みしめるアーヴを見おろして彼女は言った。「もう行くわ。あなたが無実の男を中傷するのを、あと一秒も聞いていたくないんでね」

「こういう結果になるのはきみにもわかってたはずだ、アルマ」アーヴは静かな声で言った。彼がハルのことを言っているのか、それともスクールバスの時間に間に合わなかったことを言っているのか、もはやアルマにはわからなかった。

アルマはバッグを肩に掛けた。「おかげさまで、因果関係について少しくらいはわたしにもわかるわ、アーヴ。心配無用よ」

「来年まできみは停職だ、アルマ。今朝、教育委員会のトップと電話で話した」

アルマは頭の上の壁掛け時計を見た――まだ八時半にもなっていない。「え？　こんな朝早く電話して叩き起こしたわけ？　よほどなにか確証があったわけ？」これは、遅刻云々《うんぬん》の話ではない――すべては彼女がハルを雇ったことと、十年前に誰かの地下室で彼女が言ったことに関係している。

アーヴはコーヒーカップを取り、飲まずにまたおいた。「アルマ、そんな態度を――」

「いいえ、あなたこそ魔女狩りのようなことはやめなさい。ハルのことを追い詰めたいだけなんでしょ？　わたしのことも」アルマは机の上から倒れた写真を取り、床に投げ捨てた。額のガラスが割れなかったのを見て、ブーツのかかとで踏みつけた。アーヴの馬鹿で醜い家族写真のガラスに、蜘蛛の巣のようなひびが広がった。「教育委員会にもう一度電話して、弁護士を雇うからって言っておいて」

家にはいろうとすると、電話が鳴っていた。偏頭痛のせいで頭蓋骨《ずがいこつ》の奥のほうがずきずきと痛み、血管の中にはまだアドレナリンが流れていた。ピンク色の荒れた両手をジーンズにこすりつけ、受話器を取った。聞き慣れないオペレーターのような話し方の女だった。〈オマハ・ワールド・ヘラルド〉紙の記者は、ペギー・アハーン失踪の記事を担当しているので話を聞かせてほしいと言った。アルマは電話を切った。心臓が激しく鼓動していた。電話がまた鳴った。

「ミセス・コスタガン？」と女は言った。「お話をうかがいたいだけなんです」

「彼はなにもしてません。警察も証拠は見つけてませんん」

「知っています。そうじゃなければ逮捕されているはずです。まだ遺体も見つかってないんです。わたしからすると、遺体もないのに殺人の捜査を始めるのはかなり無理があると思います」

「殺人？」とアルマは繰り返した。「殺人なんかじゃないわ。ただ行方不明になってるだけよ。最悪、なにかあったとしても、ただの事故よ」

「事故って、どんな事故です、ミセス・コスタガン？」

アルマはまた電話を切った。しばらく電話を見つめていたが、受話器を少し浮かしておいた。絶え間ないブーブーという音が耐えられなかったが、プラグを抜いてしまうと居間にあるもうひとつの電話が鳴ってしまう。ああ、神よ、と彼女は思った。もし、本当にあの子がやっていたら？

そんな憶測が両肩にのしかかり、たまらなくなってキッチンの床に座りこんだ。誘拐？　事故？　それとももっとひどいこと？　彼女は自分の奥底に、ハルが関係しているかを問いただしてみた。真剣に考えた――土曜の深夜から日曜の朝までのあいだ、ハルについてもペギーについても目撃情報はない。でも、ハルがなにかをしたとして、彼女はいったいどこに？

アルマはクライルののっぺりとした正直そうな顔を思い浮かべた。彼も同じようなことを考えているのだろうか。彼は、二と二を足すと、彼女とはちがって必ず四になる人間だ。ふたりのあいだの本当のちがいは、ハルが罪を犯したと思うかどうかではない。それをどれほど重く受けとめるかだ。クライルは、ハルを保安官事務所に連れていってペックに引き渡し、生きているかぎり毎週二回刑務所に会いにいくだろう。でもアルマは、ハルがそんなところで生き延びられないのを知っている。ウェイン市から来た高校生をハルが殴ってしまったとき、郡警察の留置場で三時間だけ過ごした。たった三時間なのに、三年も歳をとったように見えた。留置場の監房にいたのはハルひとりだけで、しかも〈ソリティア〉をして遊べるように看守がトランプまで貸してくれたそうだ。もし同房者がいたらどうなる？　でんぷん質ばかりの不味《まず》そうな食事は？　それに、映画ではもっとひどいことが描かれている。

アルマはよろよろと立ち上がり、廊下に出た。電話の音は聞こえなかった。心臓はまだ激しく鳴っていたが、バッグを取って車まで行った。町まで行き、〈ピケット金物店〉で単三電池を買い、電気料金を払い、〈ガンスラム・フーズ〉に寄っていつもの食料品を買った――牛乳、パン、ピーナッツバター、そしてクライルが晩酌《ばんしゃく》のときクラッカーにつけるポートワイン・チーズ。電話のことは極力考えないように気をまぎらした。野菜売り場を通りながら、マスクメロンを取ってカートに入れた。もちろん季節はずれだが、彼女のいちばん好きな果物だ。いやなことばかりのなかで、なにかひとつでもほっとできるものが欲しかった。

長すぎる爪をカタカタさせながら、ラナがレジを打った。「あんな子を雇ったあんたは、聖人だとずっと思ってた」とラナは言った。彼女にとって、前回の来店のときの会話はそのまま続いているらしい。彼女はきつい目でアルマを見た。「わたしにはとてもできることじゃない」ほかのみんなも、町で会うたびにアルマに言っていた――特殊な子を雇うなんて、あなたは天使ね、と。でも、それが彼らの本心でないことはアルマにはわかっていた。町ぐるみで見て見ないふりをしていたことを、よそ者のアルマが正した。そのことに、町の人たちは腹を立てていたのだ。自分たちの欠点を思い知らされたような気がして。それとも、本気であんなことを言っていたのだろうか。

「できるかどうかはやってみないとわからないわよ」とアルマは当たり障りのないことを言った。

小さなメロンを片手に持ったまま、ラナは袋詰めの手をとめた。「ねえ、教えて」目が引きつっていた。「彼がやったと思う?」

「まさか」アルマはとっさに言った。しかし、電話の音を聞きながらキッチンに座りこんでいる自分の姿が頭に浮かんだ。彼女は食料品の詰まった紙袋を片手で取り、メロンはもう片方の手で持った。「まあ、わたしがどう思っていようが関係ないでしょうけど。みんなはもう結論を出してるんだから」

「そうね。新聞記者のことも聞いたわ」

「ってことは、みんなも知ってるってことね。あんたの口の軽さには脱帽するわ」とアルマは言い切った。

そしてラナを指差して言った。「あんたは公共サービスみたいな気になってるかもしれないけど、ただ噂をまき散らしてるだけだから。とんでもないトラブルメーカーよ」

ラナは笑った。「そのとおりね。でも、ひとつだけ言えることがある。わたしはまちがってない。今はまだ女の子が失踪してるだけかもしれないけど、集会でペックが言ったこと聞いたでしょ? どっちにしろ、ジョーはハルを目の敵《かたき》にしてる。それだけはたしかね。それに、ジョーはけっして諦めるような人間じゃない」

〈ガンスラム・フーズ〉を出たあと、銀行の電光看板が時刻と気温を交互に表示しているのが見えた。零下二度。買い物袋をベガの後部座席におき、寒さでかじかんだ手をこすり合わせながら運転席に乗りこんだ。ラナのことばが頭の中でこだましていた――〝どっちにしろ、ジョーはハルを目の敵にしてる〟。ハルを逮捕するほどの情報をリー・アールが持っていないことはわかっていたので、その点は心配していなかった。でも、彼はハルを恐怖のどん底に落とすだろう。アルマはそれを恐れていた。

ところどころ雪に覆われた大通りの左右を見まわした。パン屋のウィンドウに飾られたパンプキンパイの上に、葉っぱの形をした秋色のクッキーがちりばめられていた。ここはいろんな意味で絵になる町だったが、アルマが想像していた暮らしとはほど遠かった。ハルにとっても、それは同じだろう。クライルの母が病に倒れたとき、ここには半年だけいるはずだった。一生のうちのたった数カ月間だ、彼女は自分にそう言い聞かせた。アルマとクライルが二階にある彼の子供時代の部屋で過ごしているあいだ、義母は一階の主寝室をひとり占めしていた。癌《がん》の進行は早かった。義母が亡くなると、クライルが相続することになった遺産や農場の書類が山のようにあった。土地や農場の管理を任せられる人は、なかなか見つからなかった。結局、作付けまではクライルがすることになった。では、その作物を収穫するのは誰？　当然そうなる。

ある日、義母の家のキッチンで皿を洗っていると、前庭で足元にじゃれつく猫と一緒にいるクライルが窓の外に見えた。しゃがんでなでようとすると、猫は逃げていった。また猫が近寄ってくることを期待して手を伸ばしたまま、彼は砂利道の真ん中に座りこんだ。あんなに心が満たされて幸せそうな夫は見たことがなかった。彼は家に帰ってくると、毎晩のようにその日に農場で遭遇したさまざまな問題とそれにどう対処したかを話してくれた――病気になった豚の取り扱い、トマトの苗を枯らさない方法、納屋にはいりこむアライグマ対策。満足げな彼の様子を見て、アルマも満たされた気持ちになった。ここに彼と一緒に住めば幸せになれる、と彼女は自分に言い聞かせた。幸せそうな彼を見ているだけで充分だと思った。そのうち、自分もやりがいのある仕事を見つけて、寂しさを忘れさせてくれる友だちを作ればいい。それに、心の片隅には、ガンスラムは子育てをするにはいいところだとささやく声もあった。

でも次第に、ここに引っ越してきたことについてクライルを恨《うら》むようになった。ここに残るよう、まんまと騙《だま》されたと思いこんだ。引っ越してきてから二年目、ひとりきりで乗り切った五人目の流産をきっかけに、彼女はますます自分の殻に閉じこもるようになった。かつてアルマがクライルの中に見た幸せは、別の方向に向けられた。彼はダイアンと不倫した。アルマがそのことを知ったのは、ハルと出会って数年後だった。ハルは、緑色の下着をはいてバスに乗りこんできた。誰からも理解されない、アルマと同じはみ出し者同士。ハル。

銀行の看板にまた目をやると、十五分経ち、気温は一度下がっていた。この町に来た当時、クライルのためならなんでもする覚悟はあった――彼はいい人で、アルマのよさを理解してくれていた。でも、今は？　今、彼女なしで生きていけないのはハルだ。ハルを守るためなら、なんだってする。

アルマは車から降り、ドアをバタンと閉めた。向かい側にある銀行まで、左右を見てから道路を渡った。ほとんど車なんか通らないのに。

バッグのストラップをねじりながら、アルマは列に並んだ。週末に近い木曜日、銀行は比較的混んでいた。店舗内には田舎くさい窓口係のほかに、町じゅうの口うるさいばあさんたちが集まっているように見えた。週に一度だけ、ただメシ目当てで実家に戻ってくる息子や娘のために、日曜の夕食を作るのに必要な金を引き出しにきているのだろう。

アルマにはふたつの口座があり、ひとつは農場用の口座だった。青い合成皮革の台帳に、クライルが丁寧《ていねい》な小さな字で、細かい数字をびっしり書きこんでいる。もうひとつはアルマの個人用の口座で、給料の二割を二週間ごとに入金していた――クライルには内緒のへそくりだった。彼女がまだ小さかった三〇年代や四〇年代、こんなにお金を貯められるとは夢にも思わなかかった。父は給料日になると、冷蔵庫の上の壺《つぼ》の中に五ドルずつ入れた。そんなはした金では食料品を買うのに充分ではないことを知っていながら。困り果てた母は、父からお金をもらうしかなかった。まるで子供に小遣いをやるように、父は財布からドル紙幣を抜きだしては母に渡していた。

結婚する前、アルマはソーシャルワーカーとして収入を得ていた。初めて贅沢《ぜいたく》な買い物をしたときのことを今でも覚えている。水玉模様の濃紺のレインブーツと、本屋のウィンドウで見つけた本、グレース・メタリアスの『ペイトン・プレイス物語』だった。その小説を買った理由は特になかったが、最初から最後まで二度読んだ。そのときは、退屈な田舎町でこんなに了見が狭くて淫《みだ》らな出来事が繰り広げられるなんてありえない、と思っていた。でも、世の中わからないものだ。アルマは、母のように夫に支配される人生は送りたくなかった。だからクライルと結婚したときにも、銀行口座にはすべて自分の名前も入れたいと主張した。「おれはかまわないよ」と彼は言った。「きみが全部やってくれ」ガンスラムに引っ越したとき、ふたりは一緒に銀行に行き、当座預金と普通預金の共同名義の口座を作った。アルマ個人の口座は、その数カ月後にスクールバスの仕事を始めたときに作った。

ベヴ・バーンズ――バーンズ牧師のやさしげな顔の妻――が、バッグの中に紙の封筒をゆっくりと入れている女性客をよけるように身を乗りだして言った。「アルマ、次どうぞ」アルマが近づくと、彼女は笑みを浮かべた。「今日はどんなご用件で？」聖職者と結婚しているというのはどんな感じなのだろう、とアルマは思った。渋滞しているときに車の窓を開けて悪態をつくこともできないし、大嫌いな人にもいつも笑顔でいなければならないなんて。人によってはそんなにむずかしいことではないのかもしれないと、そのときふと気がついた。ベヴは、みんなのことが好きだから笑顔でいられるのかもしれない。

窓口は三十センチほどの高さの仕切り板で区切られていた。そのため隣でどのような取引がおこなわれているのかは見えないが、話している内容は筒抜けだった。アルマは背筋をぴんと立て、あえて普通の大きさの声で言った。「お金を引き出したいの」ベヴは特に驚かなかった。アルマの頭の中に、ラナのカチカチいう長い爪が浮かんだ——〝ジョーはけっして諦めるような人間じゃない〟。

「ええ、もちろん。どの口座から?」

「両方」

ベヴはうなずいた。「で、いくら?」

アルマはベヴの目をまっすぐに見て言った。「全額」引き出した金をどうするのか、まだなにも考えていなかった。でも今朝のリー・アールを見るかぎり、これからどんなことになるかはわかったものではない——今朝道ですれちがったとき、ミラーサングラスのせいで彼の目は見えなかった。必要なときにすぐにハルを助けられるように、あらゆる可能性に対応できる準備をしておきたかった。

ベヴは、金銭に関する自由裁量については熟知していた。「ええ、もちろん」金とセックス。このふたつは、人前では話してはいけないことの最たるものだ。看護師と並んで、牧師の妻というのは人々の隠された生活について町の誰よりも知っているのだろう、とアルマは思った。ベヴが小声で訊いた。「個人口座と共同口座の両方とも全額を引き出すの?」

「そう」

ベヴはうなずいた。「それなら、支店長に報告しないと」

アルマは首を横に振った。「わたしのお金よ。自分のお金を引き出すのに、支店長の許可は要らないでしょ」これ以上、他人に首をつっこまれるのは勘弁してほしかった。

「銀行の規則なの」とベヴは説明した。「一定額以上の引き出しの場合、承認が必要なのよ。場合によっては、手続きに数日かかることもある。みんなが思っているほど銀行には現金が用意されてないから」

毎年恒例のクリスマスの合唱についての打ち合わせがあったある日、アルマは職員室でベヴの隣の椅子に座っていた。その日は学校のいつもの避難訓練の日だった。避難訓練のベルが鳴ると、ベヴはバッグを持って立ち上がった。体育教師は、おきまりの訓練だから気にしなくても大丈夫だと彼女に言った。ところがベヴは、「子供たちが避難訓練するんだから、わたしもしないとフェアじゃないから」と返した。ベヴ・バーンズに、規則に従うなというのは無理な話だ。

「わかった」とアルマは言い、ベヴはふた部屋のオフィスがある裏のほうへと歩いていった。窓口の列はさらに長くなっていた。トーニャ・ゲイリーがアルマと視線を合わさないようにして、列から抜けるのが見えた。

「アルマ？」ベヴは窓口には戻らず、アルマのいるロビーに出てきた。「ダイアンがおうかがいするわ」アルマは目を閉じた。ベヴはさらに小声になって言った。「ごめんなさい。今日、ミスター・ホールは外出してるの」彼は支店長で、ダイアン・マギーは副支店長だった。アルマはずっと、ベヴはあまり賢くないと高をくくっていた。こんなに親切な人が賢いわけがない、と。でも今、その判断がまちがっていたことを痛感した。もしかしたらこの長い年月、自分が楽な気持ちになりたいがために、人々をあえて低く評価していただけなのかもしれない。ベヴのようにほかの人の気持ちを敏感に察しようとはせずに。この牧師の妻は、アルマがダイアンと話したくないことを察したのだろう。夫と寝ていた女だから。不倫はどのくらい続いた？一年くらい？

ダイアンはいかにも銀行業務にいそしんでいるかの

ようにご大層な赤いペンを持ち、前かがみでなにかの台帳を見ていた。馬鹿じゃないの、とアルマは思った。わたしがここに来ることはもちろんわかっているはずだし、ドア枠を三回ノックしたのに。ダイアンは体を少しこわばらせたように見えたが、文章の終わりにペンでチェックマークをつけるまで視線は上げなかった。机のうしろのサイドボードには、ロニーとふたりの娘の写真が飾られていた。全員がバッファローチェックのシャツを着ていた。

「アルマ」ダイアンは台帳の上で手を組んだ。「今日は、どんなご用？」

アルマはダイアンの机の前におかれた椅子に座った。その日二度目に校長室に呼ばれた小学生のような気分だった。「ベヴから話は聞いたんじゃないの？」

ダイアンはたじろいだ。「ええ。でも、直接あなたから聞く必要があるの」前歯に口紅がついていた。アルマが来ることをベヴから聞いて、急いで口紅を塗ったのだろう。

アルマはため息をついた。「わたしのお金を引き出してちょうだい」

「わかったわ」と言ってダイアンは立ち上がり、シャツの前側のしわを伸ばした。首元に蝶《ちょう》結びのあるつるつるしたピンク色の綿のシャツだった。「金庫に行ってくるわね」その一分後、ばつの悪そうな顔で戻ってきた。「アルマ、今日は保管してある現金が少ないの。申し訳ないけど、五千ドルしか用意できないわ」そう言ってビニールの袋をアルマに渡した。「急ぎの用じゃないといいんだけど。五千ドルで足りるかしら？」

アルマは口を開きかけたが、ダイアンが手を上げた。「ごめんなさい。言わなくていいわ」アルマはビニール袋の口を開け、中の札束を見た。思ったより薄かった。「月曜日の午後には全部用意しておくから」

「ええ、それで結構よ」とアルマは言い、袋を閉じてバッグの中に押しこんだ。

「あ――」ダイアンは咳払いをした。「悪いけど、その袋、返してくれる？　銀行のものなの」

「じゃあ、なんでわたしに渡したの？」

「金庫から持ち出すときに入れる袋なの。中の金額がわからないように」それは規則なのか、それとも親切心なのか。「ねえ、聞いて」とダイアンは続けた。

「ハルのこと、わたしも心配してるの。いつもいい人に見えたわ。みんなが言ってるようなことができる人じゃないと思う」

「いいえ、充分にできるわよ。男なら誰だって。そうじゃない？」ハルの能力については、彼女とクライルが郡の関係者とずっと議論してきたことだった。ハルはひとりで生活していくことができ、自分で食事を作ることができ、トラックの運転も生活に必要な料金の支払いもできる。クライルは銃の撃ち方を教え、実際に自分で鹿も仕留めた。「でも、彼はなにもしてない。私の人生を懸けて誓える」子供もいない彼女の人生に、

懸けるだけの価値はあるのだろうか。

とは言ったものの、ハルは二日酔いまるだしの顔――むくんだ皮膚、充血した目――で月曜の朝に遅れて農場にやってきた。まる一日経ってもそうなのだから、土曜の夜はどれほど酔っていたのかはわかったものではない。ペギーが行方不明になっていることを彼女とクライルが話したとき、彼は混乱して思い出そうとしていた。でもひょっとしたら、そのときはもう知っていたのかもしれない。かつての冬、庭にドーナッツ形の深い溝を作ってしまったときも、ハルはかたくなに誰が芝生にそんな溝を掘ったのか知らないと言い張った。

ダイアンはなめらかな机の上に両手をすべらせた。

「ねえ、聞いて、アルマ。あなたがわたしのことを嫌っているのは知ってる」――アルマは反論しかけたが、やめた――「でも、わたしもプロよ。お金のことは誰にも言わない」

「これはわたしのお金よ」

「ええ、もちろん。わかってるわ」

　アルマはベヴ・バーンズのことを思った——正真正銘の親切な人、たとえ間抜けでも。「もしそれが本当なら、わざわざ言う必要はないと思うけど」

　アルマがベガを車庫に入れ、キッチンのドアから家にはいったころには、もう日も暮れていた。地下室からシャワーの音が聞こえた。クライルも農場の仕事を終えたらしい。ハルのトラックは庭には停まっていなかった。夫のために〈ロード・カルヴァート〉を〈スプライト〉で割り、半分すすってから注ぎ足した。

　その数分後、濡れた髪をうしろになでつけて彼が地下室から上がってきた。髪には、櫛のあとがくっきりとついていた。一日のうちでクライルが髪を梳《と》かすのは、シャワーのあとの一回だけだった。小豆色のスウェットパンツをはき、灰色のトレーナーを着ていた——スクール・カラーだ。彼女はグラスを彼に渡した。彼の眉が上がった——飲み物を作ってくれたことなんかないのに、と言うように。アルマは彼からグラスを取り戻し、もうひとくち飲んだ。

「今日はどんな一日だった？」とアルマは訊いた。クライルは、町まで行ってひと月分の餌を注文し、〈ヴァンダーシュート動物病院〉に行って豚のあいだで流行している肺炎用にペニシリンを注文した、と話した。「それに、朝リー・アールが訪ねてきた」と付け加えた。

「昨日見たあの男の様子だと、一方的に話をするだけで、聞く耳は持たなかったんじゃない？」

「そのとおりだ」とクライルは認めた。「ハルを困らせてたよ。土曜日のことを根掘り葉掘り訊いてた。〈OK〉と〈キャッスル・ファーム〉にいたかどうか、三回も四回も繰り返し訊いてたよ」

「〈OK〉には行ったって本人も認めたじゃない。そのことに罪はないはずよ」

「そのとおりだ」とクライルも同意した。「それに、〈キャッスル・ファーム〉にいたとしても罪にはならない。ただ、最初は行ってないと言ってたのに、あとになって行ったことを認めたのは、ちょっとまずかったな」アルマは口を開きかけたが、クライルは首を振った。「泥酔してたというのはアリバイにはならない。きみもわかってると思うが、なにか新しい証拠が見つかったら、真っ先にハルが疑われる。まだ正式に逮捕なんてできない。その、遺体が見つかるまではね。でも見つかったら、ハルはきっと逮捕される」クライルは声をひそめた。この家の中に、この農場の中に、この世界の片隅にはたったふたりしかいないのに。「アルマ、ハルはなにかを隠してる」

不本意ながら、アルマもうなずいた。「わたしもそう思う」クライルが寝たあと、お金は食品庫の中に隠そう。アルマは彼の顔を見つめた。顔のしわは、年々深くなっていっている。初めて彼に会ったのはまだ二十代前半だった——まだほんの子供だった。わたし、本気で彼のもとを去る気なの？

「アルマ？」とクライルは言った。アルマはまだコートを着ていた。「大丈夫か？」

「ねえ、ハルが本当になにかしてたら？」と思わず吐きだした。「そしたら、どうなるの？」

ひと息ついてからクライルは言った。「おれたちは、できるだけのことをする」

「それはどんなこと？　ハルが逮捕されてだめになるのをただ見てるだけ？　ハルがそんな目にあう必要はあるの？」

クライルはため息をついた。「法律には背《そむ》けないんだ、アルマ。だからこそ、マルタにも話に加わってほしいと思ってる。おれたちだけの問題じゃない。ハルは彼女の息子なんだから」

「正しいおこないは、よちよち歩きのハルを湖に沈めたままにしないことなんじゃない？　あの子を守るため、って言うなら」

「なにを言ってるんだ？」

「わからない」と彼女自身も認めた。

「もしかしたら、きみにはわかってるのかもしれない。おれに話したくないだけで」何年も前、ベッドの上での会話の中で、クライルからこんなことを言われたことがあった——きみの中にはどうしても理解できないことがある、なにか隠していることがある、と。そのときは、ひどいことを言われたとか非難されたなどとは思わなかった。それどころか、勝ち誇ったような気分になった。あのとき彼の言ったことは正しかった。今は、法律なんて関係ない、大事なのはハルだけだ、と言ってほしかった。ハルを助けることで、何年にもわたって彼に対しておこなわれてきた不正義を正すことができる、と言ってほしかった。ただひとこと、なにがあってもきみの味方だ、と言ってほしかった。


「ああ、もう」とアルマは言った。「もう、たくさん」グラスの中身を飲み干してからクライルに渡した。頭が少しくらくらした。彼の腕をつかんで自分のほうに向かせた。こんなに近くに立ったのはいつ以来だろう。たったふたりしかいない空っぽの家の中で、十五センチの距離で立つのは。

　ウィスキーがのどを逆流してきそうになった。「わたしは、どんなことでもするつもりよ」とアルマは言った。「聞こえた？」クライルがひるむまで指を彼の腕に食いこませた。

「ああ、聞こえた」とクライルは言った。

「で、あなたは？　あなたはどうするの？」

「今、危機に瀕《ひん》してるのはハルのことだけじゃない」とクライルが言いかけたところで彼女はその場を去った。それがアルマの答だった。

15

金曜の朝、電話が一度だけ鳴ってすぐに切れた。クライルはトーストとカップにはいったコーヒーを持ってテーブルについた。アルマは電話のほうに歩きはじめていた。「いったい、朝の七時にかけてくるって、誰？」すると、同じことがまた起きた。彼女が受話器を取る前に、電話は一度だけ鳴ってすぐに切れた。

「なにこれ？　いたずら電話？」

「かもな」コーヒーのカップを口元まで持ち上げたクライルの手は、少し震えていた。

一度鳴っただけで切れる二回の電話。それは、過去からのシグナルだった。ダイアンが会いたがっている。

おそらく、アルマはスクールバスの運転で家にはいないと思ったのだろう。ダイアンのいちばん下の子供はもうこの秋から大学生になり、学校に通っている子はもういない。だからアルマがクビ——校長の表現を借りれば〝停職〟——になったことをまだ知らないのだろう。普通ならすぐにかけ直す——この合図のときは彼女が家にひとりでいることを意味する——のだが、アルマがいる今はそんなこともできなかった。

週の前半にアハーンの家でダイアンを見かけたときのことを思い出していた。ガンスラムのような小さな町で顔を合わさないことのほうがむずかしい——フットボールの試合や銀行や、たまに顔を出す〈ＯＫ〉など——でも彼女を見かけるたび、自分の犯した罪もろとも世界にのみこまれてしまいたいと思った。

この町に戻ってきたころ、不倫をするなんて考えもしないことだった。自分はそういうタイプの人間ではないと思っていた。でも、はなから不倫をするタイプだと自認している男などいるのだろうか。なかにはダイアンの夫のロニーのように、生涯を誓い合った相手を養っていることへの当然の褒美《ほうび》だと思っている男もいる。足かせと鎖からの束の間の解放、横道にそれた幸せ、と思っている。まるで、結婚そのものが幸せだというのが、異質の概念ででもあるかのように。しかししばらくして、クライルにもわかるようになってきた。流産が繰り返されるうちに、彼とアルマのあいだには沈黙以外なにもなくなっていった。子供が欲しかったのは、なにもアルマだけではない。苦しんだのは彼女だけではない。でもなにより、いちばんの裏切りはダイアンが妊娠したことだった。

もう何年も前、朝の七時に目を真っ赤に泣きはらしたダイアンが納屋のドアを叩いた。クライルは生きた心地がしなかった。まず頭に浮かんだのは、アルマに見られなかったか、ということだった。しかしそのとき、アルマはスクールバスを運転していて家にはいなかった。ダイアンは、妊娠十週か十一週、ひょっとしたら十三週かもしれないと言った。彼女は細いほうではなかったので、裸でもまだ目立たないのだと言う。

「どうしたらいい？」と彼女は訊いた。まるで決断するのは彼の役目だとでも言うように。でも、アルマにそんな仕打ちはできなかった。彼女が流産してきた赤ん坊たち――五回目の流産のことは知らないことになっているが、彼はちゃんと気づいていた。あのときはガンスラムに引っ越してきてから一、二年経っていて、ふたりとも幸せだとクライルは思っていた。でも最後のあの流産で、ふたりは壊れた。かつては楽観的で大胆だったアルマは、意地悪さばかりが目立つようになっていった。それも、他人に対してだけでなく、クライルに対しても。彼のやることなすこと、すべてが気に入らないようだった。その一年後、ダイアンとソファに並んで座っているときのことだった。シカゴの映画館で『暴力脱獄』の列に並んでいるとき、NFLシカゴ・ベアーズのスター選手ディック・バトカスを見かけた思い出話をした。「驚いたよ、まるで一般人みたいに並んでたんだ」ダイアンは、うっとりとした目で話を聞いていた。そうやって、クライルは人生で最大の過ちに向かって一歩を踏みだした。

彼とダイアンは、妊娠のことを数日間考え抜いた。彼女はロニーと自宅にいるときに、クライルはアルマと一緒にいるときに。そして、それがふたりにとっての真実だと彼は悟った。突如、あまりにも当然のことのように、クライルにははっきりとわかった。彼はダイアンと人生をともにしたいとは思わない、と。ダイアンにとって彼は、まちがったことのできない、人生についての答をすべて知り尽くしている男だった。実際には妻を裏切っているのに。ダイアンの前では饒舌で自慢話をする自分が恥ずかしかった。いかにこの不倫のことで心を痛めているか、うなずく彼女の前でべらべらと話す自分が恥ずかしかった。アルマなら、きっとこんなふうに言っただろう——早くその十字架からおりなさいよ、誰かが薪《まき》として使いたがってるわよ、と。ダイアンは、ベッドではいつも同じときに同じようなあえぎ声をあげた。それに比べてアルマは、自分が触ってほしいところにクライルの手を持っていった。少なくとも、まだ夫婦関係のあったころは。

結局、どこで手術を受けるかはダイアンに任せ、費用だけ出した。出産を控えた豚のことでリンカーンまで行かないといけないとアルマには嘘をつき、ダイアンをクリニックまで送っていき、ふたりはコーンハスカー・ホテルに泊まることにした。中絶手術を終えたその夜、キングサイズベッドに兄と妹のように並んで横になった。手を握ってダイアンを慰めることもしなかった。そのとき、すべてが終わったことをクライルは悟った。しばらくして、そのホテルは解体され、新聞に写真が載った。左側の壁のほうが右側よりも先に倒壊し、土煙がもうもうと舞い上がっていた。

クライルは納屋に行き、給餌装置がちゃんと作動していること、水が凍っていないこと、干し草がまだ豊富にあることを確認した。うしろから喘息《ぜんそく》のような呼吸の音と足を引きずるような濡れた音が聞こえた。振り向くと、比較的小さめな豚が胸をひくひくさせながら空咳《からせき》をしていた。また肺炎だ。彼はその豚を使ってない豚房に入れ、速く浅い胸の動きを観察した。鹿の一件があってハルの家の掃除をしてから、一週間が過ぎようとしていた。細長い血のあとが、玄関からキッチンの流しまでと、キャビネットまでの半分まで続いていた。

ハルがしでかしたことの後始末を彼やアルマがしたのは、今回が初めてではなかった。高校時代に他校生を殴って怪我をさせたときも、不本意ながらクライルは告訴しないように相手の両親を説得した。ハルは知的障害者で責任を問うのはむずかしいから、というのが理由だった。そんなことをすべきではないとわかっていながら。ハルが農場で働くようになってから二年、クライルはハルのことを愛するようになっていた。ハルがいい青年だということもあるが、彼がアルマを幸せにしてくれる唯一の存在なことも大きかった。ハルが農場で働くようになってからすぐ、キッチンの中で鼻歌交じりに料理本を見ながら、新しいクッキーのレシピを探しているアルマの姿を見かけるようになった。彼女は、テーブルに新鮮な花を飾るようになった。まるで天国の香りがするかのように、ハルが身を乗りだして花のにおいを嗅ぐからだった。二年目の母の日に、ハルはアルマに鹿の絵を描いてプレゼントした――少なくともハルにとっては鹿だった。本当のお母さんじゃないけどプレゼントしてもいいかな、とハルは言った。彼女は絵をなでながら、涙声で言った。「ええ、もちろんよ、ハル。とっても気に入ったわ」と。

道路を下ったところにあるアハーンのキッチンには明かりがついていた。いつも農場を照らしている屋外の明かりもついていた。おとといの夜ジョーをトラックで送っていったとき、彼は助手席の窓ガラスに頭をもたせかけ、走りはじめてすぐに眠ってしまった。

クライルは農場の仕事を終わらせ、シャワーを浴びるために地下室に向かった。突然アルマがシャワーカーテンを開けた。カーテンを吊っている金具がレールにぶつかって金属音をたて、濡れた体に冷たい風が当たった。「なんでシャワーなんか浴びてるの？」

「町まで行かないといけなくなった」

「なんのため？」

「ダンのところで抗生物質を買う。豚がまた肺炎にかかった」

「昨日買ったばかりじゃないの？」

彼女と目を合わさなくてすむように頭からシャワーを浴びた。「足りなくなった」

「ハルも連れてくの？　今、ちょうど来たわ」

シャンプーの痛みでクライルは片目をつぶった。

「今週の初め、動物病院でちょっと面倒なことになった」あれはまだ火曜？　水曜？　「一緒に家にいてくれるか？」

「ええ、もちろん。仕事に行くわけじゃないから」そう言って彼女はカーテンを閉めた。

クライルは出かける支度をすませ、ハルに仕事を言いつけた――物置小屋の道具をきれいにして片付けるように、と。その十分後、彼は銀行の前の道路に車を停めた。銀行の中では、ダイアンがベヴ・バーンズと話していた。ふたりとも格子柄のスカートをはき、首元に蝶結びのあるブラウスを着ていた。ふたりとも同じように、片方の腕を曲げて拳を腰に当て、もう片方の手にコーヒーカップを持っていた。ベヴは道路のほうを向き、クライルに向けてコーヒーカップを上げた。ダイアンは一瞬クライルと目を合わせてからすぐに反対側を向き、建物の奥へ引っこんだ。日差しの反射で、ほとんど姿は見えなかった。

クライルは車を停めていた大通りから車をバックさ

せ、北に二ブロック行ったところにある飼料店の裏まで行った。むかし、日中にどうしても会わなければならないときに使っていた古い待ち合わせ場所だった。不倫を続けるための段取り――まるでスパイ映画のような綿密な計画や秘密の待ち合わせ――は、いつもクライルを困惑させた。そういったものは、彼が思っていたほどロマンチックなものではなかった。空気中に漂う、甘く埃っぽいコーンミールのようだった。

数分後、助手席側のドアが開いてダイアンが乗りこんできた。格子柄のスカートが膝上まで上がった。

「まだあの暗号を覚えていたのね」と彼女は言った。

「もちろんだよ」

ダイアンはウールのスカートに両手をおいた。「覚えてるか、心配だった」彼女は身を乗りだして彼の頬にキスをした。「久しぶりね」彼女は手を膝に持っていってから両手で自分の腕をさすった。気温は零下五度だった――銀行の電光看板にはそう表示されていた――が、彼女はコートも着ずに抜けだしたらしい。

「ほら」とクライルは言ってコートを脱ごうとしたが、彼女は手を上げてとめた。

「ちょっとだけだから」と言ってダイアンは咳払いをした。「聞いて、クライル。あなたには知らせたほうがいいと思ったの。職業柄、わたしにとってはかなりのリスクなんだけど、あなたならわかってくれると信じてる。だから誰にも言わないでね。昨日、アルマがかなりのお金を引き出したの」

妻が緑色の札束を手にしているところが頭に浮かんだ。「アルマが？」と彼は言い、ダイアンは金額を教えた。

「そのお金でなにをしようとしてるのかはわからない」とダイアンは続けた。「悪いことを想像して、ことを荒立てようなんて気はまったくないの。でも、金額が金額だし。それに、月曜日にもう一度来て、もっと引き出すつもりよ。わたしの経験から言って、大金を銀行から引き出すと、ろくなことにはならない」彼女は、鹿のような大きな目で彼を見つめた――この眼差しに、クライルは最初に惹かれた。でも今は、愛おしさよりも怒りを覚えた。

「おれが知らないとでも思ったのか？　夫に秘密を抱えてる妻ばかりじゃないんだ、ダイアン」

そのひとことでダイアンは動揺した。「あなたの力になりたいだけなの。今は、助けはいらないなんて言ってられる立場じゃないでしょ、クライル？　あの人、あなたに隠れてお金を奪おうとしてるのよ。それに、ハルがなにをしたのかみんな知ってるわ。まだ頼れるうちに、友だちに頼るべきなんじゃないの？」

「つまりそういうことなのか？　ハルは有罪だって言うのか？　きみも、ほかのみんなと同じ考えなのか？」

「あんなに証拠があるんじゃ、そう思わないほうが無理よ」

クライルはハンドルを握っていた手に力を入れた。

「証拠って、どんな？　なにもないじゃないか。家出しただけっていう可能性だってあるんだ」

ダイアンは鼻を鳴らした。あまりにもアルマそっくりだったのでクライルはたじろいだ。「そんなこと、誰も信じちゃいないわ。少なくとも、彼女の両親は」

しばらくのあいだ、ふたりは無言のまま座っていた。空気の中に、ふたりの過去がまだ漂っていた。「さっきはすまなかった。秘密を抱えてる、なんて言って」

ダイアンは手を伸ばし、彼の手をやさしく叩いた。

「あなたは今、大きなプレッシャーを感じてるんだもの。わかるわ」ダイアンはいつもそうだった――彼女はすぐにクライルを許す。その点、アルマはちがった。彼女は死ぬまで根に持つ。流産のことはいったいいつまで引きずっていたのだろう。クライルは、自分なら生涯独身をとおしてもうまくやっていけただろう、と考えるのが好きだった。自分のほうからにぎやかなところに飛びこんでいったりはせず、平日の夜は一杯（か二杯）の酒と『M★A★S★H』の再放送で充分に満足できる。でも、一日じゅう農場の仕事をして、午後の三時とか四時になって豚を相手になにか言うとき――「シッシ」とか「ほら、もうちょっと静かに」とか――静けさの中に響く自分の声がまるで他人の声のようにかすれて聞こえることがあった。そんなときは、愛するパートナーが欲しいとつくづく思った。

不倫をしていたあの一年ほどのあいだ、ダイアンのような女と結婚したほうがよかったのだろうかと考えることがよくあった。かわいらしくて、いつも寄り添ってくれて、単純な女と。でも、今こうやって彼女とトラックの中で座っていると、そんなことを考えていたこと自体がとてもいやで、彼女をまともに見られなかった。こちらがなにを話しても彼女はすぐに同意し、喧嘩してもすぐに気持ちを抑えこむ。そんなのは、一緒に暮らしているとはとても言えない。クライルはアルマのことを思った。燃えるような恨みや、絶対にあとには引かない頑固さを。農場で暮らすようになって初めての年、空に浮かぶ雲で天気が予想できるかで喧嘩になったことがあった。思わず彼は怒鳴った。「きみは、空が青いかどうかでおれに喧嘩を売る気か！」するとアルマは足をとめ、彼のほうを見てまるで燦々《さんさん》と輝く太陽のように笑った。ふたりは笑いころげ、すぐに家に戻って愛し合った。火曜日の真っ昼間に。

「赤ん坊のことを思い出すことはあるか？」とクライルは尋ねた。振り向いたダイアンは困惑して眉を寄せていた。やがてなんのことかがわかり、目を見開いた。「ええ、毎日思い出すし、思い出さない」彼女の言っている意味をクライルは理解した。「ジュリーは今年から大学に行ってるの。知ってるでしょ？」彼はうなずいた。「この前の週末に帰ってきたんだけど、髪の毛を短く切ってたから、ほとんど本人だと気づかなかった。もしあのとき赤ちゃんを産んでいたら、彼女はもう七歳ね」

「彼だったかもしれない」

ダイアンは首を振った。「ううん。あの赤ちゃんは女の子だった。そう思ってる」彼女はそう言って車のドアハンドルに手をおいた。「必要以上にアルマのことは信じないで、クライル。言いたいのはそれだけ。秘密を抱えた女って、危ないのよ」

「妻のことはわかってるよ」とクライルは言い、ダイアンは砂利道にハイヒールを履いた足をおろした。

彼女は振り返って言った。「本当に？」


その日の昼近く、クライルはスキッドステアローダーで濡れた寝わらを取り除き、ハルはきれいになった豚舎に新しい干し草を敷いていた。ハルが突然私道を指差した。「ねえ、ペギーのお母さんが来るよ」リンダ・アハーンが納屋のすぐそこまで来ていた。初冬の冷たい空気で彼女の頰はピンク色に染まり、健康そうに見えた。しかし近づいてくると、彼女の両手は荒れてこわばり、寒さのせいで指がかじかんでいるのが見えた。

「リンダ」とクライルは言って片手を上げた。「中にはいってくれ」そう言いながら家のほうに歩きはじめた。ふたりは対角線上に近づき、玄関ポーチで合流した。

「こんなに寒いとは思わなかった」リンダはウィンドブレーカーしか着ていなかった。キッチンにはいってからチャックをおろすと、その下はTシャツ一枚だった。せめて長袖ならいいんだけど、とクライルは思った。

「春にこの気温なら」とクライルは言った。「みんなショートパンツで外に出るんだけどね」ハルもポーチの壁に寄りかかりながら長靴を脱ぎ、中にはいってきた。

リンダはクライルの言ったことの半分も聞いていな

早川書房の最新刊

1
2023

●表示の価格は税込価格です。
＊価格は変更になる場合があります。
＊発売日は地域によって変わる場合があります。

スティーヴン・キング、ジョー・ヒルをはじめ、ホラー界のレジェンドたちが
激賞する衝撃の英国幻想文学大賞受賞作

ニードレス通りの果ての家

カトリオナ・ウォード／中谷友紀子訳

eb1月

暗い森の家に住む男。過去に囚われた女。レコーダーに吹き込まれた声の主。様々な語りが反響する物語は、秘密が明かされる度にその相貌を変え、恐るべき真相へ至る。巨匠S・キングらが激賞。異常な展開が読者を打ちのめす、英国幻想文学大賞受賞の傑作ホラー

四六判上製　定価3080円[24日発売]

行動経済学の泰斗が、
悪いナッジ＝「スラッジ」を解説

スラッジ

キャス・R・サンスティーン／土方奈美訳

eb1月

ナッジとは、より良い行動を促すことであったが、スラッジとは、理性的な意思決定を妨げるような「悪いナッジ」を表す。ビザの申請や年金給付などの場面で、申請者にとって合理的な選択を阻むものが生じるのはなぜか。スラッジ発生の仕組みと削減について解説

四六判並製　定価2420円[24日発売]

『利己的な遺伝子』『神は妄想である』
著者のイラストつき科学読本。

ドーキンスが語る飛翔全史

カラーページ

1月

生物が何億年にもわたって、また人類が何世紀にもわたって、どのように重力に逆らい、空へ飛び立ってきたのか。史上最大の飛ぶ鳥

かったような笑みを浮かべ、目はハルに向けていた。自分の娘を奪ったと世間から言われている男と同じ部屋にいるのはどんな気持ちなのか、クライルには想像もできなかった。リンダも噂を信じているのだろうか。彼女は、自分がなにを信じているのかわかっていないように見えた。

「パンケーキが食べたい」とハルが言った。クライルは目を閉じた。

「今はだめだ、ハル」

「遅い朝食の時間なのよね？」リンダのひとことで気まずい雰囲気が少しだけ和らいだ。「ジョーも、朝早く食べたあと、遅い朝食もとるの。もちろん今日はちがうけど。まだ寝ているから」

「コーヒーを淹れよう」とクライルは言った。「少しは暖まるよ」回転盆からコーヒー豆の缶を取り、フィルターも取りだした。

リンダはテーブルにつき、両手で肩を上下にさすった。

「リンダ」とクライルは言いはじめた。「なんと言ったらいいか——」そこでハルが割ってはいった。

「のどが渇いた」

「じゃあ、水を飲んできたらどうだ」クライルは思わず声を荒らげ、ハルは目を見開いた。クライルはめったに声を荒らげない。

「ありがとう」とリンダは言った。それが、ハルを注意したことに対してなのか、慰めのことばに対してなのか、クライルにはわからなかった。ハルは立ち上がると蛇口からガラスのコップに水を入れ、半分飲んだ。そしてもうひとつのグラスに水を注ぎ、リンダの前においた。ハルなりの礼儀だった。

彼女はグラスを両手で包んだ。「ありがとう」今度はハルに言い、視線をクライルに戻した。「それを言いにきたの。この前、ジョーを送ってきてくれたお礼を言いに」クライルがコーヒーのカップを彼女の前におくと、リンダは水のグラスから手を離し、熱々のコーヒーを口元まで持っていって息を吹きかけた。「これも、ありがとう」とコーヒーの礼を言った。

「え？」とハルは言った。「ペギーのお父さんがこの前ここに来たの？　なんで？」

「それは」とリンダは答えた。「馬鹿みたいに酔っ払って、ここに来ちゃったの」

「でも、なんで？」

リンダはクライルをちらっと見た。「酔っ払ってたからよ。酔っ払いってそういうもんなの」彼女の手は震えはじめ、コーヒーカップを勢いよくテーブルにおいた。コーヒーが少しこぼれた。もしもアルマがこの場にいたら、すぐにテーブルを拭きたくてがまんするのが大変だっただろう。

リンダは肩をすくめた。「それじゃ、もう行くわ。お礼を言いにきただけだから」

「じゃあ」と言ってクライルは立ち上がった。「車で送っていくよ」

リンダはぽかんとして彼を見つめた。「心配しなくて大丈夫よ」

「どうせ出かけるところだったんだ」とクライルは嘘をついた。彼がトラックで妻を送り届けるのを、ジョーがキッチンの窓から見ているところが想像できた。でも、ここは送っていくべきだと思った。

トラックに乗りこむと、クライルはヒーターの風量を最大にした。しかし、まだ冷たい風しか出てこないことに気づき、風量を下げた。

「夫が押しかけたりして、ごめんなさい」リンダは道路の先にある自宅を見ながら言った。

「彼も苦しんでるんだ」

リンダの鼻の下が少し光っていた。「ほんと、そう」

「リンダ」と言いかけてクライルはことばをとめた。

アハーン家の私道にはいり、砂利道の上でトラックを停めた。「なにか力になれることはあるか？」リンダは首を振った。大勢の人が歩きまわっているキッチンの中で、マイロがテーブルについてひとり〈ルービックキューブ〉で遊んでいた。私道にはキャデラックのほかにアハーンの新しいピックアップトラック――一九八四年型の赤いダッジ・ラム――が停まっていた。ボンネット前部に、雄羊の頭をかたどった金属製の飾りがついていた。今年の夏、クライルがアハーンの家の前を通ったとき、マイロがトラックの前に立ってその銀色の飾りに自分の頭を何度もぶつけているのが見えた。

「もしもわたしが――」リンダは言いかけてやめた。彼女は心が温かい。彼はいつもリンダのことをそう思っていた。クライルは彼女の手を握った。リンダの目はみるみるうちに涙でいっぱいになった。痛かったのではないかと思ってクライルは手をゆるめたが、リンダのほうから強く握り返してきた。「今起きていることが現実だとは、どうしても思えないの。あの子が今にも玄関のドアからはいってきそうな気がして。まるでずっとそこにいたみたいに」

七歳、とダイアンは言った。七歳の子は、なにに夢中になるのだろう。釣り？　人形？　見当もつかない。独り赤ん坊を失って悲しいのはアルマだけではない。独りよがりな考え方かもしれないが、もしかしたらそれが原因で不倫をしたのかもしれない。彼は、アルマと歩むはずだった人生のイメージを思い描いていた。でも、それとはまったくちがう人生になった。自分にも少しくらいの幸せがあってもいいんじゃないか？　でも、妻の犠牲の上にその夢を築こうと考えていた自分が情けなくてしかたなかった。

「本当に残念だ」のどが詰まった。「こんなの不公平だ」

「不公平かどうかは関係ないわ」ふたりは黙ってアハーンの家を見つめた。家の中からあふれてくる温かみのある光からは、なにかが失われたことなど少しも伝わってこなかった。ジョー・アハーンが、なにかに対して頭をのけぞらして笑った。マイロは黙々と〈ルービックキューブ〉で遊んでいた。

「実は」とリンダは言った。「お願いしたいことがあるの」

16

ジョージが地面に飛びおりると、マイロはトラックの座席の上でお尻をすべらせて移動した。

「試合のあいだ、ずっとここにいるから」とミスター・コスタガンは言った。「帰りたくなったらいつでも言ってくれ」そう言うと彼はエドガー・ライス・バローズのペーパーバックを読みはじめた。背表紙には白い筋がいくつもついていた。マイロは人間開発の授業で〝ものの永続性〟――たとえあるものが見えていなくても、そこに存在しているのを認識すること――について学んだ。いつでも外に出れば、雑音だらけのニュースがラジオから聞こえるピックアップトラックの中でミスター・コスタガンが待っていてくれてると思うと、なんだかとても安心できた。

「ありがとう」とマイロは言った。「送ってきてくれて」

「お安いご用だ」

マイロはトラックのドアを閉めると、ジョージに追いつこうと学校の入り口まで急いだ。ジョージはすでに中にはいり、かじかんだ手をこすり合わせていた。

体育館の両開きのドアは、開いたままになるようにゴム製のストッパーで固定されていた。体育館の中は、選手たちの酸っぱい汗のにおいと、後援者たちがひと袋五十セントで売っているポップコーンのにおいが入り交じっていた。マイロは両手をポケットに押しこみ、深く息を吸った。昨日の朝、いつもどおり普通にしていたいと言い張ったことを後悔した。いつもどおりのことなどなにもないのに。ただ、母が同意してくれるかどうか知りたかっただけだった。でも母が同意してくれたことで、現実がマイロを襲った。試合を観にいかなくてはならなくなった。自分の思い描いていたのとはまったくちがうかたちで。こうして体育館の外に立っていると、ペギーの試合を観ていたころのことしか考えられなかった。コートの隅で思いきりバレーボールを叩き、女の子とは思えないような声を出しながらサーブを打っている姿が目に浮かんだ。

スコットに電話していれば一緒に体育館にはいれたはずだったのに、実際に今隣にいるのはジョージだった。でも、単細胞なジョージのおかげで、なにも考えずに彼についていけばいいだけなのも楽かもしれない、とマイロは思った。人が自分のことをどう思っているかとか、自分がどう見えているかとか、ジョージはまったく気にしない。ティーンエージャー版のターザンだ。おれ、したい、おれ、する。

「早くしろよ、のろま」とジョージは言った。「ひと晩じゅうここで突っ立ってる気か？」

「わかったよ」とマイロは言い、振り向いてもう一度駐車場に停まっているクライルのトラックを見た。うしろから白い排気ガスを吐きだしていた。

コート上のプレーで観客が沸き上がるなか、マイロは体育館に一歩はいった。どこに座れば誰の隣になるとか、観覧席の柵にブーツが引っかかってひっくり返ったらみんなから注目を浴びて笑われるだろうとか、マイロが必死になって考えているすきに、ジョージはすたすたと歩いていって最前列に座った。選手たちはコートの中でプレーしている最中で、スコアボードを見ると第二クオーターも残り四分になっていた。高校の選手たちは色あせた安っぽいユニフォームを着ていた。父親たちは古い〈ガンスラム・ブルドッグス〉のトレーナーやTシャツを着て、なかにはポリエステルの試合用ショートパンツが今もさまになっている人もいた。体育館の寒さと激しい運動のせいで、全員の脚の白い肌には赤い斑点が出はじめていた。

マイロが首に巻いていたマフラーを取っていたとき、ケリー・サウンダースがボールを持ってラリー・バークにフェイクを仕掛けた。ミスター・バークは、大人のチームが大敗を喫して恥をかかないための助っ人だ。彼が選ばれるのは三年連続だった――一カ月以上も前に選出され、そのことは〈ガンスラム・パイオニア〉紙でも記事になった――が、ケリーがやすやすと彼をかわしたのを見ると、なんで選ばれたのか不思議だった。

ケリーのレイアップ・シュートが成功し、ボールは父親チームに渡った。ミスター・ピケットは場外に踏みだしたが、そのままミスター・バークにボールを投げた。それをケリーが空中で奪い、一度ドリブルしてからバスケットゴールのほうに向いた。指を大きく開いた手でボールをつかみ、飛び上がった。まるでスローモーションのようにボールは一センチずつ手から離れ、完璧な弧を描いた。彼の体の延長線上にボールは飛び、ジャンプしたときと同じ場所に足は着地した。

太ももの筋肉が一瞬収縮し、そのあとゆるんだ。まるで詩のようだ、とマイロは思った。しかし、ミスター・バークが両手を膝の上におき、頭を垂れて深く息をするのを見て、マイロは顔が火照《ほて》るのを感じた。ボールは、シュッという音とともにネットに吸いこまれた。

「しっかりしろ、ラリー！」観客の誰かが叫んだ。

「おまえの実力を見せてやれ！」

「まだまだやれるはずだろ？」別の誰かが叫び、笑いが起こった。

「かわりに出るか？」とミスター・バークは叫び返し、ヤジを飛ばした人はひるんだ。本当はただのお楽しみの試合のはずだった。でも、ミスター・バークの暗い表情や、ケリーが相手チームの選手の顔に肘打ちをしたこともあって、そんな雰囲気はまるで感じられなかった。

「パーソナル・ファウル！」審判の叫び声に、ケリーはとっさに振り向いた。

「うそだろ！」と彼は言った。「偶然当たっただけだ！」しかし審判は、二回のフリースローのために彼らを並ばせた。ケリーは実際の大会よりもこの試合を真剣に受けとめているらしく、審判の背中に向かって中指を立てたのをマイロは目撃した。審判は〈ピザ・ランチ〉のオーナーで、同じ町の人だった。ただのお楽しみのはずだったのに、空気はまるでちがった。ジョージはそんなことはおかまいなしに、いつもどおりにチアリーダーをはやし立てていた。もちろん、Tシャツとお腹ぱんぱんのジーンズをはいたお母さんチアには目もくれず。去年はミセス・バークもチアリーダーをしていた。ハーフタイムのとき、定番の『アイ・オブ・ザ・タイガー』の音楽に合わせて、彼女もお母さんたちや娘たちと一緒に熱烈に応援していた。激しく踊る彼女の恥ずかしい姿を正視できず、マイロはずっと自分の足元を見ていた。でも今年は、観覧席でミスター・バークの母親の隣に座っていた。フェイクファーの帽子を膝の上におき、いつもはボリューム満点の髪の毛も今日は脂《あぶら》ぎったポニーテールにしていた。今年はチアリーダーとして出ていないことを知って、マイロは安心した。でもそのときペギーも出ていないことを思い出し、〈アディダス〉の靴ひもの穴に意識を集中して泣きださないようにがんばった。

ケリーはコートから走りでてくると、チームメイトからの賞賛の肩叩きを払いのけながらベンチにどかっと座った。そのとき、マイロの隣の席に誰かがすべりこんできて、おかげで反対側に座っているジョージにお尻がぶつかった。見上げるとそれがスコットだとわかり、マイロはほっとした。「ケリーは今、最悪の精神状態なんだ」とスコットは言った。「試合の前、ローラにふられたらしいよ」

マイロは驚いたようなふりをした。ケリーはボーイフレンドにはふさわしくない、とローラが水曜日に言っていたことを思い出した。彼女は、ケリーがペギーになにかしたかもしれないと疑っていた。でも、本当はそうじゃない、とマイロは思った。彼女が疑っているのは、彼がまだペギーのことを好きなんじゃないかということだ。ペギーがいなくなったというのに、どうしてみんなは姉がいたときと同じような心配をしているのだろう。まるで、マイロの世界だけがほかのみんなの世界と切り離されているかのようだった。親友のスコットでさえ、マイロがどんな反応をするのか興味津々《しんしん》で隣に座っている。いったいなにを言えば、スコットは満足するのだろう。

マイロが試合に目を向けると、ミスター・バークの二本目のフリースローがバックボードに当たって跳ね返ったところだった——観客からは不満げな唸り声があがった。金物店のミスター・ピケットがリバウンドを取り、スリーポイント・シュートを投げた。ボールがまだ空中を飛んでいるときに鋭いホイッスルの音が響き、前半の終了を告げた。

人々が体育館からぞろぞろと流れでていき、観覧席を歩く靴音が広い体育館じゅうに響きわたった。マイロもその流れに加わったが、隣を歩くジョージのことを知っている子は誰もいなかった。スコットはいち早く走っていき、ドアまで半分のところまで行っていた。コートを横切りながら、同じクラスのジム・シュナイダーと一緒に体を曲げて大笑いしていた。「やめてくれよ！　そんなの最悪だ！」とスコットが言った。煙草を吸う人たちは外に向かっていた。冷たい風が吹きこんできて、マイロは思わず一歩あとずさりした。まるで亡霊が通りすぎたような感覚がした。それとも、自分が亡霊なのだろうか。手を伸ばせば、友だちの体をそのまま通り抜けてしまいそうな気がした。

「お金ある？」とジョージから訊かれ、マイロはわれに戻った。「ポップコーンが食べたいんだ」

「あるよ」とマイロは言い、ナイロン製の財布をうしろポケットから引きだした。マジックテープをビリビリと剝がしてドル紙幣をジョージに渡した。「ぼくの分も買ってきて」と言いながら、外科医のような慎重さでマジックテープをきちんと貼りあわせた。ここに来たのはまちがいだった、とマイロは思った。こんなに大勢の人に囲まれて、こんなところにはいたくない。彼はコンクリートの壁に寄りかかりながら、この壁に溶けこんで見えなくなればいいのに、と思った。ジョージが戻ってきたらすぐに帰ろう。

肩に誰かの手を感じ、振り向くとバーンズ牧師が立っていた。〈ガンスラム・ブルドッグス〉のトレーナーにジーンズという姿だった。普段着の似合わない人がいるが、彼もそのひとりで、ジーンズには折り目がついていた。もしかすると奥さんがアイロンをかけたのかもしれない。マイロの母も仕事に戻る前は、父の下着にアイロンをかけていた。

「元気かい？」とバーンズ牧師は言った。「お父さんとお母さんは？」

マイロは首を振った。「ミスター・コスタガンに送ってもらった」

バーンズ牧師は眉を上げた。変だと思ったんだろうな、とマイロは推測した。父が疑いをかけてる人の雇い主に送ってもらうなんて。でも、それがガンスラムという町だ。「クライルはどこに？」マイロは駐車場を親指で示した。「バスケは好きじゃないみたい」

「そうらしいね」

バーンズ牧師はごつごつした頭をマイロに近づけた。「なにか情報は？」とやさしい声で訊いた。それ以上説明は不要だった。マイロは首を振った。「きみときみのご家族のために祈ってるよ」

背骨の中に怒りが突き抜けるのをマイロは感じた。同じ町に住む人たちは笑いながらポップコーンをむさぼり、半解けの雪をブーツで踏みつけていた。「あんまり効果はないみたいだけどね」

驚いたような表情でバーンズ牧師はマイロを見おろした。「マイロ、きみが怒ってるのはわかるよ――」

マイロは声を低めた。「ほんとに？」

「ああ、本当だ」穏やかな声で牧師は言った。「お姉さんが行方不明だし、お父さんもお母さんも動揺している。きみが怒るのも、悲しむのも、怖がるのもあたりまえのことだ」

「そのことで、なにかできることがあるって言うの？」マイロは牧師の痩せた胸に、指を突き立てたくてしかたがなかった。指の先がチクチクしたが、なんとかその気持ちを抑えこんだ。生まれてから今まで、大人に対してこんな失礼な話し方をしたことはなかった。「神さまは不思議なことをなさる、とかなんとか言おうと思ってるの？　それとも、なにか壮大な計画があるとか？　ペギーがいなくなったのは、ぼくの堅信礼の日だったのを覚えてる？　いったいそれのどこが神さまの計画なの？」

バーンズ牧師は顎を手でなでた。「堅信礼のためのクラスに通っていたころからのお馴染みの仕草だった。それは真剣に考えている証拠で、けっしてマイロのことをないがしろにしているわけではなかった。バーンズ牧師のトレーナーの袖口のほころびを見て、マイロは目をそらした。なんだか情けなかった——それは自分自身の態度のことなのか、それとも牧師のことなのか、マイロにもわからなかった。「私は、神の計画は信じない」しばらくしてバーンズ牧師は言った。「そういうものじゃないと思う」

「じゃあ、なんだって言うの？」とマイロはきつい調子で訊いた。

「計画というより、導きなんじゃないかな」牧師はかすかに首を振った。マイロが顔を上げると、ミセス・バーンズがポップコーンの袋をふたつ持って歩いてくるのが見えた。彼女は立ち止まって笑顔になると、さりげなく視線をそらした。「神さまの教えは、私たちがどのように振る舞えばいいのか示してくれるのだよ、マイロ。でも、その教えを台なしにする人が大勢いる。その結果は悲劇的なものだ。〝自由意志〟のことは覚えているだろ？」

「うん」それは、ペギーがガンスラムから勝手に出ていくことも、異常者が姉を殺すこともできるという意味だ。いずれにしても、マイロにはどうすることもできない。

　バーンズ牧師はもう一度笑みを浮かべた。やさしくて誠意のこもった笑顔に見えた。「もちろん覚えているよね。クラスのなかでも、きみは優秀な生徒だった。神学校に行ってもいいんじゃないかと本気で思ったくらいだ。きみは賢い少年だ、マイロ。簡単な答をそのまま受け入れない」

　そのことで、マイロはずっとクラスメイトからからかわれてきた。先生のお気に入り、天使のような子、オールAのオタク。でもスポーツは苦手。生まれてからずっと、この馬鹿みたいな町のなかで、彼の賢さは物笑いの種でしかなかった。バスケットバールのコートで、ケリーがミスター・バークの腕を軽々とかわしたのを思い出した。まるで詩みたいだ、とマイロは思った。でも同時に、あれはただの筋肉と骨、腱と臓器でしかなかった。みんな同じ人類だ。犬が犬であるのと同じように。もしかしたらそれだけのことなのかもしれない。

マイロはぽっかりと口を開けていた。それを見てバーンズ牧師があわてて言った。「計画がなにもないわけじゃない」

「うん」とマイロは言った。「わかってます」

「神さまはきみのそばにおられる」とバーンズ牧師は言い、ほつれた袖で顎をこすった。「ひとりじゃないんだよ、マイロ」

「わかってます」とマイロは言い、聖職者である牧師に向かってあやふやな笑みを浮かべた。そして、いとこを探しにいかないと、と言い訳をした。

「大丈夫かい?」

「はい」とマイロは言いながら、心の中に落ち着きが戻ってくるのを感じた。バーンズ牧師はうろたえているように見えた。「はい、大丈夫です。神さまは全部コントロールしてるんですよね」

「まあ、全部、ってわけじゃないと思うけど」

マイロはバーンズ牧師の腕に手をおいた。人に安らぎを与えるすべを熟知している牧師のいつもの仕草を、マイロは無意識に真似ていた。バーンズ牧師の仕事は、高齢者をあの世に送ったり、生まれてきた赤ちゃんを祝福したり、不良少年を神へと導いたりすることだ。マイロが直面しているような事態に対応することではない。「ありがとうございます。ほんとに。役に立ちました」

バーンズ牧師の顔に安堵《あんど》の色が広がった。「それはよかった、マイロ。なにか話したいことがあれば、いつでも電話してくれ。家でも教会でもかまわないから」

「ありがとうございます。電話するかもしれません」とマイロは言ったが、電話することがないのはわかっていた。

ジョージが飛び跳ねながら戻ってきて立ち止まった。

「ポップコーンは?」とマイロが訊くと、ジョージは笑いながらこめかみ近くの髪をつまんだ。

「忘れちゃったかも」

「どこに行ってたの?」

ジョージはマイロを無視した。この前の日曜日に教会で見かけたね、とバーンズ牧師が言った。「神の思《おぼ》し召しを。ペギーが無事でありますように」そして、奥さんと一緒に体育館に戻っていった。観客がまたぞろぞろと中に流れこんでいった。スコアボードのところにいる誰かがホーンを吹き、試合の再開を知らせた。

マイロはジョージを見た。いとこの目はさっきよりなんとなく大きく、暗く見えた。「なんか変だよ」

「おまえはいつも変だけどな」と言ってジョージは笑った。

スコットがリサ・ラスムーセンともうひとり別のクラスの女子と一緒に体育館のドアに向かっていた。マイロのことなどすっかり忘れてしまったようだった。

「行こうか」とマイロはジョージに言い、体育館のドアに向かった。でも、ふと思い直してジョージから一ドル返してもらうと、ドアではなく売店に向かった。

約束どおり、ミスター・コスタガンは駐車場で待っていてくれた。マイロたちが戻ると、本のページの角を折って座席の上においた。「試合、もう終わったのか?」

「ううん、まだ」とマイロは言った。

ジョージはポップコーンを鷲《わし》づかみにして口に押しこんだ。ポップコーンの粒が座席の上に落ちた。「まだハーフタイムなのに。なんでもう帰らなきゃいけないんだよ」

「この中で食べてても大丈夫？」とマイロは訊き、ミスター・コスタガンはかまわないよと言ってくれた。

「はい、これ」と言ってもうひと袋のポップコーンをミスター・コスタガンに渡した。「おじさんの分のポップコーンも買ってきた」

「ありがとう」とミスター・コスタガンは言い、ポップコーンを手のひらに振りだした。「シェアしよう」

彼らはそのまましばらくトラックの中にいた。何人かの喫煙者がドアのそばに集まり、口から煙草の煙と白い息を吐いていた。

「ハルもポップコーンが大好きだ」とミスター・コスタガンはなんの前触れもなく言った。マイロはペギーのことを思い出した。姉も会話の途中で、なんの脈略もなしに突然好きな男子の名前を言いだすことがあった。あるときマイロがサンドイッチにマスタードを塗っていると、ケリーもマスタードが好きなんだよと言ってきたことがあった。ローラは、ペギーが誰かとこっそり会っていると言っていたが、そんな話を姉とした覚えはなかった。ローラの勘ちがいなのか、それともペギーは意図的になにかを隠していたのか。

「ハルが試合に来なかったのは、ペギーのことがあったから？」とマイロは訊いた。校庭でしょっちゅうハルと一緒にいたときのことや、彼がいつも試合に来ていたこと、そして集会のあった水曜日の夜にリー・アールから〝ぼうず〟と呼ばれて戸惑っていたときのことを思い出した。

「家の掃除をしてるんだ。明日、ハルのおふくろさんが来ることになってるから」

トラックが動きはじめ、マイロは歯にはさまったポップコーンを舌で取ろうとしているミスター・コスタガンのほうを向いた。「ハルにお母さんがいるの？」

ミスター・コスタガンは驚いたような顔でマイロを見た。「もちろんいるよ」体育館の外で煙草を吸っていたおばさんのひとりが、トラックに向かって手を振った。銀行のドライブスルーと、家で開かれた週末のパーティで見かけたことのある女の人だった。ミスター・コスタガンは顔をそらした。体が少しこわばったように見えた。女の人は体育館にはいり、ドアが閉まった。

「ハルのお母さんは、今起きてることをどう思ってるの？」

ミスター・コスタガンはシフトレバーを引き、トラックは駐車場を出た。「そうだな。どうなんだろうね」

マイロはさっき、いとも簡単にバーンズ牧師の気持ちを和らげ、安心させることができた。「きっと大丈夫だよ」と彼はミスター・コスタガンに言った。

ミスター・コスタガンは笑った。「きみの言うとおりかもしれないね」ラジオを指差し、ほかの局とかFMとか聴きたいなら替えてもいいよ、と言った。マイロが、今のままでもいいと言うより先に、ジョージはFMとAMの切り換えボタンを押してダイヤルをまわした。今年の夏に流行した『パワー・オブ・ラヴ』が流れはじめた。

ミスター・コスタガンはハンドルを親指で叩きながら、ハイウェイ57にはいった。大丈夫だと本当に信じているように見えた。でも、そう言ったのはぼくであって、神さまじゃない。

い、アルマは鼻を鳴らした。

「たぶん道に迷うわね。ここにはもう三年も来てないんだから」


クライルはハルの家の私道にはいり、へこみのある車庫の前に停めた。彼はキーを握ったまま言った。

「いいかい、アルマ。頼むから失礼な態度はとらないでくれ」

「あら、失礼の基準って最近はどのあたり？」

「ふざけないでくれ。彼女はハルの母親なんだ。力になりたいと思ってるんだよ。おれはそう信じる」

「どんなふうに力になるって言うの？　どこかの施設に入れるの？　イエスさまのもとに連れていくの？　自分の家の奥のほうの部屋に閉じこめて、散歩のときだけ外に連れていくの？」

「いいだろう」クライルは車のドアを開けた。車庫の裏のほうから、ピーナッツバターとジャムの鳴き声が聞こえた。「おれがなにを言おうが、きみはきみの思

17

土曜日の正午にハルの家まで運転するあいだ、ふたりは無言だった。アルマは苦労してきつすぎるストッキングをはいた。補正効果のあるパンティ部分のいちばん上が腹に食いこみ、脚の毛がナイロンで擦れて逆立っていた。土曜日にストッキングをはかないといけないなんて。どうして、男はどんなときにもズボンをはくだけですむのだろう。

「なんであの女が遅れてくるって決めつけてるの？」

重い沈黙を破ってアルマは言った。〝あの女〟とは、もちろんハルの母親のマルタのことだ。ハルの家で一緒に昼食をとる約束になっていた。

「彼女は遠くから運転してくるんだ」とクライルは言

ったとおりにするんだな？」

「当然よ」と彼女は言った。でも本心では、クライルには自分と同じ側に立っていてほしかった。自分の味方でいてほしかった。

いつものようにそのままはいらずに、玄関で呼び鈴を鳴らした。皿拭き用のタオルをズボンの前にはさんで、ハルがすぐに出てきた。「母さんはまだ来てないけど、キッチンのテーブルのところで座ってて。今日の昼ごはんはスパゲッティだよ」

ハルが自分で作れる料理のレパートリーはかぎられていた――スパゲッティ、ミートローフ、ポークチョップ、白身魚のフライ、マカロニ・チーズ。あとは、アルマの手料理が冷凍して保存してある。昼食はたいていアルマが用意したものを食べるが、週末には自分でハム・サンドイッチを作る。彼がひとり暮らしを始めたころ、アルマはメニューを一緒に考え、買わないといけない食料品のリストと予算も考えた。初めのうちの何回かは一緒に買い物に行き、どのくらいの量を買えばいいのかとか、新鮮なピーマンの見分け方とかを教えた。そのとき、彼の母親はいったいどこにいた？

「大好物よ」とアルマは言った。キッチンの中におかれたいくつもの汚れた鍋や、真っ赤なソースが飛び散ったコンロがいやでも目にはいった。漂白剤のにおいがまだ残っていた。前の晩にクライルがマイロをバスケットボールの試合に連れていったあと、アルマはいても立ってもいられずにここまで車で来て掃除を手伝った。マルタがやってきたとき、ハルがひとりではやっていけないなどと言わせる口実は、ひとつも残しておきたくなかったからだ。

「母さんもスパゲッティが好きなんだよ」ハルは思い出を、安物の宝石のようにつかんで離さない。

「なにか手伝う？」とアルマは訊いたが、ハルは必要ないと言った。全部自分でやりたいらしい。

アルマは両手を上げ——そう言われちゃ、しかたないわね——夏からテーブルに掛かっている星条旗柄のビニールのテーブルクロスに目をやった。昨夜このキッチンにいるあいだ、壁などに血液のあとが残っていないかしゃがみこんで念入りに調べた——証拠になるようなものが残っていないか。食品庫の隅にブロンドの髪の毛があるように見えたときには心臓がとまりそうになった。が、よく見るとむかしアルマが〈パミダ〉で買ってきてあげた箒《ほうき》から落ちたワラだった。もうこんなことはやめよう。死体もないし、証拠もない。彼は無実だ。そう信じるしかない。

居間に行くと、コーヒーテーブルの上の〈テレビガイド〉はコースターと直角になるようにおかれ、ソファのクッションはまるで兵隊のようにそろえて並べられていた。次に、寝室をのぞいてみた。念入りにベッドメイクしたようだったが、完璧とは言えず、ベッドカバーのキルトが傾いて床に垂れていた。

アルマは、小麦粉の容器の裏に隠してある現金のことを思った。〈クリスコ〉のショートニングの空き缶にちゃんと入れたつもりだったが、しっかりとふたをしていなかったかもしれない。クライルと一緒に家に帰ったら、キッチンの床の上に見事にばらまかれているなんてことはないだろうか。そんなことにでもなれば、アルマは説明しなければならなくなる。でも、説明が必要なのは、なにも彼女だけではない。金曜の朝、無言電話があってから、彼女はクライルのあとをつけた。案の定、ダイアンが彼のトラックに乗りこむところを目撃した。むかしの合図のことを、まだ気づかずにいるほど馬鹿だと思っているのだろうか。

クライルのトラックが大通りに停まっているのを見つけるのは簡単だった。彼女は飼料店から少し離れたところに車を停めた。まるで自分のほうが隠し事をしているかのように、こそこそ隠れて見ていた。ダイアンはトラックに乗りこむと、身を乗りだしてクライルの頬にキスをした。ひょっとして、あれからずっと関係は続いていたのだろうか。それとも、また始まったばかりなのだろうか。ずっと馬鹿にされていたのかと思うと、疲れ果ててもううんざりだった。古い裏切りを覆い隠すために長年かけて殻を作ってきたのに、今になってクライルはそれを粉々にしてこじ開けようとしている。彼女は深呼吸した。自分のしようとしていることはまちがっていない。

車が砂利を踏む音が聞こえ、錆びたプリムス・ホライゾンがクライルのトラックのうしろに停まった。運転席に座っているハルの母親が、窓を開けて煙草を吸っていた。

「なんか、緊張する」とハルがキッチンで言った。

「最後に会ってから何年くらいになる?」とクライルは訊いた。

「一年か、二年かな?」

「三年よ」とアルマはきつい顔つきで言った。「三年。たった三時間しか離れてないとこに住んでるのに」

「ちょっと前に金物店で会ったよね」とハルは言った。

「覚えてる、クライル?」

「ああ、覚えてるよ」そのときのことはアルマも聞いていた。他人行儀に挨拶を交わし、そのまま別れたのはなんだか変な気がした、とクライルは言っていた。

彼らは、マルタが車から降りてくるのを見ていた。まずは片足をゆっくりと砂利の上におろし、そのあともう片方の足もおろした。アルマが最後に彼女を見てから五年になるはずだが、実際に彼女を目にすると、もっと長く会っていないような気がした。女のなかには歳とともに太ってずんぐりするタイプがいるが、彼女もそのひとりだった。車の座席から抜けでるのにも苦労しているように見えた。マルタは車の中に手を伸ばし、持ち手のところがゴムになっている木製の杖を取りだした。渋い顔を上げてまぶしそうに目を細めると、杖に体重をかけて歩きはじめた。

「しょうがないわね。わたしが迎えにいってくる」アルマはそう言うと、自分も重い体を椅子から持ち上げ、玄関まで行ってドアを開けた。

マルタはしんどそうにもう一歩進んだ。「あら、こんにちは。ハルかと思った」

「彼もいるわ」とアルマは言い、横にずれた。ハルは家の中から恥ずかしそうに手を振った。

マルタは立ち止まり、胸に手を当てた。アルマを見て言った。「いつもびっくりさせられるわ。いつまでもちっちゃな男の子のままでいるような気がして」彼女はハルを見た。「あらまあ、馬みたいに大きくなっちゃって」

「馬じゃないよ」とハルは言い、マルタは笑った。

「馬がしゃべった！」

「ただのたとえ話よ」とアルマはハルに言った。「馬みたいに大きい、っていう」

ハルは苛ついた目でアルマを見た。「そんなの知ってるよ」彼の気分はあっという間に変わる。ハルは身をかがめて母親をハグした。大きな両腕で彼女を包みこむと、ふわふわの髪の毛のてっぺんは彼の胸骨の先端にも届かなかった。「お昼ごはんを作ったんだよ。スパゲッティ。好きでしょ？」

「大好きよ」マルタは家の中にはいり、息子の居間を見まわしながらコートをソファの背に掛けた。「いい部屋ね」と言い、今度はアルマに向かって言った。「きれいに片付けるのを手伝ってるの？」

「とんでもない。ハルはひとりでがんばってるわ」まあ、たいていはそうなので嘘ではない。ただ日曜日だけは、冷凍した料理を持ってくるついでに、トイレ掃除とかシーツの洗濯とかがちゃんとできているのか点検することもあるが。それにもちろん、昨夜は這いつくばって雑巾がけをした。

「とてもいい部屋じゃない、ハル。ほんとに」彼女はキッチンのテーブルのほうを向き、おぼつかない手つきで椅子の背もたれをつかんで座ると、杖を壁に立てかけた。そして、対面式カウンターの開口部から見えるキッチンを指差した。カウンターには二脚のスツールがおかれていて、ハルはいつもそこで朝食をとる。そのスツールは、アルマがハルと一緒に〈パミダ〉に行って買ったものだった。なんでスツールを二脚も買わないといけないのか、ハルは当惑していた。一度に座れるのはひとつだけなのに、と言って。朝食のシリアルを誰かと並んで食べることもハルには想像ができないのだと思うと、アルマは心臓が張り裂けそうになったのを覚えている。

「前に送ったタオル、使ってくれてるのね」とマルタは言った。ハルはいかにそのタオルを気に入っていて、汚れ物を拭くのにどんなに重宝しているかを話した。アルマは目をぐるりとまわしたいのをがまんした。そうやって社交辞令がひととおりすむと、ハルはスパゲッティを鍋に入れ、さらに塩を六回振り入れると鍋の前から離れなかった。

「それで」とクライルは言った。沈黙が続いた。

「それで」とアルマは繰り返し、この三年のあいだのマルタの近況を訊いた。彼女はまず夫の会計の仕事の話から始め、彼が執事をしている教会でボランティア活動にいそしんでいることや、腰の手術後の回復がかんばしくないことなどを話した。「ときどき思うんだけど、医者っていうのは診察時間の長さというより話の長さで料金を決めてるんじゃないのかしらね。治療方法なんてほとんど選べないのに、いろんな方法の話ばかりして。悪い知らせを別の言い方で言ってるだけよ。まあ、わたしは神にゆだねてるけど」と言い、疲れた顔に笑みを浮かべた。

「ゆだねた結果、どうなった?」とアルマは訊いたが、マルタに無視された。

タイマーが鳴り、ハルはスパゲッティをザルにあけて湯を切った。彼らの声は聞こえていないようだった。

「なんだかあの子、疲れてるように見える」とマルタは言い、アルマは姿勢を正した。

「あたりまえじゃない。このアメリカに疲れてない大人なんていると思う？　六時に起きて家事をして、八時には仕事に行くんだから。ほかのみんなと同じように、ハルもそういう毎日を送ってるのよ」

「逮捕についてはまだなにも言ってきてないの？」とマルタは言い、首を振った。「まだ捕まってないのが不思議なくらいよ」

クライルは手を上げてアルマが答えるのをとめた。

「あの娘《こ》はただ行方がわからなくなってるだけだ。それに、ハルがなにかしたという証拠はなんにもない。今言えるのは、おれたちと同じくらいハルは無実だってことだけだ」

マルタはバッグの中から煙草のパックを取りだした。

「本当に？」

「ああ、本当だ」クライルはアルマの肩に手をおいた。体に伝わるその手の重さは、しっかりとして馴染みのあるものだった、同時に過去の記憶のような感覚もあった。ひとつの問題について同じ側に立ったのは、そんなに久しぶりのことなのだろうか。

マルタは自分の手をしばらく見つめてから煙草に火をつけ、椅子の背にもたれた。「あの子の父親のこと、知ってるでしょ？」と彼女は言い、まっすぐに煙を吐きだした。

「それは父親のことでしょ、ハルじゃない」とアルマは言った。

ハルがキッチンの棚から皿を取りだしているのが見えた。マルタは身を乗りだしてアルマたちに顔を近づけた。「わたしが言いたいのは、ウェイン・ブラードの血が流れてる人間には、克服しなくちゃならない遺伝子がある、ってことよ」

ウェイン・ブラードは酒飲みで——ガンスラムではほとんど罪のないことだ——乱暴者だった。ハルがまだスクールバスで通っていたころ、目のまわりに痣を作ってきたり、バックパックを背負うときに痛がったりしたことが何度もあった。あれはたしかアルマとクライルがここに引っ越してきてから何年か経ったころ、五人目の赤ん坊を流産した翌年のことだったと思うが、ウェインは過失致死罪で逮捕された。いつもの加重暴行罪から度がはずれ、酔っているときに夕日が目にはいって別の酔っ払いを車で轢《ひ》き殺してしまった。ただ、飲酒運転の罪が重ならないよう、一度帰宅して酔いをさますという知恵はあった。十六カ月の刑務所入りを言い渡され、十二カ月で出所した。なんと、刑務所にはいったときより出てきてからのほうが人生は好転していた。妻が離婚を申請し、知的障害者の息子を引き取ったのだ。彼は、好きなことを好きなようにできる自由を手に入れた。

ウェインが逮捕された日、スクールバスの送迎の合間に自宅にいたアルマに、マルタから電話がかかってきた。ハルが家に帰る時間に自分は留守にしているかもしれないから、子供たちを送り届けたあとにハルを少しだけ預かってくれないか、と頼まれた。アルマは、それは仕事のうちに含まれないといったんは断わった。すると、引き受けるかどうかはアルマに任せるが、そうしてくれないとハルはひとりきりになる、とマルタは言った。アルマはハルを家に連れて帰り、夕食の時間までカードゲームの〈ゴーフィッシュ〉をして遊んだ。そのあとブラードの家に何度も何度も電話したが、マルタは出なかった。このままの状態が続けば、あとは警察に電話するしかなかった。でも、彼女はそうしなかった。なぜなのか、その答は明白だ。ハルにそんな仕打ちはできなかったからだ。マルタが迎えにきたのは、その翌日、土曜の朝だった。ハルはクライルに借りた短すぎるスウェットパンツをはいていた。

ハルのキッチンのテーブルについているマルタが、煙草を灰皿にトントンと当てた。さいわいなことに、ハルは煙草を吸わない——なんとかその習慣を身につけずにすんだ。家の中に充満する煙草のにおいで、アルマは気分が悪くなった。「クライルがあんたをここに呼んだのは、力になってやってほしいからよ」とアルマは言った。「呼んだのは彼。わたしじゃない。でも、これだけは言える。ハルの力になってほしいから呼んだの。彼は有罪だのなんだのって好き勝手に言わせるためじゃない」

「昨日、新聞記者にも言ったんだけど」まるで今のアルマの話を聞いていなかったようにマルタは続けた。「息子のことは愛してるけど、あの子はあの子だから、ってね」

アルマはクライルを見た。顔が真っ青だった。アルマが町に出かけていて留守のとき、彼も記者からの電話を受けたが、アルマ同様に突っぱねたと言っていた。そのくらいの同意はとれていた。「え？　記者と話したの？」

「金曜に電話をかけてきたのよ。ハルが失踪に関わってて、参考人になってるのを聞きつけたんだって。それで、母親としてどう思うか、って訊いてきたのよ。日曜日に記事が載るとか言ってたわね」

「いったいなにを話したの？」

マルタは椅子の背にもたれ、深く煙草を吸いこんだ。頬にできたくぼみがさらに深くなった。「わたしがどう思ってるか聞きたがったから、正直に答えただけよ。ハルは、わたしよりどちらかというと父親に似てるのよ、むかしから。女の子が行方不明になってることと、どんな関わりがあるのかは知らない。家を出てひとり暮らしをするようになってから、あんまり連絡してこないから。わたしのほうからはできるだけのことはしてるつもりだけどね。だからわたしだって、なんの関係もないと思いたいわよ。でも、ちょっと気になることもあるけど」

「気になるって、なにが？」とアルマは訊いた。マルタが撃ちだしてくるどんな言い訳も撃ち落とす覚悟だった。

「まあ、父親のこともあるわね。それはたしかよ。だってろくでもない男だったから。それに、高校のときの事件も、ね」

アルマは人差し指を立てた。「ハルのせいじゃないことは知ってるはずでしょ」

ハルがキッチンのドアロに立っていた。「なにが誰のせいじゃないって？」

「ほら、あのとき――」とマルタは言いかけた。

「いいの、なんでもないのよ」アルマは無理に笑顔を作って言った。「もう準備できたの？　なにか手伝うことは？」

マルタの言う事件とは、高校での喧嘩のことだった。その当時はまだラリーのガールフレンドだったシェリルが、バスケットボールの試合のあとでウェイン市の高校生のひとりに、チアリーディングのスカートの下に手を入れられそうになったと言ったのだった。ラリーやサムやほかの男子は、その相手に焼きを入れないといけないとハルをけしかけた。そして騒ぎが起こり、喧嘩になりかかったときに最初の一発を繰りだしたのが、あおられて興奮したハルだった。アルマは激怒した。でも、みんなに焚《た》きつけられたわけではないとハルは言い張った。「ハルが自分からやりたがったんだ！」とラリーは言っていたが、ハルに自分がどうしたいかわかるはずはなかった。

数日後、すべてはシェリルの作り話だったことが判明した。が、ときすでに遅し、だった。警察が病院に来て、ハルが二十歳近いこともあって成人として告訴される予定だと言われた。ハルのせいで、相手の高校生は鎖骨を骨折していた。しかしその子の両親がハルの状況を知り、告訴を取り下げた。それが、マルタにとっては決定打になった。彼女は二番目の夫と結婚し、ハルが高校を卒業した年の夏に彼をアルマとクライルに託して息子のもとを去った——ハルはそれまでは週末だけ農場で働き、実父もすでに出所して西部の約束の地へと向かっていた。アルマとクライルは相談の結果、切り詰めればハルをフルタイムで雇えるという結論に達した。

「できたよ」ハルは湯気のたちのぼるスパゲッティの器をテーブルにおいた。すでにソースは混ぜてあった。彼は紙ナプキンとナイフとフォークをそれぞれに配り、自分も席についた。

マルタは目の前の灰皿で煙草の火をもみ消した。

「すごくおいしそう」と母親に言われ、ハルは顔を輝かせた。マルタは自分がお祈りをするあいだみんなにも食事に手をつけさせず、全員のことを祝福した。祈りおえるとハルの手に自分の手を重ねた。「おまえはいつもいい子だったよ。精一杯のことをしたんだよね」

「ありがとう、母さん」

彼女はハルの手を握った。「でも、本当のことを言って、ハル。あの娘《こ》になにかしたの？」

「答えなくていいのよ、ハル」とアルマは忠告した。なにを言いだすか不安だった。

ハルは戸惑った顔で母親を見て、それから視線をクライルとアルマに向けた。「ううん。なにもしてないと思う」

クライルはナプキンをふたつに折り、膝の上においた。「もうそのくらいにしたらどうだ、マルタ」

「どういう意味？」とマルタは言った。「〝と思う〟ってどういうこと？」

「〝どういう意味〟ってどういう意味？」ハルの口が震えはじめた。「おれがなにか悪いことをすると思うの？」アルマはふたりをとめたかったが、凍りついたように動けなかった。

「むかし、したでしょ？」と言ってマルタはハルの手をまた強く握りしめた。「ほら、高校のとき。覚えてない？」

「あれは事故だったんだ！」

「今度もそうだったのかも」

ハルは椅子をうしろに押しのけた。「おれのせいじゃなかった！」と言ってテーブルを見まわした。「信じてくれるよね？　そうでしょ？」

「もちろん信じてるわよ」放心状態からさめたようにアルマは言った。「もちろん」ああ、わたしにはもうこの子しかいない、とアルマは思った。もう何年も前、クライルがダイアンとよりを戻した今は。体のうしろにマカロニで作ったネックレスを隠して持っていたり、三枚足りないトランプカードを持っていたりして、ハルはバスのステップに立って言った。「これ、あげる。これでもう友だちだね」ハルは、アルマにとっての家族だった。

「ハル、もうおまえの手には負えないよ」とマルタは言った。「おまえを見ればわかる。神さまにも警察にも正直にならないといけないよ」

「記者に電話して」とアルマは言った。「話したことはまちがいだったと訂正して。ハルは罪になるようなことはなにもしてないのよ。今この時点では、ランドルフ保安官だって同じことを言うわ」

「そんなことをするつもりはないよ」とマルタは言った。「なにを話すべきかは自分がいちばんよくわかってるんだから」

「記者って？」とハルが訊いた。

「なんでもないよ」とクライルは言った。

「ハル」マルタは息子に言った。「ハニー、母さんの目を見て」ハルは母親のほうを向いた。顎にスパゲッティのソースがつき、目が潤《うる》んでいた。「ハル、ここでひとり暮らしをするのは、おまえには荷が重すぎるんだよ。母さんが、ほかにもっといい方法がないか探してあげる。もっと安全なところを」ひょっとしてマルタは自分と同じ思いなのかもしれない、とアルマは思った。ハルをガンスラムからなるべく遠ざけることで、これから待ち受けているかもしれない厄介ごとから救いたいと思っているのかもしれない。「リンカーンにいいところがあるんだよ。おまえと同じような人たちが暮らしてる地域のセンターが。そこなら安心して暮らしていける」

アルマは両手でテーブルを叩いた。「あんた、自分の息子を施設に閉じこめたいの？」マルタの太い腕にフォークを突き刺したい気持ちを必死の思いでなんとか抑えこんだ。「ハルは厄介者じゃない！」

「施設長にハルのことを話したら、空きがあるって言われただけよ。この子みたいな人間をどう扱えばいいか、よくわかってるんだって」

「おれみたい、って？」とハルは訊いた。

「特別、っていう意味」とマルタは言った。ハルは顔をしかめた。〝特別〟ということばがあまりよくないことを意味しているのは彼にもわかった。

「費用はあんたが払うの？」とアルマは訊いた。「結構な金額になると思うけど」

マルタは顎を上げた。「ユージーンの仕事で少しまとまったお金がはいったのよ」ユージーンというのは、マルタの三番目の夫だ。

クライルはアルマの肩に手をおいた。「マルタ、ちょっと先走りすぎだ。あんたは、この子――いや失礼、彼――を、せっかく築き上げて知り尽くしてる暮らしから引きはがそうとしてる。しかも彼とは一切関係がないかもしれないことを理由にして」

「〝関係ないかもしれない〟」とマルタは言い、煙草の先でクライルを指した。「あんただって疑ってる証拠じゃない」

クライルは立ち上がった。「今日のところは、これ以上の話は期待できないだろう。マルタ、わざわざ来てくれて感謝してるよ。ハルとおれとで玄関まで見送ろう」

マルタは一度だけうなずくと、フォークを皿の上におき、立ち上がりながら火をつけたばかりの煙草を灰皿でもみ消した。

アルマはハルに聞こえないようにマルタのほうに身を乗りだし、小声で言った。「あんたは最低な母親よ」

マルタはシガレットケースの外側のポケットにライターを差しこみ、〈メリット〉のパックをケースにしまって金具を閉じた。「あんたに母親のなにがわかるって言うの?」

アルマはキッチンカウンターの上をスポンジでこすった。スパゲッティのソースがコンロの上の換気扇にも、すでに油まみれのタイマーにも飛び散って乾きはじめていた。鍋の底にもべったりとくっついていた。それをきれいにして、そのあと皿も洗い、拭いてから戸棚にしまうつもりだ。彼女はマルタが送ってきたタオルをくしゃくしゃに丸め、ゴミ箱の中の〈ラグー〉のソース瓶の下に押しこんだ。そのときクライルは、マルタの肘を支えながら車まで送っていっていた。イエス・キリストも涙するくらい、彼は本当にいい人間だ。でもそのときアルマの頭の中に、身を乗りだしてすっかり老けこんだ彼の頰にキスをしているダイアンの姿が浮かんだ。

クライルに手伝ってもらって車に乗りこむと、マルタは息子にここまで出てきてほしいとせがんだ。まるで女王みずから拝謁《はいえつ》を許すと言っているかのように。クライルはハルを家から呼びだした。ハルが車の窓の中に頭を入れると、マルタは彼の両頰を手ではさんで自分に引き寄せ、おでこにキスをした。

マルタの車が走り去ったあと、ハルとクライルは羊たちを見にいった——水飲み用の水槽の浮きが壊れていて、修理が必要だった。クライルがよそ行きのコーデュロイのズボンで膝をつき、浮きを取り上げて息を吹きこんでいるのをアルマは見ていた。羊のジャムがやってきて、彼の肩を鼻先でつついた。クライルは動きをとめて雄羊を掻いてやったが、毛が伸びて厚すぎるため皮膚まで指が届かなかった。アルマにとって驚きだったのは、お互いに秘密を持っていることではなく、その秘密を隠しとおしていたことだった——最後の流産にしろ、不倫にしろ、〈クリスコ〉の缶の中のお金にしろ。秘密を持つことより、それを隠しとおすほうがつらいのかもしれない。

農場に引っ越してきてから間もないある日の午後、彼女とクライルは納屋の干し草置き場で愛し合った。自然にそういう雰囲気になり、とてもロマンチックだったが、転げまわるうちにふたりとも背中を干し草で引っ掻かれてミミズ腫れになった。ロマンチックだったのは、そのせいもあるかもしれない。その夜、彼は赤く腫れた彼女の背中の皮膚を指でなぞった。クライルはそのあと何日も、イノシシのようにキッチンのドア枠に背中をこすりつけて掻いていた。それを見て彼女は涙を流して笑いころげた。ふたりはいつも秘密を持っていた。でも、それはふたりで一緒に抱えていた秘密だった。

しばらくして、アルマがソファに座って〈テレビガイド〉を見ていると、男たちが家の中に戻ってきた。クライルはキッチンの流し台まで行き、肘で蛇口の栓《せん》を上げた。「すっかりくつろいでるようだな」とクライルに言われ、彼女は鼻を鳴らした。〈テレビガイド〉をいったんはコーヒーテーブルの上に放り投げたが、思い直してコースターと並ぶようにまっすぐにおいた。

「くだらないことしか書いてないわ。テレビを見るだけでも無駄なのに、そのうえ番組について読まなくちゃいけないなんて」彼女は立ち上がった。「帰る準備、できた？」

手術を控えた外科医のように、クライルは肘を曲げて両手を上げた。そしてカウンターの上のペーパータオルのロールから三枚切り取り、手を拭いた。「あぁ」

ハルはベルトのバックルをかけながらバスルームから出てきた。「トイレが詰まっちゃった。ごめんなさい」

アルマは胸の前で腕を組んだ。「なんでわたしに謝るの？」

彼はソファに座り、足をコーヒーテーブルに載せた。ブーツに押されて〈テレビガイド〉が端から落ちそうになっていた。「母さんの言ったこと、ほんとかもしれないね。おれは、面倒を見てくれる人がいるとこに行ったほうがいいのかも」

アルマは、アドレナリンと怒りで背骨の中に火が走ったように感じた。「ばかばかしい。あんたはここで充分にやっていけるわ、ハル。なんの心配もいらない。マルタが言ってたのは、トイレの詰まりを直してくれる誰かのことじゃなくて、あんたから独立心を奪う誰かのことなの」もしもハルとふたりでここから逃げだすことになったら、結果的には自分も同じことをするのかもしれない、とふと思った。いいえ、ちがう。そうなったとしても、それはハル自身のため。

「それだけじゃないよ」とハルは言った。

「ほかになにがあるの？」

彼は肩をすくめた。「おれ、自分が馬鹿だってわかんないくらい馬鹿だから」

「あんたは馬鹿なんかじゃない」とアルマは言いかけたが、それは真実ではない。「もしかしたら、そうなのかもしれないけど。でも肝心なのは、自分のことは立派に自分でできる、ってことなの。だから、あの女の言ったくだらないことは忘れなさい」

「あの女は、おれの母さんだよ」とハルはかばうように言った。

アルマはバッグを取り、肩に掛けた。「そんなこと、知ってるわよ。クライル？」そう言って夫のほうを見た。「もう準備できた」

「じゃあ、行こうか」ふたりは玄関に向かった。トラックに乗りこむと、アルマはバスルームに戻っていったハルのことを思った。きっと何度もトイレの水を流しているだろう。やがて水があふれだし、床に汚水が広がる。ひとりで対処できるだろうか。自分がこれからしようとしていることは、全部ハルのためだと信じたかった。でも本当のところは、誰かに必要とされることを望んでいるだけなのだろうか。

「ねえ、やっぱり戻って――」とアルマは言いかけた。

クライルはトラックをバックさせながら、アルマの肩に手をおいた。「ハルはラバーカップを持ってる。自分ひとりでなんとかできるよ」

18

マイロは空気を嗅いだ。煙草のにおいがするような気がした。神経を研ぎ澄まそうと、深夜放送のテレビ番組を消した。やはり、煙草のにおいが空気を汚している。

においをたどっていくと車庫に着いた。そこには、火のついた煙草を持った母が立っていた。地面には吸い殻が三つ落ちていた。母が煙草をやめてから二年になる。

あら、いつの間にこんなものを、とでも言いたげに煙草を持った手を上げると、母は深く煙草を吸った。

「ばれちゃったみたいね。でも、もうどうでもいいわよね、そんなこと」

「そうだね」

煙草を吸って吐くあいだ、母はマイロから目をそらさなかった。「どうして煙草をやめたのか、知ってる？」

「ううん。どうして？」

「病院では煙草のにおいをさせたくなかったの。患者さんにはさんざん煙草はやめなきゃだめよなんて言っておきながら、自分が一日にひと箱も吸ってたんじゃ、まるで偽善者みたいでしょ？」母はそう言うと煙草を地面に落とし、テニスシューズのつま先でもみ消した。そして自分の指のにおいを嗅ぎ、顔をしかめた。「もう、おいしいとも感じない。でも、次から次に火をつけちゃうの」と笑い、手を伸ばしてマイロの髪の毛をくしゃくしゃにした。手が煙草くさかった。「お父さんには内緒よ。癇癪《かんしゃく》を起こすから」父はまだ帰ってきていなかった——九時半ごろにトラックで出かけたが、たぶん〈ＯＫ〉に行ったのだろう。母と秘密を共有していることが、マイロは少しうれしかった。

「訊きたいことがあるんだけど、いい？」マイロは、パックの中からもう一本煙草を出している母に言った。この一週間ずっと気になっていたことだった——ハルが関わっているのではないかと父が思いつくまで、どうして両親はなにごともなかったかのように振る舞っていたのか。「本当に、ただ家出しただけだと思ってたの？」

母は煙草に火をつけながら、煙たそうに片目をつぶった。深く煙草を吸い、しばらくそのまま煙を溜めてから、一気に吐きだした。「いろいろ考えたわ。このガンスラムがあなたとペギーにとって、あまりおもしろいとこじゃないのはわかってた」

驚いた顔でマイロは母を見た。「そうなの？」

母は弱々しく笑った。「お母さんもこの町で育ったのよ。むかし、お母さんはペギーと同じだった。人気者で、学校では優等生で、きれいで——」

「今もきれいだよ」きっとそう言ってほしいのだろうと思ってマイロは言った。

でも、母は顔をゆがめた。「同じじゃないのよ。あのころは、きれいでいることがすべてだった。でも、そうなりたいからというより、そうしないといけない義務みたいなもんだった」

「どういうこと?」

母はビュイックのボンネットにもたれた。「表面的なものしかみんな見てなかったの。男の子からよく誘われたわ。デートのとき、わたしはおしゃべりを楽しみたかった。でも、男子はわたしのセーターの中に手を入れることしか考えてなかった」マイロは体がびくっとした。母は煙草を深く吸った。「あなたももう小さな男の子じゃないでしょ、マイロ。お母さんの言ってること、わかるはずよ」彼はスコットのことを思った。まるでバラバラにしたマネキンの体の部位のように、リサ・ラスムーセンのことをいやらしい目で見ていた。スコットは彼女とじっくり話したことがあるのだろうか。ちゃんとしたつづりで文章も書けないことを知っているのだろうか。でも、たとえ知っていたとしても、スコットは気にしないのかもしれない。

母は煙草をビュイックに当ててコンクリートの床に灰を落とした。「認めたくないけど、お父さんも同じだった。わたしのことを好きになったのは、きれいだったから。一緒にいると自慢できたから。わたしがガンスラムから出ていきたかったことも、大学に行きたかったことも、彼には関係なかった。看護師になるために夜間の学校に行くのを許してくれたのも、六時に家を出る前に夕食をオーブンで温めておくことを約束したから。もちろん、九時に学校から帰ってきたとき、お皿が一枚でも洗ってあったためしなんかなかった」

マイロはこの話をどう解釈したらいいのかわからなかった——母は、むかし父がなにもしてくれなかったことを怒っているのか、それともペギーに関係があることなのか。ぼくがお皿を洗えばよかったの？

母は煙草でマイロを指して言った。「お父さんよりましだったのは誰だと思う？　ランダルおじさんよ。ときどき、結婚相手をまちがったと思うことがある」

マイロはバランスを失いそうになってビュイックのボンネットに手をおいた。「お母さんはランダルおじさんのことが好きなの？」こんなふうに母から話をされるのは変な気持ちだった。なにもわからない馬鹿な子供みたいに扱わないでほしいと常々思っていた。でもいざこのような扱いを受けると、ぼくはまだたったの十二歳なんだと叫びたくなった。

母は笑った。「いいえ、もちろんちがうわ。お母さんが言いたいのは、ペギーはみんなが思ってるほど幸せじゃなかったかもしれない、ってことなの。完璧な暮らしのように見えてたことも、そうじゃなかったかもしれない、ってこと」ジーンズのポケットから煙草のパックを取りだしてから、火のついた煙草をまだ持っていることに気づいたようだった。「〈キャッスル・ファーム〉でのパーティのことも、夜中に家を抜けだしてることも知ってた——わたしはお父さんみたいに騙されやすくないのよ、マイロ——だから最初は、おもしろ半分に家出をしたのかと思ってた、誰か男の子と一緒に。すぐに帰ってくると思ってた。でもあの日、教会であんな嘘をついてしまってからは、お父さんにとっては世間体を守ることのほうが大事になった。たぶん、お母さんもそうだったんだと思う。ただの家出じゃないとしたら、って考えるだけで怖かったの」

母はマイロのほうを向いた。「お母さんは、一生、自分を許すことはできない。もしももっと早く通報してたら、もしももっと真剣に受けとめてたら、今どうなってたか」

頭がくらくらしてマイロは車庫の床に座りこんだ。そうか、お母さんは全部知ってたんだ。雨どいを伝って下におりていたことも、酔っ払って帰ってきていたことも、母は全部知っていた。冷たいコンクリートの床の上で体が震えた。このまま一生、震えはとまらないような気がしていた。

「なにが起きたんだと思う?」とマイロは訊いた。

母は肘の下で手を握りしめて立っていた。もう片方の手の指のあいだにはさんだ煙草は、口のすぐそばにあった。「よくないこと」

母は理想的な家族像を描いて世間を欺《あざむ》いてきた——賢くて明るいふたりの子供たち、酒はそれなりに嗜《たしな》むがなんの心配もない夫、町じゅうがうらやむようなブラウニーを焼く、きれいでウエストのくびれた妻。そんな完璧な家族に悪いことなど起きるはずがない。マイロ自身、そんな勘ちがいをしていた。堅信礼のために覚えた神さまへの誓いのことばを思い出した。それも、朝起きられるように誰もがついている嘘なのだろうか。悪いことなど起きるはずがないと信じている人々は、みんな自分自身をごまかしているのだろうか。

「よくないことって、どんな?」と彼は母に訊いた。

「あなたにも、わかってるんじゃない?」と母は言った。

そう、たしかにマイロにもわかっていた。

次の朝、マイロは自分たちのうしろにいる家族のために、教会のドアを開けておいてあげた。「どう?元気にしてる?」その家族の母親が言った。彼女はこの町のほかの女の人と同じように、正直そうで全体的に少しぽっちゃりしていた。マイロの母は細い——この人と比較してというより、標準から言っても痩せている。もともと小食だったが、スラックスの中にブラウスを入れるのが好きなところを見ても、自分の細い体形が自慢なのだと思っていた。でもペギーがいなくなってからは、ますます丸みがなくなってはかなげで、首の筋はナイフのように尖《とが》っていた。

昨夜マイロはベッドの中で、車庫での母との会話をもう一度思い返した。彼はずっと母のことを、ただの親——果てしない〈マウンテンデュー〉のグラスと自分のあいだに立ちはだかっているだけの存在——でしかないと思っていた。でも今は、思っていた以上に鋭い人だったことに初めて気がついた。母はマイロのこともペギーのこともちゃんと見ていた。そんなふうに自分たちを見守ってくれていた人がいると思うと、泣きたくなった。ようやく眠りについたのは空が白みはじめたころで、今は頭がとても重かった。

また次の家族が教会の入り口までやってきたので、マイロはドアが閉まらないように押さえた。押さえていないと失礼だと思われそうで心配だったが、それと同じくらい玄関ホールの中に冷たい空気がはいりこんでしまうことも心配だった。その家族の父親らしい人がマイロと握手し、もう片方の手でマイロの肩を握った。その人の手のひらは乾いていてタコができていた。人によって握手がこんなにもちがうものなのかとマイロは思った——弱々しい握手もあれば、痛いほど力強い握手もある。毎回、マイロは自分の手をその人に預け、その人たちに合わせて握手した。

「あら」その男の人のうしろにいた誰かが言った。ローラだった。握手した相手がローラの父親だということに、そのとき初めて気がついた。気づかなかったことを謝るべきなのか迷ったが、今ならどんなことも許してもらえると思った。注目を浴びるようなことさえしなければ、なんでも見逃してもらえる。マイロはローラの家族のあとに続いて教会にはいった。マイロの両親は、息子がすぐうしろにいないことにも気づかずに、いつもの席に向かって通路を歩いていた。

「こんな日にあんたを教会に来させるなんて、信じられない」とローラは言った。

「だよね。お姉ちゃんが行方不明だってことで、少しは恩恵にあずかってもいいはずなのにね」と冗談を言うと、ローラは怖いものでも見たかのように顔を引きつらせた。でも、マイロにはそうするしかなかった。自分がふざけて冗談を言えば、みんなはなにも問題なんか起きていないと思いこむかもしれない。彼自身も含めて。ローラはマイロの手をぎゅっと握り、両親のあとに続いて席に座った。礼拝堂のうしろから三分の一ほど行った左側の席だった。

マイロは、まるで彼女を席までエスコートしてきた案内係のように、くるりと向きを変えた。同情するように顔をゆがめて彼と目を合わす人もいれば、すぐに目をそらす人もいた。マイロはスコットを見つけて手を振った。でも、スコットは膝に視線を落としたまま見上げることはなかった。彼の父親は、スコットの肩を抱くように伸ばした腕を椅子の背もたれに載せていた。マイロは、まるで自分が透明人間になったように感じた。透明人間としてのその超人的な能力のおかげで力がこみ上げてきて、彼はそのまま玄関ホールに出た。誰からもブーイングは起こらなかった。

遅れてやってきた家族が急いではいってくるのをマイロは見ていた——機嫌の悪そうな女の人が赤ちゃんを抱き、三歳か四歳くらいの男の子の手を引いていた。その人の夫は財布の中を見ていた。あとで募金用のお盆に載せるお金を確認しているのだろう。礼拝堂の入り口で女の人は赤ちゃんを夫に渡し、スカートのしわを伸ばしてから中にはいっていった。

教会でよく見かける光景だった。教会は、父親が親らしいところを見せられる唯一の場所だ——むずかる赤ちゃんを急いでロビーに連れだしたり、幼児をトイレに連れていったり。一見するとヒーローのような振る舞いだが、マイロにはわかっていた。ただ単に教会から抜けだしたいだけだと。ときどき、何人かのお父さんたちが厨房の前に集まって、無料のドーナッツを盗み食いしていることもあった。本来なら、礼拝が終わるまでは誰も手をつけてはいけないおやつなのに。

しかも、子供たちがテーブルのまわりを走りまわるのを野放しにして。

マイロは厨房のスイングドアを押し開けた。コーヒー粉を入れた大きなコーヒーフィルターが八つ、業務用の二連式コーヒーメーカーの横に準備され、その反対側に十個の白いカラフェがおかれていた。厨房の中央にあるカウンターの上には、シナモンロールやペストリーなどさまざまなパン菓子が盛られた皿や器が並んでいた。マイロはチェリーパイのようなものにかかっていたラップをめくり、真ん中に指をつっこんで端まですべらせると、その指をくわえた。やっぱりチェリーパイだった。酸っぱくて甘かった。

ラップをめくったままにしてロビーに戻ると、バーンズ牧師の抑揚のない声と、信者たちの平板な声に耳を澄ました。ひとりの父親が通路を歩いてきた――ピンク色のワンピースを着た二歳の女の子を抱えたミスター・バークだった。女の子は、下におりたくて足をばたばたさせていた。

「ミスター・バーク」とマイロは言った。

彼は身をかがめて娘を床に降ろした。少女の手首は、袖口のゴムがきつすぎるようで真っ赤になっていた。ミスター・バークが顔を上げると、血の気が引いたように青白かった。「マイロか。見えなかった」

もちろんそうだろうね、ぼくは透明人間だから。昨夜の母との会話を思い出した。ペギーはきれいだけど、そうしたくてしているのではない。義務みたいになっている。母はそんなことを言っていた。マイロは、生まれてからずっと姉の陰に隠れて生きてきた。それでよかったのかもしれない。「アハーンのところの息子の名前はなんて言ったっけ?」いつだったか、金曜の夜に家に来ていた誰かがもうひとりの人に訊いていた。「ミック、だったか?」

ミスター・バークのことは、そういうパーティに来ていたからマイロも知っていた。その人たちのなかでは、ミスター・バークは若いほうだった――二十代後半くらいかな、と思った――でもマイロにとって、二十五歳以上の人はみんな同じに見えた。ハッティという名前の女の子は、なにかを嗅ぎつけたのか、厨房のスイングドアを開けてはいっていった。

「ちょっと……」ミスター・バークは娘のあとを追い、マイロもついていった。

「そのパイ、おいしいよ」マイロは味見をしたパイを指差した。指をつっこんだところがショベルカーで掘ったように削れ、赤い中身がのぞいていた。

「ほんとだ、うまそうだね」とミスター・バークは言ったが、マイロが台なしにしたことについては触れなかった。「なあ」と彼は言いかけたが口を閉じ、クッキーの皿に手を伸ばしているハッティに目を向けていた。

「なに？」

「おれは、ただ」ミスター・バークはまた言いよどんだ。「お姉さんのこと、聞いたよ。気の毒に思ってる」

マイロはうなずいた。みんな、どう言えばいいのかわからなくて困っている。それを責めることはできない。ぼくだって困っているんだから。でも、今はこの特別な力を身につけたおかげで、気にしなくてもいいとわかった。みんな、自分たちがどう反応すればいいのかばかりに気を取られ、マイロの反応には関心すらない。ミスター・バークは、〝きっと無事だよ〟という嘘っぱちを付け加えなかった。「大丈夫だよ」とマイロは言った。

ミスター・バークはマイロの目から視線をそらさなかった。尋常ではないその見つめ方に、マイロは心がざわついた。

「大丈夫じゃない」みるみるうちに、ミスター・バークの目に涙があふれた。「全然大丈夫なんかじゃない」

その瞬間、マイロは思い出した。数カ月前、家で開かれていたパーティにミスター・バークが来ていたこと、そしてその同じ夜、土曜日なのにめずらしくペギーが家にいたことを。マイロは、なんで週末なのに出かけないのかと姉に訊いた。するとペギーはこう答えた——友だちはみんなお子ちゃまで、そんな子たちと一緒にいてもつまらない、と。もうひとつ変だなと思ったことがあった。家にいるのになぜかアイラインをひいていたのだ。マイロがそれを指摘すると、うるさい、と怒られた。あの夜はスコットも泊まりにきていた。スコットの両親はお酒を飲まないのでパーティに来ないが、スコットだけ泊まりにくることがよくあった。

　スコットとマイロがキッチンにいたときだった。ふたりは、マイロの母親が仕事に復帰してから買うようになった〈ドリトス〉の袋が開いていたので、それをこっそり盗み食いしていた。階段のほうから、ペギーのいちゃついているような笑い声が聞こえてきた——学校の広場にいるときとか、電話をしているときとか、フットボールの試合で男子から話しかけられたときとかによく聞く笑い方だった。どうせ電話をかけているんだろうと思い、マイロとスコットは隅からのぞいた。でも、そこにいたのはミスター・バークだった。彼はペギーのうしろ髪を持ち上げていた。ペギーは顎を片方の肩のほうに引いて、彼を上目遣いで見ていた。

「やっぱり、真っ赤になってるよ。ほら」そう言うと、彼はペギーの首に息を吹きかけた。「どう？　少しはよくなった？」

「おい見ろよ。なんてラッキーなやつなんだ」スコットは小声で言うと、片手いっぱいの〈ドリトス〉を砕きながら口に押しこんだ。するとスコットのみすぼらしい犬が、まるで〝よし！〟と言われたかのようにおこぼれを食べに駆け寄ってきた。

　犬が〈ドリトス〉をはぐはぐと食べるのを聞いて、ペギーは顔を輝かせた。「なんてかわいいの！」犬のモーリーには百回以上も会っていたし、それまではあまり関心も示さなかったくせに。姉はしゃがみこんで犬の首を掻いた。「ねえラリー、見てよこの子」「ほんと、かわいいな」と言いながら、ミスター・バークの視線が姉のお尻に向けられたのをマイロは見逃さなかった。

あのときマイロが驚いたのは、ペギーがモーリーを押しのけなかったことだった――姉は犬アレルギーなだけでなく、犬そのものが好きではない。だからアハーン家では犬を飼っていなかった。それに、両手が鮮やかなオレンジ色の〈ドリトス〉の粉でまみれているスコットを見ても、ネアンデルタール人呼ばわりしなかったことも驚きだった。でも今は、別のことに衝撃を受けていた――ミスター・バークが姉の首に息を吹きかけていたこと、姉のお尻をずっと見ていたこと、姉が彼のことを〝ラリー〟と呼んでいたこと。

ミスター・バークは幼い娘の背中をぽんぽんと叩きながら、マイロと目を合わさないようにしていた。急に部屋の空気の分子構造が変わり、温度が下がったようにマイロには思えた。胃が冷たくなった。「あなたとペギー」マイロのことばにミスター・バークは振り返った。彼は娘を抱きかかえ、少女は父親の襟を両手で握っていた。「ふたりは友だちだったんだね」

以前もこんなことがあった。教会の礼拝堂でマイロはペギーの隣に座り、その前の列にミスター・バークの家族が座っていた。ペギーはバッグの金属製の金具をわざと大きな音をたてて開けると、口紅を取り出してキャップを取った。唇に口紅を塗り、色を馴染ませるために上下の唇をこすり合わせた。そして最後に大きなパンという音をたてて口を開けた。まるで銃声を聞いたようにミスター・バークは体をびくっとさせた。マイロの母が身を乗りだしてペギーの腕をつかんだ。いい加減にしなさい、という無言の合図だった。

今、教会の厨房の中で、ミスター・バークの顔は青ざめていた。「ああ、きみとおれが友だちみたいにね。おれは、みんなの家の子供たちと友だちなんだ。特にきみたちとはほとんど毎週のように会ってるからね」でも、実際はそうではないことをマイロはわかっていた。たしかにミスター・バークの名前は知っていたが、パーティの夜に家で見かける影のような大人のひとりでしかなかった。そういう大人はマイロにとっては姿の見えない透明人間のようなもので、マイロ自身も大人たちから見れば透明だった。でも、ミスター・バークにはペギーの姿が見えていた。ふだんなら週末には家にいないペギーが、なぜか最近は家にいた。アイメイクをして。しかも、誰かほかの人の家でパーティがあるときにも、その家に行っていた。母には、小さい子たちのベビーシッターをすると言って――無私無欲な奉仕として。ああ、なんで今まで気づかなかったのだろう。なんで、そういう一連のことを結びつけて考えられなかったのだろう。

「きみが考えてるようなことじゃないんだ、マイロ。ちょっと飛躍のしすぎじゃないか？」マイロはそうは思わなかった。ローラは、ペギーが誰かと付き合っていると言っていた。ひょっとして、それがミスター・バークだったのだろうか。二十代後半で、まだ太りはじめていなくて、みんなからはロバート・レッドフォードに似てハンサムだと言われている、この人が？

「ぼく、そろそろ中に戻らないと。お母さんたちが探しにくるかも」

「なあ、聞いてくれ」ミスター・バークはマイロのアーガイル・セーターの肩をつかもうと手を伸ばしたが、マイロはそれをかわした。

「礼拝をさぼるとお母さんに怒られるから」

「マイロ――」呼びとめられてもかまわずにマイロは踵《きびす》を返し、礼拝堂の入り口に向かって急ぎ足で歩いていった。玄関ホールを通ったとき、大きな両開きのガラスのドア越しに、駐車場でアイドリングしているパトロールカーが見えた。ペック・ランドルフ保安官が運転席に座り、車のうしろから排気ガスが吐きでていた。ここでなにをしてるんだろう。マイロがドアを開けると、そのとたんに凍りつくような衝撃的な空気が襲ってきた。保安官は顔を上げると、なにかひとこと言った――罵《ののし》りことばのようだった。彼はエンジンを切り、車から出てきた。

保安官が近づいてきて、マイロの腕に鳥肌が立った。「さあ、中にはいろう」彼はマイロの背中に手をおき、誰もいないロビーに一緒にはいった。ミスター・バークはどこに行ったんだろう。

「見つけたの？」とマイロは保安官に尋ねた。

「ご両親に話があるんだ、マイロ」

「見つけたんだね、そうなんでしょ？」讃美歌が始まった。どの讃美歌なのかわかるように、陰気な音をひとつひとつ聞き分けようとした。でも、そんなことをしてなんの意味がある？　頭が風船のように大きく膨らんでいるような気がした。

「ご両親は中に？」と保安官は訊いた。

「うん。ぼくが行って呼んでこようか？」マイロは、亡霊のようにこそこそと通路を歩いていく自分を想像した。誰も、そこに彼がいることにも気がつかないだろう。人々が感じるのは、通りすぎたときのかすかな空気の揺れだけ。

「いや、このまま待とう」大勢の信者たちを見て保安官は言った。「どのみち、大騒ぎになる」と彼はつぶやいた。

マイロは、礼拝のあとのおやつとコーヒーのために、テーブルや椅子が並べられている集会室に目をやった。ランドルフ保安官がどの教会に行っているのかはわからなかったが、少なくともこのルーテル教会ではないことだけはわかっていた。そうでなければ、前にもここで見かけていたはずだ。いつもの制服姿ではなく、ほかの男の人たちと同じように体に合わないよそ行きの服を着て。ひょっとしたら、どこの教会にも行っていない可能性だってある。誰もがみんな日曜日に早起きして神を崇拝するわけではない。なかには神を信じない人もいるだろうし、信じない理由のある人もいるかもしれない。

教会の厨房には三人の女の人が来ていた。ひとりはトーニャ・ゲイリー、ミスター・ゲイリーの奥さんだったが、あとのふたりはおばあさんだった。礼拝が終わる前にコーヒーの準備をするために抜けだしてきたらしい——コーヒーカップやクリームを用意したり、みんなが持ち寄ってきたケーキをきっちり五センチ角に切り分けて、それをきれいに紙皿に並べたりしていた。ミセス・ゲイリーはバターナイフの先を親指と人差し指ではさんでクリームを拭い取り、その指を口に入れた。「あら？　シェリルはどこ？」と彼女は言った。「今週はコーヒー当番だったはずだけど」

マイロはバスケットボールの試合会場で、バーンズ牧師と話したときのことを思い出した。あのときは、牧師の腕に手をおくだけで慰めてあげることができた。マイロの顔が青ざめた。ぼくは神さまを信じてない。これっぽっちも、信じてない。この悟《さと》りは、あまりにも突然で残酷だった。同時に、マイロは別のことも悟った。このふたつの事実は、マイロの中では永遠につながって記憶されるだろう。

「死んでたんでしょ？　そうなんでしょ？」とマイロは言った。保安官が振り向いた。「大丈夫だよ。もうわかってたから」

「残念だよ、マイロ」

そうやって、マイロが抱いていた恐れがすべて現実になった。「どこで見つけたの？」

「まずはご両親に話さないといけないんだ、マイロ。手続き上、そうしないといけないんだ。それに、それが一般的な良識だし。きみだって、こんな話は他人から聞きたくないだろ？」

「あなたは他人なんかじゃないよ」

「まあ、そうかもな」

マイロはランドルフ保安官を正面から見て言った。

「ぼく、神さまを信じてない」それを口に出したことで、マイロは本当に久しぶりに自分の中に力を感じた。と同時に、涙があふれだした。

「信じることと信じないことは」と保安官は言い、マイロを引き寄せて抱きしめた。「同じコインの表と裏なんだ」

19

早朝、アルマは新しく積もった雪を踏んで私道の端まで行き、郵便受けから〈オマハ・ワールド・ヘラルド〉紙を取りだした。日曜版は薪のように分厚かった。湿気から守るためにビニール袋にくるまれた新聞を胸に抱えて家まで戻ると、クライルはテーブルにおかれたふたつのコーヒーカップを前に待っていた。新聞は自分が取りにいくと彼は言ったが、アルマのほうから新鮮な空気が吸いたいと言って取りにいった。テーブルでただ待っているのは耐えられなかった。

その記事は第一面を飾っていた。「母親、過去のトラブルを語る」という見出しとともに、キッチンのテーブルで片方の手に煙草を持ち、もう片方の手に高校のフットボール選手だったハルの写真を持ったマルタ・ブラードの写真が載っていた。どうして新聞社は、高校時代の笑っているハルの写真を使わなかったのだろうか。フットボールの写真では、コーチは荒っぽい試合を要求し、笑顔を見せるなと選手に言っていた。ほかの選手と一緒の写真では、ハルはみんなと同じように見えた。しかしひとりだけの写真では、相手にダメージを与える気満々の喧嘩腰の男にしか見えない。

マルタの供述とは別に、ラリー・バークがハルの友人のひとりとして、ウェイン市の高校生に怪我を負わせたことを語っていた。しかも、その時点でハルが法的には成人だったことも省《はぶ》くことなく。その事件が、ラリーを嫉妬《しっと》させるためにシェリルが仕組んだ作り話だったということに関しては、まったく触れていなかった。もちろん、彼らがハルをけしかけたことも。

アルマはクライルの肩越しに立ち、記事を一緒に読んだ。マルタはハルの父親の過去についても語っていた――過失致死罪で一九七五年に刑務所送りになり、一九七八年に脅迫暴行罪で再び投獄されたことも。「遺伝子の中に組みこまれているのよ」と記事は彼女の発言を引用していた。「それに、知的障害があるし。わたしにはどうすることもできなかった」

彼女の話はハルの少年時代――「いつも少しおかしかった」――にも及ぶ。さらには中学、高校のころに息子の感情の高ぶりを抑えるのがいかに大変だったか、結果的にはハルがいろんな手を使って人生から母親を閉めだしたことなどを語った。でも、信仰のおかげで彼女は苦労を乗り切ることができた。彼女は自分自身を、遺伝と運命と社会の犠牲者だと主張し、最後はこう締めくくっていた。「息子がその女の子になにかをしたのかどうかはわからない。でも、していたとしても、わたしは驚かない。この世には、驚くことはもうなにもないから」

もちろん、フリーモント湖でのことについてはひとことも語っていない――彼女が湖畔で泥酔しているあいだに、なにもわからない二歳の息子がひとりで湖にはいって溺《おぼ》れたことも、救助隊に救いだされて湖畔に戻ってきたときに子供のせいにして責任逃れをしたことも、どこにも書かれていない。アルマにとって、せっかく母親になれたのにそれを台なしにすることほど、怒りを覚えることはなかった。

「きみが正しかった」とクライルは言った。「やっぱり彼女に電話すべきじゃなかった。これで満足か？」

アルマにしてはめずらしく譲歩して言った。「どっちみちあの女は話したでしょ。わたしたちにどうこうできることじゃなかったわ。少なくとも、直接ハルと顔を合わせて話すことはできたんだし」そう言うと、第一面をくしゃくしゃに丸めてゴミ箱の奥に押しこんだ。

クライルは、金属すら溶かしそうなやさしい表情で彼女を見た――自分を許してくれたことに感謝しているようだった。「ハルに電話してみたら？　ちょっとドライブにでも行こう」日曜日には車で出かけるのが習慣になっていた――あてどもなく一時間くらい道を走り、ラジオをつけてそれぞれ物思いにふける。ハルが一緒に来るかはいつも五分五分で、二日酔いかどうかにかかっていた。でも、クライルの言うとおりだ。ハルが新聞を見る前に連れだしたほうがいいだろう。新聞の第一面に自分の写真が載っているのを見て当惑する前に。

クライルがシャワーを浴びているあいだ、アルマはゴミ箱から新聞を取りだし、ジーンズの太ももに当てて平らに広げた。指先が新聞のインクで黒く染まった。彼女は食品庫を見つめた――〈クリスコ〉の缶に入れて小麦粉の容器の裏に隠してある五千ドル。そして、ついさっきクライルが見せたやさしい表情を思った。この三日ほど、夜はほとんど眠れていない。お金を引き出したからといって、必ず使うわけじゃないしと自分に言い聞かせた。彼女は頭の中で、ふたつの考えのあいだを行ったり来たりしていた――ひとりで出発するハルのあとを、ベガに荷物を詰めこんで追いかけていくことと、お金を〈クリスコ〉の缶に入れたままにすること。今日は日曜日だから銀行が閉まっている。今日は結論を出せない。

ハイウェイ57をハリントンまで南下し、さまざまなトラックやセダンでいっぱいのトリニティ・ルーテル教会の駐車場で車の方向を変え、家へと引き返した。ハルは後部座席に乗っていた。まわりの景色は、不毛な野原と収穫後のトウモロコシの茎が突きでている雪原ばかりだった。農場の私道へと曲がったとき、家の前に角張った青い車が停まっていることにアルマは気づいた。リー・アールの車だ。

クライルは青いシボレー・カプリスの隣に車を停め、エンジンを切った。「さあ、着いたぞ」

リー・アールはエンジンをかけたまま、運転席に座っていた。ヒーターは全開だろう、とアルマは思った。まるで『マイアミ・バイス』に出てくる人みたいだね、とマイロが彼に放った皮肉を思い出した。きっと寒さには弱いんだろうと決めつけて、アルマはひとりほくそ笑《え》んだ。しかし彼が実際に住んでいるのはオマハで、冬のつらさと惨《みじ》めさはガンスラムと大差ない。

運転席から降りてきたリー・アールは、膝下までの丈の長いキャメル色のウールコートを着ていた。紺か黒以外の服を着る男は見苦しい。アルマも車から降りてドアを勢いよく閉め、なにも言わなかった。

「ミセス・コスタガン」とアールは言い、想像上の帽子を脱ぐ仕草をした。「家に招待していただけますか？」

「だいたいの問題は、いつだってそこから始まるもんじゃない？　招待されないと家の中にははいれないというのは本当なの？」

「私は吸血鬼じゃありませんよ」

「あら、そう？　てっきりそうかと思った」

「遺体が見つかりました」澄んだ空気の中に彼の声が大きく響いた。アルマもクライルもハルも、みんな足をとめてリー・アールのほうを向いた。アルマは、ハルの顔を見たいという衝動をなんとか抑えこんだ。アールの視線はハルに釘付けされていた。

「それは残念だ」とクライルは言った。

「みんなそう思ってますよ」とアールは言った。「おまえはどうなんだ、ハル？　残念だと思うのか？」

「遺体って？」とハルは言い、アルマはたじろいだ。

「ペギー・アハーンのだよ」

ハルは息を吐き、そこで息をとめた。なにかを必死に考えているようだった。「え？　遺体、ってどういう意味？　ペギーが死んだの？」

「ああ、そうだ」とアールは言った。

クライルはポーチまで行き、玄関のドアを開けた。

「とりあえず中に。アルマ、コーヒーを頼む」

アルマはスカーフを取り、コートを壁のフックに掛けた。三日前に五千ドルを掛けた同じフックだった。そのお金は、吸血鬼に対抗するための十字架だ、と彼女は思った。リー・アールのコートを掛けてあげようという素振りは見せなかった。彼は自分のコートを椅子の背もたれに掛けた。アルマがコーヒーの支度をするあいだ、男たちはテーブルについた。アールのブーツの雪が解けて木の床に広がった。

「で？」とクライルは言った。「なにがあった？」

アールは、オニールからそれほど離れていないハイウェイ20沿いでペギーが見つかったことを話した。「まあ、ここにいる誰もが知ってのとおり、ハルと仲間たちがキャンプしたヴァレンタインまで行く途中の場所です」土曜日の午後、鹿狩り用の見張りスタンドを立てにハンターたちが道路から数百メートル奥にはいったところで、ペギーの遺体は見つかった。「警察もどの郡に連絡すればいいのかわからず、時間がかかったそうです。でも、今朝の新聞の記事が決め手になった。おまえもあの記事は読んだのか、ハル？　記事の中では、おまえが関わったのかどうかいろいろ書かれていた。でも遺体が見つかったからには、なにもかも事情は変わってくる」

　アルマの中では怒りの炎が燃え上がっていたが、なんとか平静を装った。彼女が取り乱すところを見て、この男が満足するのだけは見たくなかった。これまでの人生で、彼女はリー・アールのような男を相手にしてきた――自分がまちがっているかもしれないなどと考えたこともなく、いつもすべてのことをわかり尽くしている気になっている男ども。彼女がクライルを愛したのは、彼がそういう部類の男ではなかったからだ。アルマは咳払いをして、夜のテレビ番組でよく聞く馬鹿げた質問をした。「それで、死因は？」

「車に撥《は》ねられたらしい」とリーは言い、意味ありげにハルを見た。「あるいは、トラックに。ある程度のスピードで走っていれば、人間にぶつかったらかなり車体がへこむ。車庫にぶつかったのと同じくらいに」彼はポケットに手を入れた。「ここに許可証がある。トラックを調べるための許可証だ」

　アルマは、月曜日の朝のハルのトラックを思い出した。ぴかぴかに光っていた。なんでハルはトラックを洗ったのだろう。彼女は首を振った。「その許可証って、なんの許可なの？　トラックだけ？　ハルを連れていけるような許可はあるの？」

「今はまだない。でも言っておくが、時間の問題だ。オマハにはチームがいて、私が持ちこんだものをすぐ検査できる態勢ができている。もしもトラックから一滴でも人間の血液が検出されれば、ハルは即刻逮捕だ」

「じゃあ、早く持っていきなさいよ」とアルマは言った。「いくらでもサンプルを持っていけばいいわ。でも今は、わたしの家からすぐに出ていって」

アールはゆっくりと立ち上がり、キャメルのコートを取る前に背中を伸ばした。まるでゴールデン・レトリバーの着ぐるみみたいな馬鹿げた姿だった。「もう採取した。タグ付けしてトランクにはいっている。ここに来たのは、礼儀としてなにが起きているのかを知らせるためだ」

アルマは鼻を鳴らした。「こっちの礼儀は、あんたの尻にブーツのあとをつけずに帰らせてあげることよ」

クライルは手を上げた——結婚してから何度、彼は手を上げて彼女を制止しただろうか。落ち着くんだ、アルマ。騒ぎを大きくしたらだめだ、アルマ——でも今回は、彼はその手でドアノブを握ってドアを開け、リー・アールがポーチに出るやいなや閉めた。

リー・アールは車へ戻るまでに雪に埋もれた枕木につまずいた。その姿にアルマは大喜びした。しかし彼はバランスを取り戻し、車に乗りこんだ。青い車が私道の半分まで行って見えなくなるまで、彼女はハルとクライルに背を向けていた。

沈黙を破ったのはハルだった。「ねえ、許可証ってなんのこと？」

クライルはコーヒーカップをテーブルにおいた。「おまえのトラックを調べることができる、っていう意味だよ。なにか見つけられるか調べるんだ」

「あの人、なにが見つかると思ってるの？」

クライルはまるで聖人のように辛抱強く説明した。ペギーを殺したのが誰なのかを調べるのがリー・アールの仕事なのだと。「それとおれのトラックと、なんの関係があるの？」ハルは心配そうにクライルを見た。「トラックのへこみのことも調べるの？」

アルマの心臓の鼓動が速くなった。

「なんでそんなことを訊くんだい、ハル？」とクライルは言った。

「べつに。ただ訊いただけ。車庫にぶつけた、って言ったでしょ？　ほんとだよ。今まで百回も車庫にぶつけたんだから」

　アルマの脳裏に、ハルが嘘をつきつづけられることがまた浮かんだ。「ねえ、ハル。あの夜にぶつけたの？　ペギーがいなくなった夜に？」

　ハルの顔がくしゃくしゃになった。こんなに正直に顔に出るなんて。刑務所に入れられたら絶対に生き延びられない。アルマは痛感した。「わかんない。たぶん？」

「もし土曜日に車庫にぶつけたんじゃないなら、トラックのあのへこみはどうしたんだ、ハル？」とクライルは訊いた。「ハル、本当のことを言ってくれ」

　ハルは膝のうしろで椅子を押して立ち上がった。

「本当だってば！」

「もうやめて！　それで充分よ！」とアルマは言い、階段を指差した。「ハル、少し横になりなさい。お昼寝して、またあとで話せばいいでしょ？　興奮しすぎるとよくないから、今はこのくらいでやめておきましょう」彼の口から出てくるかもしれないことばを、アルマは聞きたくなかった。ハルが事故を起こした可能性もあるかもしれないと彼女は疑っていた。でもそれ以上に、もっと恐ろしいことを言いだしそうで怖かった。

　ハルはがくんと頭を落としたが、彼女の言うとおりにした――〝スクールバス運転手の声〟のおかげかもしれない。

　二階の寝室のドアが閉まる音が聞こえると、クライルはキッチンの流し台にいるアルマのところまで来て、うしろから彼女を抱きしめた。あまりにも予想外で、あまりにも久しぶりの愛情表現に、アルマはたじろいだ。

「ごめん――」と彼女が言いかけると、クライルはあとずさりして両手を上げた。

「そういえば、外の仕事がまだ残ってたんだった」と彼は言った。「農場は眠らない」彼女から逃げたいときに彼がいつも言う台詞だった。彼女と同じ家の中にいないですむための言い訳だった。

「ねえ、クライル、わたし――」彼女が言葉に詰まると、彼は立ち止まった。正直者そのものの顔だった。そんな人に、今さらなにが言える？　〝尻込みしちゃったの、ごめんなさい〟？　〝食品庫の中にお金があるの、だから一緒に逃げて〟？　それとも、〝愛してる〟？　そんなことばは久しく言ったことがなかったので、考えただけでも馬鹿げているように思えた。

クライルは首を振りながら地下室への階段に向かった。「さ、仕事だ」

アルマは、下へとおりていく空虚な足音を聞いていた。やがて静かに閉まるドアの音が聞こえた。

自分たちにもう子供は望めないと覚悟したとき、アルマとクライルは三つ目の寝室を彼女の裁縫用の部屋に改装した。まだふたりが飲み仲間の一員だったころ、自宅で金曜夜のパーティを開くたび、裁縫用の部屋を持てるアルマがいかに幸運かを奥さん連中ははやし立てた。ジュディ・クレイヴンスはミシンをクローゼットの中の引き出しの上においているので、ミシンを使うときには膝を横に曲げないといけなかった。そうね、とアルマは言った。わたしって、本当にラッキーよね、と。

クライルがキッチンの電話に出たとき、アルマは裁縫部屋の中にいた。縫いかけのキルトのブロックをミシンに残し、ドアから頭を出して廊下をのぞいた。クライルの声が聞こえた。「折り返してくれてありがとう、ハーブ。手数をかけたね」弁護士が話すあいだ、彼は黙った。「そう。残念ながら、そうなんだ。昨日見つけたらしい」

アルマは〈シンガー〉のミシンの隣におかれた内線

電話の受話器を取って耳に当て、送話口を手で覆った。ハーブは〈ワールド・ヘラルド〉紙の記事のことを話していた。「いずれにしろ、あんまり好意的な内容じゃなかったな」と彼は続けた。「残念だよ」

「ああ、おれもそう思う」とクライルは言った。

「ジェレーンからも聞いてると思うが」とハーブは言った。「こういったことは私の専門外だ。でも、これだけは言える。ひどい母親がなにを言おうが、それだけで人を逮捕できるもんじゃない。ほかになにか証拠は？」

クライルは簡単に概要を説明した――ハルがペギーに好意を寄せていたこと、鹿狩り旅行から予定より早く帰ってきたこと、その夜は〈OK〉で正体をなくすほど泥酔したこと、トラックに残っていた鹿の血のあとのこと、トラックのフロントグリルのへこみやそれと合致するような車庫のへこみのこと。「それに」クライルは言いかけてことばをとめた。

「それに、なんだ？」少し間があいた。「クライル、なんでもいいから全部話してくれ。私が彼の弁護人を引き受けるとは言えないが、より詳しく知れば、いちばん適した弁護士を紹介できる。うまく同情を引きだせる弁護士とか、鮫《さめ》のようなやり手の弁護士とか」アルマは舌を噛んだ。

「実は、ハルはなにかを隠してるような気がするんだ」

「彼を侮辱《ぶじょく》するつもりはないんだが、クライル、ハルに隠蔽《いんぺい》工作をするような知恵はあるのか？」アルマは、何年か前に庭でドーナッツターンをしたときに彼がついた嘘のことや、むかしウェイン市の高校生をボコボコにしたときのことを思い出した。その子は三日間病院に入院した。そのうちの一日は意識不明だった。殴りつけているときの目撃者が何人もいたのに、殴ったのは自分ではないとハルは嘘をつきとおそうとした。もちろん、そのときの首謀者はハルではなかったが、暴行の激しさにアルマは不安を感じた。病院で、怪我をした子の母親はハルのことをモンスターだと叫んだ。そのときアルマは、バッグを握りしめて黙って椅子に座っていたが、クライルは何度も深々と謝罪した。なんであのとき、クライルのようにハルのことをかばえなかったのだろう。

「クライル？」とハーブは呼びかけた。

アルマは可能なかぎり息をとめていたが、たまらずに一気に言った。「鮫よ、ハーブ。鮫のようなやり手の弁護士が必要よ」

「わかった」電話の向こうでハーブがうなずいているのが見えるような気がした。「その線で動いてみよう。〝鮫〟を探しておく。念のために」

アルマは受話器をおき、キッチンに行った。クライルはいつもの椅子に座り、頭を抱えていた。「おれも同じことを言おうとしてた。電話を盗み聞きする必要なんてなかったのに」

「ほんと？」

「おれは、正しいと思ったことをする。それだけだよ、アルマ」

「それは結構なことだわね。でも、わたしはハルを守りたいの」

ことばが口から出るより先に彼は首を左右に振っていた。「やめてくれ。それじゃまるで、おれがハルを守りたいと思ってないみたいじゃないか。おれだって、できるかぎりのことをするつもりだ」

彼女は、クライルのトラックの中で、身を乗りだして彼にキスしているダイアンのことを思った。あれからまだ何日も経っていない。「心配しないで。あなたは、欲しいものを手に入れるためならどんなことでもするって知ってるから」

彼はいぶかしげに目を細めた。「それ、どういう意味だ？」

この際、全部ぶちまけてしまおうと思った――あなたのたとダイアンのこと知ってるのよ、と。でも、大きくて強いアルマ、歯に衣着せないアルマ、とみんなから思われている彼女は、どうしても言いだすことができなかった。なんでこれまで声に出して言わなかったのだろう。どうしてわたしたちふたりは、秘密の中の秘密を、今まで守り抜いてきたのだろう。それは、心の深いところで、全部吐きだしてしまったらクライルを失うかもしれないと恐れていたからだ。たとえそうなったとしても、彼を責めることができないとわかっていたから。

居心地の悪い空気がそのまましばらく垂れこめた。ずっとむかし、クライルから言われたことばを思い出した――きみはなにかを抱えこんでいる、おれには計り知れないなにかを。まるで超能力かなにかのようだ、と。もしかしたら、もうその超能力しか残っていないのかもしれない。

結局、彼女はその場を取りつくろった。「ハルのために最善を尽くさないといけない、っていう意味よ。ハルのことをいちばんに考えないと」

「きみがそう言うなら」とクライルは言い、ラジオを切った。ドアのところでスリッパを脱ぎ、豚舎用のコートをはおってから長靴を履いた。

まあ、いいわ、とアルマは思った。そして大きく息を吸った。クライルはハーブから電話がかかってくるのを何日か待ち、新しい弁護士が連絡してくるのをさらに何日か待つ。でもそのときまでに、どんな状況になっているかは誰にもわからない。リー・アールがトラックから採取したサンプルに血液反応が出て人間のものと判定されたら? ペック・ランドルフがハルの逮捕状を持ってここに来たら? アルマには、秘密と、固い決心と、五千ドルがある。もしクライルの望みがダイアンなら、そうすればいい。

アルマは暖かいキッチンの中から、クライルが雪を踏みしめながら納屋に向かって歩いていくのを眺めていた。納屋に着いたら、彼は腰をおろしてすぐにラジオをつけるのだろう。そこにひとりきりでいるほうが、妻と同じ部屋にいるより孤独を感じないですむから。

クライルが夜の作業をするために家を出ると、アルマはお金をバッグに入れてハルの家までベガを走らせた。ハルは夕方になる前に農場を出て家に帰っていた。彼女が着いたとき、彼はピーナッツバターとジャムの小屋の外にいて、ドライバーを手に水飲み場の修理に悪戦苦闘していた。

「まだ直らないの？」車から降りながら彼女は訊いた。

「うん。クライルが新しい浮きをくれたんだけど、うまく動かないんだ。しかたないから、今はボウルかなにかに水を汲んでおくよ」その場にボウルが現われるとでも思っているかのように、彼は左右を見た。「中から持ってこないと」彼はドアのすぐ外で長靴を脱ぎ、靴下のままキッチンまで行った。アルマは彼のあとについていった。ハルは大きな〈タッパーウェア〉を見つけた。いつだったか、お菓子を詰めこんでアルマが持たせたものだった。「アルマ、なにしにきたの？」蛇口からの水を〈タッパーウェア〉に入れながらハルは訊いた。

「ペギーのことで話があるの」

彼は振り向いて肩越しにアルマを見た。水が容器の縁に当たって手にかかった。「信じられないよ」

「わたしもよ、ハル」

「おれじゃ――」とハルは言いかけたが、アルマは手を上げて彼を制した。

「今はなにも聞きたくない」実際に起きたことを把握するという段階を飛び越えて、アルマはすでに問題解決の段階にはいっていた。むかし、パンプスを履いて仕事に行っていたころに担当していた人たちのことを思った。彼らは薬物に溺れ、子供を虐待し、考えるだけでぞっとするようなことをしてきた。彼女のオフィスで泣くそういう人たちに、アルマは言った——それは過去の話であって、今は今なのよ、と。それは今も変わらないが、ここからどこに向かえばいいのだろう。あのころの彼女は、担当した人たちの人生を数学の問題のように実利的にしかとらえていなかった。

「行って」とアルマはハルに言った。「早くその水を外に持っていって。話はそれから」

数分後、ズボンのお尻で手を拭きながらハルが戻ってきた。彼は、ソファに座っている彼女の隣に腰をおろし、リモコンに手を伸ばした。アルマは彼の手に自分の手を重ねた。

「話をしましょう」

「なんの?」

「よく聞いて、ハル。今、まわりで起きていることを、あんたがちゃんと理解しているのかわたしにはわからない。でも、ほかの人たちはあんたがペギーの死に関わってると思ってるの」彼は口を開きかけたが、アルマはまた彼を制した。「みんなは、事故だと思ってない。でも、わたしはあんたのことをよく知ってる。だから、わざと人を傷つけるようなことをしないのもわかってる」——それは本当? 彼女はその考えを頭から追いだした。今はそんなことはどうでもいい——

「でも、ほかの人たちはあんたのことをよくは知らない。だから、わかるでしょ?」

「わかる、ってなにが?」

「ハル、クライルとわたしがどんなにあんたを愛しているか、わかってるでしょ? でも——」

ハルは、驚いたように開けた口を手で覆った。

「なに?」とアルマは尋ねた。

「そんなこと、今まで言われたことなかった」アルマは不思議そうに彼を見つめた。

頭の中で必死に記憶をたどった——クリスマスの朝、バスの中での日々、彼がひとり暮らしを始めた最初の夜に感じた誇らしさ。もちろん口に出して言っていたはず。「そんなことないわ、ハル。知ってる――」

ハルは頭を左右に激しく振った。「ううん。一度も。今まで、一度も言われたことないよ」

まさか。うそでしょ？　マカロニのネックレスをくれたときは？　彼女の誕生日にケーキを焼いてくれて、9×13インチの耐熱皿いっぱいのまる焦げのかたまりを出してくれたときは？　いつもの火曜日、寒い外から帰ってきたハルに甘いコーヒーを渡してあげたときは？　涙でのどが熱くなった。「ああ、でも、ハル、本当なの。本当なのよ」でも、声に出してもう一度言えなかった。「わかってほしいのよ、ハル。あんたの友だちは、わたしたちだけなの。わたしたちだけが、あんたの家族なの」彼女はふとことばをとめた。クライルもそう思っているのか、それともダイアンと一緒に新しい家族を作ろうとしているのか、アルマにもわからなかった。彼女のふたりの娘たち――しし鼻で、大学に通うほど大きく育っていて、脳になんの障害も負っていない娘たち――を養子にするのかもしれない。

アルマはハルの手を握った。「わたしのためにしてほしいことがあるの――できる、ハル？」彼はできると言い、彼女はお金のこと――五千ドルしかないけど、それでなんとかするしかない――や、なるべく遠くまで運転していってほしいことを話した。ああ、神よ。彼女はまたひとり赤ちゃんを失おうとしていた。今度は自分のほうから突き放して。

「でもおれ、どこにも行きたくないよ」彼女はハルを抱きしめた。胸に彼の分厚い肩が当たった。

アルマは少し身を引き、彼の顔を真正面から見つめた。もちろん、彼がなにもしていない可能性はある。でもそんな思いを彼女は無理やり追いやった。今は、希望を抱くより行動しなければならない。

「わたしを信じて、ハル。こうするしかないの」

20

マイロは助手席に座り、膝の上で〈ルービックキューブ〉をずっといじっていた。車窓の外にはなにもない平原が広がっていたが、ヘッドライトに照らされたほんの端のほうしか見えなかった。こんなに早く暗くなるなんて信じられない――まだ五時半を少しすぎたばかりなのに――とサリーおばさんは話していた。一日ごとにどんどん日暮れが早まっている気がする、と。まあ、そうだね、とマイロは思った。地球の自転とかいろいろあるし。彼の母は口数の多いほうではなかった。だからサリーおばさんのおしゃべりには、少しうんざりしていた。それがマイロを思ってのことだとわかってはいても。

彼らは足りなくなった食料品を買いにガンスラムに向かっていた。でも、マイロは言い訳を聞くとすぐにわかる。サリーおばさんは、悲しみにあふれた静けさの中で、閉所恐怖症になっているだけだ、とマイロは思った。おばさんは車に乗りこむと、すぐにラジオをつけた。音量は控えめだったが、ジョージの好きな『トップ40』だった。彼女はジョージを後部座席に座らせた。ジョージも特に文句は言わなかった。今まで、助手席という優先席に座らせてもらったことがあるだろうか。いや、なかった。その権利は、姉の死を代償にして手にはいった。

ペギーの遺体――チャンドラーの小説に出てくる〝死体〟ではなく、ペギーの遺体だ、と自分に言い聞かせた――が発見されたという知らせを受けてからというものマイロは今の状況に対するブラックジョークばかり考えていた。助手席《ショットガン》の代償は姉の死。これで、大きい寝室を取り戻すことができる。これからは食後のデザートがいっぱい食べられる。マイロはこういうことを、自分を罰するために考えていた。悪いことを考えて生じる、内臓がねじれるような不快感を味わいたかった。自分で自覚しているのと同じくらい、自分がひどい人間だという証明が欲しかった。

ジョージとサリーおばさんと一緒に車で町まで行くあいだ、現時点で把握できている姉の死の陰惨な状況について考えていた――オニールに近い野原で見つかったこと、側溝のそばで車に撥ねられたらしいこと、野原まで引きずられて雪で覆い隠されていたこと。発見したのはどこかのハンターの犬だった。姉は車に撥ねられ、そして――ここが重要なポイントだ――轢かれた。それが致命傷になったらしいよ、とジョージは言っていた。ペギーの頭は、ブドウのようにつぶされていた。ただ、〝頭〟と〝ブドウ〟という表現を使ったのはマイロだ。ああ、イエスさま。でも、このこととイエス・キリストはなんの関係がある？　イエスなんかクソ食らえだ、とマイロは思った。でもそんなひどいことを思っても、マイロは火だるまにはならなかった。イエスなんかいない証拠だ。もうマイロには必要ないのだから、かまわなかった。全部わかっていた。

サリーおばさんはキャデラックの大きなハンドルを左に切り、大通りにはいった。学校の校庭の雪かきされたハーフコートで、高校生三人がバスケットボールをしていた。おばさんはスピードを落とし、道路の角で車を停めた。「さあ、わたしが買い物をしてくるあいだ、あんたたちはちょっと息抜きでもしてきたら？」

マイロは振り返って後部座席を見た。この提案に対してのジョージの熱量は、マイロとまったく同じに見えた。高校生は中学生のガキとバスケットボールはしない。まして顔見知りでもないでこぼこコンビとは。「ほら、行ってらっしゃいよ」なにがなんでも追いだす気らしい。「お店が閉まるまであと十五分しかないの。だから金魚のフンみたいにうしろからついてこられても困るのよ。ほら、行った、行った」もしかしたら、マイロがサリーおばさんにうんざりしているのと同じように、おばさんもマイロたちにはうんざりなのかもしれない。そう思うと少しほっとした。

彼もジョージもしかたなくドアを開けて車から降り、ドアを閉めた。ほんの少しだけタイミングがずれていた。

「で、どうする？」母親の運転するキャデラックが、ほとんど音が聞こえないくらい静かに走り去るのを見ながら、ジョージは言った。

「知るかってんだ、クソ」とマイロは言ってみた。ジョージは笑いだした。

「だよな」ジョージは繰り返した。「知るかってんだ、クソ」

マイロはバスケットボールのコートの前にある金網のフェンスまで行き、網に指をかけた。金属の冷たさが肌を突き刺した。ペギーが校庭のトラックを走るのを見ながらハルがしていたように、マイロは体を低くしてぶら下がった。どんな高校生も観衆に見られることが大好きなのを、マイロは知っていた。たとえそれが馬鹿そうなガキふたりだとしても。案の定、ひとりがフェイントをかけて相手をかわし、見せつけるようにレイアップ・シュートを決めた。

彼の友だちがリバウンドを取り、空いているほうの手を上げてハイタッチした。シュートを決めた高校生がマイロとジョージのほうをちらっと見た。「おい」と彼は言って立ち止まった。「おまえ、ペギーの弟だろ」

マイロは落胆した。もはやこの町には、彼のことを知らない人間はいないらしい。以前から町の半分の人には知られていた――お年寄りは町の人全員を知っている。でも、高校生やスポーツ選手たちにはほとんど知られていなかった。以前なら、廊下ですれちがってもマイロなんかと目を合わす必要もないと思っていたようなタイプの高校生たちが、今はマイロとジョージのほうに歩いてきていた。そのなかのいちばん背の高いニキビ面《づら》の高校生は、ボールを見もせずにドリブルをしていた。どうすればあんなドリブルができるのだろう。

「聞いたよ。かわいそうにな」ともっとニキビだらけの背の高い高校生が言った。彼はフットボールとバスケットボールのチームの選手で、マイロも見覚えがあった。「ほんと、最悪だよ」

三人目の高校生が馬鹿笑いしながら、ドリブルをしていたニキビ面からボールを奪い、強めにドリブルしながら言った。「なんて言い方だ。〝最悪だ〟なんて。あいつの姉ちゃんはぶっ殺されたんだぞ」

「そっちこそ、そんな言い方するな」とニキビ面が言った。「まったく。少しは品位を見せろ」

「は？　殺したのはおれじゃないぜ」ニキビ面も、それからもっとニキビがひどいほうも、ボールを奪った薄茶色の髪——ペギーの一学年上のダリル・クラーセン——のことがあまり好きではないらしい。それはマイロにもわかった。小さな町では、誰とでもその場でチームを組んでバスケットボールをする。つづりとか文法にうるさいぼくのことを、ダリルはなんて呼ぶんだろう、とマイロは思った。おかま野郎？　ホモ？

今は、どっちでもよかった。

「わざわざクソッタレみたいにする必要もないのに」とマイロはダリルに言った。ジョージは呆気《あっけ》にとられたような顔でマイロを見た。その表情は、〝とうとう男の世界へ踏みこんだな、マイロ〟と言っていた。

「今、おれのことをなんて言った？」近づきながらダリルは言った。

「クソッタレ」マイロは明るく元気な声で言った。

「最低なクソッタレ」

ダリルは金網にボールを思いきり投げつけた。ボールはすぐさま跳ね返され、思わずマイロはびくっとしてしまった。それが余計にマイロに火をつけた。

「なに？」とマイロは言った。「今のはクソッタレのすることじゃないの？　もうこうなったら、馬鹿で最低なクソッタレだね。しかも、怖がってるクソッタレだ。ぼくにボールを投げつけるだけ？　一人前の男として闘うんじゃなくて？」

ジョージは引きつった笑顔で言った。「大きく出たな」ダリルはすでにコートの端まで走ってきていた。ニキビ面がすぐそのあとを追い、マイロまであと三メートルというところでダリルの上着の縁をつかんで引きとめた。

「やめとけ」とニキビ面は言った。「姉貴を亡くしたばかりなんだから」

「そうだよ」とマイロは言った。「少しは品位を見せろ」

「おまえが殺されればよかったんだ」とダリルは言い、地面に唾を吐いた。「少なくとも、おまえの姉ちゃんにはなにかしらの価値はあったからな」

そのことばは、心臓の鼓動とともに血管という血管を通ってマイロの全身に広がった。ほんとにそうだ、とマイロは思った。そのとおりだ。ぼくが死ぬべきだったんだ。ダリルは向きを変え、コートに戻ろうとした。それをマイロは追いかけて彼の背中に飛び乗り、顔とおぼしき場所を激しく引っ掻きはじめた。

「おい！」とダリルは叫んだ。「なにするんだ！」彼はつんのめって倒れた。マイロは馬乗りになって両拳でダリルの背中を殴った。もうぼくのことは放っといてくれ。ダリルは体を転がして足場を固め、クルミほどの大きさのクラスリングをはめた手でマイロの頬と鼻を殴りつけた。痛みはすさまじかった。まるで彗星《すいせい》のような高潔で輝かしい痛みが、目の奥で炸裂《さくれつ》した。

「やったぜい！」とジョージが叫ぶのが聞こえた。きっとぼくが殴られたからだろうとマイロは思った。それを合図に、無我夢中でまた腕を振りまわしはじめた。何発かに一発は肩か素肌みたいな肉に当たったが、あとはただ空《くう》を切るだけだった。目を開けたかったが、片目は真っ赤な風船のように膨らみつつあった。同じところをダリルにまた殴られ、また彗星が炸裂した。

「おい、よせよ」と高校生のひとりが言った。「もうやめろって」

マイロは腕を振りまわしつづけたが、ふいに上に乗っていた重みが軽くなり、そしてなくなった。片目を開けると、ほかのふたりがダリルの肩と肘をつかんで引きはがし、うしろに体をひねっているのが見えた。

「かかって来いよ」とマイロは言った。「そのまま逃げるつもりか？」

ダリルは分厚い白い〈アディダス〉でマイロを蹴り、ニキビ面が彼をぐいと引っぱった。「よせって」

「よせって」とマイロは口真似をした。ダリルは急に振り向くと、マイロの頭を蹴ろうと足を振りまわした。

マイロはたじろぐどころか、鬼気迫る笑みを浮かべた。歯は血だらけだろうか。

「これ以上やっても意味ないよ」とニキビ面はダリルに言い、マイロをにらんだ。まるで、〝おまえを助けようとしてるのがわからないのか？〟と言っているような目だった。「ピザでも食いにいこうぜ」彼と彼の友だちはダリルを引っぱって歩道を歩いていった。ダリルは、まだ闘いたいという素振りを見せていたが、そのうちボールをドリブルしはじめ、三人の高校生たちは角を曲がって見えなくなった。

「じゃあ、またな」マイロは歌うような調子で叫んだ。「会いたくはないけどな！」

ジョージは腹を抱えて笑いだした。「いや、まいった。クソ驚いたよ」彼は足を広げ、手を差しだしてマイロを助け起こした。「いったいどこから来たんだい、坊や？」

マイロは自分の顔を触った。皮膚は柔らかかった。

指輪で切れた右目の上を恐る恐る触ると、血でべとべとしていた。「どんなふうに見える？」

「最悪」ジョージは笑った。「挽肉みたい」

家に帰って両親と顔を合わせることを思うと、マイロは気が重かった。今は自分なんかの心配をさせてる場合じゃないのに、と思った。でももしかしたら、だからこそこんなことをしたのかもしれない。

サリーおばさんのキャデラックが大通りを走ってきて、彼らの前の駐車スペースに停まった。おばさんがヘッドライトを明るくしたため、マイロはまぶしくて目を片手で覆った。

「どうしたの、それ！」彼女はドアをバタンと閉めた。「マイロ・アハーン、いったいなにをしたの？」

「こいつが自分でやったんじゃないよ」とジョージは言った。「高校生三人を相手にしたんだ」彼の誇張にマイロは笑った。

「ジョージ！」と言って息子を見た。「まさかあんたの仕業じゃないでしょうね！」

「おれはなにもやってないよ！」まるで忠誠の誓いを暗唱するように胸に手を当てた。

「まったく、もう」とつぶやいてからまたマイロのほうを向き、さっきよりも大きな声で言った。「マイロ、大丈夫なの？」

「ちゃんと聞こえてるよ」とマイロは言い、ジョージは笑った。

「黙ってなさい」と彼女は息子に言い、マイロを助手席まで連れていった。「あなたのお父さんたちはきっと怒り狂うわ。ちょっとのあいだだけでも家から出してあげたかっただけなのに」彼女はマイロを助手席に座らせるとドアを閉め、急いで運転席にまわった。

マイロは冷たい窓ガラスに頭をもたせかけた。なめらかな氷の板のようだった。サリーおばさんはマイロの膝の上に腕を伸ばし、グローブボックスを開けた。

「はい、これ」と言って紙ナプキンを渡した。マイロは頭を上げて受け取った。

「あら、大変」おばさんの視線の先に目を向けると、ガラスに血がついていた。彼女はもう一枚ナプキンを渡した。「はい、これ。そこ、拭いてくれる？　この車に血なんかつけたら、ランダルに殺されるわ」おばさんは息をのみ、口に手を当てた。「ああ、マイロ。ごめんなさい。変なこと言っちゃって」

家に着くと、マイロは買ってきたものを後部座席に残したまま家にはいった。運んでくるのはジョージに任せた。サリーおばさんは、さっきの失言を後悔して泣いたが、マイロは気の毒だとは思わなかった。ダリルの蹴りをかわしたように、おばさんの涙もかわした。自分をひるませるものは、もはやなにもないような気さえしていた。マイロがキッチンにはいると、母親とアリスおばあちゃんはキッチンのテーブルに座っていた。天井灯のまぶしさに目を細めると、右目のまわりの皮膚が引きつって痛かった。「マイロ！」と母が叫んで椅子から飛び上がった。「なにがあったの？」

本当のことを話そうと思ったが、車の中でジョージがした作り話のことを思い出した――どこからともなく現われた三人の高校生に、一方的に殴られた。どう考えてもおかしい。いったい誰がそんな話を信じる？　でも驚いたことに、サリーおばさんは信じた。人がそう信じたいと思うことを信じさせるのは、それほど簡単なのだ。

ジョージはまた同じことを話し、サリーおばさんまで加わって壮絶な部分を語った。子供たちを町に連れだしたのは純粋な気持ちからだった、と自分に非がないことを強調した。マイロの母は冷凍庫からグリーンピースの袋を取りだし、マイロの顔にやさしく押し当てた。痛さを想像して、母は顔をゆがめた。「子供って、本当に残酷だから」と母は言った。「まるで獣《けだもの》ね」

アリスおばあちゃんは椅子に座ったまま――膝が悪かった――マイロを手招きした。顔の傷を観察し、母に言った。「ステーキ肉じゃなきゃだめだよ、リンダ。グリーンピースじゃなくて」

「効力から言えば同じことですよ」と母は言った。

「効果があるのはお肉じゃなくて、冷たさだから。それは迷信にすぎないわ」さすがは看護師だ。

「迷信かどうかなんて関係ない。効くことはたしかなんだから」と祖母は言って痣だらけのマイロの手にキスをした。「相手はもっとひどいんだろうね」とマイロに言ってウィンクした。

「そりゃあ、クソひどいもんだよ」とジョージは言った。「まるで挽肉さ」

祖母は舌打ちをした。「言葉遣い」

「ごめんなさい」とジョージは消え入るような声で言った。誰もアリスおばあちゃんには逆らえない。ジョージでさえ。


「いつもあんたたちふたりのことが気になってたんだよ」と祖母は続けた。マイロは最初、自分とジョージのことを言っているのかと思ったが、祖母の視線は母とサリーおばさんに向けられていた。「この子たちは好き放題やってるし、しつけがなってない。わたしの息子たちとは大ちがいだよ」

それを聞いて母は笑った。が、祖母ににらまれてすぐに真顔になった。「今はかなりのストレスを感じてるの。大目に見てあげてくださいな」マイロは心が温かくなった。

「笑いたければ笑うがいい。でもリンダ、仕事に復帰するまでは、こんなことはなかった」

まるで顔をひっぱたかれたかのように、母はたじろいだ。

「ちょっと待って」とマイロは言いかけたが、祖母は手を上げて彼をさえぎった。

「マイロ、おまえはなにも知らないんだよ」と祖母は言った。でも、そんなのは嘘だ！ 昨日、車庫の中で母が言ったことや、オーブンの中に用意されていた食事のことを思った。毎朝マイロがぶつぶつ文句を言いながら階段をおりていくたび、母が疲れきったうつろな顔でキッチンにいたのを鮮明に思い出した。テーブルの上に看護の本を広げ、ポニーテールに鉛筆を挿していた。家族の誰からも助けてもらえず、母はどれだけの犠牲を払ってきたのだろう。

「お義母《かあ》さん」母は静かに言った。「それはあんまりだと――」そのとき玄関のドアが開き、母の声は小さくなって黙りこんだ。父がポーチで長靴を拭いているのが見えた。そのうしろにはランダルおじさんがいた。

父は動きをとめ、中の様子を見渡した。いつだったか、父はこんな冗談を言っていた――アハーン家の紋章があるとすれば、それは四人の人間が居間から四方に逃げ出している中央に、沈黙を支配するアリスおばあちゃんが鎮座ましましている図だろう、と。父の視線は部屋の中をひとまわりしたあと、マイロのひどい顔でとまった。

「いったいなにがあったんだ？」

「喧嘩した」

「誰と？」

「高校生」

父はコートを脱ぎ、赤と白の〈ムアマンズ〉の毛糸の帽子を取った。「なにしてんだ、マイロ。これ以上手を焼かせるな。今はもう手いっぱいだ」

「そうかな」とマイロは言った。「そうでもないんじゃない？」

父は、いつもコートを掛けるフックの数センチ手前で、コートを持つ手をとめた。そのフックは父専用のもので、父が不在のときにたとえそこが空いていたとしても、誰もバックパックやバッグ、傘や上着を掛けようとはしなかった。「なんだって？」声は低かったが、充分に聞き取れた。

「ぼくは」マイロははっきりとした声で言った。「べつに手いっぱいじゃないんじゃないか、って言ったんだよ」

アリスおばあちゃんは、息子と孫を交互に見つめていた。「なにがあった？」と父はしつこく訊いた。「今すぐ答えろ」ジョージが話しはじめようとすると、父は手を振ってさえぎった。「さあ答えろ、マイロ」

「どっかのやつらがペギーのことを話してた」今のマイロには、どんな作り話でも可能だった。「いろんな悪口を言ってた。尻軽女だとかなんとか。町の年上の男と付き合ってるって言ってた。だからぼくは言ってやった。尻軽女かもしれないけど、ペギーはぼくの姉貴だ、って」

父はたった三歩でキッチンを横切ってマイロのそばまで来た。「そんなことを――」

「でも、本当なんだ、お父さん。あいつらはそう言ってたんだ。ペギーは尻軽女――」その瞬間、父は片手を振りかざし、マイロの頬を叩いた。さいわいなことに左頬だった。右ではなく。

「ジョー！」母が悲鳴をあげた。

ランダルも一歩前に出た。「ジョー」マイロは目に涙がどんどん溜まってくるのを感じ、絶対に流れませんようにと願った。手の中のグリーンピースが冷たかった。

「そこまで！」と母は言った。「そこまでよ。もうやめて」マイロと父のあいだにはいった。「わかった？」細い腕を広げてマイロの前に立ちはだかった。「あなた」と言って父を指差した。「居間に行って。飲み物でもなんでも作って」今度はランダルを指差した。「あなたも一緒に行って」男たちふたりが出ていき、マイロはジョージと女たちと残った。

「さっきはそんなこと言ってなか――」サリーおばさんは言いかけたが、最後まで言わなかった。今さら言ってどうなる？

「二階に行きなさい」と母はマイロとジョージに言った。「寝る支度をしなさい。今日は地下室で寝るのよ」

ジョージは時計を見た。「まだ七時だよ！」

「だから？　すぐに行きなさい」

マイロがキッチンを出ていくとき、祖母がもう遅すぎるとかなんとか言っていたが、そのあとはジョージが階段をのぼっていく大きな足音でかき消されて聞こえなかった。ジョージは階段のいちばん上で振り向くと、「まったく」と言ってにやっと笑った。「なかなかやるじゃん」

「ソファがいい」とマイロは言った。

「え？」

「今日は、ぼくがソファで寝る。ジョージは寝袋で寝てくれ」いとこの下に寝て唾を垂らされるのはいやだった。金輪際《こんりんざい》ごめんだ。

ジョージはきょとんとした顔でマイロを見た。「オッケー」

「それに、あんまりいびきをかくなよ」

「しょうがないだろ。蓄膿症《ちくのうしょう》なんだから」

マイロは彼の横をすり抜けて先に行った。「歯磨きはぼくが先だから。それに、洗面台に吐きだすからね」

十五分後、マイロはソファに寝そべり、アフガン織りの毛布をかけたお腹の上にチャンドラーの『ロング・グッドバイ』と懐中電灯を載せていた。言われたとおりちゃんとベッドにはいったとしても、無理やり眠らせることはできない。

母が音をたてないように階段をおりてきてマイロの隣にひざまずいた。泣き腫らした目をして、肌にも赤い斑点ができていた。「本当は、まだ寝なくてもいいの。あそこから出ていかせたかっただけ」ソファをお客さんに使わせずにマイロが寝ていることを、母は咎《とが》めなかった。ジョージはまだ二階にいた。どうせ歯を磨いているふりをして、鏡をのぞきこみながら左右の人差し指ではさんで、鼻の黒い角栓をしぼりだそうとしているのだろう。ペギーも同じようなことをしていた——もっとひどくなるのはわかってるんだけど、どうしてもやめられないのよ、と言いながら。

マイロはアフガン織りの隙間から指を出し、毛糸を指に絡めた。「嘘なんだ。あいつら、本当はあんなこと言ってなかった。ペギーのこと」

母は頬の涙を拭った。「どうでもいいの、そんなこと」この数時間のあいだに自分がしたことを、マイロは初めて後悔した。「まちがってたと思う？」と母は訊いた。「仕事に戻ったこと」

マイロは首を振った。「ううん。あんなこと言うなんて、馬鹿みたいだ」

母は笑みを浮かべた。「おばあちゃんのこと、馬鹿だなんて言っちゃだめ」

「言ってないよ、厳密に言えば。ただ、おばあちゃんが言った理由が馬鹿みたいだ、って言っただけ」

母はマイロの髪の毛をなでた。「お母さんの言いたいこと、わかるでしょ？」

マイロは少し考えた。「もっとお手伝いしないでごめんなさい。ぼくもペギーも、もっとお母さんのこと助ければよかった」

「あなたは悪くないのよ、マイロ。ただ、お父さんにもうちょっと協力してほしかっただけ」昨夜と同じような打ち明け話だったが、今は母に寄り添って考えることができた。ほとんど毎日、父は農場の仕事を終えて帰ってくると、シャワーを浴びてから飲み物を片手にテレビの前に座っている。そのあいだ母は、まだナースシューズを履いたままキッチンに立って夕食を作っている。結婚ってみんなそうなのだろうか。マイロはずっと、力強い父親——ジーンズのベルトに手をはさみ、リクライニングチェアでくつろいでいる——を見て、結婚ってなんかいいな、と思っていた。父が外で羽目をはずして楽しんでいたとしても。別の見方をしようと考えたこともなかった。

母は毛布をマイロの胸のところまでかぶせ、本を取って背表紙を読むふりをした。「ねえ。本当だったと思う？　ペギーのこと」

「なにが？」

「わかるでしょ？」

母は、姉が尻軽女だと思うかと尋ねている。お母さんにこんなことを訊かれちゃったよ、と打ち明けたい人がこの世界にいるとすれば、それはペギーしかいなかった。まるで心臓発作を起こしたかのような痛みを、マイロはまた感じた。ミスター・バークが、姉の首元に息を吹きかけていたときのことを思い出した——ペギーがスコットの犬の上に身をかがめ、胸の谷間を強調するように両方の腕の肘を内側に曲げて胸を寄せていたこと、Vネックのセーターを着て口紅をつけていたこと。そのことを話すつもりだったのに、あのとき、保安官が教会にやってきて、家族は崩壊した。マイロは、それ以上別の事実を付け足したくなかった。だから自分を抑制した——父から教わったとおりに。そして、町に行って喧嘩をした。勝ち目のない闘いをした。

きれいな女の子はトラブルを惹きつける、と母が言っていたことを思い出した。そして、ペギーになにか起きたとしたら、それはよくないことだとも母は言っていた。もしも父に対する母の気持ちがそんなにも取るに足らないものだとしたら、ミスター・バークとペギーの場合はどうなのだろう。

深く息を吸ってから言った。「お母さん、話さないといけないことがあるんだ」

マイロはコントローラのボタンを押した。ジャンプに失敗し、ルイージがまた死んだ。今回、ジョージは自宅から〈ニンテンドー〉のゲーム機を持ってきていた。マイロの家に着いてキャデラックから降りてきたとき、脇に灰色のゲーム機を抱えていた。ミスター・バークとペギーのことを母に話したあと、ゲームをしてもいいと母は許してくれた。そして母はマイロから聞いた話を父に伝えに階段をのぼっていった。〈アタリ〉のジョイスティックなら思いきり前に倒せるのに、とマイロは悔《くや》しかった。親指でボタンを力いっぱい押しても、同じような効果は得られない。ダリル・クラーセンに殴られたところが痛かった。

「このゲーム飽きた」ルイージが画面から消えて死ぬと、マイロは言った。

「だからって、動きを遅くはできないんだよ」とジョージは言った。「〝のろまモード〟の設定とかないから」それを聞いて、マイロが思い出したのはもちろんハルのことだった。

地下室のドアが勢いよく開き、農場の仕事着のままの父が階段を駆けおりてきた。豚の糞をカーペットにまき散らしながら。「なにを聞いた?」マイロの肩を荒々しくつかんで言った。「聞いたことを話すんだ」

「ジョー」と叫びながら母がついてきた。「ジョー、落ち着いて!」

父の剣幕に圧倒され、マイロは縮《ちぢ》みあがった。さっき父にひっぱたかれたところも、ダリルに殴られたところみたいに痣になってはっきりと見えればいいのにと思った。右目はまだ腫れていて、殴られた痣は怒り狂った空のような濃い紫色に変わっていた。

「ラリー・バークについて、なにを知ってるんだ?」父は怒鳴った。口の端に唾が溜まっていた。

マイロが死んだ魚のように口をぽかんと開けてなにも言えずに座っていると、今度は母に怒りを向けた。「おまえは知ってたのか? このことを知ってたんじゃないだろうな!」

「まさか!」

「おまえはペギーの母親だろうが! それで知らなか

ったなんてことがあるのか？」

操り人形の糸が切れたみたいに、母の体がほんの一ミリだけ崩れ落ちた。「そうね。知ってなくちゃいけなかった」

父は急に階段のほうを向き、一段飛ばしでのぼっていった。「アールに電話する」地下室からもダイヤルがまわされる音が聞こえ、また父の声が聞こえた。

「ラリー・バークだ。やつも鹿狩りに行ってた」

「なんのゲームをしてるの？」と母が訊いた。ふたりの気をそらそうとしているのが痛いほどわかり、マイロは泣きそうになった。

「ほら、これ」と言って母にコントローラを渡した。ジョージは、実際よりも複雑に聞こえるようにゲームのルールを説明した。自分が人生を捧げているものが、ただ走ってジャンプして穴に落ちないように注意するだけのゲームではなく、もっと有意義なものだと思わせたかったのかもしれない。

「基本的にはこうするだけだよ」とマイロは言い、青いオーバーオールを着たキャラクターをどうやって上下左右に動かすのかを見せた。マイロは以前から、自分の趣味について母親に関心を持ってもらおうとしていたが、母はいつも忙しかった——腰をおろしてひと息つくまでに洗濯機をあとひとまわししないといけなかった。でもそれがいつの間にか一時間になり、そして夕食を作る時間になった。今さらながら、マイロは後悔していた。洗濯物を洗濯機から乾燥機に移すくらい簡単なことなのに、なんで手伝おうともしなかったのだろう。

「もうちょっと複雑だよ」とジョージは不満そうに言った。

マイロの母は顔を拭き、ソファからおりてマイロたちと同じように床に座った。あぐらをかき、テレビ画面に集中した。『ポルターガイスト』に出てきたブロンドの少女のことが頭に浮かんだ。マイロは映画館でもテレビでもその映画は見ていなかったが、少女のことは予告編で見たことがあった。その子の母親はフットボールの赤いジャージを着て、必死にドア枠につかまっていた。白い下着がちらっと見えた。

「もちろんおれはなにも知らなかった」という父の声が上階から聞こえてきた。母がコントローラを操作しているあいだ、父の声はしばらく聞こえなかった。

「ほら、そこ」とジョージは言った。「もうちょっと早くやらないと」

父の声が一段階上がった。「なにを言ってるんだ、ペック！」

マイロは、土曜日の夜に家にいたときの姉を思い出した。口紅とアイラインをひいていた。「そうじゃないんだ」と彼は母に言った。「ペギーはあの人のことが好きだったんだ」

「たとえそうだったとしても、ちがうの」と母は言った。「ミスター・バークは大人だから」マイロは手で髪をかき上げた。何日もシャワーを浴びていないので脂っぽかった。「あなたはまだ小さいからわからないの」と母に言われ、マイロは目をぐるりとまわした。いろんな断片をつなぎ合わせたのはぼくじゃなかった？　わかっていなかったのは、なにも見えてなかったお母さんたちのほうなんじゃないの？「ごめんなさい。そうね。この一週間でいちばん成長したのは、あなたよね」

アリスおばあちゃんは、母が子供たちをコントロールできていないと言っていた。まるで子供はコントロールしないといけないもののように。「お母さんのせいなんかじゃないよ」と彼は言った。テレビ画面を見ていた母はマイロに目を向けた。「仕事に戻ってよかったと思うよ」

母の目に涙があふれた。「ありがとう、マイロ。でも、そんなことはもうどうでもいいの」

21

アルマは電話の音で目が覚めた。電話の音やドアのノックで飛び起きた回数は、過去五年間よりこの一週間のほうが多かった。母はよくこんなことを言っていた——夜の九時を過ぎて知らされるニュースはよくないニュースだと。でも母も自分も、どんなニュースでも悪く解釈しがちだ。

「あなた、電話に出る?」とクライルに訊いたが、彼の返事は長い寝息だけだった。しかたなく、肘掛け椅子に掛けてあったフランネルのシャツをつかみ、キッチンに行った。曲がったとき、テーブルの脚に思いきり足の指をぶつけた。「ああ、もう」農場に来てからは熟睡できたためしがなく、いつも疲れきっていた。

何年か前、結婚式に出席するためにサウスダコタ州のスーフォールズ市に行き、そこのホテルに泊まった。州間高速道路の一定した騒音のおかげなのか、アルマは深い眠りにつくことができた。若いころに聞いていた音を、脳の中のなにかが覚えているのかもしれない。ひょっとしたら、彼女は骨の髄《ずい》ではまだ都会の女で、だからここの女たちからは受け入れてもらえないのかもしれない。彼女たちは早い段階からアルマの中に都会のにおいを感じとり、自分たちとは異質な存在だと認識していたのかもしれない。たとえ彼女がどんな服装をしていようが。たった一カ月前にもこんなことがあった。図書館で本を借りようとしていると、ボランティアの人に言われた。「アルマ、この町では、こういうもったいぶった本を借りるのはあなただけね。ここにも読書家がいると思うとうれしいわ。たいていの人はハーレクインを読んで、いい場面のページの角を折るのよ」と。まったく、とアルマは思った。借りたのは『大いなる遺産』であって、ギリシャの叙事詩『イーリアス』でもなんでもないのに。

アルマは受話器を取った。「ミセス・コスタガンですか？　こちら、リンカーンの保安官補のロスです。今ここにいる男が、電話するならそちらだと言うもんですから」リンカーン？　車で二時間と離れていない。時計をちらっと見ると、午前三時をまわったところだった。「ハル・ブラードと名乗ってますが」

彼女はクライルの椅子に深々と座った。「本来は本人から電話するもんなんじゃないんですか？」

「通常はそうです。でも、監房から出せる状況じゃないんです。店を出るときに、男女に暴行を働いたもので」原っぱに放置されたぼろぼろのペギーの遺体と、脳震とうを起こして病院で横たわっていたウェイン市の高校生が、アルマの脳裏に浮かんだ。「われわれが駆けつけたときも、保安官のひとりに襲いかかりました」

アルマの胸に痛みが走った。「その人たちは、あの子になにをしたんです？」

「は？」

「今から行って、引き取れますか？」

「朝になったら保釈できると思います。酔いがさめれば、ですが」

「酔ってるだけじゃないんです」とアルマは言った。おそらくは相当酔っているのだろうが。口にしたくはなかったが、付け加えた。「ハルには知的障害があって」

「なるほど」どうやら欠けていたパズルのピースがはまり、気がついたようだった。「アハーン事件の容疑者ですね。となると、状況は変わってきます」

「まだ容疑者でもないわ」

「ハル・ブラードか」と男は言った。「どうりで聞き覚えがあると思った」

寝室に戻り、アルマは夫を揺すって起こした。「クライル、助けがいるの、起きて」

彼は目を開け、廊下の明かりのまぶしさに目を細めた。「今度はなんだ?」

電話の内容をアルマが話すのを聞きながら、クライルはベッドから起きてジーンズをはいた。ベルトがヘビのようにぶら下がっていた。彼は手で髪をかき上げ、そのまま顔をなでた。手の下で皮膚にしわが寄った。歳をとったらこんな感じになるのね、とアルマは思った。今より歳をとったら。

「リンカーンなんかで、ハルはいったいなにをしてるんだ?」

「わたしにもさっぱり」と彼女は言い、道中用のコーヒーを用意するためにキッチンに向かった。「わたしが行ってくるわね」クライルが廊下まで出てくると彼女は言った。「あと数時間もしたら、あなたは仕事の時間でしょ。そっちが最優先だから」

アルマがコーヒーを淹れる準備をしていると、クライルは咳払いをして言った。「全部ハルに渡したのか?」

フィルターに入れようとしていたコーヒーの粉を持ったまま、彼女は手をとめた。「全部、ってなんのこと?」彼がお金のことを言っているのはわかっていた。

振り向くと、クライルは首を振りながら床を見ていた。「ごまかすのはやめてくれ、アルマ。何年一緒にいると思ってるんだ?」

「どうやって――」

彼はまた首を振った。「そのことはあとで話そう。で、渡したのか?」

彼女はうなずき、ポットのふたを乱暴に閉めた。「ハルにはチャンスが必要だった。わたしはただ、できるだけのことをしてあげたかったのよ」そう言って、クライルの顔をのぞきこんだ。「わたしの気持ち、わかる?」

コーヒーが滴《したた》り、香りはじめた。「ああ、わかるよ」アルマは、最初の一杯目がお気に入りだ――いちばん濃くて、いちばん苦いコーヒー。でも、いつも全部抽出されるまで待った。クライルにも真っ当なコーヒーを飲ませてあげないといけないと思うからだ。彼は、淹れはじめのコーヒーを飲もうという気になったことがないのだろうか、とアルマは思った。「なんでおれに内緒にしてたのか、そこがどうしてもわからない」

「だって、あなたの言いそうなことはわかってたから」

「どんなこと？」

「ことの成り行きを見守ろう、社会の仕組みを少しは信じたらどうだ、最悪のことばかり考えるな」

「そんなことは言わない」

「どうして言い切れるの？」

「金のことは、金曜から知ってた。いつおれに打ち明けてくれるんだろう、とずっと思ってた。だけど、朝起きたらきみとハルがいなくなってるかもしれない、とも思った」

アルマは唾をのみこんだ。それが彼の望みなの？　わたしとハルが出ていけば、自由になれると期待していたの？　それは、思った以上に心に打撃を与えた。彼女は戸棚のほうを向いて何度かまばたきをし、トラベルマグに手を伸ばした。「もう行かないと。ハルが牢屋で待ってるから」

「きみはそうしたいのか？　おれをおいていきたいのか？」

「ハルが待っ――」

「今のことを言ってるんじゃない。これから先、ずっとって意味だ。それがきみの望みなのか？」

アルマは、耐熱性のフォーマイカのカウンターにマグを叩きつけるようにおいた。「わたしは行かなかった。そうでしょ？」

クライルは抜け殻のような声を一度だけ出した。

「ああ、そうだな」彼はアルマのトラベルマグを取ってコーヒーを入れ、次に自分用のマグも手に取った。「でも、なんでだろう。それがきみの望みなんじゃないか、って思うことがときどきあるんだ」そう言うと、豚舎用の服に着替えるために地下室に向かった。もうベッドに戻る必要はなかった。

アルマはこの四十五分ほど、保安官事務所の受付の女と断続的な意地の張り合いを繰り返していた。自分とハルのあいだに立ちはだかっているのはこの女だけだと思いこんでいた。それが本当かどうかは別として、彼女に対する憎しみは膨らむ一方だった。これまで、数え切れないほどクライルから「もっと保安官を信用したらどうだ」と言われてきた。そのたび「信用してる人なんている?」と笑い飛ばしてきたが、なにを隠そう、クライル・コスタガンがそうだった。

二時間の道中のあいだ、クライルのことばが頭の中でこだましていた。彼は、金曜日からお金のことを知っていた。だからダイアンと一緒にいたの? そう思いたかった。でも、トラックの中で身を乗りだしてクライルの頬にキスをしているダイアンが頭から離れなかった。

奥の部屋から制服を着た男が出てきて、アルマのほうに歩いてきた。気むずかしい人間だと思わせたくて、あえて立ち上がらなかった。保安官補が部屋にはいってきたからといって、わざわざ椅子から立ち上がってひれ伏す気はさらさらない。相手のほうからすぐそばまで来るのを待つ。そして、どっちが優位な立場に立っているのかを思い知らせる。そう時間はかからないだろう。

「ミセス・ブラード?」と彼は訊いた。ミセス・コスタガンよ、とアルマは答えた。

「ミセス・ブラードはこっちに向かってるところよ」

と受付の女は言い、得意満面な顔をアルマに向けた。彼女の左のまぶたは垂れ下がっていた。いい気味だ、とアルマは思った。

「それで」とアルマは保安官補に言った。「あの子はどこ?」

「奥にいます」さっき出てきた部屋を親指で示して言った。「事件について聴取してるところです」

「なにが起きたのか、誰もまともな説明をしてくれないのよ」アルマは受付の女をもう一度にらみつけた。彼女が大きなお尻をまわしてタイプライターのほうを向くのを、アルマは満足げに見ていた。「まあ、なにがあったにせよ、誤解にちがいないけど」

「いやいや、誤解なんかじゃない。彼が相手を殴ったのは事実ですよ。ダウンタウンの〈オルーク〉という店で、勘定を払わずに出ていこうとしたのをウェイトレスにとめられて、押しのけた。彼女の夫マールがバーテンダーの助手をしてたんで、バーカウンターを乗り越えてふたりのあいだにはいった。すると容疑者は今度は彼に向かっていって、頭を殴った」

アルマは首を振った。「だから、それが誤解なのよ。ハルは、勘定を払わないといけないってことがわかってないの。わたしたちが住んでるのは小さな町だから」

「どこに住んでいるかは知ってますよ」

「わたしが言いたいのは、ハルはいつもツケで払ってる、ってことなのよ」〈OK〉も全員に対してツケを許しているわけではなかった。ただ、ハルがしょっちゅう財布を家に忘れたり、会計のたびに計算をまちがえたりするため、しかたなく店側が飲み代を記録しておき、農場の給料が払われる月初めにまとめて支払うようになった。家賃や電気・水道料金と合わせて、それが毎月の支出の一項目だった。

ハルが自立して暮らしていけると本気で信じていたのだろうか、と今さらながらにアルマは思った。月ごとにツケで払えるようなバーを見つけられると思った？　飲酒運転したとき、違反切符を切るかわりに家まで送り届けてくれる保安官がいると思った？　買い物をしているときに果物を落としたとしても、見逃してくれる食料品店があると思った？　チップとして二十ドル紙幣をおいたとしても、受け取らないレストランがあると思った？　それはすべて、彼が生まれてきてから今日まで、年月を積み重ねて築いてきたものだった。認めたくはなかったが、それを許してくれていたのは、ガンスラムのやさしい人たちだった。

「いつもどうしていたかには関係なく、人を殴りつけて許されるもんじゃないですよ。特に保安官は。それに女性も」

アルマは立ち上がり、バッグを肩に掛けた。「お願いだから、ハルに会わせて」

「まだ気が立っているので」

「わたしも同じよ。ハルに会わせて」

「奥さん――」

「〝奥さん〟なんて呼ばないで。あの子に知的障害があることがわからないの？　とにかく、彼に会わせなさい」

入り口のドアが開き、マルタ・ブラードが杖をつきながらはいってきた。もうすっかり朝になっていた。道路の向かい側に建ち並ぶ建物のうしろのピンク色の空には太陽が昇り、マルタの肌を健康的に見せていた。「アルマ」と彼女は言い、左手を胸に当てた。「来てくれてありがとう」

「あたりまえでしょ。ハルが電話してきたんだから」

「それは事実じゃないわね」とまぶたの垂れ下がった女が口をはさんだ。「電話はかけさせなかったんだから」

「かけ方を知らないのよ」とマルタは説明した。

「馬鹿なこと言わないで」とアルマは言った。「知的障害はあるかもしれないけど、電話のかけ方くらい知ってるわよ。当然の権利を奪われただけ」

「じゃあ」と保安官補は言いかけた。そのときドアがまた開き、アルマは目を細くした。背の高い節くれだった男がカウボーイハットを手にはいってきた。

「ユージーンよ」とマルタが言った。「こっちはアルマ。ハルの面倒を見てくれているの」

「わたしは彼を雇ってるだけ」とアルマは訂正した。

「ハルは、自分で自分の面倒を見られるんだから」

「ちゃんとはできないけどね」とマルタは言い、笑おうとした。彼女は保安官補のほうを向き、途中で〝ミセス・垂れまぶた〟にも視線を向けた。「あの子のために祈ってるの」

アルマは目をぐるりとまわした。「片手で祈って、もう片方の手にクソをする。どっちが先にいっぱいになるんだか」これは、クライルの父がよく言っていた言いまわしだった。アルマは義父が大好きだった。

奥の監房の中で、ハルは口を開けて大きないびきをかいて寝ていた。酔っ払うといつもこうなる。「ハル」とアルマは言った。「起きなさい」

ハルはゆっくりと目を開けた。そして突然目を見開いて言った。「母さん！」

アルマは自分の足元を見つめた。心が痛かった。離れてからもう何年も経っているのに、彼が求めているのはやっぱり母親なのか。

「ハル」とマルタは言い、鉄格子の隙間から手を差しこんだ。

「母さん、こんなとこでなにしてるの？」

「おまえに会いにきたんだよ。おまえこそ、こんなとこでなにしてるんだい？」

「人を殴っちゃったんだ。それに、女の人を押しちゃった」

「それが悪いことだってわかってる？」

アルマは鼻を鳴らした。「もちろん悪いことだってわかってるわよ」

「あんなこと、するつもりじゃなかったんだ」とハルは言った。アルマがまだ小さかったころ、まちがってなにかをしてしまったとき――たとえばピクルスのはいった瓶をひっくり返してしまったときとか――父からこんなふうに言われた。〝するつもりはない〟じゃすまされない、〝しないと心に決める〟ことが必要なんだ、と。でもそのあと、父は笑った。母のように口をきっと結んで雑巾を渡すのではなく。酢のにおいがしなくなるまでキッチンの拭き掃除をするには、二日もかかった。

「すぐにここから出してあげるからね」とアルマは言った。

「ちょっと待ってください」と保安官補が言った。「彼は告訴されてますから。たとえマールが告訴を取り下げたとしても――相手がひと晩留置場にはいれば、たいてい取り下げますけどね――ガンスラムの保安官事務所が開くまではここに留置するつもりです」まだ朝の六時だった。

「そんなことできるの？」

「マールの告訴状があるんで、相当な理由があれば法的には二十四時間は留置できることになってます。ガンスラムの保安官と話すまではそうするつもりです」

「じゃあ、わたしもブタ箱に入れれば？」とアルマは言った。「相当な理由はあるでしょ？」

「こう言っちゃなんですが」と保安官補は言った。二十五歳くらいで、のどぼとけの大きさは赤ちゃんの拳ほどあった。「あなた、あんまり感じよくないですね」

アルマはなにか載せているように両手のひらを上に向けて差しだした。「片手に〝感じいい〟、もう片方の手に〝クソ〟」

二十四時間営業のレストラン〈パーキンス〉のテーブル席で、マルタとユージーンはアルマの向かい側に座り、バーテンダー助手が告訴を取り下げるまで、あるいはハルをそのまま留置しておくかどうかについてペックから連絡がくるまで、時間をつぶしていた。アルマがあんな失礼な態度をとらなければあのまま保安官事務所にいられたのに、とマルタは文句を言った。注文した朝食が来ると、マルタとユージーンはこれ見よがしに互いの手を取り、頭を垂れた。アルマはかまわず大きなソーセージをフォークで突き刺し、口に押しこんだ。

「私たちは静かに祈るんだ」とユージーンは言った。

「ほかの人の信仰を尊重して」

「じゃあ、なんで手を取り合って頭を垂れる必要があるの？　それって、ただの見せかけなんじゃない？」アルマは、こういう独善的な人間が嫌いだった。とにかく、大嫌いだった。

マルタはまた自分の手をユージーンの手に重ねた。

「信仰のことで迫害は受けたくない」

アルマは口を大きく開けて笑った。まだのみこんでいないソーセージが頰に詰まっていた。「ネブラスカのど真ん中にいるキリスト教徒が？　あんたたちほど、迫害とは無縁の人なんている？」ウェイトレスが来て、なにも言わずにコーヒーのおかわりを入れてくれた。アルマは頭を下げて言った。「神のご加護を」

マルタが身を乗りだした。「そうやってなんでもおちょくらないで。ハルがこんなことになってるのも、不思議ないわね」

「ハルがああなったのは、小さいときにあんたのせいで溺れ死にかけたからじゃない」

マルタは息をのんだ。「そんなことないわよ。あの子には愛情を注いできた。あの子のほうからわたしを拒んだのよ」

「あんた、彼の母親でしょ？　母親なら拒まれるようなことはしないもんよ」とアルマは言った。「そこが肝心なポイントよ。拒まれるようなことはしない」

「考えてたんだが」とユージーンが言いはじめたので、アルマは手を上げてさえぎった。

「それ以上言わないで」

「考えてたんだけど」と今度はマルタが言った。「ハルにとっては〝心神喪失〟っていうのがいちばんの武器になるらしいのよ。弁護士に相談したら、過失致死まで罪を軽くできるかもしれないそうよ。そうすれば、刑務所じゃなくて施設に行けるらしいの」

「なに言ってるの？　まだ正式に逮捕状も出てないのよ！」とアルマは言った。まだ正式に逮捕状も出てないのテーブルに来ていたウェイトレスが足をとめた。明らかに聞き耳を立てていた。

マルタは首を振った。「それだけでハルを守れると思ってるの？　まだ正式に逮捕状も出てない、ってことだけで？」

ユージーンはマルタの背中をさすった。「話し合ったこと、覚えてるだろ？」

マルタは思い直したように顎を上げた。「ハルの家族はわたしたちなの。あの子に必要な支援を受けさせることが、わたしたちにはできるのよ」

ユージーンも身を乗りだした。「神もこうおっしゃっています。自分の家族を養いなさい、と」

「まあ、神はいろんなことを言うからね」とアルマは指摘した。「話半分に聞いておかないと」

「わたしたちはただ、ハルにとっていちばんいいようにしてあげたいだけよ」

「じゃあここ何年ものあいだ、わたしとクライルはどうしてたって言うの？」

「さあ、どうなんだろうね」とマルタは言った。「その結果、殺人容疑をかけられた酔っ払いになった。そういうこと？」

「今回のことに関しては、ハルにも言い分があるでしょうね。少なくとも、あんたが彼をどこかに閉じこめるまではね」

「じゃあ言うけど、家から二時間離れた場所でのこの悪ふざけは、あの子が自分で思いついたことじゃないんじゃないの？　それくらいは母親のわたしにはわかる。逃げるように仕向けたのはアルマ・コスタガン、あんたなんでしょ？　それだけでも、保護者としては失格よ」

「ハルは成人なのよ！　保護者なんて必要ない」アルマは熱すぎるコーヒーをひとくち飲み、カップを叩きつけるようにおいた。彼女はバッグを取って肩に掛けると、支払いは彼らに任せて店を出た。すべて三つずつ注文しておけばよかった、と後悔した。


保安官事務所に戻ったアルマは〝のどぼとけ〟を見つけると、弁護士に相談した結果を話した――弁護士が立ち会えない場合、彼女にはハルと面会する権利があると言われた、と。もちろん、真っ赤な嘘だった。

「本当ですか？　なんか怪しい気がしますけど」とその少年のような保安官補は言った。ただ、アルマもだてに十四年間スクールバスを運転し、子供たちをおとなしく席に座らせていたわけではない。彼が折れるまで、時間はそれほどかからなかった。「じゃあ十分だけ。それだけですからね」

保安官補はハルのいる部屋のドアを開けた。二脚の椅子と会議用机がおかれていた。ハルは顔を上げたが、椅子からは立ち上がらなかった。どうやら泣いていたらしい。

「大丈夫？」とアルマが訊くと、彼はうなずいた。アルマは振り向いて保安官補に言った。「ふたりだけにして。お願い」

「十分ですよ。タイマーをセットしておきますから」と言って彼はドアを閉めた。

アルマはハルの向かい側の椅子に座り、手を伸ばして彼の手を握った。あまりにも強く握り返してきたので、アルマは顔をこわばらせた。「鹿狩りのあと、仕事に行った日のこと、覚えてる？」とハルが言い、アルマは緊張した。すべてが始まった日だ——ペギー・アハーンがいなくなったのを知った日。

「もちろん」

「おれのトラックがへこんでたのも覚えてる？」

彼女はゆっくりとうなずいた。これが録音されていませんように、と神に祈った。証拠として使われる？本当にふたりきりだと信じて大丈夫？

「おれ——」ハルはがっくりと頭を下げた。「ガレージにぶつけたんじゃないんだ」鼻水が垂れはじめた。

「ハル、それは——」

「事故だったんだ」とハルは続けた。「撥ねるつもりはなかったんだ」まるで部屋じゅうの空気が吸いだされて真空になったかのように感じられた。ハルの顔がゆがみ、滝のような涙が流れはじめた。アルマは、炎が背中を昇ってきているような気がした。今年の夏のピクニックでの不快感がよみがえってきた。日焼けした首のうしろが痛かったこと、ペギーがハルに興味を持っていないと話すと彼が不機嫌になったこと。ああ、神さま。ハルだった。本当にハルがやったことだった。

「なにがあったの？」

ハルは鼻をすすり、手で鼻の下を拭いた。「見えなかったんだよ。道路にいたのが。太陽が目にはいって、見えなかったんだ。気がついたときには、手遅れだった」今はもう冬だ。日は短く、夕食前にはすでに暗くなる。ペックから聞いた話では、ペギーの死亡推定時刻は、彼女が最後に目撃された真夜中から数時間以内だと検視官は言っていたらしい。それなのに、太陽が出ていたというのはどういうこと？

「ハル？」アルマはつとめて静かな声で言った。「ねえ、どういう意味？　太陽が目にはいった、って？」

「あの日？　おれが鹿を撃った日？　本当は撃ったんじゃないんだ。トラックで撥ねたんだ」ハルはまた手で鼻を拭き、その手をジーンズで拭いた。「事故だったんだよ」彼は続けた。「まぶしくて目を細くしてたから見えなかった。でも、気づいたときには遅すぎたんだ」彼は顔を両手の中にうずめた。「本当はトラックで撥ねたんだ。でも、みんなには撃ったんだって思われたかった」

アルマの肺から一気に空気が抜けた。「撥ねた？ 鹿を？」

「そう。トラックで。おれ、道をまちがっちゃって、混乱してて、太陽が目にはいって、そしたらいきなり側溝から飛びだしてきたんだ。撥ねるつもりなんかなかった。クライルからは、いつも安全運転しないとだめだって言われてたし、銃も安全に扱わなくちゃだめだって言われてたから、知られたくなかった。で、そのとき思いついたんだ。銃で撃ったことにすればいいんじゃないか、って。だからトラックから降りて、まだ死んでなかったから銃で撃って、トラックの荷台に載せた」そうか、これがハルの隠していた秘密だったんだ。これが彼の嘘だったんだ。少なくとも嘘に気づけていたことに、アルマは安堵した。

「あの夜のことは？ 〈ＯＫ〉に行ったあとのことは？」

「どういう意味？」

「あの夜――」アルマは言いよどんだ。「なにか別のものにぶつかったりしなかった？」

「してないと思う」

「ハル、〝してないと思う〟じゃ不充分なの」

「でも、本当にしてないと思うんだ！」

「〝してないと思う〟と〝してない〟では、全然意味がちがうの」アルマはまた父のことを思い出した――〝するつもりはない〟じゃすまされない、〝しないと心に決める〟ことが必要なんだ。

「なにかにぶつかったら覚えてるよ。〈ＯＫ〉からの帰り道のことを、どうして覚えてないとだめなの？ いつも通ってるところなのに」

「ハル、このことをペックに話さないと」

ハルは目を見開いた。「みんなには知られたくないよ。みんな、おれが鹿を撃ったって思ってるんだ！」

「ハル、そんなことはどうでもいいの。あんたが本当のことを話してないのは、わたしとクライルと同じように、ペックも知ってたんだから」ハルの目がまた涙でいっぱいになった。アルマは、自分も同じように涙があふれそうになっていることに気づいた。

「みんな、おれが鹿を撃ったと思ってるのに。サムとラリーみたいに、鹿を仕留めたって。きっとみんなに馬鹿にされる」

アルマは首を振った。「ハル、あんたはなにもわかってない」

「わかってないのはアルマだよ。誰も、おれに鹿が撃てるとは思ってなかったんだ」

ドアを三回叩く音が聞こえ、〝垂れまぶた〟がドアを開けてのぞきこんだ。「あんたんとこのランドルフって人から電話があったわよ。なにか進展があったみたい」

22

マイロはバランスを崩さないように注意しながら自転車で砂利道を走っていた。「あとどのくらい?」息を切らしながらジョージが訊いた。彼が乗っているのはペギーの古い十段変速の自転車で、座面を最大限に高くしたにもかかわらず、ペダルをいちばん下に踏みこんだときにも膝は曲がったままだった。彼らは〈キャッスル・ファーム〉に向かっていた。今日は学校のある平日、それも月曜日の夜で、空には満月に近い月が浮かんでいた。母は悩んだあげく、今週いっぱいは学校を休んでもいいと言ってくれた——葬式は水曜日に予定されている。学校に戻るのはマイロの心の準備ができてから、感謝祭のあとでもかまわないと言われた。それか、クリスマスのあとか。

いつもの年なら、母は感謝祭用のパイやケーキを今ごろには焼きおえ、アルミホイルに包んで網戸の張られた勝手口のポーチにおいている。そこが冬のあいだの冷凍庫がわりだった。毎年、感謝祭のあとの第一金曜日には、家族全員でスー・シティまで車で出かけ、〈サンキスト・ベイカリー〉でサクランボとリンゴのフリッターを買った。でも今年は、誰も行こうとは言いださなかった。きっとそれがみんなのためにもいいんだ、とマイロも思った。

マイロはハンドルをしっかりと握ったまま肩越しにうしろを見た。ジョージは三十メートルくらい遅れて走っていた。「あと三キロ」

「そっか、オッケー」とジョージは言ったが、明らかに息切れしていた。彼はこの一年でだいぶ背が伸びたが、締まりのない体つきになっていた。将来は太るタイプなんだろうなとマイロは思った。

その日の日中にローラから電話があり、友だちで集まってペギーの追悼会をすると告げられた。どうせお酒を飲む口実なんだろうとマイロは思った。すでに姉は、みんなにとって都合のいい口実になりつつあった。ただ単に、月曜日に酔っ払いたいだけなんだろう。

「来られるでしょ？　ほら、できれば家族の誰かが出たほうがいいじゃない」電話に雑音が混じった。「わたし以外にも」

たしかに、ローラはずっと家族のようなものだった。でも、今はちがう。同じ家に住み、いちばん近くで悲劇を味わった者だけに、家族を名乗る権利がある。

「どうかな。家からなかなか出られないし。ぼくがいないと母さんたちが困るから」

「でもわたしたちも、マイロがいないと困るのよ」ローラのそのひとことが決め手になった。

夕食のあと、彼とジョージは地下の娯楽室から、父が農場の仕事をするときに使う裏口を通って外に出た。地下室ではなく自分の部屋で寝ていれば、ペギーみたいに窓からこっそり抜けだせたのに、とマイロは残念だった。その日は朝から夕方までずっと寒かった。でも太陽が沈んで夜になった今は、むしろ日中より暖かく感じられた。空気はどんよりして、また雪が降りだしそうな気配がしていた。

マイロは思い出した。朝、目が覚めたときに雪が降っていると、ペギーと一緒にテレビの前にパジャマのままましゃがみこみ、ローカルニュースの画面の下を流れる休校になる学校名を凝視した。いつもふたりは息をのんでそれを見守った。ただ、一九七五年のブリザード以来、彼らの郡は休校については慎重だった。その年、あまりにも休校が続いたため、夏休みの最初の一週間まで授業がずれこんだのだ。その冬はスクールバスが子供たちを迎えにいけないこともあった。それよりも、たとえ迎えにいけたとして、登校できる子供たちがいないことに学校も気づいた。家にいて父親たちの農場の仕事を手伝わないといけないからだ――凍結した水のタンクを解凍したり、家畜の世話をしたり。その年、マイロはまだ小学校にも行っていなかったが、この郡の子供たちなら誰でも知っている話だった。

マイロとジョージは、〈キャッスル・ファーム〉まであと八百メートルのところまで来ていた。地平線に、焚き火が燃えさかっているのが見えた。近づくにつれ、ジョージが追いついてこられるように、マイロはペダルをこぐスピードを落とした。「なあ」やっと追いついたジョージが言った。「ちょっとここでひと息つこうよ」マイロはブレーキをかけ、砂利の上で横すべりしてとまった。ジョージはすぐ横に自転車をつけた。

「ちょっとした前ノリさ」

ジョージは手袋を脱いで顎の下にはさみ、コートの内側のポケットから小さな茶封筒を取りだした。五センチ角くらいの袋で、おじいちゃんがコインのコレクションに使っていたのと同じくらいの大きさだった。

ジョージは袋を開けて慎重に横に傾けると、角を中指でとんとんと叩きながら、風をよけるために丸めた手のひらになにかを落とした。白い粉は拇指球《ぼしきゅう》――よりによってこんなときに、コンソリーノ先生の理科の授業で習った用語を思い出すとは!――に落ち、ジョージは身をかがめてそれを鼻で吸った。そして顔を上げると鼻をつまんだ。涙が出ていた。

「なにしてるの?」とマイロは訊いた。

「元気づけ」

「なんだよ、それ。どういう意味?」

「親父の飼料店で働いてるやつらからもらったもんだよ。ほら」そう言って彼はマイロに袋を差しだした。

「おまえ、いっつもへとへとだとか疲れたとか言ってるじゃないか。これが一発で解決してくれるよ」

マイロは、先週バスケットボールの試合を観にいったときの、ジョージの異常に興奮した目つきを思い出した。この二週間ずっと感じてきた骨の髄からの疲れや、もう二度と熟睡できないのではないかという思いを振り払うことができたら、どんな気持ちなんだろうと想像した。もしかしたら眠れないかもしれないが、眠りたいと思うこと自体なくなったとしたら？　マイロは首を振った。「おまえ、馬鹿だよ」とジョージに言い、自転車にまたがった。

「心配ないよ。これは最高の品質なんだから。親父の店で働いてるふたりが、自分たちの納屋の中で作ってるんだ。材料は、大量に仕入れたものを親父が安く提供してる。そのぶん、利益の分け前はもらってるけど」

「なんなの？」

「百パーセント天然ものだよ。アンモニアとか、飼料店で売ってるようなもの。そうやって親父は儲けてるんだ」

　キャデラックのことや、地元で実業家として成功したのを自慢げに話していたランダルおじさんのことを思った。「それって、違法じゃないの？」

　ジョージはマイロの疑問を一蹴《いっしゅう》した。「いるの？　いらないの？」

　姉の死を追悼する会に向かっているというのに、マイロはもう百年も寝てないような気がするし、夢見ていた人生が一ミリずつ遠ざかっていっている。〝元気づけ〟も悪くはないのかもしれない。もしかしたら、気分がよくなるだけでなく、なにも感じないですむようになるかもしれない。

　マイロは少しためらいながらも、袋を受け取った。

〈キャッスル・ファーム〉の敷地内にはいると、マイロたちはほかの自転車と同じように自分たちの自転車も側溝の中に倒した。芝生の上には、車やトラックが勝手気ままに停められていた。三十人くらいの人たちがうろうろ歩きまわっている。ガンスラムにしては大群衆だ。ペギーの友人やクラスメイトのほとんどが、プラスチックのカップを手に集まっていた。

後部ドアが開けっ放しになったトラックの荷台の上に、ゴミ箱にはいったビール樽がおかれていた。その樽のまわりで四、五人のフットボール選手がたむろしていて、そのなかにケリーやダリル・クラーセンの姿が見えた。少し離れた焚き火のそばでは、ローラや友人たちがマシュマロを焼いていた。ローラとケリーが別れたあと、またよりを戻したというドラマについては、スコットからその一部始終を聞かされていた。ペギーの失踪にケリーが関わっているかもしれないとローラは女友だちに話し、それがリー・アールの耳に届いた。リー・アールはケリーを代数IIの授業から連れだし、バスケットボールの練習に間に合わないほど長い時間をかけて聴取した。おそらく六時間くらい、ケリーはなにも飲むことも食べることも許されなかったのだろう。高校生の男子にとって、それは充分に虐待《ぎゃくたい》に当たる。彼の両親はリー・アールもしくは州――どちらなのか、スコットは知らない――を告訴した。ところがここでラリー・バークが容疑者として勾留され、罪状も殺人容疑に切り替えられた。結局ケリーが犯人ではないと知ったローラは彼と話し合い、ふたりはよりを戻したらしい、というのがスコットの話だった。

マイロはそれを上の空で聞いていた。ただ、姉の死をいろんな人が自分たちの個人的なドラマに仕立てあげてしまうことに、あらためてショックを感じた。リー・アールとランドルフ保安官は父から話を聞くとすぐラリー・バークを呼びだして事情聴取した――このことは、両親の会話を盗み聞きして知っていた。そして最終的に、ラリーはペギーと不倫していたことを認めた。しかも、土曜日の夜にサム・ゲイリーが泥酔しているすきに鹿狩り用の小屋を抜けだし、また気がつかれずに戻った、と自白した。ただ、サム・ゲイリーはラリーが小屋にずっといたと断言していた。

その夜トラックがなかったという些末《さまつ》な事柄につい

ても、許可を得ずにいとこのトラックを借りてヴァレンタインからガンスラムまで行き、ガソリンを満タンにして返却した、とラリーは主張した。その話はなにか辻褄が合わないという印象をラリーの両親は抱いたらしい。

ローラがマイロを見つけて手を振り、ロースト用の串を別の少女に渡して駆け寄ってきた。「抜けだせたんだね!」彼女は勢いよくマイロに抱きついた。

「うん」とマイロは言った。

「やあ、ローラ」と言ったジョージを、彼女は完全に無視した。ローラのような女の子は、ジョージのような少年を必ず無視する。

彼女は腕をマイロの肩にまわしたまま、人だかりを指差した。「ねえ、なにかひとこと言ってくれる?」

「どんなこと?」

彼女は目をぐるりとまわした。「ペギーのこと?」

ダリル・クラーセンもどうやらマイロに気づいたようだった。でも、駆け寄ってきて顔を殴るかわりに、その場に立ったまま顎をなでた——元気か? とでも言うように。「とにかく、なにか考えておいて」それからビール樽のほうを顎で示して言った。「ビール、飲む?」

「おれは一杯もらおうかな」とジョージが言ったが、マイロは少しびっくりしたような顔でローラを見た。

「何よ、いいじゃない」ローラはマイロの胸を叩いた。「そのうちあんたを酔っ払わせようってペギーと話してたのよ。それをあの子に見せてあげられないのは残念だけど。きっと、あんたが吐くほうに賭けたよね」

それに対して、マイロはなんと言っていいのかわからなかった。たしかに、すぐに吐き気をもよおすタイプにはちがいない。牛乳が少しでも悪くなっていればすぐ吐くし、砂糖のとりすぎもただではすまなかった。ペギーがいなくなってから、もう一緒にできなくなってしまったことについてよく考えた——寝る前の歯磨き（もちろん、彼はトイレに吐きだす）や、母のお使いで〈パミダ〉まで車で出かけることなど、ずっと一緒にやってきたことを。でも、将来一緒にするはずだったことについては、じっくり考えていなかった。一緒にお酒を飲むこと、お互いに初めて自分で車を買うときのこと、細身の黒いスーツの胸元にポケットチーフを挿して、ペギーの結婚式で乾杯の音頭を取るときのこと。〈パミダ〉まで行く車の中で、これはいつの日か旅立つときの予行演習だね、とふたりは冗談を言い合った。いつだったか、ウェイン市の信号でとまったとき、ペギーはハンドルを握り、フロントガラスから差しこむ日の光を浴びていた。姉はエンジンを吹かしながら言った。「さ、どこに行く？」彼らはランザ・サンドイッチと波形のフライドポテトを食べに、余計に一時間かかるフリーモントまで寄り道をした。いつの日か、ペギーは赤ちゃんを産むはずだった。そしてもうひとり産み、やがては孫もできるはずだった。

マイロ自身は自分の将来についてまだそこまで考えたことはなかったが、いつかは絶対に犬を飼うと決めていた。ペギーは、犬を飼うこともできない。

ジョージからもらった白い粉が、まるで切れた電線からバチバチと電気がほとばしるようにマイロの体を巡った。「うん、そうだよね。ぼくもビール飲もうかな」彼もネブラスカ州に住む十二歳の少年だ。今まで一度も口にしたことがないわけではない。苦くて酸っぱくて甘くて刺激的な味だということは、父のビールを舐めて知っていた。がんばれば飲めるようになれる味だと思っていた。

ローラはマイロの肩に腕をまわしてビール樽まで連れていき、カップホルダーからプラスチックの赤いカップを引き抜いた。「おい」と高校生のひとりが言った――アーヴ校長先生の息子のブルース・ジョンストンだった。高校一年生なのにどうして招待されたのかマイロは不思議に思ったが、きっとビール樽を持ってきたからなのだろう。「一杯一ドル」

「本気？」とローラは言い、カップでマイロを指した。

「ああ、きみか」とブルースは言い、カップを受け取った。「おごりだ」彼はうなずきながら、樽の横についているノズルを開けた。

「ありがとう」とマイロはもごもご言い、ビールの泡を見つめた。

「ひと晩じゅうおかわり自由だから」そう言いながらブルースはカップをマイロに渡した。「お姉さんのこと、本当に残念だったね」

マイロは泡の多いビールをひとくち飲んだ。ケリーがうしろからやってきてビールのおかわりをもらい、ビールがこぼれるのも気にせず体を傾けてローラにキスをした。ローラはケリーに背を向けたまま手を伸ばして彼の頬をなで、背中を彼の胸にあずけた。

「ねえ、信じられる？」とローラは言った。なんのことかわからなかったが、マイロはうなずいた。「いや、だって、ペギーが誰かと付き合ってるのは知ってたけど――前に話したわよね？――でも、殺すほど愛してた、なんてことある？　ほんと、信じらんない」

ひょっとしてローラは……嫉妬してる？　ビールがのどを逆流してきそうになっているのを感じ、必死に抑えこんだ。どこかのトラックから聞こえてくる音楽――心の痛みを歌ったタニヤ・タッカーのヒット曲――に合わせて何人かのチアリーダーたちが焚き火の前で体を揺らしながら、静かな声で歌っていた。

集まってきていた人たちは、これが追悼会だということを心に留めて静かにしていたが、そのうちフットボール選手のひとり――ダリル・クラーセンではなかったが彼によく似た誰か――が言った。「なあ、みんな、ペギーが望んでたのはこんな追悼会なのか？」それを合図に、流れていた音楽が静かなカントリー・ミュージックからヒューイ・ルイス＆ザ・ニュースに切り替わった。数人の女の子たちが、自由奔放《ほんぽう》さを表現するように、わざと髪を振り乱しながら踊りはじめた。
マイロは夜な夜な家に集まる両親やその友人たちの様子を見ていた経験から、このにぎやかさもしだいにまた感傷的になり、ビールを交わしながらいかにペギーが若くてきれいだったかを語っては泣き、二度と会えなくて寂しいと言っては泣きだすことを知っていた。やがてそんな感傷的な雰囲気も振り子のようにまたもとに戻り、自分たちはまだ生きているんだ、ということを実感しあうようになる。ただ、そうなるまでにはまだ数時間はかかるだろう。ローラはマイロの腕に自分の腕を通し、焚き火のすぐ近くまで連れていった。音楽のビートに合わせて膝を曲げ、腰を振って彼の腰に当てた。「ペギー、この歌が大好きだったの」そう言って満面の笑みを浮かべた。

それから一時間か二時間——もしかして三時間？——経ったころ、追悼会は宴《えん》もたけなわでみんな楽しく酔っていて、ピーチ・シュナップスのボトルがまわされていた。マイロはふたくちぐいっと飲んだ。苦いビールよりもおいしかった。シュナップスを飲むと胃に熱さが広がった。ただ、この時点ではその熱さの原因がシュナップスなのか、それまで飲んでいたビールの刺激なのか、それともジョージからもらった白い魔法の粉なのかはわからなかった。とにかく、マイロは頭がぼーっとして寒くて暑くて気持ちが悪くて感覚が麻《ま》痺《ひ》していて泣きそうで、体は制御されるのを拒否しているかのように言うことを聞かなかった——彼が愛してやまないのと同時に嫌悪している〝制御〟が効かなくなっていた。

そのころには大人も集まりはじめていた。なかには、両親が家で開くパーティで見かけたことのある人も、何回か父が〈ＯＫ〉に連れていってくれたときに見かけた顔もいた。ミスター・ゲイリー——ミスター・バークがひと晩じゅう小屋にいたと嘘をついた人——とミセス・ゲイリーもいた。それから、過去十年のあいだに高校を卒業した人たちも十人くらいはいた。きっとむかし、こうやって焚き火のまわりに集まって、こうするのもこれが最後だろうと思ったにちがいない。でも、そんなことにはならなかった。そんなに簡単に習慣からは離れられない。ミスター・ゲイリーはビール樽のところにいたケリーに十ドル紙幣を渡し、今日はとことん飲むぞと宣言した。彼のうしろで奥さんは腕組みをして、ここに来たときから持っていた〈ミラー・ハイライフ〉の金色の缶ビールをちびちび飲んでいた。

そのとき、ハルがトラックでやってきた。側溝のすぐ横でブレーキを踏んだためにひとつのタイヤが地面をとらえきれず、へこみのあるトラックの前面が焚き火のほうを向いていた。

「まいったな」とマイロは思わず口走った。認めたくはなかったが、かなり楽しんでいたのは事実だった。

彼とジョージは、自分たちを酔っ払わせるという使命を負ったギャングの一団に受け入れられ、ジョージはすでに吐いていたものの、マイロはまだなんとか耐えていた。ダリル・クラーセンでさえマイロのカップに酒を注ぎ、すんだことは水で流そうぜと言ってきた。そこは〝水に流そう〟だろ、とマイロはついつい笑ってしまったが、気がつくとダリルも笑いながらマイロの肩に腕をまわしていた。高校生の男子たちは、まるで自分の弟のようにマイロを扱い、からかったりした。一方の女子は、かわいい子犬のようにマイロを胸に抱きしめたり、ボサボサの髪を冷たい指で梳《す》いたりした。

そんな群衆が、今はいっせいにハルのほうに顔を向け、目を覆ってトラックのヘッドライトのまぶしさをよけていた。ハルはヘッドライトを消してエンジンを切り、トラックのドアを開けておぼつかない片足を地面におろした。かなり酔っていることは明らかで、マイロにもわかった。いつもはハンサムな顔も、今は濡れてたるんでいて、目もうつろだった。

「やだ」とマイロの近くにいた少女が言った。「ありえない」

人々は、誰がここを仕切っているのか、誰がハルに話しにいくのか、というようにお互いを見合った。ローラが決心したかのような顔になるのを見て、もっと近くにいればよかったとマイロは思った。そうすれば、彼女に言ってあげられたのに――ペギーのためにこうやって集まって楽しんでるんでしょ？　ハルはなにもしてないってこと、覚えてないの？　しかし彼女はすでにスポットライトの中に足を踏みこんでいた。友だちをうしろに従えて。

彼女は腕組みをして腰を突きだした。「ここでなにをしてるの？」とハルに訊いた。たとえラリーが鉄格子の中に勾留されていても、人々はそう簡単に一度抱いた疑念を捨てることができない。

「これ、ペギーのための追悼会なんじゃないの？」

ミスター・ゲイリーが一歩前に出て、ハルをビールのカップで指した。「ここには来るなって言ったはずだ、ハル。おまえは歓迎されないんだ、って」たぶん先に〈ＯＫ〉で会ってたんだろう、とマイロは思った――ミスター・ゲイリーもここに来たときにはすでに酔っ払っていたから。ハルは〈ＯＫ〉でこの会のことを知ったのだろう。

ケリーも前に進みでて、手を上げてハルに警告した。「おい、ここから出ていけよ。今すぐ。おまえは歓迎されてないんだよ」

ハルは冷たいバターのように蒼白な顔をしていた。

「なんで？」

ミスター・ゲイリーは妻をうしろに押しとどめて言った。「ハル、今はそんなことを言ってる場合じゃないんだ。とにかく、早くここから出ていけ」

ミセス・ゲイリーの顔はところどころに赤い斑点があり、泣いていたのがマイロにもわかった。「サム？」と彼女が言いかけると、夫は首を振った。「でも——」

ハルが一歩前に出た瞬間、ダリル・クラーセンと別の男が飛びだしてきてハルの肩をつかんで押さえこんだ。そのとき、マイロは初めて自分も酔っていることを認識した——少なくとも、今の状態を〝酔っている〟と呼ぶのだろうと思った。片方の足を上げてまたすぐ下におろしたが、まるでゼリーの上に立っているようにふらふらと揺れた。お腹のあたりもゆらゆらと心地悪く揺れた——母が圧力鍋で調理しているレバーの味を想像したときのように。

「ねえ、こんなことはやめて！」とミセス・ゲイリーが叫んだ。「全部ラリーがしたことなのよ！」

「そんなの嘘だ！」とミスター・ゲイリーも叫んだ。

「あいつは小屋から出てないんだ」妻をその場から立ち去らせようとしたが、彼女は手を振りほどいた。

「触らないで！」と彼女がヒステリックに怒鳴ると、ミスター・ゲイリーは両手を上げた。「全部あんたたちのせい！　あんたたち男のせい。ラリーがああなったのは、自業自得なのよ！」

ハルはつかまれた腕を自由にしようとあがいた。それをダリルに押さえこまれ、ハルは彼を殴った。

「だめ」とマイロは言ったが、誰にも聞こえていないようだった。もしかしたら声が出ていなかったのかもしれない。ハルの一発はダリルの顎をとらえた。ケリーが腕を振りまわし、それが酔っ払ったハルの顔に命中した。焚き火の明かりでも赤い拳のあとが見えた。

「ちょっと！」とローラが叫んだ。「ねえ、ちょっと待ちなさいよ！」でも、男たちはどんどん集まってきた。そのなかにいたミスター・ゲイリーが叫んだ。

「おつむの足りねえクソ野郎が！」

「彼のせいじゃないわ！」ミセス・ゲイリーが叫んだ。ハルの障害のことを言っているのか、それともペギーの事件のことを言っているのか、マイロにはわからなかった。ハルは地面に膝をつき、立ち上がろうと体を揺すって足場を固めようとしていたが、男たちがそれを阻《はば》んだ。

マイロは頭を振ってもやがかかったような意識をはっきりさせようとした。ハルを助けなきゃ。ハルは犯人じゃない。マイロはハルのまわりに群がっている集団に近づき、ひとりの上着の背中をつかんで引きはがそうとした。注意を惹きたかった。しかしその男は腕を振り上げた。弾《はじ》き飛ばされそうになったマイロの肩をジョージがつかんだ。

「なんとかしないと」とマイロは言ったが、自分でも呂律がまわっていないのがわかった。「このままじゃ帰れない」姉が死に、今はハルも意識を失いそうになっている。このまま酔っ払って両親のもとには帰れない。十二歳なりの論理がそこにはあった。まあ、真っ当な思考だ。

「とにかくここから出たほうがいい」とジョージが言った。「どれがクラーセンのトラックかはわかる。みんな車のキーは挿しっぱなしだ」

ミセス・コスタガン。彼女が、バスの中の状況がどうであれ、有無を言わさずに問題を解決していたのを思い出した。ミセス・コスタガンのところなら、酔っ払って行っても大丈夫だという自信もあった。きっとハルは何百回もそうしていたはずだから。「運転できるの?」と彼はジョージに訊いた。

「もう何年も前から運転してるよ!」

「でも、酔っ払いすぎじゃない?」クラッチをちょうどいい具合につなぎ、足をアクセルからブレーキに移動する。そんな離れ業は、マイロには想像できなかった。しかも手はハンドルを握りながらだなんて、なおさら。

「ばーか。大丈夫だよ、全部吐いちゃったから」ジョージは偉そうに笑い、ピースサインをした。「二回も」

23

トラックが私道に乗り入れてくる音が聞こえ、アルマは読んでいたラリー・マクマートリーの小説のページの角を折った。もうすぐ午前零時になろうとしていた。ちょうど一時間前、ハルの隣人のミック・ラングドンから、ハルのトラックが見当たらないという電話がかかってきた。「自分のベッドじゃ、夜は一時間もまともに眠れないんだけどな」とミックは言った。「でもよ、椅子に座っておれの大好きな『エアーウルフ』を見てると、どういうわけか眠っちまう。で、目が覚めたらハルの車庫のドアが開いてたんだよ」

「ハルのことを気にかけてくれるのはありがたいんだが、どこかに出かけるたびに電話しなくてもいいよ」とクライルは言った。ゴミ捨て場で鹿の死骸を見つけてからというもの、ミックは毎日のように電話をかけてきていた。この世の終わりまで、彼は毎日電話してくるのではないかとアルマは思った。今回の事件ではハルが無実だったにもかかわらず、またなにか問題を起こすのではないかと疑っているのだ。

ミックはかまわずに続けた。「出かけてからどのくらいなのかはわからん。一時間かもしれないし、三時間かもしれない」

クライルが電話を切ったあと、アルマはなんだか不安だと彼に打ち明けた。一時間でも三時間でも、酔っ払うには充分な時間だ。どんなまちがいが起きないともかぎらない。

クライルは〈OK〉に様子を見にいった。でも、砂利を踏むタイヤの音から、クライルではない誰か知らない人のトラックが来たのがアルマにはわかった。悪魔のようなスピードで運転するハルに比べればクライルの運転は穏やかだが、それでも今私道に乗り入れてきたトラックよりはスピードを出す。彼女はもはや寝るのを諦めていた。八日前にペックがここを訪ねてきて以来、夜は悪いニュースしか運んでこない。

アルマは、本の同じ段落を繰り返し読んでいた居間の椅子から立ち上がり、コートをはおった。寝間着に着替える気にさえなれず、日中に着ていたフランネルシャツとジーンズのままだった。ジーンズのいちばん上のボタンをはずしてはいたが。

家の前でトラックが音もなくゆっくりと停まった。マイロが助手席のドアを開け、ポーチにいるアルマ目がけて駆け寄ってきた。彼女は心臓をバクバクさせながら少年を出迎えた。あまりにも激しく抱きついてきたので、うしろに倒れそうになった。息からはアルコールのにおいがして、コートには煙草のにおいが染みついていた。

「ハルが！〈キャッスル・ファーム〉にいるんだ！」マイロが話しはじめ、アルマは断片的に状況が理解できた――酔っ払い、殴り合い、悪い知らせ、焚き火。マイロの田舎くさいいとこは背の高い運転席から転げ落ち、立ち上がるとタイヤを蹴った。マイロが体を離し、アルマの腕は急に空っぽになった。彼女は髪の毛の雪を振り払った――いつから降りはじめたのだろう。いつものくせで、私道の砂利の上でスリッパを踏みならした。地面にはうっすらと雪が積もりはじめていた。

彼女は〈キャッスル・ファーム〉までトラックを走らせた。途中で何台もの車とすれちがった。こんな砂利道ではめったに車とすれちがうことはない。ましてこんな深夜には。もしもすれちがう車の運転席をのぞきこむことができていたなら、マイロの話からしても、恐怖におののいている愚かな高校生や大人の顔が見えたことだろう。サム・ゲイリーも来ていたそうだ。親友のラリーが逮捕され、供述調書にもサインをさせられ、彼は怒りまくっていたらしい。アルマがハンドルを切るとタイヤがそれに従い、大きな車体は誰もいない〈キャッスル・ファーム〉の私道にはいった。マイロとジョージがここを出てからまだ十分と経っていないのに、敷地内に停まっているのはハルのトラックだけだった。湿った焚き火のあとからは煙が昇り、その向こうに寝わらのような盛り上がりがあった。ハルだった。

ガソリンスタンドで買った二杯のコーヒーを持って、クライルが待合室にはいってきた。アルマが到着してすぐにクライルも〈キャッスル・ファーム〉に現われた。〈OK〉で聞いた話からハルがいそうな場所を割りだしたそうだ。今ふたりがいるのは、ウェイン市のプロビデンス医療センターだった。ハルは腕と鼻を骨折し、肋骨《ろっこつ》にも打撲傷を負い、そのうえ脳震とうを起こして緊急救命室のベッドの上でいびきをかいて寝ていた。

病院までの道中、ハルは助手席の窓にもたれておとなしくしていた。泣いていなかった。それが、いかに悪い状態なのかの証拠だった。医療センターまであと五キロというところでハルは眠りはじめ——こういうときには眠らせてはいけないのだろうか——乾いたのどの奥でいびきをかいていた。医療センターに行く途中、アハーン農場でジョージとマイロを降ろした。家には明かりがひとつもついていなかった。まだペギーが失踪していると思われていた一週間前には、すべての部屋に明かりがともっていたのに。

クライルはアルマに発泡スチロールのカップを渡し、自分もコーヒーを飲もうとして鼻にしわを寄せた。彼と知り合ってからずっと、最初の熱いひとくちを飲むときにはいつもそんな顔をする。緊急救命室の中にはもうひと組、アルマたちよりは少し年配の夫婦がいた。妻のほうは両手でお腹を抱え、今にも死にそうなほど顔をゆがめていた。ときどきものすごい悪臭を放つおならをしては、安堵と同時に恥ずかしそうな表情を浮かべていた。少し離れたところに、二十代なのだろうがどう見てもティーンエージャーにしか見えない青年がいた。きちんとしたズボンにドレスシューズという身なりで、顔には涙のあとがあった。看護師と話すために立ち上がって歩いていく様子を見ると、どうやら靴ずれができているようだった。妻のために病院に来たのだろう。絶対にそうだ。たぶん、赤ちゃんが生まれるのだろう。

医師が出てきて、ハルは回復しており、頭の怪我もそのうち治るだろうと告げた。「彼にとってはちょうどよかったかもしれませんね」クライルとアルマがきょとんとした顔で彼を見ると、医師はさらに付け加えた。「彼には殺人の容疑がかかってるんじゃなかったですか？」

「それはちがう」とクライルは言った。「別の男が逮捕された」

「そうですか」医師はこの話題にはそれ以上触れず、自宅での看病について書かれた紙を渡してきた。「明日には退院できます。ところで、看護師が親族に電話をかけました。こちらに向かっているそうです」そう言うと、ペンでアルマを指した。「つまり、あなたは母親じゃなかった、ってことですよね」ハルが運びこまれたとき、そばにいたくて彼女は嘘をついたのだった。

「ええ」とアルマは認めた。「そうみたいね」彼女がハルを家族として受け入れ、母親なのだと自分に思いこませて以来、今週ほど母親ではないのを思い知らされたことはなかった。

マルタとユージーンが病院に到着したのは、それから一時間ほど経ってからだった。厚化粧をした彼女は煙草のにおいを体にまとい、杖に寄りかかって現われた。息子が病院に担ぎこまれたと聞いたら、手が震えってマスカラもまともにつけられないのが普通だとアルマは思ったが、マルタの顔にはそんな染みはひとつも見当たらなかった。「ハルをここまで連れてきてくれてありがとね、アルマ」とマルタは言ったが、アルマは腕組みをしたままただにらみ返すだけだった。「まあ、いいわ。そっちがそのつもりなら」

マルタとユージーンは、〈リーボック〉を履いた痩せぎすの看護師にハルのベッドまで連れていかれた。アルマとクライルは、待合室の座り心地の悪いプラスチック製の椅子にそのまま取り残された。

アルマは、〈OK〉でラリー・バークのことをなにか聞かなかったか、とクライルに訊こうと思って口を開いた。ところが、ふいに口から出てきたことばに、彼女自身も驚いた。「わたしね、名前をつけてたのよ」

「誰に？」とクライルは訊いた。しかし、しばらくして彼は言った。「どんな名前をつけたんだい？」

「エドワードとパトリックとニコラス、それにブレット」

「男の子が欲しかったのか？」

アルマは首を振った。「本当に男の子が欲しかったのかはわからないけど、女の子だったらどうすればいいのかわからなかったかも。くだらないおしゃべりとか得意じゃないし。それにあなたも知ってのとおり、料理は上手じゃないから」

「きみのラザニアは好きだよ」

ナース・ステーションでは、ドーナッツの食べかすを口の端につけたふたりの看護師が、書類の山を処理していた。「五人目もいたの」とアルマは言った。「妊娠三カ月だった。農場に引っ越してきてから二年目のとき」

クライルはうなずき、彼女の手を握った。「知ってた」アルマは驚いた顔で彼を見つめた。「少なくとも、そうじゃないかとは思ってた。でも、なんて言えばいいのかわからなかった」

いのか、わからなかった」

アルマの目に涙があふれた。「もしかしたら、子供が欲しいという気持ちが強すぎたのがいけなかったんじゃないか、ってときどき思うの。そんな幸せを味わう資格がなかったんじゃないか、って」

「この世はそんな仕組みでまわってるんじゃないよ」

「そう？　本当に欲しいものを手に入れた人なんているる？」

クライルは、アルマの手を握っている手に力をこめた。彼女は痛みに少したじろぎ、手を引っこめた。ガンスラムに引っ越してきて日曜の朝のドライブを始めたばかりのころ、クライルが運転しているあいだもふたりはずっと手をつないでいた。どうしても手を離したくないとき、彼は左手と膝を使ってハンドルをまわすこともあった。

「いるよ」とクライルは言った。「農場に引っ越してきたときのこと、覚えてるか？　最初のころ。町のお祭で着るコスチュームをきみが縫ってくれて、おれがひげを伸ばしたときのこととか、納屋の中で見つけたオーバーオールでかかしを作ったこととか？　きみもここが気に入ってた」彼女は少しいぶかしむように彼を見た。「本当だよ。おれにはわかる。いい気分転換になったんだと思うよ、都会での生活のあとで、それに……流産のあとで」

彼は手を伸ばし、彼女の髪をなでた。アルマは日中ポニーテールに結んでいる髪を、夜はおろしている。今も、結んでいたあとがくっきりと残っていた。「おれがまだティーンエージャーだったころ、銀行からうちの農場を差し押さえるという通知が郵送されてきたことがあったんだ。その手紙が届いたのは土曜の午後遅くだったから、両親は月曜の朝まで気が気じゃなかった。いったいなにをまちがったんだろう、ってね。こんな小さな農場でも、両親は手放したくなかった。それまではさんざん土壌が悪いだの狭すぎるだの、文句たらたらだったくせに。結局、銀行側のミスだとわかった。送り先をまちがえたそうだ。両親があんなに喜んでいるのを見たのは初めてだった。もともとは欲しくないと言っていた農場なのに」

「その話、前にも聞いたことがあるわ、クライル。たぶん百回くらいは」

「きみは、おれの話を全部知ってる。知り尽くしてる」そう言いながら、もう一度彼女の髪をなでた。

「赤ん坊たちのこと、本当に残念だった。本当に」

今度はアルマのほうから彼の手を取り、自分の膝の上で握った。クライルは親指の腹で彼女の手のひらをなでた。アルマの中で、なにかがほぐれた。咳払いをして彼女は言った。「わたしもよ」

一時間ほどして、ペックが病院にやってきた。ジーンズにフランネルシャツという私服で、ダウンベストの肩には雪がついていた。「まだ降ってるよ。ひょっとしたら春まで降りつづけるのかもしれない」彼はクライルの隣に座り、〈リー〉のジーンズの太もも部分をつまんで引き上げてから脚を組んだ。

「なに？　謝りにきたの？」とアルマは言い、ペックは半笑いした。

「おれは自分の仕事をしただけだ。それを謝るつもりはない。もちろん、ハルが巻きこまれてしまったことは残念だと思う。でも、だからといっておれが謝るようなことじゃない」

「じゃあ、なんのためにここに来たの？　犯人は逮捕したんでしょ？」

「自白がとれただけだ。同じことじゃない」

アルマは眉にしわを寄せた。「それ、いったいどういう意味？」クライルは彼女の腕に手をおいた。

「ドーナッツを賭けてもいい。ペギー・アハーンを殺したのは、ラリー・バークじゃない」

「ちょっと、ハルは絶対に――」ペックは手を上げてアルマをさえぎった。

「ハルがやったとはひとことも言ってないよ。疑わないといけない人間はほかにいる」そう言って、彼はクライルのほうを向いた。「あんただったら、身がわりになってまでして誰をかばう？」

クライルはアルマを見た。この人はわたしを守るためならなんでもしてくれるにちがいない、とアルマは確信した。長いあいだ、そんなふうに思ったことはなかった。

「まさか……」と彼女は言いかけてそのまま黙った。

「まあ、驚くのは当然だ。シェリル・バーク。女」アルマはそんなことを想像もしていなかったが、言われてみれば納得はいく。ペックは手を上げて、まだ自分の個人的な見解でしかないとクライルとアルマに言った。ただ、サム・ゲイリーがラリーは小屋にずっといたと言い張るのを聞いて、疑問に思っていたそうだ。アルマ自身、おおぜいの酔っ払いを知っているが、なかには眠りの浅い不運な人間もいて、サムは自分もその部類だと言っていた。

ナース・ステーションでは、靴ずれの若者が片足で立ってカウンターに寄りかかり、年配の看護師と話していた。六十代と思われる看護師が片方の手を腰のうしろにまわし、お尻に食いこんだ下着を服の上から何気なく引っぱった。そのとき、アルマは夏のピクニックでの出来事を思い出した。頭の片隅でずっと引っかかっていたことだ。

思い出してみると、実にくだらないことだった。あのときアルマは、デザートが並んだピクニックテーブルのそばに汗だくで立っていた。きつすぎるショートパンツが気になっていた。すでにいちばん上のボタンをはずし、太ももの部分も座れないほどぱんぱんだった。もっと大きいサイズが必要だと、自分でも認めざるをえなかった。毎年、夏になれば庭の草むしりをしたり芝刈りをしたりするので、一キロくらい簡単に痩せられるだろうと思っていた。ところが次の夏になると、それまでのショートパンツがますますきつくなっている。

シェリル・バークも同じようにぴちぴちの半ズボン姿で近くに立っていた。まだ二十八歳だというのに諦めてしまったのか、一メートルの生地とひもさえあれば作れるような奇抜な柄のショートパンツをはいていた。そんなパンツがすてきに見える女などどこにもいない。つまり、誰がはいても同じように不格好だということだ。「ねえちょっと、あれ見てよ」とシェリルは友人につぶやいた。アルマにも聞こえるくらい大きな声で。「アルマ・コスタガンったら、ショートパンツからたるんだ白い脚なんか出しちゃって。わたしがあの歳になるころには、もっと常識的でいたいもんだわ」

アルマは恥ずかしくて顔が赤らんだ。ガンスラムの町の中を歩くたびに味わうのと同じような侮蔑だった――この町に馴染めていない、物事を正しくおこなえていないという感覚。そしてなにより、それを自分が気にしているというどうしようもない情けなさ。目が焼けるように痛かった。それは汗と〈コパトーン〉のせいだと自分に言い聞かせたが、そうじゃないことは自分がいちばんよくわかっていた。まだ、仲間に入れてほしいと思っているのか。アイスティーを片手にデザートのテーブルのそばに立ち、微笑んでいる女たちのひとりになりたいと思っているのか。アルマはそんな自分に腹が立った。だからそのときの思いを、心の奥深くにしまいこんでしまったのだ。でも、今になって思い出すのは、シェリルのことばの残酷さだけだった。自分以外の女ひとりひとりに向けられた、彼女の憎しみだった。

家までの帰り道、まだシェリルに言われたことに憤慨しながら彼女は思った。あの女にあんなことを言う資格なんてあるの？　でもそういう自分も、ハルがペギーのことを言いだすのを待っていた。おれに興味があるみたいだったとか、デートに誘ってみようかなと言いだすのを。アルマはきついショートパンツの膝の上に空になったキャセロール鍋をおき、その瞬間を待っていた。ハルがいかに愚かなのかを話し、彼の馬鹿げた期待をひとつずつつぶしていくその瞬間を。

24

年配の看護師は、退院後の注意事項をハルにではなくクライルに話した──シャワーを浴びるときにはギプスにビニール袋をかぶせること、理学療法が二週間後に始まること、毎朝のシャワーのあとに頭の包帯を替えること。クライルは長年ハルと一緒に過ごしてきたが、こんなふうにひとつのベッドに隣り合って座ったことはなかった。医療的な注意事項を話している別の人間が同じ部屋にいても、なんだかとても親密な時間に思えた。

注意深く聞いていることを相手に示すために、彼は脚を組んで両手を膝におき、しきりにうなずいた。マルタとユージーンはまだウェイン市にいて、シーツやタオルを買いに〈パミダ〉に行っていた。今聞かされた注意事項を、あとで彼らに伝えなければならない。アクステルにあるルーテル教会が運営する施設にハルが入所できるまで、マルタは自宅の空き部屋の掃除をして息子を迎え入れるらしい。また、ハルのような知的障害者がグループで外出する活動を、コミュニティ・センターでやっていることも調べたと言っていた。もう何年も前になるが、クライルが友人の酪農施設を訪れたときにこんなことがあった。新しい搾乳機を見学していると、おそろいの派手な黄色いTシャツを着たダウン症の大人たちが、それぞれの手首を縄でつないでぞろぞろと施設にはいってきた。友人は、新しく導入した機械を多くの人に見てほしくて、教育的な見学会に施設を開放しているのだと自慢げに話していた。「しかも」と彼は付け加えた。「安い入場料で」

この日、農場での朝の仕事を終えたクライルは、病院に来る前に一杯のコーヒーと噂話のために〈スタンダード〉に立ち寄った。ペックの推理は当たっていたらしい。その朝ペックは家に電話してきて、シェリルが出頭してきて犯行を自白したこととラリーが釈放されたことを知らせた。まだペギーが失踪しただけだと思われていたころ、アハーンの家で食料品の袋を抱えたシェリル・バークと出くわしたときのことをクライルは思い出した。食べものを持っていったり、できるかぎり力を貸したりするのはあたりまえだと思っていたので、そのときのことはすっかり忘れていた。カウンター席に座っている常連たちは、シェリルの弁護人——オマハから来た男——が、なんとか危険運転致死罪まで刑を軽くできないか画策しているらしいと話していた。

「ラリーもブタ箱を味わってみて、やっぱりおまえのことはたれこむつもりだとかなんとか、シェリル本人に言ったんじゃないのか」とロニー・マギーが言った。彼は、修理工場でのラリーの上司だ。「女房を大事にしてかばうのも、もうこれまでだな。昨日の夜、シェリルは郡拘置所の中で、全部ラリーのせいだと泣きわめいてたそうだ——あの男があんなクズのろくでなしでなけりゃこんなことにはならなかった、ってな。で、ペックにもだんだんとわかってきた。ラリーのやつ、まだあれは事故だったと言い張ってるらしいが、アハーンの娘とのことがばれた以上、これからどんな展開になるんだか」クライルはほぼ一年にわたってダイアンと不倫をしていた。もしもアルマが同じような状況になったとしたら、彼女はどうしただろう。もしかすると、シェリルはわざとペギーを轢いたのではないのかもしれない。衝動と故意は、同じコインの表と裏なのかもしれない。作用と反作用。不倫とその報い。いずれにしろ、結果は同じだ。

不倫に終止符を打ってからしばらくのあいだ、クライルは夜眠れないときに、ほんの些細なことで笑っていたダイアンを思い出した——上着のポケットから偶然二十五セント硬貨を見つけたときとか、ココナッツ入りのチョコレートバーをスーパーで買っていってあげたときとか。

一方、アルマはといえば、ある年のクリスマスに、彼女が子供のころに持っていたという児童向けの赤い『ブリタニカ百科事典』の完全なセットをプレゼントしたことがあった。とある遺品整理のセールで、IからJの一冊だけが欠けたセットを見つけたのだ。それから何カ月もかけていろいろな遺品整理のセールを訪れ、ようやく残りの一冊も手に入れた。クリスマスの朝、セットのうちの一冊、『総合索引』の包装紙をはがした彼女に、クライルはにんまりと笑って言った。「残りは納屋に隠してあるよ」と。

アルマはずっしりと重い本を手の中でひっくり返しながら言った。「すごく高かったんじゃない？」

何年か前に、小さいときどんなに百科事典が大好きだったか、アルマから聞いたことがあった。太陽の日差しが降りそそぐ窓際のコーデュロイのベンチに座り、エジプトのファラオや石炭採掘や地球の外周の長さについて学んだことを、彼女は話してくれた。

「きみにはその価値があるから」と言って、クライルはウィンクをした。なんと、ウィンクをしたのだ！

アルマは身を乗りだして彼の口にしっかりキスをした。ハルはクリスマスツリーのそばに立ち、うずたかく積まれたプレゼントの横で笑っていた。

それがアルマだ。いろいろ大変なこともあるが、それだけの価値がある。

看護師の話がちょうど終わったとき、影のようにつきまとうユージーンを従えてマルタが部屋にはいってきた。彼女はハルの所持品の詰まったプラスチックの袋――血に染まったジーンズと上着、財布と鍵――を人差し指と親指でつまんで持っていた。

この日の朝にクライルが病院に到着したとき、彼の濡れた髪はトラックから歩いてくるほんのわずかのあいだに先端が凍ってしまった。彼の姿が見えるなり、アルマはバッグを肩から掛けながら帰ることを告げた。

「もうさよならは言ったから」そう言ってハルの病室を顎で示した。「また言う必要はないでしょ」

ハルの頬と目のまわりは腫れて痣になっていて、顎のかさぶたは赤いファイバーテープのように見えた。

彼が無実だったということはいずれ忘れられる――人々の記憶には、彼がアハーン家の娘の死に関連していたということだけが残り、そのせいでひどい目にあったのは、なかったことにされる。ハルの名前は、うるさいハエのようにペギーの死につきまといつづけるだろう。もしかしたら、ハルがこの町から去るのはいいことなのかもしれない。クライルはそう自分に言い聞かせるしかなかった。マルタが、自分はいい母親だと自分自身に言い聞かせるしかなかったのと同じように。

クライルが振り向くと、マルタが彼を見つめていた。

「当てにしてもいい？　助けになってくれるわよね？」

「なんのことだ？」

彼女は指を折って数えた。「大家のこととか、電気料金のこととか、ハルが飼ってた羊のこととか」

彼はうなずいた。

「助かったわ。少なくともあんたは物分かりがよくて」


クライルがハルの家に着くと、アルマは居間で彼を待っていた。両足をコーヒーテーブルに載せ、リモコンを膝の上においていた。「思ったより落ち着いてるね」とクライルが言うと、アルマはキッチンを親指で指した。角の向こうのリノリウムの床に、粉々になった皿やコーヒーカップが散らばっていた。「気は晴れたか？」

「あんまり」

クライルは、ソファに座っているアルマの隣に腰をおろした。「なにを見てるんだ？」

アルマはテレビを指差した。音の消された画面の中で、美男美女が言い争っていた。いかにも硬そうな黒髪の女の顔には、化粧が流れ落ちたあとが残っていた。クライルはどのメロドラマがどれなのかは区別がつかなかったが、安物の大きな金のアクセサリーと大げさな肩パッドから、少なくともこれがメロドラマだということはわかった。「あの黒い髪の女、あれがフェリシア・ギャラント。トラブルメーカーなの」

「きみはずっとこういうのを見てたのに、おれは全然気がつかなかったのか？」

「まったくね」

羊小屋では、ピーナッツバターとジャムがじゃれ合っていた。ちょうど遊びたい気分だったらしく――午後の早い時間帯にしてはめずらしい――お互いの頭の上の空気を前肢で蹴ったり、体をまわしてその蹴りをよけたりしていた。クライルの農場の納屋にも、冬に備えて三面を壁で囲った同じような羊小屋を作らないといけない。それから、ミック・ラングドンに連絡して借家の契約を解約し、そのほかの細々《こまごま》としたことも片付けないといけない。おかげさまで、荷造りしないといけない食器はかなり減ったようだが。

アルマは頭をうしろにのけぞらせて言った。「農家の奥さんになるつもりはなかった」

「なんで今さらそんなことを？」

「ここには馴染めなかった。あなたもわかってたでしょ、クライル？　ガンスラムにはもう――十五年？――」

「十四年だ」

「もう十四年も住んでるけど、訪ねていけるような友だちもいない。あらかじめなんにも言わずに家に立ち寄って、キッチンでおしゃべりできるような人もいない」

「シカゴならいたと思うのか？」

「ううん。でもシカゴなら、そんなの必要なかったかも。きっと一日じゅう仕事をして、忙しくしてただろうから。毎日の退屈をまぎらすための、馬鹿な友だちは必要なかったと思う」

「そうやって、人のことを馬鹿呼ばわりするから、友だちができないんじゃないのか？」

彼女は笑った。「たしかに、それは言えるかもね」

テレビの中の女――男の自信を粉々に打ち砕くようなタイプ――が、リーゼントを今風にした髪型の男に色目を使っていた。「シカゴなら忙しくしてたと思う。仕事に戻って好きなことができただろうし」当時のアルマは仕事を終えて家に帰ってくると、担当している人たちがまちがった選択をしたせいで、いかに人生を台なしにしているか、よく愚痴をこぼしていた。でもそのことについて、クライルはあえて触れなかった。

家の外では、羊の片方――この距離からだとどっちなのかは見分けがつかなかった——がもう一方を地面に倒し、そのかたわらに伏せて息を切らしていた。

「あんなにあっさりと、おれをおいていくつもりだったのか?」冗談に聞こえるように言いたかったが、彼は息をつめた。結局はそういうことだ——イエスかノーか。彼女はここに残るつもりなのだろうか。残りたいと思っているのだろうか。

　アルマは両手を膝の上においた。「まだ彼女とは会ってるの?」その質問に、クライルは不意を突かれた。

　アルマは険しい表情で彼を見ていた。クライルは胸に鋭い痛みを感じた。ふたりは今まで、ダイアンのことを話したことはなかった。いつも率直なアルマも、何年ものあいだそのことを口にしなかった。「アルマ……」クライルは妻の手を取ろうと手を伸ばしたが、彼女は指の関節が白くなるほど両手を握りしめていた。

「会ってるの?」

　彼は、トラックの中でダイアンと会ったとき、〈ラブズ・ベビーソフト〉の甘ったるい香りがいつまでも消えなかったことを思い出していた。「会ってない。本当だ、アルマ」

　アルマは首を振った。泣いているように見えた。

「一緒にいるところを見たの。金曜日に」

「彼女から電話があって、金のことを話してくれたんだ。だから……彼女とはもう何年も会ってない」

　アルマはコーヒーテーブルから〈テレビガイド〉を取り、それで顔をあおいだ。またホットフラッシュが起きたのだろう。「彼女に秘密が守れないのはわかってた」

「老後の蓄えを引きだして、おれに知られないと本気で思ってたのか? ガンスラムに住んでて長いんだから、そのくらいわかってるはずだ」

「あれは老後の蓄えなんかじゃないわ」

「似たようなもんだろ」

　コーマーシャルのあいだ、ふたりは無言のまま座っていた——洗濯用洗剤の〈タイド〉、ミントタブレットの〈ベラミンツ〉、簡単便利な冷凍食品の〈タイソン・チキン・チャンクス〉。クライルは今まで、これほどテレビ画面を見つめながら、内容がまるで頭にはいってこなかったことはなかった。彼は自分の人生を台なしにしただけでなく、まるで飛び散る榴散弾《りゅうさんだん》の破片のようにアルマを深く傷つけてしまった。彼女だけでなく、ダイアンも、ロニーも、ほかの誰かも。「すまなかった、アルマ。本当に悪かった。自分の過ちに気づいたときには、きみの心はもうどこかに行ってしまっていた。もうなにを言っても、もとには戻せなかった」

アルマは振り向いてクライルを見つめた。やはり、彼女は泣いていた。妻の涙を見たのは、両手で数えられるほどだった。「なんでこんなに悩んでるのか、わかる？　わたしが知るかぎり、あなたはいちばんやさしい人よ、クライル。誰よりもやさしい。でも、そのあなたにあんなことができるなら、ほかにどんな希望が持てるというの？」クライルはなにも言えなかった。「わたしがいなくなれば、あなたは喜ぶと思ってた。でも、わたしは出ていけなかった」彼女は目をそらした。「どうしてかなんて、もうどうでもいいことよね」

クライルはアルマの顎に親指を当て、もう一度目と目が合うように顔を向かせた——彼女の目はくすんだ青色で、目のまわりにはしわがあった。「おれも、きみとハルと一緒に出ていったのに。ガンスラムを去ることに未練なんかなかった」

「でも、あなたはこの町が大好きじゃない」

それは事実だった。長いあいだ町から離れて大学とIBMで過ごし、ここには一時的に帰ってくるだけだとアルマに約束しておきながら、結局はいちばんいたいと思っていたところに落ち着いた——ネブラスカ州のガンスラム。「そんなことはどうでもいいんだ」

アルマは一瞬だけ間をおいてからクライルの胸にもたれ、クライルは彼女の頬をなでつづけた。「わたしは扱いにくい年老いた女よ、クライル。わたしと一緒にいるあなたのこと、みんなは聖人だって言ってるわ」

クライルはのどが詰まった。「きみと一緒にいられるのは光栄だよ。一秒一秒が」

アルマは脚を折り曲げてソファの上に座った。「本当に、わたしたちと一緒に来てくれた？」

「ああ、もちろんだ」とクライルは言った。かつてふたりが喧嘩した空の色と同じくらい、そのことばは真実だった。この気持ちは、単なる責任感とか、ひとりぼっちになる恐怖から来るものではなかった。彼は、隣に座っているこの女を心から愛していた。「訊いてくれるだけでよかったんだ」

25

バッグを膝に抱えたアルマは、ミトンもとらずに待合室で座っていた。クリスマスまであと二日のこの日、外は二月と同じくらい寒かった。朝食のとき、この冬はとんでもなく厳しくなりそうだと彼女はクライルに言い、そのあと付け加えた。「ほんと、バスを運転しなくてすんで助かったわよ。きっとミセス・ダンも、道路を走ってるより側溝にはまってることのほうが多くなるんじゃない？　たぶんね」彼女は物事をプラスに考えるようにしていた。それなりに努力をしていた。

ペックが奥の部屋からはいってきてドアを閉めた。

「彼女の準備ができた」と彼は言い、椅子に座った。今彼らがいるのは、裁判を控えた女性被告人が収容されるサーストン郡の拘置所だった。噂によると、シェリルの義母が一時的にハッティの面倒を見ることになったらしい。ラリーがひとりで子供の世話を焼くのは無理だと言って。よくある話だ。男というのは、自分自身がどうしようもないガキなのに子供を作る。この日の前日にペックから電話があり、シェリルがアルマとの面会を希望していると聞かされた。「会う気はあるか？」と彼は訊いた。

会わない理由がない、とアルマは思った。シェリルがどんな弁解をするのか興味があったし、それ以上に、自分になにを言いたがっているのか知りたかった。ペックが立ち上がり、アルマは彼のあとについてドアまで行った。

「会議室での面会なんだが、手錠なしでも大丈夫か？」とペックは訊いた。「規則では、拘束することも可能だ」

アルマは首を振った。「手錠なしで大丈夫」現実的に考えてみると、いろいろあったにせよ、シェリル・バークが危険な人間だとはどうしても思えなかった。

彼はアルマを連れてひとつドアを抜け、そしてもうひとつドアをはいった。そこはがらんとした部屋で、長さ二メートル弱の折りたたみ式のテーブルと四脚の椅子がおかれていた。中にはいると、クライルが地下室においている釣り道具入れを思い起こさせるようなにおいがした。テーブルの奥のほうの端にシェリルが座っていた。彼女は自分の椅子に両方の足を上げ、立てた膝に顎をおいていた。四人用の青いズボンをはき、グレーのトレーナーを着ていた。彼女はフットボールの試合のときにはいつも、目のまわりはマスカラで塗り固め、唇にはべったりと口紅を塗り、まだ自分の彼氏がチームの選手をしているかのように、寒さの中で手を叩いていた。でも、化粧をしていない今日の顔は、いつもより若く見えた。

「こんにちは、アルマ。来てくれてありがとう」

ペックがドア口に立って言った。「このドアも、もうひとつ外のドアも開けておくから、なにか用があったらすぐに言ってくれ」

シェリルは顎を膝に載せたままうなずいた。アルマは椅子に腰をおろし、ミトンをとって床においたバッグの上に載せた。

「来てくれてありがとう」シェリルは同じことを繰り返した。

「会いたがってるって聞いて、正直驚いた。わたしになにを言いたいのか、見当もつかないから」

シェリルは口を曲げた。「謝りたい、たぶん」

アルマはそう簡単に受け入れるつもりはなかった。

「謝る、ってなにを？」

「ハルのこと？　ほら、疑われたこととか？」

アルマは鼻を鳴らした。「まあ、ご立派だこと」

シェリルは苛立った表情を見せた。「こっちは謝ろうとしてるのよ」

「なに？　簡単に許せると思ってるの？」

「ちがうわ、ただ――」シェリルはことばをとめ、咳払いをした。「そんなつもりじゃなかったの。今さら言ってもしょうがないけど、本当なのよ」

「事故だった、って言いたいわけ？」

シェリルはまた口を曲げた。その表情には見覚えがあった。シェリルがまだスクールバスに乗っていたころ、誰の隣に座るか悩んでいるときの顔だった。「そう、事故だった。魔が差した、って言ったほうがいいかもしれないけど。つまり、まちがいだった。たしかにわたしがやったことだけど、あのときは正気じゃなかった、って言うか。少なくとも、わたしの弁護士はそう言ってる。ラリーがオマハの弁護士を見つけてくれたの。有能らしいわ。罪を軽くしてくれるんだって。刑務所には行かなくちゃいけないけど、そんなに長くはいらなくてもいいらしい」

「それでいいと思ってるの？」

シェリルは肩をすくめた。「わたしには娘がいるのよ。一緒にいてあげないといけないの」

「そんなこと、もっと早く気づくべきだったわね」

シェリルは足を床におろして身を乗りだした。「不倫のことは知ってたのよ」一瞬、シェリルはクライルとダイアンのことを言っているのかと思った。「あの一週間くらい前に気づいたの。いろんな断片をつなぎ合わせたら、わかったのよ。それで、どうしようか考えてた」ラリーとペギーのことを、誰かがシェリルに告げ口したのではないかとアルマは思った。何年も前、ヘアサロンの椅子に座っているアルマに、濡れた櫛を持ったフィリスがクライルたちのことを話したのと同じように。「あの馬鹿。なにかあるとは思ってた。ただ、相手が誰なのかはわからなかった。でも、フットボールの試合があったちょっと前の金曜日、ハッティが観覧席の下にもぐりこんじゃって——本当はラリーが面倒を見てくれてるはずだったのに——しかたなくわたしが引っぱりだしてたの。そしたら売店にラリーがいて、ペギーのお尻の割れ目に指を這わせてるのが見えたのよ」そう言いながら、彼女はジッパーをなぞるような仕草で人差し指を上げた。「さーっ、ってこんな感じで。で、そのすぐあとに鹿狩り旅行の話をしてて、ハル・ブラードと一緒だとか言ってたけど、本当はあの娘《こ》と週末を過ごすんだろうって思った。ハルに銃を撃たせるようなことは絶対にするわけないから。で、あの夜〈ＯＫ〉でハルを見かけたとき、確信したのよ。ラリーが嘘をついたんだって」

「でも、嘘はついてなかった」とアルマは指摘した。

「いやいや、いっぱいついてたわよ。あの夜、〈ＯＫ〉でハルが鹿の自慢話をしてて、ハルが町にいるんだったら、と思って念のためにトーニャと一緒に〈キャッスル・ファーム〉に行ってみたの。そしたらペギーがいた。で、原っぱであの娘《こ》がおしっこしてるとこまで行って、言ってやった、ラリーには近づくな、って。わたしたちには娘もいるんだから、ってね。わたしから今の暮らしを奪うのはやめて、って言ってやった」シェリルは顎を噛みしめ、アルマを見すえた。

「そしたらあの小娘、なんて言ったと思う？」

「さあ、さっぱり」

「わたしのクソみたいな人生なんて欲しくもなんともない、そんなの思ったこともない、って言ったのよ。高校を卒業したら、教育学を学ぶためにネブラスカ大学に行きたいんだって。こんなゴミみたいな町に住みつづけるつもりはないんだって。わたしみたいな人生はまっぴらごめんだ、って言ったのよ」シェリルは、肺の中に充分な空気を入れようと、息を吸いこんだ。「わたしの顔を真っ正面から見て、言ったの。まあ、そのとおりよね。わたしは、このゴミみたいな町で、ゴミみたいな人生を送ってるから」

「あのころからちっとも成長してないのね」とアルマは言い、シェリルはヒステリックに笑った。

「ええ、そうかもね」

「それで？　なにがあったの？」とアルマは訊いた。いろんな噂が飛び交っていた――シェリルはたまたまペギーを撥ねただけだとか、わざと轢き殺したんだとか、鹿と見まちがえたんだとか。人々は好き勝手にあれこれ言っていた。アルマは、どうしても本人の口から聞きたかった。

　シェリルは頭を左右に振った。「ほとんど覚えてないのよ。って言うか、何回も思い出しすぎて、実際にはどうだったのか覚えてない、みたいな？　〈キャッスル・ファーム〉を出て、トーニャを家まで送っていったんだけど、とにかくあの小娘のことばがどうしても頭から離れなくて。だいぶ酔ってたんだけど、また戻ることにしたの。そしたら彼女が道路の脇を歩いてて、それで……あんたの家の近くの砂利道であの娘を撥ねた。本当に事故だったのよ。わざとじゃなかった。つまり、たしかに彼女は見えたけど、暗かったし、それに――」シェリルは少し間をおいた。「わからない。とにかく、そんなつもりじゃなかった」

そんなことがありうるのか、アルマにはわからなかった。でも、クライルの不倫のことを知って何週間か経ったころ、〈ガンスラム・フーズ〉でダイアンと鉢合わせしたことがあった。あのときは彼女の顔をひっぱたかないように、ショッピングカートのハンドルをきつく握りしめていなければならなかった。手は一ミリも動かさなかった。それでも手の奥がうずくので下を見ると、手のひらは真っ赤になっていた。衝動に駆られるまま動いていたら、一瞬のことだっただろう。

「ラリーは、なにかあったってすぐに気づいたみたいだった。わたしがなにかしたかもしれないって。あのときは、ヴァレンタインまでラリーたちを迎えにいかないといけなかった――もちろん、ラリーのトラックで。落ち着こうと必死だった。でも、どうしたらいいのかわからなかった。あの人、わたしをひと目見ただけで、なにかおかしいって気づいた。とにかく、わかったみたい。最初は、浮気のことがばれてすぐに責められると思ってたみたい。でもわたしが全部話したら、もうそんなことはどうでもよくなってた。だから彼、わたしの車を洗って、修理工場でフェンダーとヘッドライトを交換してくれた。その時点で彼は――なんて言うの？　共犯者？　でも、もしわたしのことがばれたとしても、彼に証言させることはできない、って言ってた。結婚してるから。法律でそう決まってるんでしょ？」

シェリルは顔をしかめた。目と口のまわりの小じわ――女にとってあらがえない加齢の最初のしるし――がいっそう目立った。彼女は身を乗りだして言った。

「ねえ、ちょっと聞いてくれる？」アルマは肩をすくめた。シェリルを証言台に立たせるつもりなら、そのやり手の弁護士に神のご加護あれと祈るしかない――この女は、頭に浮かんだことをそのまましゃべってしまいそうだ。「ラリーがペックのところに行って自首するまでの一週間は、こんなこと言っちゃいけないのかもしれないけど、結婚して以来久しぶりに最高に幸せな一週間だった。もちろん、ふたりとも怖くてしかたなかったけど、それでも、ほら、わかるでしょ？　なんか、心がひとつになったような気がしたの」

アルマはバッグを床から拾い上げ、のど飴の〈スクレット〉を探した。シェリルの素顔を見なくてすむならなんでもよかった。初めて流産した日、アルマはクライルの膝枕で、彼に髪をなでられながら眠ってしまった。一時間ほどして目が覚めると、彼は同じリズムでまだ髪をなでてくれていた。あのとき、ああなんて幸せなんだろう、と思った。彼女は〈スクレット〉をひと粒口に入れ、のど飴の缶をシェリルに差しだした。

「そしたら、なんかハルのまわりでいろいろ起きはじめて」とシェリルは続け、のど飴を口に放りこんだ。「みんなが、ハルがやったんだとか、犯人はハルだとか言いはじめて。で、わたしたちは思ったわけよ。それも悪くないかも、って。だって、ほら、同じような問題を抱えた人たちがはいるような施設にハルが送られれば、面倒を見てもらえるわけでしょ？　それに、今までもいろんなトラブルを起こしてきたわけだし。たとえば酔っ払って人を殴ったりとか。だから、結局はそういうところに行き着くのも時間の問題なんじゃないかって思ったのよ。だからわたしたち、ハルさえどこかに行けば、それですべて解決するって思った」

アルマは〈スクレット〉の缶のふたをパチンと閉じた。「ハルは、ガンスラムで彼なりの暮らしを築いていたの。あんたにはどう見えてたか知らないけど、とても幸せな生活だった。友だちもいたし、家族もいた。あの子を愛する人たちがいたのよ」ほんの少し前、シェリルと彼女の崩壊した結婚生活を哀れんだ気持ちが、今はあとかたもなく消え去っていた。人の人生を踏みにじっておいて、ただですむはずがない。

シェリルは立ち上がり、テーブルの両端を手でつかんで叫んだ。「わたしには子供がいるの！」

アルマは火がついたように顔が熱くなり、その熱が肩まで広がった。またホットフラッシュか。それとも、抑えきれなくなった怒りの炎なのか。「子供って、本当にかわいいわよね。でも、ママがどんなことをしたか知ったら、果たして一緒にいたいと思うかしらね。それにあんたが刑務所にはいったら、あんたたちの結婚もいつまでもつんだか。結婚生活で最高の一週間だった？　笑わせないで」

「ねえ、聞いて――」とシェリルは言った。

「聞くのはそっちよ！」アルマは彼女をにらんだ。「ちょっと。さっき、みんながハルのことを噂しはじめて、それで彼に濡れ衣を着せようと思った、とか言ってたわよね。でも、ペギーの遺体はオニールで見つかった」シェリルは唇を噛み、うつむいた。「あんたたちが遺体を運んだんでしょ？　あんたとラリーが。きっと、轢き殺してからすぐに移動したはず。つまり、噂を広めたのはあんたたち、ってこと」

「そんなつもりはなかったのよ！」とシェリルは訴えたが、アルマはすでにバッグを持ち、ドアに向かっていた。

「ねえ、待って」とシェリルは言った。「わたしは――」

「信じられない」アルマは部屋から出て、ドアを思いきり閉めた。まるでゲームかなにかのように、人間というのはいとも簡単に他人の人生をめちゃくちゃにできる。ひょっとして、自分も同じようなことをしてきたのだろうか――さんざん文句や恨みごとを並べて。アルマは深く息を吸い、廊下を歩いていった。

待合室では、ペックが膝の上の書類をパラパラとめくりながら座って待っていた。今まで盗み聞きをしていて、あわてて書類を手に取ったようにアルマには思えた。

「どうだった？」

「予想どおりよ。自分のせいじゃない、の一点張り」

ペックはうなずき、顎を掻いた。「正直言うと、おれもちょっと前まで多少は同情してたんだけどね」

「同情なんて、これっぽっちもできない」とアルマは言った。「あの女、ペギーを殺しておいて、その罪を人になすりつけようとしたのよ。無実の人間に」

「犯人がハルかもしれないって思ったとき、あんたはどうだった？」とペックに訊かれ、アルマはうなずいた。認めざるをえなかった。彼の言うことは正しい――たしかに、アルマにとって気がかりだったのはハルのことであって、ペギーに起きたことについては考えが及ばなかった。「保安官の仕事に感情は無関係だと言う人もいる。でも、実は大いに関係してるんだ。子育てに似てる――法律にはもちろん従うが、善良なことや正しいことのために感情も利用する」彼はクスクス笑った。「おれが子育てについて語るなんて、笑えるよな。この歳まで独り身をとおしてきたこのおれが」彼はアルマを見た。「子供が欲しいと思ったことは？」

成長していく子供の姿が、コマ送りでアルマの脳裏に浮かんだ――毛布に包まれた赤ん坊、暖炉の棚の上におかれたブロンズめっきのベビーシューズ、豚を追いかける半ズボン姿の少年、角帽の飾り房で鼻をくすぐられている大学の卒業式。

ペックは手を上げた。「すまない、余計なことを訊いたね。おれはときどき後悔するんだ、所帯を持たなかったことを。特に、こうやってクリスマスが近くなるとね」

「ええ」くぐもった声でアルマは言った。「この世のどんなものより、子供が欲しかった」

ペックは考えこむようにうなずき、アルマの目をまっすぐに見つめた。こんなに近くで目を合せるのはめったにないことだった。「そうか。残念だ」

アルマは唾をのみこんだ。「ありがとう」彼女はしばらくペックと目を合わせたまま、その場に立ちつくした。そして、おもむろにミトンをはめた。「ねえ、クリスマスにうちに来ない？」自分の口から出てくることばに、アルマ自身も驚いていた。「毎年、クリスマスハムを作るの。それで、クライルは〈ロード・カルヴァート〉入りのエッグノッグを作るのよ。万が一わたしがハムを焦がしても、酔っていれば気にならないからって」

「おれはそんなに飲むほうじゃないから」

「ええ」とアルマは同意した。「わたしたちも、もうほとんど飲まない。クライルは二杯も飲むとすぐ寝ちゃうしね。そうなったら、わたしたちだけで〈ジン・ラミー〉をして夜更かしすればいいわ」

ペックは肩をすくめた。「しょうがないな」

「じゃ、そういうことで」

アルマがバッグを肩に掛けているのを見ながら、ペックはうなずいた。クリスマスの予定は決まった。

「じゃ、そういうことで」

車に乗りこんだアルマは、ミトンをはめた手をヒーターの吹き出し口に向けた。まだ暖かかった。シェリルと面会していたのはせいぜい十五分だから、車が冷え切ることもなかった。

事故。ペギーが死んだ理由はたしかにそうだったのかもしれない。でも、それとハルに濡れ衣を着せるのとは別問題だ。アルマも、ハルの関与を疑ったことがあった。それは事実だ。でも、みんなそうだった。クライルでさえ。そういう意味では、ハル自身もそうだったのではないだろうか。酩酊《めいてい》した状態だったあの土曜の夜のことを思い出そうとしたときは。シェリルは刑務所の中で、毎週の面会時間を楽しみに待つことになるのだろう。ラリーが幼い娘の髪の毛を梳かして出かける支度をし、面会に連れてきてくれるのを心待ちにしながら。

アルマも、前に進む努力をしなければならない。ハルがマルタとあの馬鹿なユージーンのところに行ってしまったことには、正直腹が立っていた。でも、自分なりになにかしてあげたかった。一日おきに手紙を書き、週に一度は会いにいこう。〈オレオ〉も持っていってあげよう――きっとマルタは買ってあげないだろうから。それに、ハルの酔っ払った姿を大好きなママにもぜひ見てもらうために、〈サザンカンフォート〉も持っていこう。果たしてマルタは、家族の絆を取り戻したことを後悔するだろうか。

やらなくてはいけないことは、山ほどある。

アルマはギアをドライブに入れながら、〈ピケット金物店〉に寄ってクリスマス飾りやライトを買うことを思いついた。ポーチの飾り付けをしなくなってから十年は経つだろう。それに比べ、アハーンの家は毎年クリスマスのイルミネーションで飾られていた――至るところが色とりどりの光で輝いていた。しかし今年は、農場の明かりだけがぼんやりとともっている。アハーンの家から見えたときのことを考慮し、点滅しない白いライトにしようと思った――派手にはしたくなかった。でも、すぐに思い直した。アハーン家の人たちは、隣人の悪趣味な装飾を批判したりするほど暇なわけがないし、悪趣味だからといってとりわけ自分たちが失ったものを思い出すようなこともないだろう。なにを見ても、思い出さずにはいられないだろうから。アルマは、まだペギーの行方がわからなかったころのマイロを思い出した。スクールバスの中で、彼はなにごともなかったように懸命に振る舞っていた。マイロなら、クリスマスのデコレーションを歓迎してくれるかもしれない。彼女なら力になってくれると信じて、真夜中にアルマを訪ねてきたマイロなら。

店の前の駐車スペースに車を停めながら、カウンターのところにいる人が誰であろうがお勧めのクリスマス飾りを尋ね、ひとりでこっそり飾り付けようという気になっていた。こうなったら、クリスマス・クッキーも作ってやろうじゃない、と思った――〈オレオ〉のほうがおいしいよ、と憎まれ口を叩くハルがいないのが寂しかった。明日ハルに手紙を書こう、頭の中のリストに書き加えた。〈ピケット金物店〉のすぐ隣に文房具を売っているドラッグストアがある。でもまずは、クライルを驚かせよう。彼は午後いっぱい、農機具のオークション――多くの農家が十二月に廃業する――に出かけていて留守にしていた。ハルが農場の仕事を手伝わなくなってからも、今のところはそれほど困っていないようだったが、来年の春にはどうなるかわからない。

夕暮れに帰ってきたクライルが、雪が降るなかきらめくイルミネーションを見て、「こりゃ、すごい」と言いながらトラックから降りてくる姿をアルマは想像した。「ひょっとしたら、本当にサンタが来るのかもしれないな」

食器用のふきんで手を拭きながら、彼の驚きの表情を見るためにポーチに出ていく自分の姿も想像した。ただの白いライトでそんなに興奮するなんて馬鹿ね、と言いたくなるだろうが、それは言わないでおくかもしれない。もしかしたら、私道までおりていって、彼の腕に飛びこむかもしれない――そんなに長く外に出るとは思わず、コートを着ていないかもしれない。そして彼の胸にもたれて、こう言うかもしれない。「ねえ、きれいだと思わない？　今日、ひとりで飾りつけをしてみたの」

26

マイロはバックパックを肩に掛け、バスのステップを上がった。冬用のコートはバックパックのストラップに結びつけていた。バスを降りるときには着ないと、母にこっぴどく叱られる。今の気温は十度で、週末には十五度まで上がるらしいが、来週早々にはまた零下に戻るという予報だった。それでも、この陽気が続いているのはうれしかった。

マイロと目の合ったスコットが、通路を走って窓際まで飛んできた。「五時間目に、リサがチョークを取ろうとしてしゃがんだの見たか？」マイロが席に座るより先に彼は言った。「心臓がとまるかと思ったよ」

「この変態」とマイロに言われ、スコットは眉毛を上下に動かした。ふたりは親友らしく、あっという間に以前と同じ関係に戻っていた。〝姉を殺された弟〟というマイロの微妙な立場をすぐに乗り越えて――ただ、〝殺された〟という表現は、公式には使われていなかった。犯人が減刑のために有罪を認めたので、〝危険運転致死で姉を失った弟〟という呼び方のほうが正しいのかもしれない。ペギーはいつも、マイロが細かいことにいちいちこだわりすぎると言ってからかっていた。だからこの微妙な呼び方についても、おもしろがっただろうか。自分の鼻くそを弟のズボンにこすりつけていたような姉だ。きっとおもしろがったにちがいない。

認めたくはなかったが、姉の記憶はほんの少しずつではあったが、消えつつあった。今年の夏、そろそろカーペットを洗おうと母が思いたち、みんなでソファを壁から離したことがあった。まさかこんなに色が褪《あ》せていたのかと驚くほど、ソファの下になっていた部分は色がちがっていた。

クリスマス休暇が終わって初めて学校に行ったとき、みんなは彼と距離をおき、廊下を歩いているときも目に見えないバリアに囲まれているような感覚になった。先生たちはみんな同じようにマイロの肩に手をおいて、昼食を盛りつけてくれるおばさんたちもスロッピー・ジョー――トマト味の挽肉サンドイッチ――にピクルスを多めにつけてくれた。本当はふたつと決まっているのに。何週間か前の週末、おじさんとおばさんはマイロを元気づけるためという名目でジョージを泊まりにこさせた。帰りぎわ、ジョージは〝緊急のために〟と言って白い粉のはいった小さな袋をおいていった。マイロはどうしようか少し悩んだあと、トイレに流した。たとえガンスラムから一生出られないとしても、そんな逃げ道はごめんだった。

二月の中旬、バンドの練習に向かう途中でマイロはダリル・クラーセンとすれちがった。ダリルは肘でマイロの肩を小突《こづ》き、まるでそれがマイロのせいであるかのようににらみつけてきた。何日かは痣になったところを指で触ると鈍く痛んだ。そのあとの土曜日、スコットに呼ばれて彼の家に泊まりにいき、〈リトル・デビー〉のオートミール・クリームパイを食べすぎて、スコットはトイレで吐いた。そうやってマイロは日常を取り戻していった。少なくとも、表面上はそう思えた。

「代数のテスト、返ってきた?」とマイロは訊いた。スコットは片手を上げて首をかしげ、首吊りの真似をした。「ぼくもだ」とマイロは言ったが、実際にはB+をもらった。中学校は、一日じゅう同じ教室で過ごしていた小学校とは大ちがいだった。今では代数の授業のあと、マイロは英語の授業に向かい、スコットは工作の授業に向かう。

「お母さんにもう話した?」とスコットは訊き、マイロは首を振った。

「今夜話してみるよ」この三週間、立て続けに土曜日はスコットの家に泊まりにいった。でもスコットは、マイロの家に来て〈ニンテンドー〉のゲーム機で遊びたがっていた。マイロはクリスマスのプレゼントとして、このゲーム機以外にも〈スーパー・マリオ・ブラザーズ〉と〈ダック・ハント〉のソフトと、自分の部屋用のテレビまでもらった。今年はほかの家よりも一週間遅れのクリスマスのお祝いだったが、それにしてもとんでもなく豪華なプレゼントだ。ただ、プレゼントを開ける唯一の子供として、祖母の鋭い監視下でおとなしく過ごさなければならなかったことを考えれば、これでも足りないくらいだ。父はのんきにコーヒーにバーボンを入れていたというのに。母は病院の仕事には戻らず、ずっと家にいてクッキーを焼いたりしていた。車庫の中での喫煙は続けていて、頬はすっかりこけてしまった。

スコットが泊まりにきてもいいかと母に訊くことを、マイロはためらっていた。二階に子供がふたりいて、子供ならではの音をたてるのはどうなのだろうと心配だった——ドタドタと足音をさせたり、笑ったり、ゲームオーバーになりそうなときにゲームの音が大きくなったり。家の中に子供がひとりしかいないときとふたりいるときとでは、騒音の大きさは驚くほどちがう。マイロひとりなら、テレビに六十センチまで近づいてやっと聞こえるくらい音を小さくできる。父は毎晩のように〈OK〉に飲みにいき、マイロと母は電子レンジで温めたラザニアを食べた。父は帰ってきても夕食はとらず、ときどき夜中に酔って吐いていた。夜は、誰も熟睡しなかった。

両親にとって、今の生活はどうなんだろう。真夜中も眠れずに起きているのに、互いに話すこともなく、マイロも話すことがないから自分の部屋に閉じこもっていた。シェリル・バークが自首したあと、バーンズ牧師からはこんなことを言われた——これでひと区切りがついて、マイロの家族もやっと前に進める、と。でも、実際には区切りなんかついていなかった。なにひとつ終わってなんかいなかった。なにかあったとすれば、それは新しい扉が開き、またその先には別の扉、別の考え方が延々と待っているだけだった。あの日、ランドルフ保安官が教会に姉の死を知らせにやってきたとき、信じることと信じないことは同じコインの裏と表だと言われた。マイロはずっとそのことを考えていた。そして、その意味がわかったような気がした。信じないということは、信じるということの別の形でしかない。別のなにかを信じることと同じだ。

スコットは、歯の矯正具《きようせいぐ》をつけたつまらなそうな顔をしている妹と一緒に、家の前でバスを降りた。砂利道の中央にバスが戻りかけたときスコットは振り向き、中指にキスしてマイロに敬礼した。マイロは手を振った。小学校に上がって父親から農場の手伝いをさせられるようになってからずっと、マイロはガンスラムから出ていくことばかり考えていた。高校を卒業したら大学に行き、自分のことを知っている人が誰もいない都会に行く。なんの未練もなく。成功に向かってまっしぐら。将来の夢は、ここを去ることを前提にしていた。でも、今となってはそうできるのだろうか。両親は、あまりにも多くのものを失ってしまったのではないだろうか。家に帰ったら、スコットが泊まりにきてもいいか母に訊こう。どうしても訊かなくてはならない。

なにかが頭の上を飛んだ——サポーターかソックスか、マイロにはわからなかった。バスの前方からミセス・ダンの声が聞こえてきた。「やめなさい。聞こえた？　とにかく、やめなさい」でも、なんの効き目もなかった。スクールバスの運転をするようになって最初のころ、彼女が泣いたことをスコットから聞いた。何度注意しても四年生が通路を走るのをやめず、どう対処すればいいのかわからなくなったかららしい。四年生が原因で泣くくらいだと、もう終わったも同然だ。

　バスは、マイロの家の前を通る道に曲がった。ミセス・コスタガンが、彼女の家の私道の端に立っていた。郵便受けから新聞と手紙の束を取りだし、かわりに手紙を中に入れて赤い旗を立てた。バスが近づいてくるのを見て、彼女は得意満面の表情を見せた。ミセス・コスタガンはバスの運転が恋しくないのだろうか、とマイロは思った。それから、ほかの子供たちが彼女の手際のよさに気づいているだろうかとも思った。騒がしい子供たちを行儀よくさせたり、車輪を道路からはずさないように運転したりする点では、今とは比べものにならないほどいい仕事をしていた。前から五番目の席の通路には、ミセス・ダンがクラッチの操作をしくじってバスをエンストさせた回数が、五本ずつの線で記録されていた。

「ねえ」とマイロは言い、バックパックを取り上げた。

「ここで降ろしてくれる?」

　ミセス・ダンはバックミラー越しに彼女と目を合わせた。「お母さんからの一筆がないかぎり、家まで送ることになってるんだけど」

「書いてくれるはずだったのに、忘れたみたい。コスタガンさんの家に行くことになってるんだ」

「じゃあ、しょうがないわね」彼女はバスの速度を落とし、道路の右に寄った。マイロはステップをおりた。

「気をつけて帰ってね」彼は返事がわりに手を振った。

　ミセス・コスタガンのそばまで行くと、彼女は郵便物を腕の下にはさみながら言った。「お母さんから一筆書いてもらったの?」マイロは首を横に振った。

「だと思った。あんな馬鹿な女が運転するバスに、みんなよく乗るなって不思議でならないわ」今日は気温がそれほど低くないのに、彼女の顔は寒さのせいで赤くなっていた。いったいどのくらい外に立っていたのだろう。

「元気にしてた?」と彼女は訊き、マイロは肩をすくめた。

「まあね」

「ご両親は？」彼はまた肩をすくめた。「まあ、そんなもんでしょ」そう言って、ミセス・コスタガンは手に持っている郵便物をわざとらしくめくった。ハルはミセス・コスタガンに手紙を書くのだろうか。あまり得意そうには見えなかったなとマイロは思った。ハルが引っ越したことは知っていた。彼が住んでいた家には、今はできちゃった婚をした若い夫婦が住んでいる。ペギーの一学年上だったカップルだ。

「今週末、なにか予定はある？」とミセス・コスタガンが訊いた。

「土曜日に友だちのスコットが泊まりにきてもいいかお母さんに訊くつもりだけど、予定はそれだけ」家に帰ったらすぐに訊こうと思っている。母が車庫で煙草を吸っていたとしても。

「じゃあ、日曜日の予定はなし？」マイロは首を振った。「だったら、ここまで自転車で来たら？　クライルの仕事を手伝ってほしいの」

「どんな仕事？」

「ここは農場だから、なんかしらの仕事はあるのよ」

まだマイロが小さかったころ、なによりも農場で過ごすのが好きだった――エンドウマメのさやを親指の爪で開け、豆を口の中に放りこむ。でも、いつの時点か、それが仕事に変わった――草むしりをしたり、バケツのゴミを捨てたり、スキッドステアローダーで豚舎の掃除をしたり。どういうわけか、ペギーはそういう仕事を免除された。姉は、母と一緒にキッチンでアイスティーを飲んで、パンの焼き方を教わっていた。農場の仕事そのものが嫌いなのか、それとも父の隣で作業するのが嫌いなのか、マイロにもわからなかった。コスタガンさんたちが飼うようになったあのかわいい羊たちに餌をやれるかもしれないと思うと、少し楽しみだった。冬のあいだずっと毛を刈られていないので、まんまるに膨れている。

「一時間五ドル」とミセス・コスタガンが言うのを聞いて、マイロの眉が跳ね上がった。一週間分のお小遣いと同じだ。

「もちろん、ぼく、やるよ。でも、教会から帰ってきてからになるけど」もう神さまは信じていなかったが、それでも教会には行かないといけない。ガンスラムに住んで身につけた知恵だった。

「それでいいわ」

「シカゴの話を聞かせてくれる？」とマイロは言った。

彼女の顔が和らいだ。シカゴからここに来たのを後悔したことはなかったのかな、とマイロは思った。シカゴのような大都会を捨てて、ガンスラムのような田舎町に引っ越してくる人が理解できなかった。いったいどんな理由があるのだろう。「ぼく、大きくなったらシカゴに住みたいんだ」

「物価が高くて大変なとこよ」とミセス・コスタガンは言った。「これで参考になるかしら」

「壁から壁までカーペットが敷かれたアパートメントに住みたいんだ。バスルームの中もカーペットが敷いてあるようなところ」

彼女は肩をすくめた。「クライルと一緒に住んだことがないから、そんなのんきなことが言ってられるのよね」そう言って、郵便受けに手紙の短かいほうを当てて束をそろえた。「十一時はどう？」

「大丈夫です、ミセス・コスタガン」

「やめてよ、まったく。アルマって呼んで」

「アルマ」

「なんなの？」と言われて、マイロは顔をしかめた。

「やあね、冗談よ。あんたは試しにわたしの名前を呼んでみた。で、わたしはなにか訊きたいことがあるのか、みたいな反応をした。それだけよ。みんな、わたしにはユーモアのセンスがないと思っているみたいだけど、それはまちがい」

「それはどうかな。こう言っちゃなんだけど、アルマ、今のはあんまりおもしろくなかった」

彼女はにやっと笑い、農場のほうを向いた。動きがしんどそうだった。「ああ、寒い」そう言ってから歩きはじめた。きっと郵便受けのところで、ぼくのことをずっと待ってたんだろう、とマイロは思った。時間に正確だったミセス・コスタガンとはちがい、ミセス・ダンの場合は子供たちを降ろす時間が不規則だ。だから、相当長い時間待っていたのかもしれない。マイロは歩いていく彼女を見ていた。振り向いて手を振るような人じゃないだろうな、と思った。いわゆる気さくでセンチメンタルなタイプではない。キッチンで椅子に座っている姉の姿が目に浮かんだ。母に腕を何度はたかれても、テーブルに肘を突くのをやめなかったペギー。父のリクライニングチェアの肘掛けから両脚を垂らし、噛んでいるガムを指に巻きつけていたペギー。バレーボールのコートにいたペギー。洗面所の鏡をのぞきこみながら、ニキビをつぶしていたペギー。すべて本当に起きたことだ。そういうすべての瞬間は、本当に存在した。でも、姉は永遠に十六歳のまま。あと五年で、マイロは姉より年上になる。

そのとき、びっくりしたことにミセス・コスタガンが立ち止まって振り向いた。マイロは、個人的な時間をこそこそのぞき見しているような気まずい気分になった。でも、彼女は自分の家の私道を歩いているただのおばさんだ。なにかマイロに叫んでいた――気をつけて？ 偉いわね？ マイロは自分の耳を指差した。ミセス・コスタガンはカップのように丸めた手を口に当て、大声で叫んだ。「遅れないで、って言ったの！」

マイロはうなずき、彼女はまた家のほうを向いた。遅れるわけがない。きっと、わくわくしすぎて土曜日の夜は眠れないだろう。それとも……もしかしたら、やっとぐっすり眠れるかもしれない。

訳者あとがき

一九八五年十一月、鹿狩りの季節が始まったばかりのネブラスカ州ガンスラム。〝今のこの季節が、クライルはいちばん好きだ――晴れていて寒くて、雪が積もっていて。少しのあいだ、この気持ちよさを味わった。これから訪れる日々の中で、この瞬間を彼は思い出すことになる〟

十一月には珍しく吹雪《ふぶ》いた週末、十六歳のペギー・アハーンが自宅から忽然と姿を消した。退屈なこの田舎町を出る日を夢見ていた少女は、家出をしたのか、それとも事件に巻きこまれたのか。さまざまな憶測が渦巻くなか、鹿狩り旅行から血のついたトラックで帰宅した知的障害のある青年ハル・ブラードに、町の人々は疑いの目を向けはじめる。彼がペギーに恋心を抱いていたのは、誰もが知っていることだった……。

平穏な町で突然起きた少女失踪事件。ハルが働くコスタガン農場を営む中年夫婦のクライルとアルマ、そしてペギーの十二歳の弟マイロの三人の視点から、小さな田舎町ならではの濃密でややこしい人間模様が描かれていく。成績優秀でスポーツが得意で人気者のペギーに引け目を感じながらも、姉のことが大好きなオタク少年のマイロ。聡明で正義感が強く、率直さがいきすぎてついつい辛辣な口調になってしまうアルマ。ガンスラムを出てシカゴでアルマと暮らしたのち、親の介護をきっかけに生まれ故郷に戻って農場を継いだ物静かで心やさしいクライル。夫婦、親子、きょうだい――お互いを思いやりながらも素直になれない、善良で正直で不器用なこの三人のことを、訳していて愛さずにはいられなかった。

本書『鹿狩りの季節』は、二〇二二年のアメリカ探偵作家クラブ賞（エドガー賞）最優秀新人賞に輝いた。著者のエリン・フラナガンはオハイオ州デイトンに家族と住み、ライト州立大学の教授として小説創作などを教えている。著者自身も本書のなかで描かれているガンスラムのような、町のみんながお互いのことを知り尽くしているのどかで小さな町で育ったという。誰もがあたりまえに思っていた安全な日々が崩れたとき、町の人々がどのような反応をするのかを描きたかった、と著者は述べている。

最後に、会社を早期退職して一から翻訳について学びはじめたわたしに、ミステリ翻訳のいろはを教えてくださった田口俊樹先生には、この場を借りて謝意を表しておきたい。また、本書の訳出に際して、さまざまな助言や心のこもった細心で的確なチェックをしてくださった編集と校閲の皆さまには、いくらことばを尽くしても表現できないくらいお世話になった。心から感謝しています。

二〇二二年十二月

HAYAKAWA POCKET MYSTERY BOOKS No. 1987

矢《や》 島《じま》 真《ま》 理《り》
国際基督教大学教養学部理学科卒
英米文学翻訳家
訳書
『短編画廊』ローレンス・ブロック,
スティーヴン・キング他（共訳）
『狩られる者たち』アルネ・ダール（共訳）

この本の型は、縦18.4センチ、横10.6センチのポケット・ブック判です。

〔鹿狩《しかが》りの季節《きせつ》〕

2023年1月10日印刷　　2023年1月15日発行

著者	エリン・フラナガン
訳者	矢島真理
発行者	早川浩
印刷所	星野精版印刷株式会社
表紙印刷	株式会社文化カラー印刷
製本所	株式会社川島製本所

発行所 株式会社 **早川書房**
東京都千代田区神田多町2－2
電話　03-3252-3111
振替　00160-3-47799
https://www.hayakawa-online.co.jp

（乱丁・落丁本は小社制作部宛お送り下さい
送料小社負担にてお取りかえいたします）

ISBN978-4-15-001987-7 C0297
Printed and bound in Japan

ハヤカワ・ミステリ〈話題作〉

1978
ガーナに消えた男
クワイ・クァーティ
渡辺義久訳
呪術の力で詐欺を行う少年たち。彼らに騙されたアメリカ人はどこへ消えたのか？ 灼熱の地ガーナで、女性私立探偵が真実を追う！

1979
ボンベイのシャーロック
ネヴ・マーチ
高山真由美訳
一八九二年、ボンベイ。シャーロック・ホームズに憧れる青年ジムは、女性二人が塔から転落死した事件を捜査することになり……。

1980
レックスが囚われた過去に
アビゲイル・ディーン
国弘喜美代訳
レックスは子供時代を捨てたはずだった。虐待され、監禁されていた過去を。だが母親の遺言を契機に、過去と向かいあうことに……。

1981
祖父の祈り
マイクル・Z・リューイン
田口俊樹訳
パンデミックで荒廃した世界。治安が悪化する町で、娘や孫と懸命に日々を送る老人は、ある決断をする――名匠が紡ぐ家族の物語。

1982
その少年は語れない
ベン・H・ウィンタース
上野元美訳
緊急手術後に感情を表現しなくなった少年。彼の両親は医療ミスだとして訴えを起こす。それから十年後、新たな事件が起こり……。